Скитальцы

Марина Дяченко / Сергей Дяченко

冒险者

流浪者

四部曲 / 卷四

[乌克兰] 玛琳娜·加琴科 [乌克兰] 谢尔盖·加琴科 / 著　谢　李 / 译

重庆出版集团　重庆出版社

THE ADVENTURER

Copyright © 2000 by Sergey and Marina Dyachenko
Published in agreement with Hannigan Getzler Literary,
through The Grayhawk Agency Ltd.
Simplified Chinese Translation copyright © 2024 by Chongqing Publishing House
By CHONGQING PUBLISHING HOUSE CO., LTD.

版贸核渝字(2022)第124号

图书在版编目（ＣＩＰ）数据

冒险者／（乌克兰）玛琳娜·加琴科，（乌克兰）谢尔盖·加琴科著；谢李译. -- 重庆：重庆出版社，2024.10
ISBN 978-7-229-17909-0

Ⅰ．①冒… Ⅱ．①玛… ②谢… ③谢… Ⅲ．①长篇小说－乌克兰－现代 Ⅳ．①I511.345

中国国家版本馆CIP数据核字(2023)第160374号

冒险者
MAOXIAN ZHE

[乌克兰]玛琳娜·加琴科　[乌克兰]谢尔盖·加琴科　著
谢　李　译

责任编辑:邹　禾　魏映雪　王靓婷
封面设计:谢颖设计工作室
封面图案设计:seyo
责任校对:郑　葱
排版设计:池胜祥

重庆出版集团　出版
重庆出版社

重庆市南岸区南滨路162号1幢　邮政编码:400061　http://www.cqph.com
重庆市国丰印务有限责任公司 印刷
重庆出版集团图书发行有限公司 发行
E-MAIL:fxchu@cqph.com　邮购电话:023-61520646
全国新华书店经销

开本:880mm×1230mm　1/32　印张:13.625　字数:330千
2024年10月第1版　2024年10月第1次印刷
ISBN 978-7-229-17909-0
定价:84.00元

如有印装质量问题,请向本集团图书发行有限公司调换:023-61520678

版权所有　侵权必究

目录
СОДЕРЖАНИЕ

序　幕	1
第一章	4
第二章	27
第三章	46
第四章	64
第五章	82
第六章	105
第七章	127
第八章	157
第九章	185
第十章	208
第十一章	241
第十二章	274
第十三章	295
第十四章	322
第十五章	353
第十六章	382
第十七章	404
尾　声	429

序　幕

　　他简直要冻僵了。

　　茫茫大雪中孤零零地矗立着一座小木屋，屋内没有一丝烟火，壁炉处冰凉的砖石砌体颜色已经暗沉。他拽了拽毛帽子遮住耳朵，坐等月亮升起。

　　小窗户上一层厚厚的冰霜闪烁着光芒——是他冰冻的呼吸。

　　寒风在废弃的烟囱里呼啸。远处传来狼群的嚎叫。

　　他独自置身于皑皑雪原，置身于茫茫森林，置身于冰封的世界；他孑然一身，他非常冷，他渴望取暖。

　　终于，一道白色的月光洒在窗外，为寒冷的场景揭开面纱；随着月亮的攀升，冷冰冰的画面鲜活起来，一帧一帧地变化着。

　　一张由依稀可辨的线条交织而成的网。彩色的带子像蛇一般紧紧缠绕。枯树上的白色枝条。死去动物身上的白色皮毛。被雪压得沉甸甸的穗子。

　　他眯起蒙上了水珠的双眼。响声，远处的动静，阴影……

　　许多张脸。连成一片的草地。掉在空木板上的斧子，哈哈大笑的人群，顺着台阶流下的一股细沙，金色的光芒……

他探身向前。

金色薄片上有镂空的花纹。黄色的金属上面覆盖着层层的力量，就像一个用雪层层包裹着的雪球，就像一块涂着黄油、蜂蜜和奶酪的面包……

金色的薄片扩张成了一扇巨门。凹槽变成了高高的门洞，门洞处有一个僵住了的人影。

摇篮里有一个肤色发紫的婴儿。赤裸的，有三条而不是一条脐带的婴儿。

三张脸。一个年长些，一个年轻些，而第三个，满面污迹，仿佛被沙子覆盖。三个女人。

三条线。三条根。三条路。

他移步向前。

月光熄灭了，猝不及防地被一朵乌云吞噬。玻璃上影子的舞蹈戛然而止。他又拉了拉毛帽子，靠在椅背上，疲惫地闭上了眼睛。

虽然他不知道去哪里寻找，但今天他首次见到了寻觅的对象。

在晦暗的窗户外，白雪覆盖的森林过着自得其乐的生活，远处狼群的嚎叫赤裸而冰冷，在光秃秃的树干之间飘荡。接着又传来另一种声音，轻柔而又温和，与此同时又虚无缥缈，令人胆寒。

有人敲窗户。从另一侧。

他哆嗦了一下。白色的不透明玻璃上有个影子。

偶然路过的行人？三更半夜的？在树林里？在这里？

"能听到我的声音吗？"

这声音听起来没有伤风，没有疲惫，没有恐惧。

序　幕

"你确定它值得这样吗？确定你需要它吗？"

透过一层薄霜隐约露出容貌。从那里，从外面，有一个枯瘦的老头儿不怀好意地张望着。

"你确定它会出现？"

"你管不到我头上，流浪者。"戴毛帽子的人沉声说道。

"你确定？"

不知是恐惧还是其他情绪支配着他，他在黑暗中摸到一根棍子，悄悄挥向蒙着一层霜的玻璃。

碎片四溅，发出稀里哗啦的声音。冰冷的寒风扑面而来。窗外是树林和夜色，还有未被触碰的光滑的雪，一张许久无人使用的白色桌布。

这时他扯下自己的帽子，露出大光头，小心翼翼地擦拭着脑门上的冷汗。

风向破裂的窗户里抛了一把雪。

他冻僵了。无法忍受。惨无人道。

第一章

潮湿的墙壁散发着腐烂破布的味道，狱卒的火把在高处闪烁，而他——狱卒，不是火把——自命不凡地庄重宣布："没犯事儿的人尽管放宽心，法官大人会还你们清白！犯事儿的人嘛，就……就使劲儿哆嗦去吧，因为法官大人能……能看透你们的灵魂，狠狠地惩罚！"

说的都是陈词滥调，而且声音嘶哑又虚弱，即便是在这里，在监狱底部，我都能闻到他喉咙深处的劣质白酒味儿。

"伸张正义！"狱卒意味深长地宣布。他站了一会儿，欣赏我们仰起的脸，然后弄得大门哐啷作响，绞盘嘎吱嘎吱，砰的一声关上审讯室的铁门，就像给一口汤锅盖上盖子。

"老天爷啊，救救我吧，保佑我吧，"小偷在黑暗中哼哼唧唧，"喔，我再也不敢了，一分钱也不偷了，饶了我吧，喔……"

其他人都沉默不语。

独眼强盗一声不吭，他几个月前在森林中被捕，等待审判已将近半年。相貌堂堂、风度翩翩的老头儿一言不发，他呢，被指控强奸并杀害女仆。牢房中唯一的女人也不吱声——我不清楚她

第一章

为啥被关进这座监牢。

"救救我吧,老天爷……我再也不偷了……"小偷哭哭啼啼。

眼睛稍稍适应了黑暗。老人试图从自己的火镰中弄出火花,像啄木鸟一样敲个不停。强盗打着呼噜。牢房里空气污浊,就像桶里的焦油——一动不动,没有生息,也没有气流,我想,我很快就会溺死在这些气味中——潮湿、腐烂的破布,强盗身上臭不可闻,那个女士没洗澡的身体上掺杂着甜腻的香水味儿,她可能还是个小姑娘。

各种气味在牢房的石板地上交汇漫延。我用手摸索墙壁,找了个远一点的角落,靠在潮湿的墙上,犹豫着要不要坐下。

"这里有蜡烛!"老头儿高兴地喊着,"塞在墙角……"

"看看吧,先生,那个墙角有没有蜡烛?"

"先生。"有人或许在喊我。

"他们傲慢着呢,"女人干巴巴地说,"是不会搭理我们这些贫民的。等法官来了,好好讹他们一笔!"

小偷哼唧得更大声了。有人——好像是强盗——不耐烦地用拳头捶他的肋骨。哼唧声立马停止。

"管住你的嘴吧,"强盗轻声劝说女人,"你以为不会讹你?"

"我又没犯罪,"女囚骄傲地说,"跟我有啥关系,我没啥可怕的。"

"我在集市上偷了个钱包,"小偷惨兮兮地小声说,"还有一只鹅,那个星期……偷来卖了……还从一个大肚汉那儿……偷了一条链子……"

两支蜡烛先后点亮。室内莫名突然变得拥挤——仿佛是闪烁着暗沉微光的石头墙向前移动了。而铁皮天花板——汤锅盖子——降了下来,快要砸在我们头上。

5

Авантюрист
冒险者

"如果你没犯事儿，"强盗眯起仅剩的一只黑眼睛，"那为啥吃上官司了？"

"这帮混蛋只管抓人。"女人，她原来是个中年妓女，高傲地耸了耸肩，"法官会弄清楚的。"

"会弄清楚的。"强盗邪笑着学了一句。

小偷哭了起来，罗列着自己的罪行："去年……从马车上……偷了两个袋子……在集市上……又偷了个钱包……还从买卖人那儿……还从老大娘那儿……"他很瘦，尖鼻子，十六岁左右，一开始忏悔就停不下来。他的回忆越来越久远，追溯到了童年——很快他就会回忆起五岁那年从妹妹那儿偷来的棒棒糖。

"各位，"老头儿清了清嗓子，"我，可能，说得不是时候，但是，说实在的，审判不是幽灵该管的事儿。说实话，法官大人可能……"

"闭嘴吧。"强盗的声音中明显流露出一丝绝望，"进都进来了——就闭嘴吧……"

老头儿固执地抿起了没有血色的双唇。"各位，我和看守聊过。如果找到接近他们的法子，粗俗的乡巴佬就会打开话匣子。狱卒大人们也说了，一直以来……二十来年了……这间牢房从来没有发生过这种事儿。所有晚上进来的人，早上都能活蹦乱跳地出去，逍遥自在。就是有一次，大概五年前，有个人被吓得中风了，我说，各位，在哪儿都可能中风的，特别是如果胆小的话……"

"你已经活到这个岁数了，"女人嫌弃地叹了口气，"头发都白了，你还不知道，法官大人……"

她突然呐呐起来。起初我以为是强盗不知为何瞪了她一眼，但并不是，强盗看着地板，而女人沉默了，就像呛住了一样，就

第一章

连甜美的香水味儿都失去了自信,变淡了。难道是我的错觉?

命运难测啊!难道这个老头儿真的掐死人了吗?

"年轻的先生,"老头儿察觉到我的目光,他用拳头压在胸前,"您是个体面人,肯定是读过书的。幽灵管得着人的事儿吗?我是说,当然,它们能预测各种事儿,但是审判,我觉得,是人类的事儿……"

"你到底杀没杀小姑娘?"强盗阴森森地问了一句,"如果没有,那就是另一回事儿了。但如果……"

老头儿愤愤地扬了扬眉毛,但又觉得这还不够,于是两手一拍,晃了晃脑袋,一副这种指控是何等愚蠢且毫无根据的样子。

女人阴沉地冷笑了一声:"如果你没干坏事儿……你慌个啥?"

"我没跟你们说话。"老头儿生气了。

他觉得在跟我聊天。可惜白搭——我不想跟他说话。

我很累。监狱里的床垫臭气熏天。我不敢碰它们,直接睡在光秃的长凳上,而我的狱友们除了从自己身上抓虱子然后塞到我的衬衣里之外,没有别的乐趣。他们觉得我害怕虱子很有趣。

这才过了一个星期。真难想象,我本来在两个月前就会被抓进来,然后和这个强盗一样,坐两个月、三个月、四个月,等待审判之夜,我可能就会和虱子交朋友,它们甚至会在我的掌心翩翩起舞。好在审判室里没有劳什子床垫。

从塔楼中逃脱据说是绝对没戏的。因为吊桥在二十四小时守卫的重压下濒临坍塌,而且他们在四周的沟渠里养了一些讨厌的生物,我宁死也不会去那条沟里游泳。

命运多舛啊!

"年轻的先生,"老头儿了然地笑了笑,"对一个体面人来说,这儿的一切都够让人郁闷。比如说我就很郁闷——湿气，臭气……但其实吧，我们空前幸运。明天我们就像鸟儿一样自由了。"

小偷哽咽着问："那法官呢？"

老头儿淡淡一笑。这是人在知道得比别人多时露出的居高临下的微笑。"一大早就会放我们走的。"老头儿伸出干瘦的手，像父亲一样抚摸小偷的后脑勺，"别掉眼泪了，孩子。本来就够潮湿了。"

女人嗤之以鼻。强盗沉默不语。

塔楼内一片寂静。守卫们想必是用破布包住靴子，蹑手蹑脚地在墙上走着。而在吊桥上值守的人们用手掌遮住灯笼的光芒，互相交换眼色：嘘，审判之夜……

我终究还是熬不住了，倒在冰冷的地上。我盘腿坐着，背靠在墙上。

赶紧的吧。不管怎么样——快点儿走完程序就好了。当然，如果午夜时分墙上开了一条密道，里面走出个扮成幽灵的牢头儿……约莫会很有趣，但不知怎么我无法相信。哪儿那么容易。

牢房里越来越冷了。安静下来的小偷蜷缩着靠在老人身上，女人试图在另一边挨着坐下来，尽管她高调宣称自己是清白的，但她的身体却抖得越发厉害，而且不仅仅是由于寒冷。强盗暂时置身事外，但他的脸色越来越阴沉，不时打量着牢房，然后他的目光与我相遇。

强盗不相信老头儿自鸣得意的保证，他很清楚自己的事儿，别说法官了，就算是最糊涂的村长都会毫不犹豫地把他送上绞刑架。

"我宁愿直接被绞死。"

他的说话声让我颤抖了一下。原来我们想到一块儿去了。

第一章

"我宁愿直接被绞死,"强盗的目光越过我,固执地重复道,"他们会审判……根据他们知道的……然后一下子就……"

他叹了口气。这声叹息让烛光摇晃起来。小偷又哽咽了,女人吧嗒了一下嘴唇,老头儿的眼睛里有一丝不安闪过,继而掠过一个忍耐的讪笑:"没有人比你更了解你自己……你没犯事儿?你没点儿数吗?你能一直活下去?"

我攥紧手指。石室里太冷了。非常冷。非常。

我的名字是雷塔纳尔·雷科塔斯。一个星期前,我在逮捕我的人面前说出了这个名字。之后我在狭小的法院办公室里又说了一遍。我觉得这就够了,于是我在其余的时间里保持沉默。缄口不言——这是雷科塔斯家族后裔最后的骄傲。

我的名字对于这些平民来说没有任何意义,完全没有。他们冷漠地研究我的证件,每当他们肮脏的手指触碰证件时,我都觉得他们好像在碰我本人。

什么?大魔法师达米尔,光荣的雷科塔斯家族的始祖?什么?希梅齐乌斯男爵?公文上的字迹陈旧,狱卒们几乎看不懂。

对于那些无稽的指责,我保持沉默。当我被关进牢房,坐在长满虱子的流浪汉旁边时,我保持沉默。当我被送上法庭时,我依然保持沉默……

而现在,在寒冷中等待的这个夜晚——我觉得如果我再不打开话匣子,有些话就会另寻出路,它们最多只能从耳朵里出来。"怎么,"我的声音异常嘶哑,"法官向谁宣判?被判刑的人?然后呢,想必是让他们自己跑到刽子手跟前,在他耳边重复判决结果,是吗?"

没有人对我突然喋喋不休感到惊讶。强盗缩起脖子——这种像鸡一样的姿势与他的大块头、独眼、黑胡子极不相称。

"法官他自己就是刽子手，"女人紧张地环顾四周，就像之前强盗那样，"他判成什么就是什么了，这是肯定的。有人告发我，搞的好像是我给那个商人下了毒。但我没有下毒，他中风了，我只是从他身上搜了些钱……"

她咬着嘴唇，重复着强盗的姿势——缩起脖子。我发现自己隐约也想做同样的动作。

"那您呢，先生，您被指控的是什么？"

一个简单而友好的问题。还没听完他的话，我突然发现我的下巴傲慢地翘着。老人感到很尴尬："不不，我不是说您……"

"法官马上就会知道我是无辜的。"女人急急说道，"他的死不怪我，不怪我，不怪我……"

"别念叨了，"老人柔声劝道，"难道有任何证据表明你给他下了毒吗？在你身上发现毒药了吗？在死者的胃里找到毒药了吗？还是有人看到你给他下毒了，有吗？"

女人摇了摇头。

"证据！"老头儿举起一根细长的手指，"如果没有证据……"

"蠢货！"强盗哑声低语，"法官，他……"

女人张了张嘴想说什么，却又打住了。所有人都沉默了，仿佛是在执行命令似的。审判室里一片沉寂，烛光静止而尖利地停顿了一会儿，我起了一身鸡皮疙瘩。

头顶上方似乎有绞盘嘎嘎作响。狱卒？

铁盖子很重，呼吸越来越困难，他们或许会像弄死老鼠一样弄死我们，难道这就是审判之夜的正义？！

"安静，"强盗低声说，尽管大家都已经屏住呼吸坐着，"安静，安静……"

第一章

在我的脸旁边,一只腹部透明的灰色潮虫正在湿漉漉的石头上爬行。

烛火闪动,但不像被穿堂风吹了后晃那么厉害,而是平缓地、病态地、像水底的藻类一样扭动着。我发现强盗的脸色变了,小偷脏兮兮的脸沉了下来,女人举起双手,似乎想要挡开飞向脸上的石头;他们所有人都冲向老头儿,寻求他的帮助和支持。只有我仍然坐在那里,背靠着石头,非常冰冷的石头,非常冰冷,就像我自己的墓碑一样。

蜡烛熄灭了。不过它们已经没有存在的必要了。

一个身影出现在牢房中央。在最初那一刻,我以为他是没有肉身的,透过他长袍的褶皱可以看到对面的墙壁,而他的短腿没有触到地面。至少在某个瞬间确实如此,但转瞬之后他就穿着粗陋的农家鞋、叉开双腿地站在那儿,看得见摸得着,就跟我、强盗、小偷以及墙上的潮虫一样。

我惶惶不安地环顾四周,寻找暗门。在乳白色的光线中,房间看起来像一个石制的挤奶桶,墙壁仍然是严丝合缝、坚不可摧。没有缝隙和小孔能让这凭空出现的幽灵插入它的幽灵钥匙……不过,难道他是幽灵吗?

他看起来年纪不大。小脑袋上戴着一顶沉重的花白假发,瘦弱的身体隐没在法官袍蓬松的褶皱里,巨大的靴子像摆锤和锚一样,挂在裹着黑丝袜的蜘蛛般的细腿上。他看起来并不可怕——既不可怕也不威严,毕竟就算是村长去开庭也会尽量显得比平时更威风更睿智。

"你们好,先生们。"

这声音让我直冒冷汗。

我讨厌铁器与玻璃摩擦的声音,讨厌蜘蛛网撕碎时细微的破

Авантюрист
冒险者

裂声。法官的说话声是集大成者,让我很有想要捂住耳朵的冲动。

小偷蜷缩在石板地上,使尽全身力气用双手抱紧肚子。女人打了个嗝儿。老头儿一动不动地坐着,如同老僧入定,就像在自己家里一样,但那个独眼强盗却紧挨着他的膝盖。于是牢房里的所有人都显得很古怪,看起来很不真实,仿佛是一幅描绘某个善良隐士的生活的木版画。

"好吧。"法官四下环顾了一圈,似乎在找一个舒服的位置。他退到墙边,肩膀靠上去,双手交叉抱在胸前。"这样我好像就可以看到每个人。"

他的脸又黑又小,下巴光秃秃的,鹰钩鼻又尖又细,几缕花白的假发随意地耷拉在额头上,假发下的眼睛闪着微光,活像两个黑色大头针的针头。

"各位,你们每个人都是捅了大娄子才被带到这里的。好吧,我们开始吧。"

"您听我说!"女人语无伦次地说,"我什么都说,我……您听我说,我没有……"

"我不会听的。"

在法官那对儿大头针的注视下,女人张口结舌。她抓住老头儿的衣服想要寻求支持,但老头儿自己也不再那么淡定了——他的脸色开始发白,在笼罩法庭的乳白色光线下,他面白如纸。

我用我的背去焐热墙壁,但怎么也焐不热。它就像冰块似的压在我的肩膀上,我宁愿冻着也不愿让它从我身上夺走一丝温暖;我孤单而又骄傲地等待着自己的命运,雷科塔斯家族的后裔就应该这样,但是在这种时候,孤独显得那么糟糕。

一句糟透了的话——我们开始吧。我们开始吧,用土法治病

第一章

的理发师说，然后拿起钳子准备拽掉牙齿。我们开始吧，江湖郎中说，然后准备好柳叶刀。我们开始吧，老师说，然后从小木桶里抄起打人用的树条……我们开始吧，法官说。我叫雷塔纳尔·雷科塔斯。我的家族中都是达官显贵和魔法师。我保存在行李箱中的证书是我的外高祖父颁发给我的曾祖父的，为了感谢他把邻近地区的人们从一条凶猛的恶龙手中解救出来，尊贵的希梅齐乌斯男爵把这次营救归功于魔法师中的魔法师达米尔，就连拉尔特·列吉阿尔本人有段时间都是他的仆从……

当我还是个孩子的时候，我有次割破了自己的手，希望看到自己血管里的血是蓝色的。

现在我蹲在一个潮湿、发臭的牢房角落，某个从墙里冒出来的法官正要追究我的罪过。或许，特别是最近一次的罪过——城市戍卫队怒气冲天是有原因的，他们在大路上追上了我，把我从公共马车上拉下来，然后拖到这间该死的监狱。

"我不会听的，"法官缓缓地重复道，"我们没什么好说的，因为你已经什么都说过也做过了。说实在的，还不少。至于你，女人，谋杀的指控是没有根据的。一个月前死在你床上的那个人不是你杀的。"

审判室里的每个人——可能除了法官本人——都猛吸了一口气。然后，老头儿不住地咳嗽起来，小偷发出惊呼，强盗的牙齿吱吱作响。而女人屏住了呼吸，空气撑满了她的肺，她那双眼睛瞪得滚圆，像两个气泡，眼角泛红，幸福得抽搐着。她一言不发，脸色越来越红，仿佛不敢呼气。

"至于其他……"法官的声音让人忐忑，嘲讽意味十足，"你的罪行数不胜数，你抢劫了一个死人，你用自己的肉体赚钱……要知道，从今晚开始，任何男人的怀抱都会让你受尽折磨。如果

Авантюрист
冒险者

你想做你的老本行，那就去吧，你的工作就将是对你的惩罚。我说完了，你也听到了，季萨，绰号床垫儿。好了，结束。"

女人似乎忘记了如何呼气。她的脸由红变紫，然后变成淡紫色。没有一个人想到在她背上拍一巴掌，把卡在她喉咙里的判决结果拍出来。

甚至没有人看她。每个人都只想着自己，我也是。

法官换了个姿势，沉重的鞋子闷闷地撞在石头上。一条笨重的金链在法官袍的衣褶中闪现了一下，又立刻消失，被天鹅绒遮住了。

"接下来谁想听？"法官咧嘴笑了笑，小脑袋晃了晃，假发终于滑到了他的眼睛上。他漫不经心地整理了一下假发，就像整理帽子一样。"是你吗，克利维·梅利尼乔诺克？"

小偷抽搐了一下，跳了起来，立即跪在地上，沿着石板地面爬到法官的鞋子前，开始哭诉："我……后……后悔……偷……"

一个有才华的小伙子，或许可以靠嗓子谋生。

"你偷东西了，"法官冷漠而肯定地说，"偷到某一天被绞死，不过不是现在。别人的钱会像火一样烧着你。如果有一天你被绞死，那一定是因为别的事情。我说完了，你也听到了，克利维。好了，结束。"

审判室里又安静了。我用目光搜寻潮虫，潮虫已经不见了。

"现在，你。"法官调换了脚站着，目光落在强盗身上。在哪儿能见到这种情况？一个强壮凶狠的大老爷们儿竟能沦落到这等悲惨境地——丛林阎罗像孤儿院的小女孩一样，吓得瑟瑟发抖。

法官沉默了。他沉默了很长一段时间，看着强盗那张扭曲的脸，然后若有所思地慢声说道："你是个怪人，绰号叫水鳖的阿哈尔，你的每一桩罪行都有三个减轻处罚的情节。因为你杀了很

第一章

多人,你应该被处死……"

审判室里响起一声压抑的叹息。

"但你已经寻找过了,也受尽了煎熬。"法官若有所思地把白色假发奋拉在黑色的肩膀上。"你手下留情了……所以在行刑前给你一个月的时间。我说完了,你也听到了,水鳖。好了,结束。"

强盗不由自主地把手放到绷带上,放到曾经有眼睛的地方,就这样一直坐着,姿势就像一个人被强光刺瞎了眼睛。

法官再次整理了一下假发,尽管没有任何必要。他沉重的鞋头碾过石板地面,大声叹了口气,然后他针尖儿一般的目光停在了我身上。

为什么我没有吞下自己的舌头(我至今都不明白)。法官黝黑的脸蛋皱成一团,像是吃了酸的东西,他嘴巴微张,正要说些什么;但就在这时,英俊老头儿抽搐起来,好像癫痫发作,于是法官的目光像笨重的昆虫一般从我身上爬开。爬过整个牢房,落到我那些邻居刚刚迫不得已地还挤在一起的地方。现在他们每个人都落单了——女人还在努力地把不必要的空气从肺里挤出来;小偷眨着湿漉漉的眼睛,不知道是该笑还是该哭;强盗退到一边儿坐着,遮住空荡荡的眼眶,抵挡着这个漫长的审判之夜的乳白色光线;老头儿独自一人,他的脸比法官蓬松的假发还要白。

"幽灵能干预人类的事吗?"和气的老头儿似乎正好需要知道这一点。因为法官略过了我,他那张黝黑的脸变得更黑了。薄薄的嘴唇消失了,嘴巴变成了一条狭窄又无情的缝隙。

"你,科赫,别自欺欺人了。别以为撒谎就能逃掉。你逃不掉的,科赫,别痴心妄想了。"

"这是诬告,"老头儿用几不可闻的声音说,"诬告,陷害,没有任何证据。她是个放荡的女人,还是个病秧子,这是诬告……"

法官抬起尖尖的下巴。我忽然发现,白色假发下的小身板儿瞬间向四面投下了阴影,而我们所有人都坐在这片阴影里;我觉得假发上花白的毛发会立刻塞住我张大的嘴,让我窒息……

我猛地咳嗽起来,那些幻象就消散了。法官还是像之前那样站在墙边,又黑又小,一双蜘蛛腿。审判室里只有我狼狈的咳嗽声,打破了不祥的寂静。这已经是我第几次在最不合时宜、最该保持安静的时候呛着了……

"你,科赫,很快就会付出惨痛的代价。你的心已经烂透了,金玉其外,败絮其中——痛苦的死刑将在午夜零点等着你。我说完了,你也已经听到了,珠宝商。好了,结束。"

"这是诬告。"老头儿固执地反复念叨着。女人用手捂住嘴巴,悄悄哽咽起来,小偷儿手脚并用地远离老头儿,爬到角落一个人待着。

法官的目光再次扫过牢房——这次是和刚才相反的方向。我知道他要找什么,当他那两个黑黢黢的大头针停在我身上时,我又呛着了。

法官彬彬有礼地等着我停止咳嗽。他站在那儿,摇晃着硕大假发下的小脑袋,我不由得心想,他就像一个蘑菇——生长在阴暗的地方,在地下室潮湿的墙根儿处。

"雷塔纳尔·雷科塔斯……"

我打了个寒颤。我的家族的名字被这个干瘦又可怕的人念得很奇怪,听起来就像法官在骂什么令人费解的话。

"雷塔纳尔,你的道路通向泥潭。你已经在齐腰深的沼泽里了,而且双手沾满鲜血。税吏在大门前上吊了,人们可能会说活

第一章

该,但他的死是因你而起,雷塔纳尔。你就是个强盗——森林大盗割喉杀人,而你是编一大通可怕的谎话。让你逍遥一年。时间一到你就会被处决。我说完了,你也听到了,雷塔纳尔·雷科塔斯。好了,结束。"

我一字不落地记住了他的所有话——他那不慌不忙、刻意淡漠的判决,但那些话的意思我从一开始就无法理解。我坐在湿滑的墙边,像小偷刚才那样眨巴着眼睛,惊讶地反问自己:这是在跟我说吗?是在说我吗?是给我的吗?!

法官顿了顿,缓缓扫视刚刚被定罪的被告们。我觉得他那双藏在白色卷发后面的黑眼睛在我身上逗留的时间比在其他人身上的时间更长。还是我们每个人都有这种感觉?

然后他转身背对我们。黑色的法官袍破旧不堪,肩膀处磨得发亮。他一步就穿过墙壁。到最后一刻,我仿佛看到他撞破了额头。因为他不是一个幽灵。或者是我对幽灵根本一无所知。

法官走了,乳白色的光也熄灭了。黑暗降临。

早上——虽然在地牢里似乎昼夜难分——有人来找我们。狱卒看起来既高兴又自豪,仿佛他能够穿墙而过并且主宰别人的命运。第一个进来的守卫白发苍苍,身材敦实,蹙眉盯着地板。他的同伴,一个活泼的毛头小子,正傻乎乎地打听我们的情况。年长的守卫在他的肩胛骨之间轻轻打了一拳,年轻人噎了一下,意识到自己做错了什么。

天空布满朝霞。强盗仰面迎向阳光,张开嘴急速地呼吸,然后无力地倒在守卫的臂弯里。小偷咪咪地傻笑起来。至于我自己,我的膝盖都软了,完全不想回头看走在后面的老头儿和女

Авантюрист
冒险者

人。桥在吱嘎吱嘎的响声中下降，我们被带着越过沟壑，越过远处漆黑的水面，水上漂浮着半淹没的原木——然而我定睛一看，发现这些根本不是原木，有棵滑溜溜的树瞪着饥饿的双眼，但这也许只是我的幻觉。我只是飞快地瞥了一眼。

我们被带出大门，留在路中央，在飞扬的尘土中，在蚱蜢的鸣叫声中，在万里无云的天空下。我们目送了守卫很久，然后不约而同地坐在草地上。准确地说，我是舒舒服服地坐下了，其他人根据性情行事：强盗扑通一声倒下来，小偷蹦跳着坐下来，老人小心翼翼地坐在一边，女人蹲了下来。

没有人急着离开。审判室潮湿的墙壁仿佛仍然将我们与田野、道路、天空和蚱蜢隔绝开来，让我们无法去任何我们想去的地方。很长时间都没有人开口说话。要么是无话可说，要么就是心照不宣。

"手很短。"最终是老头儿开口了，声音低沉又勉强。

"蠢蛋，"强盗绝望地回道，"短不短的，都能够到……"

"我们都不会有事儿了，"小偷说，笑得嘴角都咧到了耳根，"已经放了我们了……放出来了。"

女人沉默不语——惨兮兮的，披头散发，双目塌陷。然而在阳光下我突然发现，她比我最初以为的年轻许多。

让我们凑在一起的恐惧到底是什么？而且那是恐惧吗？例如，我已经拿回了自己的证件，甚至还拿回了一些余钱（要知道，其余大部分都被收缴去做了"生活费"，用于床垫和虱子，无可奈何！），可为什么当我重获自由了，我没有立刻动身离开，而是与这群狐朋狗友，与我的难兄难弟们一起坐在小酒馆里？

第一章

法官说完了，我们也听到了。审判之夜把我们凑成一堆——我想应该不会太久。但也没有人敢第一个转身离开。

小偷是最快活的人。他向来活在当下，这"当下"甚至不是按天计算，而是按分钟计算：要是害怕，就浑身发抖；要是不害怕了，就勾搭个胖妞儿——一生都是抓住什么算什么，得过且过。强盗也开心起来，歇斯底里地大声嚷嚷着；从早上开始就支配着他的绝望败给了酒醉后的狂态，两大桶酒下肚之后，这个独眼龙打算抓住法官，把他淹死在粪坑里。老头儿滴酒未沾，他坐在凳子边上，斯文地把瘦骨嶙峋的胳膊肘支在桌子上，像手摇风琴一样反复念叨着车轱辘话："幽灵无权干涉人类的生活！稻草人老实站着，吓唬菜园里的乌鸦。幽灵无权干涉人类的生活！稻草人老实站着，而乌鸦……幽灵无权干涉人类的生活……无权，无权，无权……"

一只柔荑搭在我的肩膀上。我的鼻子抽动了一下，捕捉到一股熟悉的香水的甜味儿。"走吧，先生，"女人说，"还有事儿呢。"

她可能在井边洗了足足一个小时，然后从行囊里拿出了压箱底儿的好衣服。湿漉漉的头发梳了个发型，苍白但精明的脸蛋看起来甚至很可爱——不管怎么说，至少现在只有香水泄露了她妓女的身份。太甜了。甜得腻人。

我犹豫了一会儿，从桌子旁站了起来。如果我跟强盗和小偷一起喝酒，还要忍受一个坏老头儿喋喋不休地胡言乱语，那我为什么不接受一个洗干净了的妓女的礼貌邀请呢？

我们移到一个很远的角落。女人迟疑了一会儿，可能在斟酌该如何称呼我。高贵的绅士应该被称呼为"您"，但是一个与虱子和其他乌合之众一起蹲监狱的贵族又该如何称呼呢？

"您,呃……我没有给商人下毒,他已经明确说过了,但是其他的……先生,我不问您做过些什么,就算他判了您一年之后被处以死刑……"

我瞪着她圆圆的、无辜的蓝色眼睛,无法在酒馆里大喊:"闭嘴,你这个蠢货,你在胡扯什么?"

她在我的目光中瑟缩了一下,紧张地眨了眨眼,说道:"就是,那……那个珠宝商,他肯定杀了那个女孩,我知道。只是他一直反复强调幽灵无权干涉,可我担心,它们是有这个权力的,所以这个……我们可以验证一下……"她语气一顿,等待着。

"验证什么?"我愣愣地反问。

"看幽灵有没有权力,"她耐心地解释道,"如果判决……如果他说的不是用来吓人的,如果守卫不是傻瓜……那么就可以验证一下。"她又停了下来,满含期待地看着我的眼睛。

强盗用他唯一的眼睛翻了个白眼,开始引吭高歌。酒馆里所有的活人都躲到角落里,附近的人早就知道,"从审判室放出来的穷凶极恶之徒"都在这里发泄他们经历的恐惧。好奇的人不少,但没有人傻到往一个醉酒的强盗跟前凑。

我摇了摇头,一贯的机灵劲儿消失无踪,过了好长一会儿才终于明白女人打算如何验证判决的真实性。

法官是怎么吓呆她这个小可怜的?"任何男人的怀抱都会让你受尽折磨"?

女人笑了,有些难为情,好像是在道歉:"您,先生,不觉得……哪有这种事呢……我只是觉得应该试试真假。好歹要弄个明白,不然他老说幽灵无权干涉,可是已经去世的祖母告诉我……"

她停了下来。敞开的连衣裙勉强遮得住高耸的酥胸,不算太

第一章

细的腰部被紧身胸衣无情地束紧，蓬松裙摆下的大腿像精心烹煮的鸡蛋一样紧实。

她迎上我打量的目光，将其视为认同，于是笑得更大胆了些，脸上甚至还装出了一抹娇羞的红晕："先生，您……很英俊。我这辈子从没见过您这么帅的男人。我已经和店家谈妥了房间的事儿……"

好吧，我怎么能不受宠若惊。

我忧郁地回头看了看那些狂欢的人。我真幸运——雷科塔斯的继承人更受青睐，而不是醉酒的强盗、年轻的小偷和一个据法官说把女孩强奸致死的白发老头儿……

但是呢，要说实话吗？娼妓就是娼妓，甚至比其他女人更好——很诱人，而且还楚楚可怜。如果法官的判决生效，她哪能像现在这样？

我哆嗦了一下。酒精让我一时忘记了蜘蛛腿上的灰白假发，现在一切突然重新涌入我的脑海，墙上的潮虫、对我长篇大论的训诫，以及随之而来的判决。我想起了审判室，于是我对妓女的姿色燃起的那点儿若有似无的兴趣像沙漠中的玫瑰一样消逝了。

"你干脆连其他事情也一并和店家商量商量吧，"我提了个建议，转身离开，"不然还得付房费。"我义无反顾地回到自己在餐桌旁的位置——旁边是睡得脸都埋在蘑菇酱里的强盗，醉酒的小偷和珠宝商老头儿，他用手指敲打着桌面，越敲越来气，还在反复地强调："幽灵无权主宰人的生命！没什么能吓到我……稻草人老实巴交地站着……没什么威力的稻草人。只能吓唬菜园里的乌鸦……"

女人生气了，但没有表现出来。我看到她在喝了几杯酒之

Авантюрист
冒险者

后，透过笼罩住世界的朦胧雾气，挨个向酒馆老板、伙计、甚至厨子献媚。但每个人都克服了诱惑，让她碰了钉子。

毕竟这里的人，像我们这样的人——被判有罪的人，他们见得多了去了。每个审判夜结束之后，这家酒馆里就会挤满一群突然重获自由、欣喜若狂的暴徒。也许这些小心翼翼招待我们的人比我们更了解法官的判决，所以这个香气扑鼻的单身女人在他们中间得不到同情。即便是做饭的男孩也不例外，哪怕他并不常碰到这样的艳福。强盗酩酊大醉，小偷也是烂醉如泥，睡得口水横流，而我骄傲得让自己都厌恶，她该怎么办呢？向老头儿投怀送抱？

我昏睡了顶多一分钟，但当我醒来时已经是夜深人静了。打扫得干干净净的地板散发着湿木头的味道，强盗在长凳上呻吟，酒馆里空无一人，只有通往楼上客房的楼梯发出吱嘎吱嘎的轻微脚步声，蜡烛的光亮在一片漆黑中悄然而至，原来是两个身影相拥上楼，难舍难分。

我挣扎着直起身来，醉醺醺的脑袋一阵眩晕，感觉天旋地转。简直头晕死了。真他娘的头晕。

艳福到底是落在老头儿身上了。他仿佛早有预感才滴酒未沾，只是一个劲儿地沉浸在喃喃自语中。现在他正嗅着香甜的香水味儿，被勾搭着上了楼。门吱呀一声打开了。

我用双手使劲儿搓了把脸，眩晕感消失了。夜晚是让人绝望的时间。今天我闻到了灰尘和青草的味道，看到了太阳，我相信，现在我的生活将重新开始，潮湿的墙壁、潮虫和虱子将被遗忘，最近这个月将整个被永远遗忘……

"雷塔纳尔，你的道路通向泥潭。你已经在齐腰深的沼泽里了——而且双手沾满鲜血……"

第一章

苍天啊，为什么世界上会繁衍出这么多傻子？！如果一个税吏来到集市上，至少要有人仔细地看看他的证件吧！不，他们牢骚满腹却忍气吞声，而且心甘情愿，只为尽量避免与当局闹不愉快。税吏不接受用实物纳税，只收钱。钱包不会掉在地上，这可不是肩上背着的筐子……难不成我直接去抢劫他们？家族的领地已经衰败，一个子儿都榨不出来了，就像从石头里挤牛奶一样，雷科塔斯的后人总得想办法活下去，不是吗？

我在真正的税吏到来的前一天离开。他先是被打了一顿——他们把他当成了冒牌货，毕竟税已经规规矩矩地交了；之后当地的领主派兵赶来镇压，集市一片狼藉。据说，有人被踩踏致死。

后来我听说，上司气得暴跳如雷，从税吏身上扣掉了国库中缺失的钱，于是税吏在大门口上吊自杀了……好事之人把一切都告诉我了。接着我就被盯上了——不然怎么解释我在距离事发地两天路程远的大路上被抓？！

"你就是个强盗——森林大盗割喉杀人，而你是编一大通可怕的谎话……"

从来没有人责怪傻瓜，傻瓜是被同情的对象。如果羔羊在树林里游荡而被吃掉了，那当然是狼的错。法官很会说话，"一大通可怕的谎话"……简直是书本上的话。就像照本宣科。

"让你逍遥一年。时间一到你就会被处决……"

我哆嗦了一下，仿佛听见了脚步声——有人光着脚在头顶上方行走，肯定是老头儿正在聚精会神地做有趣的试验。法官的判决到底有效无效？

说实话，那些认出我是假税吏的人完全可以赤手空拳将我撕碎。阻止他们的只有一点：审判之夜临近了……或许，他们也是傻子？彻头彻尾的傻子？难道他们以为，和一个小细腿儿法官共

Авантюрист
冒险者

度一个不愉快的夜晚也能算惩罚？我可是破坏了集市，还害得税吏在自家大门上吊……

楼上的某间房里，床开始嘎吱作响了。估计等会儿妓女会迈着颤颤巍巍的步子走下来，疲惫不堪却又销魂无比，笑着宣布：老头儿是对的，他说的全都对！幽灵管不了活人的事儿，纯粹是看不见摸不着的恐惧。

呵！如果法官知道税吏的事儿，那就意味他所说的关于珠宝商老头儿的一切也都是真的。这个相貌堂堂的老男人对自己的女仆先奸后杀？我感到一阵头晕。擦洗过的地板在我眼前飘起来，我的头又开始旋转，很想脸朝下趴在桌子上，一睡不醒。

楼上忽然传来一声沉重的撞击声。接下来是整整一秒钟的安静。然后又一秒。

突然传来的尖叫声让烛火都闪烁起来。是那个女人在叫，而且不是女性惯常的尖叫，是哀嚎，上气不接下气，是出于极度的恐惧，仿佛是她床边的地毯用骨节分明的爪子站了起来，贪婪地扭动着它的流苏，俯冲下来，要把她勒死。

尖叫声让强盗在长凳上翻了个身，让小偷直接惊醒——眨了眨惺忪的睡眼。整栋房子的门都响了，一个受惊的、半睡不醒的仆人从仆人房里探出头来。

女人还在一个劲儿地尖叫。

腐朽的楼梯几乎在脚下崩裂。女人仍在房内大声惨叫，我冲到门口，闯了进去，手忙脚乱地在腰带上摸索并不存在的匕首。

房间里点着唯一一根蜡烛。妓女站在床上，光裸如初生的婴儿，后脑勺儿几乎要顶到低矮的天花板。她一边大喊，一边把手掌挡在赤裸的胸口。乍一看，我觉得房间里没有其他人，但女人低头看向角落，我以为那里有什么东西，哪怕是床边的地毯用骨节分明的爪子站着。

我只好把蜡烛举得更高。

他仰面躺着,眼白泛红。一摊圆形的血迹像一个黑色的盘子一样从他的后脑勺下漫延开来。

"啊啊啊!"女人嚎叫着,完全忘记自己还赤身裸体,对在我之后涌入房间的人群毫不在意,"啊啊啊……头……"

我俯身看向濒死的老头儿,老头儿奄奄一息,沾满血污的嘴巴垂死地抽动,似乎想告诉我一些重要的事情,极其重要的事情,值得拼上性命。我很清楚,他什么也说不出来。又一秒,再一秒……老头儿痛苦地呼出一口气。我身后的女人被粗暴地勒令闭嘴。

我拿着蜡烛靠近那张定格了的面孔,近到在某一瞬间我认为那花白蓬乱的胡须会喋喋不休地说起话来。

老头儿被钉在了地板上。当他仰面倒下时,后脑勺被凸出地板的一根歪斜的巨大铁钉刺穿。

天一亮我便早早离开了旅店。

我没心情听店家颠三倒四的解释——他说,洗脸盆本来钉在地板上,后来不见了,而他们没有注意到地上还有钉子,这跟我有什么关系?

我没心情听妓女的抽泣声——她说,她来不及去验证任何东西,老头儿就猴急地要上床,结果踩到自己的扣子滑倒了,这跟她有什么关系?

而且房东心知肚明,他缩着脖子瑟瑟发抖不是没有原因的。

妓女也心里有数,她卖力地嚎啕大哭、以泪洗面也不是没有原因的。

"你，科赫，很快就会付出惨痛的代价。你的心已经烂透了，金玉其外，败絮其中——痛苦的死刑将在午夜零点等着你……"

再见了，杀人犯科赫。

午夜零点过去了。

三百六十五天中的一天。

太阳在森林上空冉冉升起。在我眼中，那就像一个挂在世界上空的巨大沙漏。

第二章

年轻的女人坐在宽阔的窗台上,双手抱膝,少女般的姿势对她来说既舒适又熟悉。她完全不在乎别人如何看待她的轻浮举止,她望向窗外。大腹便便的马车轰隆隆地驶过鹅卵石路面,街头小贩在游荡,有钱的市民在漫步,一群脏兮兮的孩子在跑来跑去。

在窗户的另一侧,一只橙色和黑色相间的蝴蝶落在窗台上。女人不由自主地屏住呼吸:蝴蝶的翅膀上,似乎有两只黑黝黝的眼睛直勾勾地瞪着她,不怀好意。

"这是魔法师的眼睛。"女人大声说,尽管房间里并没有人听到和回应。

蝴蝶扇动着翅膀停了一会儿,随后突然飞走了,如同一道飘逸的橙色光芒。

女人颤抖了起来,好像想起了什么。她从窗台上滑下来,还没摸到把手,门就被推开了。一个小女孩儿不请自来,或者应该说是一个少女,因为她已经十五岁了,身体已经初具婀娜的曲线,但脸蛋仍然不和谐地停留在青春期,满脸疙瘩,丑陋又粗鲁。

"你是不是进过我的房间？"女孩脱口质问，连招呼都欠奉。

"我给你拿了一些书。"女人故作平静地回答。

"我跟你说过别进我房间！"少女说道，眼睛眯成了两道蓝色的缝隙，"除了仆人，谁也不能进！"

"那就当我是个仆人好了，"女人冷冷一笑，"而且我没碰你的东西。"

少女抿紧嘴唇。女人忧郁地凝望着她的脸——她所熟悉的爱人的那些特征在这张脸蛋上发生了奇怪的变化，这女孩仿佛是自己父亲的漫画版。女人压抑了一声叹息："你昨天去哪里了，阿拉娜？在'北方母牛'？"

"我为什么不能去。"女孩气冲冲地挑衅道。

"你父亲难道没让你……"

女孩噌地转身向楼梯走去，上了几个台阶，转过身来："你呢，坦塔莉？赌场，小酒馆？你从来没去过酒馆吗？！"

"今天早上你父亲让门房禁止你出去。"女人朝那个离去的骄傲背影疲惫地说。

女孩踉跄了一下。她回头瞥了一眼，眯起的眼睛从蓝色变成了黑色："什么？他……那……那会更糟的！那会更糟，就这么转告他！"

她跑下楼，皱巴巴的深色衣裙下摆扫过台阶。

日落时分，大门开了，仆人急忙走进大厅，一边走一边鞠躬，笑得合不拢嘴："晚上好，主人！您回来啦！"

女人强忍住跟在仆人身后跑的冲动，她在镜子前理了理头

第二章

发,捏了捏脸颊——免得不健康的苍白脸色让他担心——然后才走出去,停在漫长楼梯的上方,等待着那个斑白了一半金发的男人拾级而来。这是一种独特的仪式。她总是在这里等他。

"晚上好,坦塔莉。"

"晚上好,埃格特。"

幸好黄昏的暮色让他看不清她的脸。她苍白得无可救药的脸色,凹陷的双眼,那种捏脸颊的天真花招根本什么也掩盖不了,更是瞒不住他。

"一切都还好吧,埃格特?"她的声音听起来温暖而平和。一如既往。

他点点头。她挽着他的胳膊,试图说一些无关紧要的话,但又想不出什么合适的。他也缄默不语,于是两人在沉默中走向整栋房子里最大、采光最好的一间卧室。

桌上点着一盏灯,一把深扶手椅上坐着一个女人。没有人会说她是个老妇人,黑色的阴影笼罩在一张白皙而又令人惊艳的面容上,漆黑的双眸凝视着不知名的地方。

"你好,托丽雅。"埃格特温柔地说

坐着的女人笑着点了点头。已经三年多了,她什么都没做,就这么坐着,凝视着眼前的虚无,如果听到熟悉的声音,就微笑着点点头。她的卢阿尔飞去了太遥远的地方,连最亲近的人叫她都得不到回应。

"一切正常,托丽雅。"坦塔莉斯平静地作着保证,而内心深处却因为撒谎而阵阵发紧。

椅子上的女人又笑着点了点头。

"我们走了。"埃格特闷闷地说。

女人第三次点了点头。坦塔莉和埃格特离开了,小心翼翼地关上了身后的门。走廊里,来接班的护理员彬彬有礼地等待着——她是个善良的女人,晚上来,早上走,还有个护理员负责从早上到晚上守护托丽雅夫人,陪她逗乐,为她读书,然而一切都是徒劳,因为托丽雅夫人毫无反应。

"怎么了?"当女仆把没怎么吃的晚餐收走时,埃格特突然问道。

"什么都看到了。"坦塔莉疲惫地想。

"阿拉娜?"

"把自己锁在房间里。我告诉她,你……"

埃格特眉头上的皱纹愈发深刻了:"是的,我想过了。你知道,我多么希望她能……青出于蓝。尤其是去过卡瓦伦之后……"

"去卡瓦伦对她有好处。"坦塔莉喃喃道,手指在桌布上描绘着图案。

"我应该抽她一顿,"埃格特烦躁地耸了耸肩,"一开始我就应该狠下心来逼着自己,然后……"

"瞎说,"坦塔莉闷声回答,"你只是累了,你今天很累。"

"送她去卡瓦伦,"埃格特十指交叉,"换个……环境……时间长点儿。我本想搬到卡瓦伦去,但军团……"

"什么对你更重要?别人的孩子,还是你自己的女儿?"坦塔莉对自己脱口而出的话感到惊讶,好像有些不合时宜。"对不起,"她小声说道,"其实,就算搬家也改变不了什么。我是这么觉得。"

埃格特沉默不语。

"我很抱歉,"坦塔莉不安地重复道,"我……我已经无数次

第二章

告诉过你,这不是你的错。阿拉娜……"

"那些日子让她崩溃了,"埃格特低头看着桌子说,"坦塔莉,在这栋房子里,在谁的面前我能问心无愧?"

楼上传来巨大的摔门声,紧接着又是餐具打碎的声音。一会儿,吓坏了的女仆跑进饭厅,脸上满是血迹,埃格特从桌子旁站起来:"怎么了?!"

"阿拉娜小姐,"女仆吸了吸鼻子,"她不想吃晚饭,所以把餐具都扔了。"

坦塔莉把头巾拽到肩膀上,就像一个动作生硬的老妇人。

⚔

一头猪站在车道对面。

那可能是猪王。斑斑点点的灰色胴体占据了整座耷拉下来的桥,从这边栏杆到那边栏杆。这座桥其实并不狭窄,在远古时代,马车也曾在这里自由奔驰!

猪不情愿地看着我的方向,然后又转身离开了。它怎么可能会认出我,我上次来祖屋的时候,这只猪的爷爷还是一头粉红色的小猪仔呢。

寂静。衰败。如果敌人想攻击城堡,城堡也只能束手就擒。护城河已经干涸,吊桥也升不起来,因为升降机已经彻底锈蚀坏了。

再说了,一片古老的废墟,雷科塔斯家族悠久的荣耀的幽灵,对敌人有什么意义?

"走开。"我对猪说。它完全不搭理我,只是懒洋洋地抖了抖灰色的耳朵,赶走苍蝇。

Авантюрист
冒险者

当漫漫长路将旅人的双脚磨出茧子，他会回到哪里？当然是回到家乡，即使没有看门人，只有一只灰不溜秋的肥猪，没有熟悉的友人，只有一群冷漠的狗，没有嘘寒问暖的亲人，只有一个身材发福、老眼昏花的仆人。现在，我坐在蛛网丛生的大厅的壁炉前，甚至想不明白当初为什么非要赶回来。到底是哪里生出来的虚假的期望：嗯，回到家，一切似乎就会按照魔法师的意愿好起来。

不出所料，庄园没有任何收入，少得可怜的租金只够养活家里的宠物。第一天晚上，管家伊特尔叹息着给我拿来一堆布满灰尘的账本；我厌恶地翻了翻写满字的页面就推开了。就算老仆人稍稍中饱私囊，难道他没有这个权利吗？

第二天，我打开存放童年物品的箱子，在学校用品中发现了一本设计独特的日历。那是二十多年前我在老师的照看下亲手制作的。木制圆圈的边缘点缀着数字，圆圈中央歪歪扭扭地写着月份，每个月都配着相应的插图：孩提时代我很喜欢画画。胖脸蛋儿的太阳散发着和煦的光芒，微风乱蓬蓬的胡须卷曲着飞舞，画中一团团雪花从大腹便便的乌云里洒落。我疲倦地蹲在箱子边上，无比渴望回到二十年前的那个傍晚，那时我认真地瞪大双眼，给自己的画作上漆……

而现在我手中握着的是自己的生命。准确地说，是悲惨的余生，因为从法官作出判决至今已有两周了，也就是说，我还剩三百六十五减去十四天……我在书桌上找到一根针，认真地标注出这一天，按照法官的意思，我的生命从这一天起开始进入倒计时。

第二章

然后我叫来伊特尔，穿上最好的衣服，戴上佩剑，以雷科塔斯家族继承人应有的样子出发去乡下。

村长起初吓得够呛。可怜虫，以为我要从他身上弄钱。不知从什么时候开始，"赋税"这个词让我觉得很刺耳，于是我笑眯眯地结束了让双方都不愉快的谈话。村长高兴起来，但当他知道我想了解的消息时，立刻就笑不出来了。他挠了挠圆圆的脑袋，揉了揉光秃秃的眉毛，疑惑地说："雷塔纳尔先生，您，这个……这些年冒出来好多魔法师。这倒是没错，跟耗子一样。不管去哪儿，现在每个村子都有巫师。骗子也特别多，但也有好的。如果您还记得，河下游有个农庄，一年前被洪水冲走了。干旱的夏天突然下了场雷雨，冲得一干二净，我知道这是谁的手笔，肯定跟他有关系……以前大家都说，要是魔法师绝迹了，日子会无聊又艰难。现在大家开心得不得了，简直是几百年都没这么开心过。我家的小子一时糊涂跟那家伙吵起来，结果第二天院子就被闪电给劈了！烧了个洞，鸡也死了。我赶紧用车拉着礼物，麻溜儿地送到他的院子。真该死，他搁那儿龇着牙笑，收了我的礼物，还说，'没事儿，我只烧死你一只鸡，你要念着我的好……'"

"他是谁？"我漫不经心地问。

村长皱起眉头："老天爷，他的名字拗口得很，一个苦名字。我给你在板子上写一写。得亏我念过书……"

我惊讶于他的谨慎。村长打发一个脏孩子去拿板子，费了好大的劲儿，嘴里念念有词，好不容易歪七扭八地给我写出一个名字：乔尔诺达斯科罗。

"你写得对吗?"我怀疑地问,"这名字太怪了。"

"要不他是个魔法师呢。"村长耸了耸肩。显然,在他眼里,这个事儿可以证明一切怪异都是有道理的,无论是听着很奇怪的名字,还是后脑勺上长着第三只耳朵。

"那他住在哪儿?"

村长毫不掩饰地露出了厌恶表情。

⚔

一个老妇人在村边追上了我,我一下就认出了她。从我记事起她就是个老太太,一点儿没变,戴着暗红色的头巾,丁香色的脸颊已经下垂,上唇长着黑色的小胡子。她一直靠巫医、草药、小巫术和见不得光的女性服务过日子。

"先、先生,如果您是要去找乔尔诺达斯科罗,看在神的份儿上,您可千万别去,他就是个畜生,对不起,十足的畜生。您要是去了,回头碰上大麻烦了都弄不清怎么回事儿。如果有迷魂药的话,连我都能让人活不下去……嗯,比较费劲儿,但是我也能帮忙,不过千万别去找乔尔诺达斯科罗,他不光是没良心,他丧尽天良……"

老妇人好像真的很害怕。我的心里有只不请自来的猫在抓挠,而我的下巴,雷科塔斯家族继承人的下巴,不由自主地高高抬起。

老妇人打住话头:"我没想冒犯您,先生……我没想……"然后她笨拙地鞠了一躬,转身战战兢兢地跑了。

⚔

这栋房子是全新的。奢华,气派,贵气逼人,很有品位,但

第二章

它完全没有远古和辉煌时代的烙印,也没有那种能把破旧的废墟变成家族城堡的奇特魅力。乔尔诺达斯科罗先生的寓所没有贵族的高雅:几年前他才将对手——一个小巫师——挤出这个地区,然后带着自己的家伙什儿盘踞在山上。

我爬山爬了很久。我猜这条漫长而不方便的山路是专门为访客准备的,乔尔诺达斯科罗先生本人一定是骑着扫帚飞的……

我在门前驻足,倒不是因为胆怯,而是沉浸在对往昔的回忆中。根据家族的传说,我们的祖先,大魔法师达米尔,他的房子就在一座高山上。达米尔很严厉,但不会伤害无辜,他认识很多先知,认识战胜了瘟疫的拉尔特·列吉阿尔……总之,我们的祖先曾经盛极一时。

与此同时,我的存在并没有被忽视。一只乌鸦无所畏惧地栖息在大门上,炯炯有神地斜睨了我一眼,张大鸟嘴喝道:"什么人?"

我这人有个毛病:一旦别人对我大吼大叫,我就会吼回去。

"什么人?!"乌鸦提高音调又问了一遍。

"穿皮大衣的母牛!"我扯着嗓子喊道,吼得乌鸦扑棱着翅膀,极力保持平衡。

乌鸦安静了一会儿,移开视线,假装根本没看到我。随后大门吱呀一声,门缝中伸出一只指甲细长的手,接着就是屋主露出真容。只消看一眼那双锐利的、略显疯狂的吊梢眼,就丝毫不会怀疑站在我面前的正是魔法师先生。

一开始我以为魔法师先生是个秃子——他的头光秃秃的,像个鸡蛋,快乐地反射着阳光。"乔尔诺达斯科罗先生?"我恭声问道。

魔法师先生惊讶地挑起眉毛。我们对视了一会儿,这座高楼的主人比我稍微年长一些。他那椭圆形的头顶就被理发匠锋利的剃刀刮得锃亮。

"什么?"最终魔法师先生反问。

"我想见乔尔诺达斯科罗先生,"我耐心而又清晰地重复道,"有人告诉我他在您这里。"

他的长脸皱了起来,好像要大笑似的,吊梢眼的两个瞳孔快要汇聚在鼻梁上。"我的名字是乔诺塔克斯·奥罗。跟什么乔尔诺,什么斯科罗这些乱七八糟的东西有什么关系,您要不要去踹那个指路人的屁股?"

我非常讨厌发现自己是个傻瓜的感觉,这种不愉快甚至让我忽视了魔法师先生的无礼。

"实在抱歉,"我尽最大努力笑容可掬地说,"请接受我的问候,亲爱的乔诺塔克斯先生。我是大魔法师达米尔的曾孙。您可能听说过,湖边的城堡现在属于一个叫雷塔纳尔·雷科塔斯的人……"

他的目光高深莫测,就像个密探一样。他不仅没有屈尊鞠躬,甚至不愿随意地点点头。仿佛我告诉他的不过是我在附近的草地上放羊。

我压抑住怒火。负气离开是最容易的事情,魔法师并不会因此遭受任何损失。这个光头并不需要从我这里得到什么,但我需要,而且是迫切需要。我不是傲娇的美丽少女,不会仅仅因为厨师的长相不合心意就拒绝吃饭。

"我找魔法师先生有事要谈,"我说,坚定地望向那双波澜不惊的眼睛,"刻不容缓。"

我本以为魔法师家的客厅一定是一片昏暗,结果我不得不用

第二章

手掌遮住眼睛——阳光毫不客气地涌进窗户。三面大镜子反射着阳光,高高的天花板上有三个椭圆形的光圈,乍一看如同三只肥猪,或者说更像三头壮牛,肥大松垮,莫名看起来很丑。我的后脑勺立刻隐隐作痛。

我得到了一把椅子,舒适度堪比上刑的凳子。不过我早料到会有圈套,所以装出一副安之若素的样子。

十来分钟的时间里,我们基本上无话可说,夸耀家族的古老,看看挂在墙上的武器。好吧,我已经习惯了在游历的旅途中参观某人的古堡。乔尔诺达斯科罗先生(这名字算是甩不掉了,我在心里就这样称呼他),这位先生家的墙上没有挂武器,而是到处悬挂着一束束粗糙的线,就像脏头发黏成一块毡子,我完全没有欣赏的欲望。

乔尔诺达斯科罗坐在对面的矮桌旁,手肘撑在雕花桌面上,下巴支在交叠的十指上。后来我发现,他在所有场合都是这样的坐姿,仿佛他脆弱的脖子无法支撑他那光头的重量,仿佛他必须再找一个支撑点。他黑漆漆的吊梢眼将我看透,但依然没有任何情绪。没有疑问,没有好奇,甚至没有嘲笑。

"亲爱的乔诺塔克斯先生……"我深吸一口气,心想如果我每句话都说得这么费劲,那么谈话恐怕就成功不了。

我希望在不泄露自己悲惨境遇的情况下获得我需要的信息。我感兴趣的话题是关于一般的法官,一个具体的例子——某位年轻女士,丈夫爱她爱到偏执的地步,在亲手杀死疑神疑鬼爱吃醋的丈夫之后锒铛入狱。这位女士被判处缓刑。我想知道,哪位还健在的魔法师能说明一下她目前的命运。但是我对乔尔诺的期望不高——听了村长的话之后,他在我看来更像是一个傲慢的乡巴佬,而不是一个正儿八经的魔法师。

Авантюрист
冒险者

是时候开始讲故事了,但我说不出话来。我们沉默了一分钟、五分钟、一刻钟。对于一个家里有不速之客的主人来说,这么长的时间足以让他坐立不安了:到底什么事儿?

乔尔诺达斯科罗坐在那里一动不动,像一尊雕像。他目不转睛地盯着我,所以坐立不安的反而成了我。

"好心的,呃,乔诺塔克斯先生。我来拜访您是因为我需要向一位精通魔法的人请教。您肯定知道,我祖上是一位法力无边、功德无量的魔法师,但很遗憾,我和已故的家父在这方面没有得到任何遗传。您也知道……"

"我们以'你'相称吧。"乔尔诺低声建议。我一般不犯糊涂,但现在我糊涂了,而且没能立即掩饰我的困惑。

"我们以'你'相称吧,"乔尔诺再次说道,他那双不动声色的眼睛这么久以来第一次眨了眨,"确实有事要谈。与其东拉西扯,不如直截了当地说出来。"

我沉默了。我不喜欢主动权如此轻易地交予他人,也不喜欢简单行事的建议。

乔尔诺更用力地把下巴压在手指上,现在他的吊梢眼不友好地觑着我。"别兜圈子了,你也无法逃避。城堡废了,庄园荒了,还是说你心甘情愿地流浪漂泊?当然,你在满世界地找什么不关我的事,不过很显然你脖子上套着绞索。不是火烧眉毛那么急,也不是每个人都能看出来,但很明显,雷塔纳尔,你已经暴露了,痛快说吧,故事的话我自己就能编。"

我皱起眉头,镜子反射的光线太亮了。太刺眼了。

魔法师先生出言过于不逊了。雷塔纳尔·雷科塔斯从未"流浪漂泊"过。我那是隐姓埋名地四方游历。"隐姓埋名"是个好词,囊括了所有不可避免的小摩擦和不痛快,只是对于多嘴多舌

第二章

的人而言特别敏感。

乔尔诺看着我，我试图弄清楚我在哪方面暴露了；他十分笃定，我所有的尝试都是枉然。

"放弃吧，雷塔纳尔。你骗我没有意思。是你需要我，而不是我需要你。实话实说吧。"

我完全可以致意然后离开，但是我怀里有一个圆形的木制日历。乍一看似乎一年中有很多天，但对于人的生命而言远远不够，更何况还要扣掉两周时间……我选择留下。

据我估计，太阳早已西垂，但镜面仍在贪婪地吸收炙热的正午阳光，每当我想象的剧本稍稍偏离实际，我的舌头就会掉链子不听使唤。镜子简单粗暴地照亮现实，打消一切无谓的念头；我无法用虚构的情节来美化自己的故事。魔法师的安排很巧妙。但尽管如此，我也并不打算对光头乔尔诺和盘托出最近奇遇的所有细节。

"我们跳过这部分故事，"我漫不经心地说，眼睛没有离开他，"跳过不相干的……"

乔尔诺蹙眉，但没有吭声。我不会告诉他我和税吏的故事，也不会跟他提监狱里的虱子，更不会告诉他绰号"床垫儿"的季萨给我的建议。但除此之外，我的叙述相当详细，当我讲完的时候，我感到一种解脱。

乔尔诺达斯科罗坐在那儿，下巴紧贴着交织的手指。他的眼睛眯成了两条窄缝，就像面具的切口："再说一次，详细点儿。他说什么了？"

我叹了口气。法官的每一句话我至今都记忆犹新。我厌恶地复述："雷塔纳尔，你的道路通向泥潭。你已经在齐腰深的沼泽里了——而且双手沾满鲜血……"嗯，此处省略几个字，然后……

"别遗漏！"乔尔诺喊道，阳光在他的光头上闪烁，"判决内容不能有任何遗漏，难道你不懂吗？"

我迟疑了一下，事情的发展已经完全不是我希望的那样。但是既然开了头，就应该说出全部。当你带着脏病去看医生时，脸红和隐瞒症状都为时已晚。

我费力地说："'税吏在大门前上吊了，人们可能会说活该，但他的死是因你而起，雷塔纳尔。你就是个强盗——森林大盗割喉杀人，而你是编一大通可怕的谎话。让你逍遥一年。时间一到你就会被处决。我说完了，你也听到了，雷塔纳尔·雷科塔斯。好了，结束。'"

阳关普照的房间里有那么一瞬很安静。乔尔诺没有看我，他望向一旁，双唇微动，疑惑地皱起眉头，好像正在脑子里解一道复杂的算术题。

"怎么样？"我终于忍无可忍。

"没什么，"乔尔诺出乎意料地漠然说道，"显然你不想让任何法官凌驾于你的灵魂之上，对吗？"

我突然呼吸一滞。这些话听起来太容易，太淡定了。"谁都无权审判我，"我静静地说，"如果真有必要，我将为自己负责。"

"我明白，"乔尔诺点了点头，"这就是你想要我做的吗？取消对你的判决？"

"你能吗？"我忍不住问道。

他笑了。原本面无表情的脸突然变了，洋溢着毫不掩饰的满足感，黑黝黝的眼睛闪闪发光，嘴巴咧到了耳根。"我能。"

我俩沉默了一会儿。乔尔诺注视着我，就像一只酒足饭饱的猫盯着一只吓呆的老鼠：惬意、满足、甚至带着一丝慈父般的悲悯。

"我可以做到,雷塔纳尔。要知道,你很幸运。但我也很幸运,因为如你所知,没有人会白白提供这种服务。"

"要多少?"我机械地问道。我的心激动地狂跳不已:这么容易?!

乔尔诺的嘴巴咧得更大了——尽管这似乎是不可能的。"你可真现实。不要钱。为我服务。"

羞辱就像一片又干又硬的面包,不可能轻易咽下去。"阁下,"我厌烦地说,"养只狗吧,让它为您服务。还是说您这最后一句话是针对雷科塔斯家族后裔的?"

"我说什么了?"乔尔诺惊讶地问。

我忍住了。

屋子里重归于安静。光点依然在天花板上,像钉上去的一样。时间在这个布满镜子的房间里似乎凝固了。

"你们这些人可真奇怪,"乔尔诺嘀咕道,仿佛是在自说自话,"冒充税吏收别人的税这种事儿对雷科塔斯的后裔来说再自然不过。但是其他事情就……"

"我付钱,"我怒道,"你说多少我就付多少。'其他事情'与你……无关。"

我本来想说"关你屁事"但及时忍住了。

"我们太骄傲了,"乔尔诺达斯科罗嘀咕道,他似乎很惆怅。那张不动声色的脸不知不觉地变暗了,咧到耳根的嘴角也耷拉下来。"好吧,你知道这要花多少钱吗?"

"我会付钱的。"我傲慢地重复道。于是他说出了金额。

有那么一阵子,我只是默默盯着他的眼睛,带着无声的谴责。最简单的做法就是全当我听错了。

他又重复一遍。

"明白了,"我喃喃地说,"你什么也干不了。你只是漫天要价,故弄玄虚,你个巫师。"

"我说完了,你也听到了,"乔尔诺用法官那令我熟悉到瑟瑟发抖的口吻低声说,"好了,结束。"

我舔了舔嘴唇。有那么一瞬间,我相信乔尔诺就是法官,只是换了张面孔。

他咧开嘴笑了。狭长的眼睛精光一闪,于是我意识到,不,他不是法官,但他也不是在故弄玄虚。是我错了——我面前的可不是什么半吊子巫师。乔诺塔克斯·奥罗清楚自己的价值,他收取他认为自己值得的报酬。

而且对我来说付这些报酬也不算什么,毕竟要救我的命。

"你讲点儿良心,"我的声音突然嘶哑了,"我没有这么多钱。"

他轻蔑地笑了笑:"关于我的第一个提议,你还记得吗?"

"不。"我冷冷地说。

乔诺塔克斯耸了耸肩:"那就卖掉城堡。有些富商可能会连你的家谱一起买走。"

"连家谱都买?!"

"削尖了脑袋想挤进贵族圈儿的傻子还少吗?"

我简直无话可说。阳光刺进窗户,反射的光线让我痛苦地眯起眼睛。我突然觉得眼睛很累,刺痛,想流泪。

"关掉,"我挤出眼泪,用手掌捂住脸,"够了……"

太阳在一分钟内就下山了。镜子反射出宁静的金色夕阳,而我近乎失明。在强光照射之后很难立刻适应昏暗,我只能看清切尔诺的轮廓。魔法师——他毕竟是个魔法师!——他站在窗边,

第二章

背对着我，看着外面的花园。

"你真的能做到吗？"我无奈地问道。

方形窗户上的黑色人影耸了耸瘦削的肩膀。"法官有法官的长处，我有我的。"

"便宜点儿？"

他转过身来。剃光的头顶现在散发着柔和的光芒，融入夕阳的温暖色调中。"我不会降价的。你不想服务，那就去筹钱。或者是想一想。用脑子想。"

我沉默不语。

"想想吧，雷塔纳尔·雷科塔斯，"那个叫乔诺塔克斯·奥罗的人公事公办地重复道，"您考虑考虑，一切由您决定。"

乌鸦从窗户飞进来，在天花板下盘旋，然后从那里，居高临下、一本正经地朝我膝盖上排粪。

拜访过乔诺塔克斯·奥罗之后的整个一周，我都处于一种不合时宜的兴奋状态。我衷心佩服自己的聪明才智，在山穷水尽之时找到了一条出路。现在我面临着一个新任务，困难的任务，但说来也简单：在最后期限前弄到乔诺塔克斯先生指定的一笔钱。

整整一个星期，我喝光了最后一点钱，四处寻欢作乐，连最不起眼的村子都知道"雷塔纳尔先生回家了"。后来钱用完了，宿醉来了，我掏出自己的木制日历，惊恐地发现我那倒计时的寿命又缩短了七天。

卖城堡的馊主意立刻就被我摒弃了，只有贪图私利的乔尔诺达斯科罗才会想出这种荒诞的念头。至于其他赚钱方法，我不知为啥想到的是寻宝、拦路抢劫和赌博出老千。我心知肚明，寻宝往往是徒劳的,抢劫既讨人厌又危险,出老千是雷科塔斯不屑于去做的。我的愉快心情烟消云散,取而代之的是让人烦闷的忧愁。无数次叹息,我不像祖先那样有能力施魔法,也没有学懂魔法的深奥精髓。

几十年前名动一时的大魔法师达米尔,他那张充满男子气概、略显疲惫的脸如今也只剩这破旧城堡的墙壁上挂着的三幅肖像。许多年前,这位神通广大的人物打败了盘踞在希梅齐乌斯男爵领地上的恶龙。那怪物是否索要过祭品,我们不得而知——历史对此讳莫如深,但我倾向于认为它还是索要了,这才符合逻辑,毕竟男爵有两个漂亮的女儿,而他的儿子还太年幼,无法骑马并拿起武器。

危急时刻,伟大的魔法师达米尔和他那位忠心耿耿的仆人出现在城堡里。于是后来就有了这幅版画,描绘我的祖先用长矛刺穿怪兽的场景。

我把蜡烛移近。

版画制作得很生动、很精细。我可以看到祖先愤怒的脸,也可以看到野兽的面孔像人一样因为仇恨和恐惧而扭曲,我甚至可以认出这个地方——是的,这是猎场的最南端,年少时我曾多次去过那里。我记得那时我把所有的空闲时间都贡献给了击剑,而且剑一出鞘就入迷地扮演起魔法师达米尔,不止一丛野生覆盆子受到我的残害。

要是我的祖先达米尔能听到我说话并且来帮我,我还用得着和乔尔诺达斯科罗做交易吗?

瘦小的蜡烛燃尽了。这是这座昏暗的、废弃的、墙皮剥落的城堡中仅存的一根蜡烛。

我打了个寒颤。

第二章

　　老伊特尔早就在自己的房间里睡着了,然而我清楚地听到了楼上那些锁着门的卧室里传出重重的脚步声,且沿楼梯拾级而下。

　　我从来不是一个胆小鬼。

　　脚步声在书房门前停下。一阵沙沙声,仿佛来自一本翻开的大书;一声沉重的叹息。

　　万籁俱寂。我克制住颤抖。

　　那里,门外,空无一人。是城堡在叹息。

第三章

"坦塔莉夫人,夫人!阿拉娜小姐她……一直都不回应……我想着她睡太久了,早饭时间都过了……"

女仆用力将双臂弯向身后,她演得太假了——声音中没有一丝对刁蛮的阿拉娜小姐的担忧,只有做作,天生的女演员不费吹灰之力地就能听出这一点。不过平心而论,也没什么可指责女仆的——她心里不喜欢那个把晚餐扔在女佣脸上的臭脾气小丫头。

旁边站着一个阴郁、驼背、半盲的老妇人,沉默地站着。坦塔莉咬紧牙齿,把手掌放在老太太的溜肩上:"别担心,保姆。"

"她连我也不搭理,"老太婆的声音很刺耳,"以前她也总是这样一声不吭,但是如果我请求她,她会开门的……"

坦塔莉扬起下巴,用眼神打断女仆的哭诉,向阿拉娜的房间走去。"要么马上开门,要么我派人去找你父亲。"

门内很安静。没有卧室中人的呼吸,也没有地板的咯吱声。空的。

坦塔莉咬着嘴唇。她的恼火渐渐地变成了焦虑。"阿拉娜,你真的想让我们都去死吗?"

第三章

鸦雀无声。

"派人去请索尔先生回来吧。"女仆低声建议。

坦塔莉很纠结。她想象着一旦埃格特得知女儿的房门紧锁,房内空无一人……

走廊上传来咚咚的脚步声,仆人疾步走来,不过百来步就像长跑过后一般气喘吁吁。"坦塔莉夫人……有根绳子……小姐的绳子从窗口几乎到了地上,我绕着房子看了一圈——我看到……"

坦塔莉吞下了一口苦水。重要的是,这个臭丫头别出事。这样就不必破门而入,进去了又期待看到什么呢?索尔家族似乎从来没人想不开要自杀。

"克洛夫,"她转向那个仆人,"沿着绳子爬上去,把门打开。"

"我?"仆人瑟缩了一下,"那个……坦塔莉夫人,我够不着,绳子也承受不住我,它会在高处断开的。我和阿拉娜小姐不一样,我这膘肥体壮的……"

坦塔莉轻嗤一声:"对了,她怎么走出院子的?大门没有上锁吗?"

"怎么会呢!"仆人愤愤地说,"晚上我就把门锁上了,把狗也放出来了,不过狗狗们都喜欢阿拉娜小姐,而且咱们这栅栏说是栅栏,其实也就是个摆设。"

真是只野猫。坦塔莉阴郁地想。

也就是说,还是得派人去请埃格特。把他从军团的纷繁事务中叫回来,跟他说他的女儿阿拉娜,一个十五岁的贵族少女,借助一根晾衣绳逃了家,翻过栅栏,下落不明。简而言之,她离家出走了。

"唉，"保姆这才一瘸一拐地来到事发地，几不可闻地叹了口气，"唉，一个小姑娘家，怎么会……"

"这样吧，"坦塔莉平静的声音没有泄露她的心思，"第一，所有人都管好自己的嘴巴。第二，克洛夫，拜托你，去小酒馆找找，先去'北方母牛'。"

女仆"啊"了一声。坦塔莉凶狠地瞪了她一眼："你，久拉，寸步不离地待在家里。我知道你很多嘴。"

坦塔莉说完不理会女仆的抗议便大步离开了。她走出家门，绕着房子转了一圈，试了试从三楼窗口垂下来的晾衣绳，环顾四周，脱掉鞋子，往上蹦了蹦，第二次就抓住了最下面的绳结。她双手紧抓着绳子，撩开裙摆，赤足往墙上一撑，开始往上爬，一会儿便进了窗户。仆人们看得瞠目结舌，幸亏阿拉娜房间的窗外有一棵枝繁叶茂的高大杨树，挡住了人来人往的热闹街道。

坦塔莉翻过窗台，轻蔑地笑了笑。她扫了一眼房间里的狼藉，拉开门闩，把哭哭啼啼的保姆放了进来。

她还心存侥幸，希望能在埃格特知道之前找回那丫头。

至于告诉托丽雅·索尔夫人她的宝贝女儿跑了这件事，坦塔莉想都没想。

有两个男人，一个是矮墩墩的壮汉，远远地就能看到宝石在珠光宝气的衣服肩带上熠熠生辉；另一个身材高大，一身黑衣，像只白嘴鸦，戴着宽边帽子，帽檐向下遮住了脸，几乎遮到下巴。我有瞬间的惊讶，一个戴着这样一顶帽子的人是怎么做到走路不摔跟头的。

两人都是步行来的。没有人注意到我，我在小溪附近的灌木

第三章

丛中待了一个下午。倒不是因为我有多喜欢大自然，只是这天儿实在太热太晒了，我和马都不想在炎热的天气里继续赶路。

更奇怪的是，天都热成这样了，这两个体面的男人竟然要决一死战。我立刻发现，他们是来真的——身材矮小精悍的那个脱掉了华丽的坎肩，高个子的人扔掉了自己的帽子，这两位高贵的绅士二话不说就拔剑出鞘。

我用胳膊肘撑起身子。

身材矮小精悍的男人是个经验丰富的战士。棕色的短须在他颧骨突出的脸上虬结，利剑在阳光下闪耀着咄咄逼人的光芒。我好几次都以为黑衣人会接不住招儿，但每次他都能拨开对方的剑锋然后反击，危险得像一条饥饿的毒蛇。决斗双方势均力敌。

我愣住了。最重要的是，我希望在附近游荡的马这会儿千万别被发现：对于决斗的任何一方而言，一时的慌乱就意味着死亡。因为他们的战斗可不是点到即止。我在这方面的微薄经验使我坚信，他俩是要认真地斗个你死我活。

主动权到了壮汉手中。他的对手有长臂的优势，所以这个留着小胡子、看似笨重的人，试图以快制敌。这是一个让人迷惑的场景：高个儿主要用剑刺，壮汉则猛击对手，打算利用自己的力量优势突破其防御。高个儿逐渐力竭，他转动身形，试图让对手转身面朝太阳。他一度达到了目的——但就在这时，被阳光晃花眼的小胡子壮汉全力一击，高个儿男人的防御出现了漏洞。

现在他们面对面站立，高个子男人紧紧按住右肩的伤口。小胡子面色苍白，咧嘴一笑：这种决斗结果丝毫不能让他满意。他想杀人。这种愿望赤裸裸地写在他那凶恶的、颧骨高耸的脸上。

高个子男人把剑扔到左手里，迈步向前。他那矮小精悍的对手冲上来专攻他的右边，似乎想巩固自己的战果；壮汉本来也没打算赢得光明磊落，他的目的就只是赢。

其实，他的胜利已经没有悬念，他有力气。然而下一秒的事实证明，光有力气还不足以成功。要想成功，必须得到命运的垂青。

就在这时，我的母马忽然来到溪边，惊讶于这决斗的场面，不满地打了个响鼻。

也许是壮汉忌惮有目击者，也许是他的对手不太在乎别人的目光；总之，壮汉震颤了一下，一时之间走神了。高个子男人没有放过这个机会，而且他的左手并不比右手实力差。

小胡子壮汉慢慢地转过头来，也许是因为看对手已经没有意义了。利剑已经穿过他的肋下，血迹在考究的衬衫上迅速蔓延，小胡子壮汉一呼吸，血就汩汩地流，他仍然怨怼地盯向我，倒在足印凌乱的草地上。

一秒钟后，我的目光与高个子男人相遇。

他的脸色苍白又病态。仿佛那歪斜的帽檐在他的一生中从未让阳光触碰过那张凹陷、发青的脸颊。

我等着看他怎么做。他转身拿起自己的帽子，用一簇草擦拭着剑——然后就走了，没有施舍给手下败将哪怕一个眼神。

过了大概两三分钟，我纠结了一会儿，走出了藏身处。也许那个壮汉还活着，我对自己说，虽然也没抱什么希望。不管怎么说，在不确定他是死是活的情况下溜走，我觉得有些说不过去。

我穿过小溪，尽量不被湿滑的石头绊倒；水流湍急，跃跃欲试地想要爬我的靴筒里。壮汉仰面躺着，眼睛一动不动地睁着，眼神黯淡，伤口已经来不及包扎。

"别走！站住！不——！"

我心中一凉，立即转身。

第三章

　　树干后面,一袭蝴蝶般的鲜艳礼服闪过。那个细小的声音又叫了起来,叫我停下来,树枝被匆忙的脚步踩得噼啪作响。我从死者身边走开,正要回到河对岸——说时迟那时快,一个女人在这片林中草地上冒了出来。

　　现在可不是评判她漂亮与否的时候,也不是挑剔她打扮豪奢并且俗气的时候。她跑得脸颊通红,激动得脖子都红了,但当她看到地上有个血淋淋的决斗者时,她的脸色瞬间变白,甚至像骨头一样有点泛黄。

　　此情此景,应该对女人说些什么?也许应该把她从这里带走。或者让她喝醉。

　　她的嘴唇动了动,在哗哗的水声中,我听不清她说的什么。我似乎看到她颤抖的睫毛上挂着泪珠。

　　一个在我面前哭泣的女人。我叹息一声:"女士,命运就是这样……"

　　"我就知道,"她喃喃地说,"我早就知道他会死得很惨。"

　　我讷讷了一下,困惑不解。

　　"一个爱嫉妒的人,"她说着,痛苦地看着四肢大张的尸体,"我知道他迟早会惹祸上身。嫉妒是个致命的毛病。"

　　我站在齐膝深的溪流中,双脚已经冻僵。她终于把目光从死者身上移到了我身上。她的眼神很悲伤,但一点眼泪都没有。

　　"我不怪您,"她叹息着说,"说实话,我也没有耐心忍受他的无礼行为。"

　　我舔了舔嘴唇。

　　我一直为自己思维敏捷而自豪。就像现在,在片刻的无措之后,我的理智回笼,叫嚷着应该立刻离开这里。女人看着我,她大约二十五岁,独出心裁的帽子下面露出淡褐色的卷发。明亮的绿色眼睛。

她面前有个高大的黑衣男子站在溪水里。我习惯穿黑衣旅行——毕竟旅途中不好找洗衣工。

我一直相信命运,特别是我自己的。女人的鲜艳衣裙——显然是一件可以在草地上自由奔跑的日常衣服——珠光宝气。她睁大的双眼闪烁着绿宝石般的光芒。

"您会被追捕的,"她疲惫地说,"特里斯塔格公爵的领地上禁止决斗,否则将被处死。"

新消息。

一只蜻蜓在水面上盘旋。尖头的小鱼无忧无虑地戳着我靴子上的黑色皮革。

我想知道,如果这位女士都不认识自己的爱慕者,那么嫉妒的缘由是什么呢……?

即使在梦里,那个圆形的木制日历也纠缠着我。太阳跟乔诺塔克斯·奥罗一样捉摸不定,笑得龇牙咧嘴,摇曳着它的光芒,长着胡子的风张开无形的大嘴哈哈大笑:哟,来啦?

我梦见时间飞速流逝。

她的丈夫生前是贵族,富有,善妒。嫉妒把他带进了坟墓,贵族身份注定了他的墓穴富丽堂皇,而财产……财产则留给了那个绿眼睛的年轻妻子。

我之前就已经猜到了这一切——村里的谈话只是证实了这个猜测。大家谈得兴致勃勃,众说纷纭,所有人都知道高贵的代尔先生在决斗中被杀,特里斯塔格公爵亲自前来吊唁,同时想了解有没有人知道凶手的名字。

第三章

　　没有人知道。那个戴黑帽子的人不知从何处来，到何处去。我用最后的钱弄了一套新行头：一件白色的丝绸衬衫和一件暗红色的薄绒坎肩。

　　代尔夫人穿上了丧服，黑色的旗帜沮丧地挂在城堡的塔楼上。当我把自己扔到一家粗陋的乡村旅馆的床铺上时，我想起了那双忧虑的绿眼睛和那件昂贵衬衣领口露出的黝黑乳房。一个富有的寡妇，轻柔的声音在脑海中响起。墙上的年轻蟑螂——一个刚刚离开父母的小伙子，扭动着它的卷须。

　　她的名字叫伊维莉娜。她的财产足够赎回我的性命，没准儿还能剩下些钱，让我可以在雷科塔斯家族的旧城堡里生活下去，和那个绿眼睛的小妻子。

　　蟑螂被我的妄想逗乐了，蟑螂都笑了。

　　事实就是，法官判决日过后两个月的纪念日，我是在绿眸美女的床上度过的。

　　说实话，当我给伊维莉娜送出第一束花时，我并没有把握会成功。而且这很危险——要是寡妇改变主意，把我交给公爵这个人权卫士怎么办？对她而言，我是杀害她丈夫的凶手，也是她自己所犯罪行的证人；而不论如何，她没有向当局揭发凶手，也就是我，所以她也算帮凶。

　　万一她告发了呢？！

　　由于显而易见的原因，我没有指望成功，并且不抱希望地送出了第一束花。但事情突然有了转机，而且速度之快让我不得不暂时在这里落脚，思考一个对自己非常重要的问题。

　　我，雷塔纳尔·雷科塔斯，有可能为了钱去讨好女人吗？

不可能，我的血统毫不妥协地告诉我。绝不可能。

因此，假如我想实现我梦寐以求的目标，并最终赎免法官的判决，我就必须学会向伊维莉娜献殷勤。简单地说，就是爱上她。

我这辈子经历过很多次了。我曾千百次坠入爱河，有时甚至至死不渝。在我看来，没有什么比对异性产生爱慕之情更容易。现在事实证明，带着目的恋爱比单纯从女士那里得到温暖要难得多。

无论如何，我回想起自己激情澎湃的青春年华，我开始爱上伊维莉娜·代尔。

我的办法很简单。每当我从生活中得到乐趣时，我就想起我的绿眼目标，并轻声呢喃她的名字。我一边闻着烤肉的香味一边说"伊维莉娜"；当我在吱吱作响的床上让自己躺得更舒服时，我想象着她的脸；甚至连旅馆女清洁工那被卖俏的围裙遮住的丰满酥胸，对我来说也是关于漂亮寡妇的额外提醒。经过几天坚持不懈的练习，我确信一想到伊维莉娜，愉悦之情便在心中油然而生，这意味着我爱上她了，也意味着我可以向寡妇求婚，而且不失自己的体面。

此后的一切都是水到渠成。伊维莉娜很快就接受了杀害她丈夫的凶手是如此热情和迷人的事实。但是爱上她于我而言却越来越难——我替死去的代尔，那个爱吃醋的小胡子壮汉感到委屈。在我看来，一个悲痛的寡妇——纵使她的丈夫令人讨厌——也不应该这样对待杀害他的凶手。

尽管如此，审判夜过后两个月，我还是沿着绳梯爬进了指定的卧室。

富贵无须以任何方式隐藏。梳妆台上燃烧着五支细长的蜡

第三章

烛,借着烛光可以看到房间里摆满了丝绸、锦缎、天鹅绒、挂毯和黄金摆件,不知为何让我想到了一间仓库,或者一伙儿强盗的秘密据点。甚至床底下的夜壶都是用最细腻的陶瓷制成的,并且有镀金花纹。伊维莉娜斜倚在枕头上,丝质睡衣顺着她圆润的曲线滑下来。衣袖妩媚地撩起,露出白皙丰腴、宛如婴儿的手臂。我屏住呼吸。

哦,美丽的伊维莉娜!你的身材……

这房子连同里面所有物品能值多少钱?还有庄园呢?一起卖掉会比较便宜,若是把这些值钱东西单个卖掉就很麻烦,也很费时间,比如说,你到哪儿去为这个奢华的夜壶寻找买家呢?

伊维莉娜换了个姿势。白色丝绸下,她的乳房像两颗巨大的水滴一样荡漾,仿佛从硕大松树树干上滴下的树脂般的水滴。我觉得我甚至能闻到它的味道——清新、树脂和森林的味道……

另一方面,谁能一下子买下所有东西,哪个富人,哪个财主?难道不会出现不必要的闲言碎语吗?比如,特里斯塔格公爵难道不会希望以销售税的形式分一杯羹吗?

"您可真美!"

这话是谁说的?难道我已经堕落到说出这种肉麻的话了吗?!而且我的声音听起来莫名的沉闷,仿佛我爬进的不是一位阔太太的卧房,而是爬进了一个潮湿凄凉的草棚。

伊维莉娜神秘地笑了。我爱她,我惊愕地想。否则就会显得我是一个自私自利、斤斤计较的引诱者,一个恶棍等等。我必须立即赞美她!

我小心翼翼地踩在簇新的地毯上,走近床上躺着的女士。白色的睡衣上有一个娇媚的黑色蝴蝶结,这是为她丈夫服丧的标志。

顺便问一下,服丧要持续多久?在剩下的十个月里,我还来得及娶她吗?

我在心里呻吟着。我跪了下来,险些碰倒一个放的不是地方的夜壶。伊维莉娜向我伸出手,手指上有陌生的香水味,我吻了一下粉红色的手掌,思索片刻后轻咬了一口美人的小指。

"啊,"伊维莉娜说,"顽皮……坏人,雷塔纳尔,你是从哪冒出来的,真神奇,我完全无法抗拒你的激情。"

我喘息了很久。我身体里有两个人在斗争——一个是狂热的情人,一个是冷酷的旁观者,但二者谁都无法获胜,而且还可怕地相互干扰。

"今天……你怎么这么……你不说话我就无所适从。当你沉默不语,像此刻这般看着我时,雷塔纳尔,我的心都快跳出来了。你吓到我了,雷塔纳尔,这真是甜蜜的恐惧……"

情人吃了点亏,总算把旁观者从原来的位置上赶走。我的双手自动自发地放在绿眸美人温暖的肩膀上。伊维莉娜战栗了一下,半启双唇,就是她的这些动作彻底地、永远地了结了旁观者。

"雷塔纳尔……我的爱……"

她的嘴唇有一股使人迷醉的独特芬芳。在那一刻,我身上的所有衣服突然都变得多余。

"雷塔纳尔……"

有那么一瞬间,我忘了自己在哪里,忘了伊维莉娜是谁,也忘了自己的困境。这一瞬间值得付出生命——但就在这一瞬间,沉重又粗鲁的拳头在卧室门上砸出了震耳欲聋的响声:"代尔夫人!开门,马上开门,代尔夫人!"

美人的嘴唇瞬间冰凉,毫无生气,纤细的手指像捕兽夹一样钳住我的手腕。"雷塔纳尔！哦不。快点！"

门似乎快要从合页上掉下来了。在我看来，已经无处可去了。

"快跑，雷科塔斯。看在老天爷的分上，快跑！"

伊维莉娜冲到窗前，往下一看，吓得连连后退，带着哭腔低声说："他们在监视……是克罗德，是他，禽兽……"这时她已经没有眼泪，带着止不住的恨意对我说："您害死我了！上床去！"

最后一个指令与眼下的情况格格不入，所以我迟疑了。

"上床去！"伊维莉娜压低声音恶狠狠地说，再没有一丝慵懒，"免得被人发现。头也藏好！"

我穿着一只靴子和一件来不及系扣的衬衫，冲到幔帐下面，钻进一堆被子里，而机灵的伊维莉娜紧接着把我其他的衣服扔给了我。

"什么事？"她用平静又困倦的语气高声问道。

敲门声停止了。

"快开门！"外面兴高采烈地喊道，"有消息说房子里进了小偷！"

被子下面难以呼吸。躺在这张床上当然是我的梦想，但绝不是以这种方式！

"你们把我吵醒了，"伊维利娜责备地说，疯狂地抹掉我的痕迹，"我好不容易睡着。一直在做噩梦，所以我点着蜡烛睡着了……"

"马上开门！"

我真想知道，什么样自以为是的大老粗有权这等粗鲁无礼地插手我和伊维莉娜的私事。

门閂当啷一声挪开了。房间里立刻挤满了沉重的脚步声——进来的人至少有五个。我的剑就在跟前,被子下面,但伸手去拿剑柄就意味着暴露自己。

"怎么了,克罗德?"伊维莉娜已经愤怒地问道,"你有什么权利这样对待我?"

这下完了,我沮丧地想。要我说的话,就不应该开门。门很结实,没准儿能撑得住呢。

"你已故丈夫的遗嘱执行人在这里,还有公证人,"根据声音判断,克罗德已经年过半百,"而我作为死者唯一的亲属,有义务确保遗嘱的条款得到严格遵守。"

随后停顿了一下。听到"遗嘱"这个词,连我的胃都不由自主地翻腾起来。

"条款?"伊维莉娜低声问道。她用尽全力想要控制住自己,但她的声音出卖了她。她第一次听到丈夫的遗嘱条款,就跟我一样。

"把文件给我!"另一个威严的声音命令道,看起来是那个遗嘱执行者。片刻安静之后,我在被子底下听到一阵清晰的沙沙声,是纸张翻动的声音。

"你没有跟我说过,克罗德。"伊维莉娜说道,腔调都变了。遗嘱执行人的喉咙发出了一种奇怪的声音——像是在笑,又像是在打喷嚏。

纸张再次发出沙沙声。

"你看,"遗嘱执行人郑重地说,"根据这份文件,雷吉·代尔先生的所有财产,以及田地、房子、还有庄园,都归他妻子伊维莉娜·代尔夫人所有。然后,'拥有和使用上述财富必须符合下列条件:在她丈夫死后的十年里她能保持贞洁,不会再婚,不会做出放荡的行为，背弃对丈夫的悼念……一旦发生这种情况，雷吉·代尔先生的所有财产，以及，以及庄园，将归他的表弟塔吉·克罗德先生及其子女和孙子女占有。如果发生这些情况……'"

我躺在女士的丝绸床上，躺在厚厚的几层被子下面，心情苦闷。微弱的空气勉强从层层叠叠的花边中渗透进来，闻起来不是香水和香料，而是烧焦的气味儿，是不幸的雷塔纳尔·雷科塔斯被烧焦的命运。

如果特里斯塔格公爵的领地上禁止决斗，那么或许这里也规定了对登徒子的专门惩罚？

寂静持续了很久。

"该死的醋坛子，"伊维利娜轻声低喃，"混蛋，吃醋狂！"

"搜！"塔吉·克罗德志得意满地对人下令。真令人钦佩，我阴郁地想，大叔，你是个有钱人，你坦坦荡荡地从表哥那里赚了一笔遗产……

"搜吧！"伊维莉娜歇斯底里地喊道，"到处搜！既然你们羞辱一个女人，那就把她羞辱到底吧，别客气！既然我丈夫已经沦落到立这样的遗嘱了，你们就别把我的羞耻、我的贞洁、还有我的休息当回事！搜吧！"

"那就搜！"克罗德对某个为伊维莉娜的激烈言辞感到难堪的人喊道。

壁橱门吱吱作响，梳妆台上的瓶瓶罐罐发出哀怨的叮当声。有人几乎在我耳边咕哝着，俯身朝床底看去。

"搜吧！"伊维莉娜泪流满面地大喊。下一秒她的身体就扑倒在我的身上。从一旁看可能非常催人泪下：不幸的女人倒在枕头上嚎啕大哭。

Авантюрист
冒险者

我这辈子从来没有经历过这样的考验！

我和一个美丽的女人一起在床上，她身上只穿着一件丝绸睡衣，哭得直发抖，压得我更贴近床垫了。我们之间的那层被子似乎是多余的。与此同时，侦探们在房间里走来走去，脚步沉重，他们在所有的犄角旮旯寻找奸夫，也就是我。

"搜！"克罗德烦躁地重复道。

"没有人。"一个沙哑的年轻声音答道。

我听到克罗德穿过房间，打开了窗户。

"嘿！"他向下面守卫的人喊，"没有吗？"

楼下含糊不清地答了句什么，但毫无疑问的是，没有，没有人跳进花坛。

"搜吧！"伊维莉娜啜泣道，"搜吧，克罗德，从现在起你不再是我的亲戚了。你别再出现在我面前……既然有遗嘱执行人，那就让他把我关在卧室里关十年，监视我！"

其中一名侦探忍不住吹了声口哨。有人——可能是执行人——愤愤不平地哼了一声。我有点喘不过气来，寡妇丰满的身躯压着我，夺走了我的空气。

"现在请你们出去吧，"伊维莉娜疲惫地说，"今晚我对男人们有了真正的了解。以后您就没什么可担心的了，执行人先生。只要我活着，我就不会让那些卑鄙的、下作的、记仇的、爱嫉妒的、好斗的、放肆的、无耻的、残忍的、愚蠢的、低贱的、没良心的畜生中的任何一个靠近我！"

我感到很不自在。伊维莉娜的每个字都像钉子钉在我的肩胛骨之间，显然我在她面前有愧。上述形容词中至少有一半也适用于我。

"呃……"有个人，可能是公证人，欲言又止。执行人的呼哧声和其他人的呼哧声交织在一起,有那么几分钟时间,除了伊维莉娜的抽泣声和那个魔音入脑般的呼哧声外,我什么也听不见。

我在被子花边下掀开一个缝,静静地换了口气。如果这次能平安过关,我告诉自己,我会对伊维莉娜坦诚一切,坦诚我的卑劣,告诉她关于法官的事,关于乔尔诺达斯科罗的事,让她骂我,让她扇我巴掌,最后……

"请你们离开,"伊维莉娜低声重复,"请让我静一静。不要再做这种可耻的事情了,放过我吧……"

"啊!"克罗德喊叫起来,叫声中充满了胜利的喜悦,我立刻就吓出了一身冷汗。

"这是什么?"克罗德……问,"这是什么,啊?这是什么,我问你呢?!"

"在哪里?"伊维莉……的肘部痛苦地刺入我的肋骨。

"这是什么?您瞎了吗?看不见……带上的扣子!"

"男人腰带上的扣子。"公证人和执行人带着迷信的恐惧重复着。

"在哪里?"伊维莉娜惊讶地重复道。

"这不是!"

"到底在哪里?"

"就在这儿!"

伊维莉娜坐在床上,也就是坐在我身上,下一秒,空气大量袭来,光线也大量袭来,因为在伸手不见五指的黑暗中,五支蜡烛对我来说就像正午的阳光一样明亮。

"这不是!"

掀开被子的那人又矮又秃。他的右眼盯着我,满脸阴郁,而左眼却移向一旁,瞄着我的耳朵。我想起来了,我在镇上和这位美男子有过一面之缘——他坐在小酒馆里,一直喝一直喝……

我的剑放在床的另一边——连同剑鞘和皮带。还有四个男人——其中两个高大健壮的小伙子——惊喜地盯着我。我从枕头上滑下来,背靠墙壁,机械地整理剩下的衣服。

"他是谁?"克罗德大声问道,转身看向面白如纸的伊维莉娜,"是谁呢,尊敬的寡嫂?你床上的这个男人是谁?你刚才说的什么嫉妒、好斗的……"

"啊!"伊维莉娜尖叫起来,用手指着我,像看到活死人一样惊恐地后退,"啊!是他,是他!"

"没错儿,是他。"执行人满意地点点头。能看出来,是他而不是她。

"他就是杀害雷吉的凶手!"伊维莉娜尖叫着,叫声震耳欲聋,"杀害我丈夫的凶手,我在小溪边见过他,他……公爵的卫兵在通缉他!抓住他,他也想杀了我!"

混乱只持续了四分之一秒,但对我来说已经足够了。

足够让我跃过床铺,拿起我的剑,用剑鞘挥开挡路的克罗德先生,跨过遗嘱执行人的脚,边跑边把一个小伙子撞倒,然后冒着摔断脖子的危险从敞开的窗户跳出去。

命运对我嘲弄地笑了。我摔在一个软绵绵的东西上,这东西呻吟着倒下,把我带到地上,自己却只能躺在那里,而我却一跃而起。下一个挡在我面前的是个恶狠狠的走狗,拿着事先准备好的棍子。

他挥了一棍,我躲开了。他又挥了一棍,我矮身躲到棍子下面,一头撞在他心口上,这个可怜虫一下就顾不上阻拦我了。

第三章

  松开了绑绳的狗狂叫起来,但我已经在墙上了。我飞快地跳到另一边,担心我的马可能不在那儿了。好在我的马是整场事故中最靠谱的生物,它就在我离开的地方等着我。

第四章

现在城里的每一个卫兵都知道要在街上找谁,而那些看起来十五岁上下的女孩则因为受到空前的瞩目而倍感困扰。城门守卫信誓旦旦地说,在过去的两天里,没有一个可疑的女孩出城;坦塔莉听了这些保证后黯然皱眉。阿拉娜够聪明,可以神不知鬼不觉地出城,但愿她以前没这么干过。一跑出去就立刻……

坦塔莉一直认为逃跑的阿拉娜会很快出现在城中的下等酒馆里。阿拉娜的叛逆是为了反抗父亲限制她自由的企图,也就是说,这个恶劣的女孩可能会选择城中最龌龊不堪的妓院来惩罚她的父亲;遗憾的是,很快结果就表明阿拉娜逃跑不是恶作剧,而是早有预谋。

她的一些随身物品以及她母亲之前送给她的所有首饰都和她一起消失了。这女孩没打算为逃跑营造假象,她直接离开了,而且很可能,栅栏另一边有人接应她。

这个想法让坦塔莉厌恶。关于谁会在门外等着这个有钱的傻瓜,人们可以尽情发挥想象。坦塔莉不会与埃格特讨论这些,他心里全都明白,他眼睛周围的黑眼圈越来越重。

第四章

　　从城中分三路派出三名信使，谁能把失踪的阿拉娜·索尔带回家，就可以得到重赏。有四个流浪女上门去相认，包括一个十岁的小鼻涕虫和一个大胸娘们儿。各种消息铺天盖地，人们在这儿在那儿看到阿拉娜，还经常同时在相隔甚远的几个地方看到她。索尔上校去辨认一具从河里捞出来的尸体，回来时憔悴不堪，脸色发黑。坦塔莉咬着嘴唇，暗暗发誓要把阿拉娜毒打一顿，打个半死，用拳头、棍子、皮带，只要她回来，只要她活着回来……

　　在阿拉娜失踪的第五天，一些有用的信息终于浮出水面。有一群流浪喜剧演员有段时间一直在一家名为"勇敢大黄蜂"的旅馆落脚；有人曾经多次看到一个女孩跟他们在一起，她很像索尔上校要找的女儿。

　　剧团凌晨时分出城——就在阿拉娜失踪的那天。旅店老板被按在墙上，无法清楚地说出"是"或"不是"——女孩是否在离开的一群人当中？还是不在？这些流浪喜剧演员和他们见不得光的生意，在黎明时分乘坐两辆马车离开……

　　在收到消息的一个小时之后，一队骑兵骑马飞速出城。卫兵们火速在公路网中找到了喜剧演员乘坐的涂得花里胡哨的马车，其中一辆上有个女孩，长着一张粗鲁的半大孩子的脸。

　　纵马飞驰在队伍最前面的是埃格特·索尔上校，虽然没有必要，但他依然不停地鞭打催促着自己的马。

　　我想要一劳永逸地得到一切的意图注定不可能实现。

　　比起梦寐以求的寡妇的财产，我更有可能得到一把斧头和一张断头台——可我根本没犯罪。五天来我一直在逃亡，匆忙地尽可能远离特里斯塔格公爵的领地;到了第六天,母马已经力有不逮,我们并排蹒跚前进。

泛黄的树叶从树枝上飘落,一绺绺蜘蛛网在收割过的田地的茬口上闪闪发光。我睁大眼睛看着这一切。每一片随风飞舞的叶子都是瞬间不知所踪。时间永不停止;我和我的母马在即将到来的秋日里徘徊,而这很可能是我生命中最后一个秋天。

我打了个寒战,从怀里抽出我的日历。

秋天……虽然已经是秋天,孩子用慷慨的手画出了胖嘟嘟的云朵,长着像牛一样的迷人圆眼睛,眼睛里流淌着淅沥沥的雨水。我应该怎么办,坐在马路牙子上大哭吗?

看来我只能一点一点地筹集必要的资金,然后搬到废弃的城堡里去,就像蜜蜂采蜜一样,一滴一滴地,而养蜂人却把大桶装得满满当当……

当然,养蜂人有一群不知疲倦的蜜蜂在工作。而我形单影只,除了我,没有一个畜生会关心珍贵的雷科塔斯姓氏……

"走!"我朝筋疲力尽的马喊了一嗓子,使劲地拍了拍它的屁股,加快了步伐。

倾盆大雨下了一整夜。

湿气从地窖里爬出来,钻过缝隙,零零星星地渗入石墙。距离严冬还很遥远,要过很久玻璃才会蒙上一层毛冰——水在玻璃表面流淌,呼出的哈气在里面沉积。

他被冻僵了。双手搂着自己的肩膀,揉了揉光秃秃的后脑勺,重重地叹了口气。冻死了。

客厅里的三面镜子失去了光泽,就像盲人的眼睛,像蒙上雾

第四章

气的窗户。哦,还是浓雾。哦,一团一团的。哦,还很厚实,像熔化的灰蜡……

他用一块抹布———一块柔软的破布——擦了擦镜子。在旁观者看来,他似乎终于开始打扫卫生了,擦去年深日久的灰尘。

没有旁观者。

他擦了一遍又一遍,隔在他的手与镜子深处积累的雾气之间的薄膜变得更薄了。它呈现出彩虹般的色彩,就像一个肥皂泡,一秒之后就破裂了;缺口蔓延开来,沿着边缘卷曲成管状,灰色的雾团终于得到了自由。

他把抹布丢在地上,它马上就看不见了。厚重的雾团铺满了地面,俯看着仿佛云层。有一瞬间,他浑浑噩噩的脑子里闪过这样的景象:他在飞翔,伸出双臂,在厚厚的云层上,下面看不到地球,但它一定在那里——地球……

"护符。"他闷声说道。

灰色的云层散开了。下面很远的地方有一块金板,上面有复杂的镂空花纹,在绿色的地毯上闪闪发光。他伸出手时那片乌云合拢了。

他抬手摸了摸自己刮过的额头。没有飞行,没有云层,只有一面镜子,被割开了,像枕头一样,里面飞出一缕缕烟雾,形成一团浓雾,将整个房间淹没。房间隐没了。

他抬起头来。

一根灰色的柱子几乎顶到天花板。一张人脸依稀可见。年轻,很严厉。非常严厉。一朵金色的火花在胸口某处闪烁后又熄灭了。

他疯狂地吸气。雾气冲进他的肺部,使他无法呼吸。

又有三道身影在雾中闪现。三个女人。一个小一些,一个大一些，第三个……第三个身影若隐若现，模模糊糊，不断变换着形状，向着地面倾斜……

他眯起眼睛。

这就是了。线索。

这三个人都与带着金色火花的人有关联。紧张的故事脉络，如此生动，如此密切，以至于难以置信，仿佛雾可以创造它们。

然而雾气只能产生假象。幻影。

三个名字的幻象在他耳边回响，但他能听到并记住它们。

虽然失去了知觉，但他满意地笑了。

现在他知道了一切。

在一个潮湿的秋夜，我回到了老家的城堡，而且不是一个人，和我一起的还有一位估价师、一位房地产中介和一位气喘吁吁的商人——潜在的买家。

我还能怎么办?! 我什么都当过，什么都做过。我给人上过击剑课，玩过骰子，给年轻的姑娘们教授礼仪，冒充过学者、魔法师、魔术师和衣衫褴褛的流浪汉——但我梦寐以求的金山连个影儿都没有。

自审判之夜以来已经过去了两个月又三周。从我访问乔尔诺达斯科罗至今，已经过去整整六十七天了。

我很羞愧。我感到无比烦躁，但卖掉城堡是我现在唯一能想到的办法。我干巴巴地把情况告诉了仆人伊特尔，他目瞪口呆，却也束手无策。

看房三人团在城堡里散开了，像主人一样挨个儿房间巡视，眼睛盯着家族的肖像画，不放过任何一个缝隙和角落。我觉得自己被脏手摸到了,还只能咬紧牙关忍着。

买家是那种没有古代贵族血统就觉得人生不完整的商人,他在城堡里溜达,时而满意地微笑,时而皱着眉头,时而弹弹舌头。他喜欢这座城堡。但是作为一个有经验的商人,他善于装腔作势,隐藏自己的真实想法。

"房子需要维修。"估价师愁眉不展地说。

"这个早就说好了,"我冷冷地说,"装修是你们的事。这座城堡已经好几百年了,希梅齐乌斯男爵曾经住在这儿,后来住的是大魔法师达米尔的后人,他本人也住在这里。城墙坚固,至少可以抵御围攻,至少壕沟很深……"

"水都干了。"估价师忧伤地叹了口气,仿佛是在说某人的血流干了似的。

"对了,"商人忧心忡忡地问道,"吊桥还能正常使用吗?"

我耸了耸肩,突然无比希望这笔交易成不了,希望他们不喜欢这座城堡,希望我们在价格上谈不拢。

"我出的价格是……"我说出了乔诺塔克斯·奥罗要求的金额。商人哼了一声,房地产中介耸了耸肩,而评估师则担忧地摇了摇头。

"先生,您要的是两倍的价格,城堡不值这么多钱。古老呢确实古老,光荣也确实光荣,但它荒废太久了,光装修就得……"

"随你们便,"我松了口气说,"要或不要,那是你们的事。"

"先生,您现在是不是手头拮据?"商人小心翼翼地问我,"不然为什么要……"

"我的情况是我的事,"雷科塔斯后裔骄傲的下巴不由自主地高高抬起,"盯着生锈的大门合页给这周边最古老的城堡估价……"我又抬了抬下巴,尽管似乎已经无法抬得更高。

"年轻人,"估价师叹息道,"西边的塔楼已经塌了,这是其一。吊桥升不起来,这是其二。一旦下一场大雨,整个左翼都有可能坍塌,而且壁炉和灶台的状况……"

"在这座城堡周围的森林里,"我举起手指,"伟大的魔法师达米尔杀死了一条凶猛的龙。为此,这场战斗的见证人希梅齐乌斯男爵颁发了一份特别证书。数以百计的人在这座城堡里躲避了敌人和瘟疫。这座城堡让敌人感到恐惧,在朋友的心中燃起希望,这座城堡……"

"我们可以好好商量。"商人若有所思地说道,轻轻地抚摸着自己的胡子,仿佛它会掉下来。

我打住话头。大魔法师的后裔把自家城堡当成集市上的货物一样自卖自夸,这是多么可耻的一件事。但此时不讨价还价,更待何时?!

"我希望,"商人吧嗒着嘴唇,"您刚才说到的证书或者任何其他文件,能让我看看吗?"

我的脸麻木了。我控制住自己,拿来了传家宝,甚至允许商人把它拿在手里。但是当估价师也伸出手时,我毫不客气地制止了他。

这商人有一双老练的眼睛。他经常与真假文件打交道。我心肝儿发颤,看着一个陌生人检查我的传家宝的真伪。

"大魔法师达米尔,"商人吧嗒嘴唇,"嗯,我愿意付钱。"

他的同伴们惊喜地盯着他。

"只要您稍微降降价,我就买了……"商人报出的数目比乔尔诺达斯科罗想要的低,但也差得不多。估价师嘿嘿暗笑——商人显然对他中意的商品出价太高了。我还以为所有的商人都是守财奴。

对自己坦白点儿，理智恶狠狠地对我说。如果你不打算卖掉城堡，何必要把这三位带回来？这桩桩件件让人感到羞辱的事情又是为了哪般？难道是为了最终歇斯底里，放弃救命钱？你卖的不是荣誉，只是一座旧建筑，也不是为了一时冲动，而是为了拯救自己的生命。

我的心似乎在驳斥理智的论点，痛苦地紧缩着。

"他还在犹豫。"房地产中介发牢骚，但牢骚的背后隐藏着喜悦——交易的提成相当可观。

"一言为定？"商人看到我准备点头，于是问道。

我抬起眼睛，大魔法师达米尔正从画像中看着我，眼神中没有责备，没有愤怒，没有任何强烈的情感。我第一次觉得，这位画家可能画技平平。

"就这么定了？"商人又问道。

我深吸一口气："一言……"

壁炉里的火苗突然蹿起来。火焰像柱子一般钻入烟囱，然后立刻四散开来，竭力想要冲出壁炉的栅栏，冷风吹过本就潮湿的大厅，我们身后传来明显的呻吟声。

商人、估价师和房地产中介都惊恐地转过头来。我坐着没动，因为我看到的东西他们马上就能看到。

在钉着栏杆的高高窗户下，佝偻地站着一个五十来岁的矮胖男人。任何人，哪怕是完全不了解幽灵的人，都不会把这个不速之客当作活人。窗下的人不知因何极度悲伤，他那双燃烧的眼睛是幽灵的眼睛，显得很无助、很模糊。

"啊——啊——啊！"

商人、估价师和中介挤成一团。幽灵最后一次看向我的眼睛,挥了挥手,似乎在说"哦,没关系",一瘸一拐地走到大厅的远处角落,然后融化在空气中。我突然想起,那个幽灵般的法官完全是另一副做派。

在一片死寂中过去了几分钟,然后商人"哎哟"了一声,中介大声地擤鼻涕,估价师耸了耸肩。"您看,亲爱的雷科塔斯先生,您不该对我们隐瞒城堡里有幽灵的事儿。"

"我才没有。"我用突然哑掉的声音回击道。

"难道你还想说你是第一次看见他?"中介尖酸地问。

"没错。"我气呼呼地嘟囔着。

"有幽灵的话对房价影响很大,"估价师若有所思地低声道,"有时候可能会降低价格,有时候可能正好相反,会成为加分项。您怎么看?"他转向商人。

商人脸色惨白地坐在那儿,像粉笔一样。他的脸颊曾经圆润而结实,现在却像空袋子一样耷拉下来。

"好主意,"中介眼前一亮,"如果您已经决定高价购买一座城堡……您看,不是每个城堡都有幽灵,而您可以说……"

"我不会买的。"商人轻声说。

估价师和中介面面相觑。"您看,"估价师轻声说道,"现在这个时代,要买一座没有幽灵的城堡是不可能的……"

"我不会买它的!"商人站了起来。"我绝不会买这个城堡!"

我是不是听到了壁炉里有恶意的嘻笑声?

客人们离开了。走在前面的是铁了心的商人,后面紧跟着估价师和中介,像商人衣袍的下摆一样。我在黑暗的大厅里又坐了一会儿,然后下了地窖,把自己灌得酩酊大醉,直打酒嗝儿。

⚔

喜剧演员们行色匆匆,涂了漆的马车走了很远了。不过喜剧

第四章

演员没办法躲起来,也不可能在农庄迷路。它就像躲在黑夜里的蜡烛,哪怕只见过一次马车,人们都能肯定地指出它们行进的方向。埃格特·索尔率领的骑兵队不停地赶路。

傍晚时分终于追上了喜剧演员的马车。马车吃力地爬着山,夕阳金灿灿的光辉洒在马车微微发抖的身侧。惊恐的人们转过身去,迎向那如寻仇而来的骑兵队。剧团团长被粗暴地抓住衣领,拽到龇牙咧嘴的索尔跟前。

"人在哪儿?!"

上校的随从们已经在翻找马车,检视着那一张张惊慌失措的妇女的脸。

剧团团长舔了舔干枯的嘴唇。"请问……您找谁?"

没错,这个剧团和它的两辆马车在"勇敢大黄蜂"旅馆住了将近两个星期。就是这个外表无害的圆脸戏子拐跑了愚蠢的阿拉娜。

埃格特转向随从:"怎么样?!"

卫兵们困惑地两手一摊。女孩儿不在任何一辆马车上,也不在步行的人群中。

"她在哪里?"索尔冲上来劈头盖脸地问团长。

"她走了,"胖女人拉着哭腔说,她的眼睛像忧伤的母鹿一样饱含深情。"尊贵的老爷,我哪儿敢呢,是她自己非要跟着我们。先开始我们赶她走,但是她像刺球一样走哪儿跟哪儿,甩都甩不掉,老天作证。后来在格尼利希她自己厌烦了,我们劝过不让她离开,一个小姑娘自己游荡……像什么样子……但是难道我们能强留下她吗?她就像马一样犟,尊贵的老爷,我们做错了什么,如果您找她,那就去格尼利希找她吧……她自己溜走的……"

格尼利希村早就过了,要马不停蹄地赶一天的路才能到。索尔环顾四周——演员们无一例外，双脚不停交替地站着，惊恐又不安。

索尔用尽全力压制住用鞭子狠狠抽谁一顿的冲动，一言不发地调转马头，向来时的方向飞驰而去。

却因此没有看到，喜剧演员们在他背后互相交换着眼神。

九点的钟声敲响了，酒馆突然人去楼空。朴实的农夫们刚刚还在把酒言欢，突然就改为无声的交流，意味深长的目光来回巡睃，于是此起彼伏的交谈声逐渐消失。桌子上有一些没喝完的酒水。村长谈兴正浓，犹自滔滔不绝地说着话，但一个小伙子从他旁边经过，碰了碰他的肩膀，用目光指了指我背后。村长顺着他的目光看去——他的口若悬河也枯竭了。

"请原谅……我忘了……一件事……祝雷塔纳尔先生健康顺遂，请允许我退下……"

这时候的酒馆就像一座被难民遗弃的村庄。一切都天翻地覆，周围没有一个活物。村长急忙蹒跚着向门口走去——我才终于能把沉重得像包了铁皮的头转过来。

乔诺塔克斯·奥罗本尊坐在我身后的角落里，胳膊肘支在桌子上，剃得发亮的椭圆脑袋搭在交织的手指上。

可惜酒馆的客人都跑了。除了老板，没有人看到我，雷塔纳尔·雷科塔斯，如何用友善又宽容的目光回应那个自命不凡的魔法师的锐利眼神。事实上，一个自信的统治者就应该这样看待栖息在他领地上的小巫师。

"你好，雷塔纳尔，"乔尔诺达斯科罗说道，他坐在桌旁并未起身，"筹到钱了吗？"

第四章

现在我应该要么继续隔着空荡荡的酒馆大堂跟坏蛋乔尔诺谈话,要么像个小男孩一样站起来走到他身边。

"筹到了会告诉你的。"我冷冷地说。

我转过身去,让他明白谈话到此结束。但魔法师先生来酒馆真的只是为了喝杯酒吗?

"我找你有事,雷塔纳尔,"乔尔诺在我背后大声说,"我们谈谈?"

我的心跳漏了一拍。并不是说我那时已经绝望了,也不是说我已经放弃了。我没有那么容易绝望,当然也不会放弃。距离法官判定的最后期限还剩九个月,我相信我肯定会想出办法。但挫折,尤其是重大挫折,总是会消耗精力的,而且挫折最近一直如影随形地跟着我。这就是为什么乔尔诺漫不经心的邀请让我痛苦地精神一振。

"为我服务。"

他必定会旧话重提。更有甚者,他会借机索取天价酬劳,他早就知道这种谈话会再次发生。

有那么一会儿,我只顾着掩饰自己的情绪,不想被他人窥探。但乔尔诺达斯科罗早就预料到了——他的下巴没有离开交错的手指,嘲弄的目光也没有从我身上移开。

"我们谈谈,"我终于开口,"就在这里?"

最后一个问题本来应该表明我不怕隔墙有耳。其实也就是说,我还是害怕,但我不会在乔尔诺面前流露出丝毫的畏惧。

自信的魔法师很清楚我是在虚张声势。他的薄唇勾起一抹讥笑:"不在这里,不要害怕。我们的谈话会很长。"

※

我很快就发现,夜幕降临时,乔诺塔克斯·奥罗的豪宅里居

Авантюрист
冒险者

然一盏灯没点,也没有蜡烛,我一进去就被绊倒在门口。乔尔诺达斯科罗若无其事地开了门,轻而易举,没碰到任何东西,他穿过走廊上了楼梯。他能在黑暗中视物,这再次展示了他的法力以及他超乎寻常的优势。我跟在后面,跟跟跄跄,不是碰倒这个,就是撞翻那个。我觉得这所房子是为了讨好主人而给我下绊子。

"这边。"一阵微弱的气息传来这句话,然后一扇门就在我面前打开了。

"你好歹点支蜡烛,"我不满地说,"客人都带回来了,主人却连灯都舍不得点。"

我以为他会恼羞成怒,我等着他反唇相讥,但在短暂的停顿之后,乔尔诺平静地回答说:"请见谅,我没有蜡烛。没有蜡烛,没有壁炉。我不喜欢火。"

他拉开了沉重的窗帘,让半轮月亮的微光照进房间。我周围的世界终于有了轮廓——一张桌子,两把椅子,乔尔诺达斯科罗光秃秃的脑门上有一抹暗淡的光,墙边书架上的书脊也依稀可见。屋子里别无他物,没有任何与魔法师住所相配的装饰。

"请坐。"乔尔诺指着一把椅子对我说,这次没有什么圈套。舒适的靠背椅是用来坐的,而不是用来嘲笑一事无成的访客的。

我们在这所房子里见了两次。第一次是在刺眼的光线中。第二次在一团漆黑中。

"冬天呢?"我不觉问道,"没有火的冬天怎么过?"

"冷着。"乔尔诺顿了一下答道。我不禁有些尴尬,貌似我的问题不太礼貌。

偌大的黑漆漆的房子里一片寂静。显然,这里连老鼠都没有。

"你没有仆人?"我意识到这样问有点儿不知分寸,但不知何故我没能阻止自己。

"没有。"

我很好奇他吃什么？没有火怎么吃？生肉吗?！

我有一瞬间的恐惧，但只有一瞬间——仿佛乔尔诺达斯科罗是一个凶狠的食人魔，把我引诱到一座黑黢黢的房子里，叫天天不应，叫地地不灵。

"不要害怕。"乔尔诺疲惫地说。

我的恐惧立刻在愤怒的压力下化为乌有。

"你疯了吗？谁害怕了，我吗?！"

"别喊。"他仍然疲惫地请求道。他在我对面的椅子上坐下来，随即把肘部支在膝盖上，把下巴放在手上。我看不到他的脸，只有他的脑门偶尔闪着微光，像室内另一个昏暗的月亮。

"你还能活多久？雷塔纳尔？九个月零三天？"

我皮笑肉不笑地咧了咧嘴。不知怎么我不喜欢他把日期记得这么清楚。"你还剩多长时间"——这是向绝症患者询问预期死亡日期的方式。

"九个月，"魔法师先生若有所指地重复道，"你还要挣扎？"

这句话让我更不高兴了，特别是他说话的语气。"挣扎"这个词是一种卑微又忙乱的行为，而且有趣的是，它毫无希望。

"你在寻找其他魔法师吗，雷塔纳尔？"

我咬紧了牙关。这个问题问得很随意，但问题背后有强烈的言外之意。

"为什么我不能这么做？"我的声音听起来似乎很淡定，"难道我承诺过不接近除你之外的任何人？你只是我遇到的第一个人罢了。"

我十分想让自以为是的乔尔诺拥有自知之明，让他变为执行我命令的武器。

　　我也想隐藏自己的不安。因为我真的在寻找其他更好说话，或者不那么自私贪婪的魔法师。然而事实证明，每个村庄都居住着法力无边的巫师的传说不过是以讹传讹——这个谣言无耻地撒了谎。魔法师并没有他们说的那么多，强大的就更少了。我花了两个星期试图查出一个强大的魔法师，两个村里的女术士不约而同地为我指了一位魔法师。然而让我痛苦的是，众里寻他千百度，原来那个魔法师就住在雷科塔斯的领地上，名字叫乔诺·塔克索罗或类似的什么东西……

　　"九个月，"我笑着说，"九个月是很长一段时间，都够生个孩子了，更不用说……"

　　"不要自欺欺人，"乔尔诺叹息一声打断了我的话，"没有婴儿能够平白无故地出生。我是你碰到的第一个人，但除我之外谁也帮不了你。没有人。"

　　安静。绝对的安静。没有一只蟋蟀，没有一缕风，没有老鼠闹腾的声音。死寂。

　　"那又怎么样呢？"我兀自嘴硬地问道。

　　"我可以帮助你。"

　　"这就是你叫我来这里的原因吗？还是说我是一块抹布，能吸收你膨胀的虚荣心？"

　　他沉默不语，所以我火大地补充道："你知道吗，你去站在镜子前，顾影自怜地说'我是最强大的魔法师''我是最强大的魔法师'……请别管我。我需要时间来为你赚那些该死的钱。"

　　我本来想说"好让它们压死你"，但在最后一刻忍住了，毕竟这不是在集市上。

　　"我不需要钱。"乔尔诺达斯科罗说。

第四章

我皱起眉头。我知道他想要什么。

"我不需要钱,"他伤感地重复道,"事实上,我已经有了一切……用金子能买到的东西。虽然'买'和'不买'之间的界限是如此的模糊……难以捉摸……"

我仍然看不清他的脸。

"我没有你想的那样虚荣,雷塔纳尔,世界上所有的东西都是有代价的。即使是买不到的东西也有价格。我不是一个'连灯都舍不得点'的人,这一点你说错了。"

我感到很不自在。乔诺塔克斯的声音听起来很平和,从容不迫,但声音背后隐藏着一种疲惫的、饱含尊严的委屈。

魔法师真是个神奇的族群,我惊讶地想。他们像钳子一样坚不可摧只是我的幻觉吗?还是说我已经成功地伤害了他?

"错了就错了吧。"我以和解的口吻说。

我们沉默了一阵子。我想知道,他生活中是否完全不靠火。从不在壁炉边取暖?从不在篝火边休息?孑然一身,连仆人都没有,成日与乌鸦为伴。

"我无意冒犯你。"我以道歉的语气嘀咕着。

他的眼睛在黑暗中闪闪发光,似乎有些嘲弄的意味。

"我会帮助你,雷塔纳尔,但你也要帮助我。不是服务,好吧,一开始是我没说清楚,所以一切才偏离了轨道。不是服务,是交换。这不违反你的原则吧?"

我垂下了眼睛。最后一个问题是赤裸裸的嘲弄。

"在某个城市,"乔尔诺继续随意地说,"有一户贵族家庭,我想让你娶那个家庭的年轻女继承人做妻子。"

"就这样?"我愣了一下后问道。

他眨了眨眼睛。我不知道猫头鹰会不会眨眼睛,但乔诺塔克斯此刻活脱脱就是一只猫头鹰，即使他发出鸟叫我都不会感到惊讶。

"你们这些人真奇怪，"他喃喃自语，"雷科塔斯的继承人能做什么，雷科塔斯的继承人有什么不能做的……你不也想过为了一点臭钱娶个寡妇吗？"

我打了个寒颤。

"也许你需要时间来考虑？"他体贴地问道，"一天，两天，一个星期？毕竟你还有九个月的时间，而且你可以……"

"你图什么？"我低声问道，"你为什么需要人……帮这个忙？"

"很简单，"他伸了个懒腰，手指依然缠绕在一起，"作为嫁妆，你要一本女孩的外祖父写的书，书名叫《魔法师传》。副本，当然是副本，他们不会给原件。你把书带到你的城堡，好在它还没有卖掉。女孩归你，书归我——作为报酬。而你的生命将不止九个月，你会长命百岁。年复一年，雷塔纳尔，几乎永垂不朽。"

"你自己就是魔法师，你要本书有什么用？"

他站起身，像猫一样伸了个懒腰，突然就站到窗前，黑色背景下的黑色轮廓，光秃秃的脑门上有微弱的月光。"这就不是你该关心的问题了，雷塔纳尔。你干不干？还是继续去找钱？还是去找其他魔法师，然后在死期到来的前一天，做什么都晚了的时候，再瞪大眼睛跑来找我？啊？"

我伸手捂住胸口。与其说是为了按摩我脆弱的心脏，不如说是为了触摸放在我怀里的木制日历，日历上过完的每一天都用细针小心翼翼地划掉了。

"当生命漫长的时候，有个妻子就合适了。"乔尔诺语重心长地说道。

第四章

我看到他在笑,露出两排洁白闪亮的健康牙齿。

第二天一早我就出发了。彻夜未眠让我的脑袋嗡嗡作响,但我不想拖延。路上再好好睡觉吧。

我那半空的行李箱随着马蹄跳动着。差点儿被我卖掉的雷科塔斯城堡正幽怨地望着我的背影,它现在的主人是老态龙钟的伊特尔,哦,还有一个近视眼瘦小幽灵,不知道谁家的,因为雷科塔斯家族的人历来都是身材高大,并且视力从来没有问题。

无论如何,我带着轻松的心情离开了。

几乎永垂不朽。生命是漫长的。

第五章

我以前没有和魔法师共事过。乔尔诺保证过会竭尽所能在旅途中帮助我,我原本不太相信,但随着时间的推移,母马不仅不知疲倦,而且肉眼可见地越来越年轻漂亮;天气很好,投宿的地方很便宜,吃喝管够,而且没有臭虫。我开始把有魔法师助力的旅途当成是快乐的游玩,因此当路途过半时,一场寒冷的大雨突然从天而降,我几乎心生委屈。是乔尔诺忘了这些地方有哪些路?还是他认为我的母马会在泥泞的粘土里游泳?

我被困在客栈里了。也就是说,我以为我被困住了。可是第二天,老板涨价了,厨娘用发臭的肉做晚餐,恶心的生物成群结队地从硬床垫里爬出来。我有种感觉,乔尔诺决定一次性结清我过去的运气;我骂尽所有的脏话,度过了一个不眠之夜,用我的血喂饱了五十种不同的昆虫之后,在黎明时分上路了。

雨停了。

经过打听,我满怀信心地朝着旅行的目的地出发。雨又开始没完没了地下,结果我和马一下子就变成了两个又湿又冷、浑身是泥的麻袋。我诅咒着骗子乔尔诺,调转了马头。随着清晨的到

第五章

来，乌云立刻像蟑螂一样四下逃散。

这时我才开始怀疑有什么地方不对劲，我想起乔尔诺的指示，想起了他的礼物，一个麂皮袋子：它的用途是把我未婚妻的嫁妆——《魔法师传》这本书运回去，就像装在匣子里一样。布袋柔软的侧面绣着黑色的小玻璃珠，没有任何花纹和图案；同伙先生叮嘱我时不时地欣赏一下刺绣，旅途的头几天我照做了，但后来——因为我不是淑女，也不欣赏针线活——我忘了，忘得一干二净……

我那位同伙，他真该死，他肯定会提醒我。

就在这块空地上，我把箱子翻了个底朝天，就为了找那个宝贝小玩意儿。袋子在箱子最下面的角落里，虽然我清楚地记得我把它塞在盖子下面。袋子上的珠子闪闪发光；以前我只看到零星的黑点，现在可以看到麂皮上绣着一只眼睛。我一下子就知道它是谁的眼睛了——狭窄的、直勾勾的、有点疯狂。我可以发誓，以前袋子上绝对没有眼睛。

我们——我和马——站在路中间。远处依稀可见那间可恨的旅馆所在的村庄，我突然发现周围已经是深秋了，远处的森林像妓女一样不着寸缕，田里的庄稼已经收割，路上布满了水坑。一阵冷风吹来——也是多亏了它，我才能够为初次见识乔诺塔克斯的魔法时所产生的后背发凉的感觉找到借口。

袋子上的标记迫使我改变方向。乔尔诺达斯科罗出于不明原因修改了他的计划，现在我必须向天气骤变所明确指示的方向前进。

是谁说的，如果没有魔法师这个世界就会很无聊？我宁愿选择高贵的无聊，也不愿做个风向标，乔诺塔克斯先生地图上的小旗子，这是很不体面的消遣。

我爬上马鞍,让马跟着那片蓝天走,追寻着远去的太阳。我咬紧牙关,骑马去往那个捉摸不定的魔法师先生希望我去的地方。

第二天我赶上了他们。

两匹吃饱喝足的马拉着两辆车。马车的侧面画着笑脸和哭脸、骷髅头、地图、闪电,以及各种命运的符号。喜剧演员看起来很糟糕。他们疲惫不堪,风尘仆仆,步行跟在马车旁,似乎不敢用自己瘦弱的体重折腾马匹。他们有六个人——三个男人,一个穿着厚实斗篷的漂亮女人,一个描眉画眼的驼背的年轻女人,还有一个十五岁左右的女孩,穿着别人的破破烂烂且不合身的衣服,奇怪的是,两条腿都有点瘸。

我在漫长的爬坡过程中超过了他们。六道目光一个接一个地掠过我。剧团的头目是个圆脸的小伙子,眉毛乱蓬蓬的,皱着眉头看过来,很不友好;他的几个同伴看起来无动于衷;漂亮女人露出了一贯的笑容;驼背女人经常眨眼;而那个女孩……事实上,那个女孩看了我两次。第一眼是短暂的,就那么一瞬间,我只能看到她的一只眼睛满是瘀青。然后,在超过慢悠悠的剧团之后,我捕捉到她的第二个眼神,我觉得很炙热。她在哀求。我不知道怎么回事,但那眼神很绝望,仿佛溺水之人,却又不能呼救,只能看着。

我勒马停下,尽量彬彬有礼地问:"好心的喜剧演员们,你们要去哪里?"

头目的眉头皱得更紧了,两个小伙子惊讶地盯着我,漂亮女人笑得更欢了,驼背女人叹了口气。女孩垂下眼睛,盯着路上灰色的灰尘。

"我喜欢戏剧。"我用温和的语气说着谎话。

"那您来看演出吧,"那个女人含情脉脉地邀请我,"尊贵的先生,您发发善心,等我们到了集市,我们就可以演出了。"

"集市还远吗?"我饶有兴致地问道。

"就在那儿。"女人含糊其辞地挥了挥手。男人们面面相觑;一个是满脸乡巴佬傻气的壮小伙儿,另一个身上明显有贵族血统,但可能是个私生子,在他那荒淫无度的老子的城堡里住不惯。

我看了看那个女孩。如果她抬头看一眼,如果她再一次发出无声请求——谁都不知道路上的这次相遇会变成什么样子。但她只盯着灰尘。我迟疑了。

一个和流浪喜剧演员混在一起的女孩能有什么麻烦?特别是如果她的手很白皙,手指纤细,蓬松的金发曾经得到过最精心的护理。谁知道她是不是在重蹈这个年轻私生子的覆辙呢——本来是要过最好的生活,结果却是马路、马车、秋风瑟瑟。

"我会去看的。"我礼貌地答应,调转马头,策马向前。

埃格特回来了,黑得像块炭,嘴唇被风吹得开裂,憔悴又衰老。他希望坦塔莉会迎面跑来,隔着整条街道大喊阿拉娜早就回家了;他的希望在第一眼看到坦塔莉的脸时就熄灭了。但他自己也不知为什么,还是带着一丝希冀问道:"没回来?"

"没回来。"

很冷。屋子里有穿堂风。年迈的保姆已经一个星期下不了床了。

Авантюрист
冒险者

　　埃格特搜索了格尼利希村,还有周围所有的农庄。壁炉里的火烧得噼啪作响,坦塔莉坐在一旁,佝偻着,简直不像她自己,火焰的光芒映在她的脸上,像一个铜面具。埃格特心慌意乱地想起另一个壁炉,另一团火,和另一个女人,以及温暖的火海,在火海的底部,他第一次触摸到他的妻子,那时还是一个年轻女孩,托丽雅,依然是那么美丽……

　　"应该告诉托丽雅。"坦塔莉轻声低喃。

　　埃格特毫不犹豫地摇了摇头。

　　还真有个集市,而且就在不远的地方——路上突然变得人声鼎沸,附近的居民们炫耀着自己的节日服装,让我印象特别深刻的是一个坐在高高的麻袋金字塔上面的妇女。她冒着掉下来的危险——四轮货车的轮子时不时陷入路上的坑洼里——看似随意地扯起五颜六色的裙摆,向众人展示她的新靴子,黄得像甜瓜,涂得油光发亮。这个骄傲的女人的鼻子本来就很翘,现在更是被抬到了难以想象的高度。她认为自己的靴子闪闪发亮,让集市连同太阳一起黯然失色。

　　交易已经进行了一段时间了——在人山人海的广场周围,垃圾和废品堆积如山。流浪狗吃得脑满肠肥,甚至允许有主的猫偷吃几口,这些猫被照料得干净整洁,但不可抗拒地渴望尝试垃圾堆中的罪恶。我微微蹙眉,我的鼻子对于臭气熏天的垃圾场来说太脆弱了。

　　或许我应该继续前进,但广场边上有一家旅馆,石头建的,对一个简陋的村庄来说异常好,我渴望热水、柔软的羽绒被和安静的夜晚。于是我留下来了。

第五章

晚上我快被一群狗折磨死了,它们在我的窗户下先是恣意狂欢,然后大打出手。早上我从房费中扣除了五枚硬币——用于弥补精神上的损失;老板很生气,但我用一个眼神就把他打发了。他最好管管自己的狗。

虽然没有休息,但我对自己很满意,我打算继续走我的路,顺便说一句,从十号公路绕过集市广场。我的计划注定无法实现——即使和卖货的摊位隔着三条巷子,也能听到沉闷大鼓和尖锐木笛的交响乐。

"喜剧演员!喜剧演员!"

一个灵巧的小男孩从一个痴迷艺术看呆了的老妇人的篮子里偷走小面包。

"喜剧演员!阿伊达,喜剧演员!"

我犹豫了一会儿,然后好奇心占了上风。我没有下马,威风凛凛地呵斥挡路的围观者,来到广场上,看见我熟悉的涂鸦马车。

喜剧演员们用破布卷成的棍子互相殴打。那个被我认为是私生子的人正像木偶一样跳舞,跳得很好,脸上的表情就像木偶应该有的那样静止和疏离。驼背女人用尖细的声音叽叽喳喳地叫着,取悦观众,而漂亮女人慵懒地走来走去,胸脯像船头的斜桅一样高高挺起。

那个女孩不见踪影。

我的马不愿意静静站在原地,它被人群惹恼了,刺耳的木笛声干扰了它。我自己也不知道为什么不着急离开,漫不经心地安抚着母马,看着,等待着什么。

满脸乡巴佬傻气的孩子拿着陶制的盘子绕了一圈。赏钱并不丰厚,但也不吝啬,我看到剧团团长像主人一样把钱倒进腰间的皮袋里。

　　这帮该死的狗东西，他们把那个女孩塞到哪去了?!

　　我从马鞍上跳下来。人群让开了一条路，我甚至不需要用胳膊肘开道。一分钟后，我就把马拴在其中一辆马车的木梯上。

　　她在这里。

　　我的眼睛隔了一会儿才适应了半昏暗的环境，所以一开始我以为我看到了一个麻袋躺在斑驳的地板上。然后麻袋动了一下，一双眼睛在黑暗中闪闪发亮，我看到那个女孩侧躺着，双手背在身后，嘴巴被堵着。

　　奇怪的是，我并不感到惊讶。就好像在任何喜剧演员的马车上，只要愿意，都能找到一个被五花大绑成香肠的人。就像森林大盗的受害者。

　　"真是有趣的脚本。"与其说我在跟女孩儿说话，不如说我是对自己说的。

　　她轻轻地吸了口气。

　　外面，满意的人群哈哈大笑起来。

⚔

　　那天来看喜剧的人最终围观了一出更为精彩的大戏，一场斗殴。一个奇怪的想法引导着我：在三人对我看似猛烈但毫无意义的攻击中，我还能在人群面前做戏——大吼大叫，做鬼脸，而大多数观众都相信这场打斗是一个巧妙的喜剧桥段。

　　真正糟糕的时刻只有一次——漂亮女人从背后靠近我，用重物击打我的头。我想办法让自己保持清醒，但疼痛太剧烈了，我脚下的木板都竖起来了，我几乎立刻发现自己趴倒在地，一个白痴用脚戳了戳我的肋骨，然后我敏锐地意识到那个私生子手里拿着一把刀。

只有那些血迹斑斑的木板才知道我是如何躲开的。那个杂种暗下黑手，这样从侧面看我就像突然晕倒了；我抓住他握刀的手，让它暴露在公众面前，然后一脚踹向那个混蛋干瘪的肚子。这时，观众们已经意识到喜剧演变成了斗殴。各色人群喜好不同，于是表现也不同：母亲们赶紧把孩子们带走，好事之徒看热闹不嫌事儿大，轮番为我和喜剧演员们欢呼，而更胆小的人则冲去找警察把我们分开。

喜剧演员可不需要警察。在某个时刻我发现，我一个人站在戏台上，听不到掌声，但在后排观众中，当地警察的头盔闪闪发光。我头痛欲裂。我的母马绝对值得尊重和赞美，它没有挣脱绑绳，没有害怕，没有发狂，所以我才有机会将女孩拖到马鞍上，而且我确实做到了，好在警察没追上我们。我能想到那些喜剧演员会怎么诽谤我，不过警察应该不太会相信喜剧演员。

小时候，我非常痴迷骑士拯救公主的故事。他们从龙、巨人，在万不得已时甚至从食人魔手里英雄救美，但他们从来没有从喜剧演员手里救过人，因为这已经不是悲剧，而是滑稽剧。公主被一伙邪恶的小丑俘虏了！

当然，那些古老的传说也从未描述过英雄和公主如何度过回程的旅途。我必须要将女孩儿安置在马鞍上，要给她食物，还要安排她过夜，安抚她的情绪，因为事实证明，喜剧演员可能比食人魔还恶劣。

而公主起初的表现也很奇怪。她没有倚在我胸前哭泣，也没有告诉我她的悲伤故事。她没有承诺让她的父亲慷慨赠我金山银山来表达对我的感谢，她甚至没有告诉我她的名字。她只是从牙缝里挤出一句话，告诉我应该把她送到哪里。仅此而已。我不禁恼羞成怒，我头上被撞了个大包，全身伤痕累累，还要拖着她向她家出发。

走到半路，我终于明白了。我知道我这是在护送谁，去哪里，以及为什么。乔尔诺达斯科罗用一场秋雨浇我是有原因的，是为了给我指路。一切并非巧合。魔法师先生牵着我的手步步为营，我为之被重物砸伤头部的那个女孩——几乎可以肯定，就是注定要做我妻子的人。

有生以来头一遭，我的命运掌握在别人手中。我看到自己成了一个提线木偶，绳子在乔尔诺达斯科罗手里，这个认知并没有给我带来好心情。

仿佛是察觉到了我情绪的变化，阿拉娜终于开口了。自从目睹戏台上的斗殴之后就一直处于呆滞状态的她终于回过神来，表现出了竭力压抑的歇斯底里。

是的，她的名字是阿拉娜·索尔。她离家出走，"与流浪喜剧演员一起游历"。起初，她的朋友们对她很恭敬，但随着她日渐远离父亲的家，随着贵族小姐沦为流浪女，她周围的世界也发生了变化：喜剧演员们自认与她平等，而她也不再有机会证明并非如此。在她试图逃跑后，噩梦随即开始……

但她未必知道什么是"悔改"。她很震惊，但压根儿没有想过要对自己的经历做出任何评价。而现在的我——与其说是未来的丈夫，倒不如说是高贵的救世主！——只需要咬紧牙关，利用她的歇斯底里来查明对自己重要的事情。

是的，她被打了。他们逼她干脏活儿累活儿，嘲笑她；他们把她锁起来，绑起来，让她寸步难行，给她吃得很差。有几次，她被下了安眠药，藏在一堆杂物下面的箱子里。她从零星的对话中明白，有人在找她，喜剧演员们很害怕。在绝望中，她再次试图逃跑。从那时起,他们几乎一直用绳子拖着她走。

我强迫自己继续询问,因为如果她清醒过来,她肯定就不会坦诚相告了。所以我尽可能温和地问了她一个问题(这个问题在其他情况下绝不会从我的嘴里问出来),从她的反应中我得到否定的答案,我松了口气。

也就是说,他们怂恿她姘居,不止一次。起初是所有人轮流上阵,甚至包括驼背女人;后来剧团团长让大家明白,他想独占这个女孩儿。然后有一天夜里——就在我出现前夕——他开始动真格儿的。阿拉娜又惊又怒,一下子变成了一只狂暴的猫;混蛋团长羞于呼叫帮手,于是为了泄恨,把女孩儿打得奄奄一息。

之后我们就在路上相遇了。喜剧演员们很不自在,他们非常不喜欢我对他们产生兴趣。阿拉娜在恐惧和等待中熬过了一夜——第二天,当她像动物一样被捆绑起来扔在马车的地板上时,我出现了,宛如横空出世。

当她讲到这个地方,我几乎原谅了乔尔诺达斯科罗让我充当的木偶戏演员的角色。如果解救阿拉娜是魔法师的意愿呢?如果我没把她抢出来呢?我真不敢想象她将来的命运会怎样。我不希望任何一个姑娘,即使是最乖张任性的姑娘,受到如此残忍的教训。

她泣不成声,我看得出她没有说谎。我感到既高兴又遗憾。高兴的是,这个傻女孩至少在某种程度上得到命运的垂怜,遗憾的是,喜剧演员们活着逃脱了。然而我真想要调转马头,冲出去追赶那些该死的喜剧演员。如果追不上他们,我就不是雷科塔斯。追上他们然后……

我打消了报仇的念头。现在应该让这个女孩平静下来。而且,我在好不容易让她把注意力转移到别的东西上的同时,也知道了许多有趣的事情。

她的外祖父曾是一位伟大的魔法师。她的父亲是传说中的索尔上校,我甚至听说过他;她的哥哥十年前就失踪了,当她开始向我讲到哥哥时,她再一次泣不成声。

于是,为了让她不再流泪,我谈到了魔法师中的佼佼者达米尔。讲到恶龙摧毁了希梅齐乌斯城堡周围的地方,长矛刺穿了凶兽;讲到远古时代,那时恶龙很多,但魔法大师们从不贪财图利。所有人都知道,光荣的达米尔无偿为大家除掉了凶猛的龙,不计回报,希梅齐乌斯美丽的女儿嫁给他并不是对他的奖励,而是顺从自己的心意。

阿拉娜很快就忘记了哭啼,目瞪口呆地听着。仆人们在旅馆走廊里谩骂,猫在窗下骂,远处有人在敲打铁皮;我们的小房间里很安静,炉火在燃烧,瘦弱女孩的眼睛灿若星辰,在这一刻,她看起来绝不超过十三岁。难道我要和一个孩子结婚?

是的,她是个孩子,而且是个相当顽劣的孩子——光是离家出走这件事就足以说明问题。

她是我的未婚妻。光是这个无可避免的事实就足以让我牙疼。

开门的是一个面色忧郁的仆人。他那双颜色不明的眼睛停在我的脸上,变得更忧郁了;然后突然瞪得像碟子一样圆,因为发现阿拉娜在我身后静静站着。

"哦……夫人!坦塔莉夫人,您快来!"

仆人大叫起来,激动异常。阿拉娜牢牢抓住我的手肘——说不定我还得把她从严厉的家法中救出来,让她免受应得的皮肉之

第五章

苦……

不知从什么地方跳出来一个脸色绯红的少女——一个女仆——两手一拍,像母鸡一样尖叫。整栋房子都在震惊地尖叫。这时,高高的楼梯上悄然飞奔下来一个穿着深色裙子的女人,她长着一张表情生动的脸,不是特别漂亮,但令人见之不忘。

第一眼看了看我,第二眼看向阿拉娜,她的眼神让我身后的女孩瑟缩了一下。我必须说,看来这位是个人物。是飓风,不是一般的小女人。姐姐吗?

"嗨,坦塔莉,"阿拉娜哑声说道,没有松开我的手肘,"这位是雷塔纳尔·雷科塔斯先生。"

"幸会。"女士淡淡说道,仿佛死丫头阿拉娜在每个星期二流浪归来,由陌生男人带回来。她又转向仆人:"克洛夫,快去请埃格特先生。久拉,去准备热水。至于您,雷科塔斯先生。"我不禁打了个寒颤,因为她叫我名字时的表情非常怪异。"请进。"

⚔

我觉得我有责任把阿拉娜的苦难和盘托出,好让任何人都不会想要进一步惩罚她。事实证明,这是必要的——因为这个小傻妞骄傲地三缄其口,拒绝向家里解释任何事情,那是一种不可理喻的骄傲。我一直在摇头叹息,期待阿拉娜的母亲从远处的房间里出来,向母亲哭鼻子诉苦总是应该的,无论如何,母亲一定会立即明白一切并原谅一切。但是阿拉娜的母亲并没有急于出来迎接浪子回头的女儿,尽管这使我非常困惑不解,但我忍住没有问,我开不了口。这不是好奇的时候。

然后我的未来岳父出现了。

起初我看到门口的一个轮廓,以为索尔先生很年轻;然后他

Авантюрист
冒险者

走上前来，我看清了他的脸，意识到自己的错误。阿拉娜的父亲几乎须发全白，他的脸曾经很英俊，现在布满了刚毅严厉的皱纹。我确信索尔先生已经老了。就在这时，他一步两个台阶地飞快走上楼梯；和他一起回来的仆人还站在下面，气喘吁吁，心跳加快，但索尔先生的呼吸却一丝不乱。

阿拉娜翘起了鼻子。

在这一刻，我有种给她后脑勺一巴掌的冲动。在她经历这一切之后，在她的家人经历这一切之后，还显摆傲气？

索尔上校走向女儿，看他脸上的表情，就算他扇她一巴掌，我也不会感到惊讶。但他没有这么做，只是伸出双臂搂住她，将她拉到自己怀里。女孩瞬间融化了，就像阳光下的黄油，眼泪、鼻涕和这种情况下顺其自然的话语接踵而来。

我吸了一口气。这已经很有人情味了，情况应该不会发展到家法伺候。如果确实发生了，那么至少头脑是清醒的。

意识到别人的家务事不适合围观，我悄悄地退到某个不显眼的角落。在那里，一位泪流满面的老妇人找到了我，原来她找我是为了亲吻我的手。"老天保佑您，您救了我们小姐……"原来老妇人是阿拉娜的保姆。

索尔家一直沸腾到深夜。午夜时分，当获救的阿拉娜躺在父母家柔软的枕头上安睡时，客厅里召开了一个小型会议。

索尔上校显然是一位杰出的指挥官，他说话时不怒自威，哪怕声音很轻，有时还带着微笑。那个叫坦塔莉的女人更加沉默了，我不断感到她审视的目光在我身上逡巡。

我跟他们介绍了他们应该知道的第一部分——关于我自己，我为了增加阅历离开家族城堡，游历四方，还有关于那些喜剧演员，他们无所不用其极，做着最肮脏的勾当。我额头上的肿块至今还在，于是滔滔不绝地说出了我对喜剧演员的普遍看法：彩绘帘幕下的放荡和下流，戏台上的造作和低俗，以及他们自甘堕落的丑态。

"我不相信那些谣言，"我不屑地笑了笑，"说喜剧演员拐走孩子，让他们成为乞丐，还说喜剧演员倒卖人口。但我必须说，在目睹阿拉娜的遭遇之后，我愿意相信任何事情。四处游荡的人渣，靠这种下作手段谋生，他们干的缺德事儿远远不止这些……"

他们认真地听着我说话：索尔的表情捉摸不透，坦塔莉的表情越来越奇怪，让我又窝火又摸不着头脑。

"雷科塔斯先生为我们家做了这么多，我们无以为报，"当我结束关于恶棍喜剧演员的故事时，索尔说，"或者，您能告诉我吗？我们能为您做些什么？"

他很有技巧地不谈钱。或许，如果勇敢的骑士羞窘地低下头，谦虚地要求几千块钱作为报酬，应该没有人会感到惊讶吧……

如果是乔尔诺达斯科罗处在我的位置上，他连眼睛都不会低下。他会说，给我钱吧，世上一切都有价格，即便是非卖品也一样。

事实证明，对乔尔诺的回忆比我预想的还要令人不快。归根结底，我想要向这些人索取的东西，不能像一袋金子一样称重。

我犹豫了一会：现在就说？趁着他们还在欣喜若狂的震惊中，趁着他们愿意有求必应？

真的会有求必应吗？看着索尔上校，很难想象他不会拒绝……还有这个坦塔莉——她到底为什么这样看着我？！

我在木椅上如坐针毡。

"各位，我这样做是因为我不能不这样做，就算不是阿拉娜，而是个可怜的孤儿……"我讷讷起来，因为我这番话越来越煽情，而我的对话者们不需要煽情。"各位，我已经做了我所做的，让我们不要再提了；一切都很好，结局很好。我唯一想要请求你们的是，"我魅惑一笑，回应坦塔莉警惕的目光，"是一个落脚处，因为现在已经很晚了，我对这附近的城镇和旅店都不熟悉。"

"房间已经为您准备好了。"索尔讶然说道。

我鞠躬致意。

没有人告诉托丽雅夫人，她的女儿经历了什么。早上，阿拉娜鼓起勇气来到母亲的房间，忍住泪水问候她。无论如何都不能让托丽雅夫人看到眼泪，因为这会使她陷入深深的忧郁，不吃不喝，也不再微笑；每一个进入她房间的人都必须保持平静。

阿拉娜依稀记得，她的母亲曾经像小松鼠一样轻盈，和她在乡间别墅前的草坪上玩追逐游戏。阿拉娜记得，只要托丽雅的手摸一摸，就能消除碰伤的疼痛。阿拉娜记得，这个美得不可方物的年轻女人无数次让路人为之驻足。阿拉娜记得的恐怕比她父亲知道的还要多。但今天她忍住了眼泪，脸上一片平静，像戴了面具一样："早上好，妈妈。"

托丽雅·索尔微笑着点了点头。阿拉娜走出门，站了几秒钟，把额头贴在门框上。

"雏鸟总是被告诫说，不要飞出巢穴，外面有猫，"保姆喃喃低语，仿佛是在自说自话，"哦不，然后嗖一下，飞走了……"

在通往客厅的半路上，阿拉娜遇到了雷塔纳尔·雷科塔斯。

她的哥哥卢阿尔是否如她想象的一样？她清楚地记得，卢阿

第五章

尔是淡金色头发、淡色眼珠,而雷塔纳尔的眼睛是黑色的,黑到几乎看不见瞳孔。在那纯粹的黑色中,清晰地闪烁着嘲讽意味。

阿拉娜吸了一口气。

她记得卢阿尔个子高得不可思议。她五岁的时候,在成年了的哥哥身旁就像个小不点儿。而现在她已经长大了,但雷塔纳尔还是让她觉得像宫殿的尖顶一样高。

她是不是发现了他们的相似之处?

也许是因为她想起了来自哥哥的温暖和宁静,还有她自己小狗般的信任,以及搂着他的脖子是多么舒服……难道她和雷塔纳尔发生过类似的情况?毕竟她曾在他的胸前嚎啕大哭。但她既不觉得羞耻,也不觉得尴尬,她可是永远不敢在父亲的怀里这样哭得无所顾忌。

"早上好,公主。"雷科塔斯一派认真,但他眼睛里的白色光芒比平时更闪亮。

她仿佛着了魔一样,走上前去,向他伸出了手:"早上好。"

"雷科塔斯先生是否有事情要告诉我们。"背后有声音干巴巴地说。阿拉娜打了个寒颤。

"您希望阿拉娜也在场,对吧,雷科塔斯先生?"坦塔莉礼貌地笑了笑,但认识她多年的阿拉娜能够清楚地看出笑容背后的嘲弄。阿拉娜紧张起来,因为论起嘲笑人的本领,这世上没有一个人能跟坦塔莉相提并论,但如果她打算惹上雷塔纳尔,阿拉娜会毫不犹豫地冲上去揪她的头发。在阿拉娜心目中,那个救了她并为她打架的男人,那个眼睛里有星光闪烁的男人不应该受到一丝一毫的怀疑!

她几乎觉得自己被侮辱了。她的救命恩人没有得到应有的尊重。坦塔莉本应该在他面前扫地!用扫帚!

"我们站在这儿干什么?"坦塔莉仍在微笑,但她的笑容像死人一样冰冷,"埃格特先生在客厅里等着我们。"

阿拉娜骄傲地昂起头,她想挽住救命恩人的胳膊——用像老朋友一样亲昵的姿势;她几乎已经下定决心这样做——但在最后一刻,她害怕了。

仿佛他的手摸着烫人。仿佛她会被烫伤。

⚔

整个晚上,坦塔莉都在梦中看见了马车。在被风吹过的山丘上,马车空空如也,喊一声也无人应答。曾经栖息在厚实帘子下的人们早已不知去向,但徘徊在陷入泥土的车轮之间的女人却仿佛一会儿能听见琴声,一会儿能听见小男孩儿断断续续的声音,一会儿又能听见作为头目的男低音让她赶快放下车的侧板,展开侧幕。

地上有一些空的车辙,还扔着一个铁皮盘子,一半掩在土里,但盘子里没有叮当作响的钱币,而是长出了一束草。风撩起破洞斗篷和破旧衣裙的下摆,吹拂着光秃假发上的卷毛;细雨从像窗帘一样破旧的天空中渗出,淋坏了宽檐帽子上粘在一起的羽毛,一个纸糊的人头被泡得不成样子,活像一棵卷心菜。

黎明时分,坦塔莉强迫自己醒来。她从梦境中醒来,仿佛从黏稠的液体中走出来,她用冰冷的水洗了很久的脸,然后在镜子前梳了很久的头发,惊讶地数着她生命中第一次出现的白头发。苍天,等她三十岁的时候,她会像雪山一样白发苍苍,她会像一个有钱的老太婆一样在街上收到尊敬的问候……

她凝视着镜子中自己的眼睛,干巴巴地笑了起来。

阿拉娜的经历付出的代价太大了。而且——凭借无懈可击的直觉预感到——还将付出更多。这个有着光亮黑发的男人昨天表现得魅力四射、能说会道是有目的的。他身后隐藏着一个秘密,一种难以捉摸的欲望,坦塔莉越来越不喜欢他;他是——啊对!有个词形容他正合适!——他是一个才华横溢的演员,扮演一个规定的角色……

而她,一个凭借天赋成为演员的人,在巡回剧院的舞台上度过了最好的年华——对于在众目睽睽之下运用到现实生活中的演技不屑一顾。

这不是她第一次梦见马车了,每次做了这样的梦之后,她一整天都魂不守舍,坦塔莉索性放下手头的事情,等待傍晚的来临。今天她可不能让自己这样荒废时间——黑发美男子在家里安顿下来,小傻妞阿拉娜瞪大圆圆的眼睛望着他,还以为自己把少女心事隐藏得很好。埃格特……埃格特高兴得又睡不着觉了,鬼知道他已经多久没睡了,今天他还会兴奋得找不着北,不管黑发美男子心血来潮提出什么,埃格特都会说"好",而且还兴高采烈……

这个黑发美男子是阿拉娜的救命恩人。若说他是个装腔作势的伪君子,却也无凭无据,坦塔莉无法分享自己的直觉,她自己也不是一下子就学会了跟着感觉走。

她是被那人评论喜剧演员的话冒犯了吗?胡说八道。

⚔

索尔家的客厅宽敞得可以举行舞会和决斗,我情不自禁地被这里的沙漏所吸引。

那是一件很精美的东西。底座上的铜像可以想看多久就看多久;金黄色的沙子让人想到炎热的海岸和温暖的海浪。当我的手握住特制的手柄，把那精致的船体翻过来时，一串细细的沙子从上往下流淌，细得难以看清……

我凝视着流动的沙子，脖子后面的汗毛渐渐竖了起来。

没什么比时间更令人生畏了。它看不见，摸不着；它看似人畜无害，所以当你意识到它的真实本质时，感觉就像晴天霹雳。你可以掌握魔法，建造宫殿，赢得无数美女的芳心；但你去试试把玻璃瓶底的一堆细沙推出去，你再试试把它拉回来！

我的生命会流逝，其他人的生命也一样。但都是不紧不慢、不知不觉，他们面前还有一大堆沙子，而我，当沙粒所剩无几的时候，才明白了生命的真谛。

"各位，虽然我们相识的起因是不幸的，但我还是无比高兴认识大家。索尔家族，"我机械地瞥了一眼墙壁，仿佛在寻找家族肖像画的画廊，"整个索尔家族的荣光现在都体现在阿拉娜小姐身上，我很荣幸能为她效劳。虽然，我必须再次声明，即便是可怜的孤女我也会为她做同样的事，但是命运安排我解救了索尔家族的唯一继承人。"

也是乔诺塔克斯·奥罗先生安排的，我在心里补充道。

是我的错觉吗，我的听众们好像突然脸色阴沉下来了？特别是那个有着令人难忘的面孔和同样令人难忘的名字的女士，坦塔莉？我说错了什么吗？或者说阿拉娜不是唯一的继承人？啊，是了。他们可能在为她失踪的哥哥伤心，我应该小心措辞。

我把目光转向阿拉娜，我的不安也随之消退。

可怜的小女孩。她无法掩饰自己的爱慕之心，甚至无法恰当地表达。她坐在那里，傲慢地离群索居，但通红的耳朵出卖了她，她目不转睛地盯着我。虽然她这个年纪的女孩大多数都擅长撒娇卖俏，但她……

第五章

"说实话,"我谦虚地说,"我的家族,雷科塔斯家族,和索尔家族一样有名。我的祖先可以追溯到百年前,但实际上,家族的创始人被认为是魔法师中的佼佼者——达米尔。"我有技巧地停顿了一下。

阿拉娜倒吸一口凉气。

"你家族里有魔法师?"索尔吃了一惊。

坦塔莉沉默了。有趣的是我仍然不知道她是阿拉娜的什么人。也许是继母?我关于继承人问题的高谈阔论在某种程度上得罪了她?

"我的家族中,"我对阿拉娜鼓励地微笑,"不仅仅是有魔法师,而且是魔法师中的魔法师,伟大的达米尔,他在未来岳父的领地上做的第一件事就是消灭一条嗜血的巨龙。关于这件事有证人的证词、木版画和证书。其中一份证书我一直随身携带——谁知道会发生什么事?"

"发生在谁身上?"坦塔莉问道。

她脸上的表情很奇怪。像是快要哭了一样。

"我想,雷科塔斯家族的城堡,"我又故意停顿了一下,"可能有一天无端端地就会毁于大火。但我不希望证明我祖先英勇事迹的证书与城堡一起付之一炬。"

阿拉娜目瞪口呆。我移开视线——现在她很丑,简直就是一个呆头呆脑的少年。

"坦塔莉,"索尔转向女人,"你比我更了解古代魔法师的历史。或许你曾在书中看到过达米尔先生的名字?"

我感到自尊心被刺了一下。什么叫"在书中看到过"?等等,莫非这就是乔尔诺那个坏蛋极度渴望得到的那本《魔法师传》?

我以前没想过——但如果这是一项稍微严谨点儿的研究,那么达米尔的名字就应该出现在书里每一页上……

我强迫自己微笑:"各位,现在说的是哪本书?"

他们齐声回应。

"我岳父是卢阿扬院长。"索尔说。

"阿拉娜的外祖父——魔法师卢阿扬写的书,"坦塔莉说,然后转向索尔,"你也读过那本书的,埃格特。"

"我不大记得了。"索尔愧疚地耸耸肩。

原来如此。他不记得书中对伟大的达米尔的描述。

我叹了口气,开始讲故事。

阿拉娜以前就听过,而且不止一次,但随着我的叙述,她的眼睛仍然瞪得越来越大。我讲述了我祖先著名的旅程,讲述了他在旅途中完成的许多光荣事迹,以及他当年的仆人是后来大名鼎鼎的拉尔特·列吉阿尔,还得,拉尔特也成了一名伟大的魔法师,甚至声名远扬——他的故事与一个钻入别人没锁的房门里的恶灵有关……我口若悬河,所说的一切都在我眼前活灵活现。

索尔全神贯注地听着。坦塔莉在椅子上佝偻着,坐立不安,好像她的身体状况不太好,仿佛她一直想打喷嚏却忍住了;她的这种做派让我非常不安。要么就是不在乎健康,要么就是出门去用手帕……

"我骄傲地再说一遍:他就是这样,我的祖先,伟大的魔法师达米尔。"

大家再一次安静了。但在我看来,这停顿时间太长了。

"恭喜你,"索尔字斟句酌地说,"不是每个……呃……贵族……都能以这样的祖先为荣……"

"我的家族配得上与索尔家族联姻!"我热情洋溢地宣布,"因为迎娶脱离危险的女孩是我家族的古老传统!因为我有这个荣幸请求您，索尔先生，允许我向您的女儿，年轻的阿拉娜，求婚！"

我用眼角余光看到少女张大了嘴巴，唇角不受控制地上扬到耳边，她连忙用手掌捂住嘴；说到自控能力，阿拉娜在这方面显然没有什么进步。

索尔看着我的双眼，目不转睛。我甚至在想，女孩们一定会因为那双漂亮的灰蓝色眼睛爱上他。很久以前，他年轻的时候。

这时坦塔莉突然哈哈大笑起来。

她完全不需要手帕——她可没伤风，完全没有这种迹象。讨厌的双关语。① 多舛的命运啊，坦塔莉直接从哈哈大笑到眼泛泪光，再到喉头抽噎。她自顾自地笑着，没有看我一眼，但我却觉得自己的脸像被湿冷的毛巾抽打过一般。

"坦塔莉？"索尔惊讶地问道。

她擦去眼泪说："我必须……出去一下。水……"

她的笑并不癫狂。笑声很欢快。围观戏班子表演的观众就是这么笑的。

"我说了什么好笑的吗？"我的声音已经完全变了。我不是在说话，而是从牙缝里挤出声音。

"不，瞧您说的，"她直视着我，眼底闪过嘲讽，"我没什么特别的事……"

如果她是男人，我会冲上去给她一巴掌。如果决斗的话我会很高兴……

"伟大的魔法师达米尔，"坦塔莉竭力抑制着笑声，"在魔法师的历史上，他被提到过两次。第一次是因为在不合时宜的时间

---

① 俄语中"伤风"一词还有"快乐、享受"的意思。此处坦塔莉在笑，并不是伤风，所以不需要手帕。

送午餐，拉尔特·列吉阿尔在他背上打断了自己的魔法手杖。第二次，这位列吉阿尔带着一个乔装打扮的仆人踏上旅途……打扮成主人。这可能就是您的信息的来源……"

我还来不及反应。就在下一秒，阿拉娜飞身向前，穿过整个客厅，紧紧抓住了诽谤者的头发。

第六章

旅馆名叫"泼妇家"。

事实上,这已经是我在路上见到的第四或第五家旅馆。我没有喝醉,只是脑袋里一直有细微的、冰冷的钟声,而我眼前的世界被零零碎碎的细节弄得错综复杂:小石头、树上的裂缝、滚到桌子底下的豌豆、追腥逐臭的苍蝇……

小时候我就相信,大魔法师达米尔的血统迟早会发挥作用,世袭魔法师的能力一定会在我身上显现出来。时间证明我不过是痴心妄想;我从来没有像那个下雨的晚上那样痛苦地懊悔过。

如果我是一个魔法师……难道我会纡尊降贵和乔尔诺达斯科罗玩游戏吗?难道我会卷进这桩求亲的狗血大戏里吗?时间流逝,一秒接一秒,为了挽救我的生命,我不得不干这些蠢事。我真是受够了他们所有人——索尔、阿拉娜,还有那个歇斯底里的坦塔莉。

前面几家旅馆里的人我一个都不喜欢。这家——"泼妇家"——是第一个没有让我感到厌恶的。我在一张沉重粗糙的桌子前坐下,要了红酒。

Авантюрист
冒险者

我可能保持了一副威严的样子——因为老板亲自出面为我服务,当我看着这个矮壮的年轻男人给我倒酒时,我突然鬼使神差地嘀咕了一句:"老兄,这城里有魔法师吗?我是说真正的魔法师,不是骗子那种。"

"泼妇家"已经是我路上看到的第五家,还是第六家旅馆了。

老板小心翼翼地把罐子放在年深日久已经发暗的桌面上。要么就是他天生不露声色,要么就是每三个来访者中就有一个人向他打听附近的魔法师。

"嗐!尊贵的先生,现在的魔法师算哪门子魔法师。很久以前,我爸还很年轻的时候,城里有位魔法师叫卢阿扬,是大学里的院长,"他笑着,仿佛想起了什么美好的事情。"还有一个,没有家族,没有名字,大家就叫他流浪者……他就在那张桌子旁,"他指着角落里的一张屏风,从外面看屏风的两条腿像是长进了地板里。"闲坐着,每年狂欢节的那天……我还是小孩儿的时候就记得他。他好像是个魔法师,以前索尔上校每年都会来见他,我爸还不让我说,吓唬我说要用皮带抽我。但后来就不来了。很长一段时间了……算起来都快十年了。我爸还活着的时候……"

也许这位善良的旅店老板是因为受到我这样气派的人的关注而受宠若惊。也许他只是对我有好感,因为一连四家旅馆让我的脸变得魅力四射;就算听到索尔的名字时不寒而栗,我也并没有表露出来。

过了一阵儿,一些老主顾开始加入我们的谈话;我已经什么都不用说了,只要点头听着。哦,可能还有,悔恨。

我犯了一个严重的错误——没有先打听清楚索尔家族的情况,就以胜利者的姿态贸然登堂入室。结果立刻受到了惩罚:这个坦塔莉,我曾当着她的面那么绘声绘色地描述过喜剧演员的无

第六章

耻行径,而她以前居然就是一个走江湖卖艺的,难怪她要对我进行报复——虽然不高明,也没有说服力,但足够让我痛苦。

但谁能想到,一个曾经的流浪喜剧演员居然冒充贵族夫人生活在一个体面的家庭里呢?!一个守活寡的妇人,是那个十年前失踪的神秘卢阿尔的未婚妻子,而且大家都认为他并没有在某个地方意外身亡,而是在某个界门外站岗。

站十年,知道么,不眠不休。就算菜园里的稻草人都撑不住。

我到哪儿去找魔法师?!谁能让我摆脱法官的判决,让乔尔诺达斯科罗和他布置的任务一起滚蛋?!

"当然了,"我说道,机械地回应着不知道谁的话,"我说,大家讨论这么久的那位卢阿扬,他还写过书,真的吗?"

谈话活跃起来。他们都认识卢阿扬——而且让我非常不爽的是,他们提起他的名字时都饱含敬意。他是一个如此睿智公正的人,他连瘟疫都能控制住……苍天,我有生之年遇到了至少五十个神棍,每个都发誓能阻止瘟疫。结果呢,在有的地方还是有人感染瘟疫死了……

"他只写过一本书,"一个穿着整洁的深色长衫、脸上长满痘痘的市民说,"就一本,而且很贵。据说是关于所有魔法师的事情,都是真相,一切属实。据说大家都很好奇想要读一读,特别好奇……我自己也不太识字,可是我侄子在大学里,是个大学生,所以让他读了,还做了一个副本,是的。"

我叹了口气。如果坦塔莉不是一个彻头彻尾的骗子,那么可怜的卢阿扬的书自始至终都是捏造的。我还是更相信祖传的证书和我本身的存在,毕竟如果我真实存在于这个世界,那就说明有人真的娶了我的曾祖母对吧?!难不成是个孤魂野鬼?

"托丽雅夫人已经三年没有出过门了，"另一个市民说道，他左手大拇指和食指之间文有药剂师的行会标记，"他们说，她病了。还有人说她已经疯了……"

我打了个寒颤。阿拉娜的母亲？

是的，是混蛋乔尔诺的意愿把我和这个快乐的家庭凑在一起。他要这本谎话连篇的书干什么?! 我要那个任性狂妄的小丫头片子干什么?!

时间在流逝———一秒接着一秒。

谁能帮我赎免法官的判决？

"我不想和你说话。我不想和你说话！我不想！"

坦塔莉转身离开。看着阿拉娜让她很不痛快。

简直就像是在劝说一块从山顶滚落的石头。当它不断加速，越滚越快的时候，没有一堵墙能挡住它。

或者就像大雨倾盆时，水从天而降，无法阻挡……

这个女孩脸涨得通红，大喊大叫，唾沫星子四溅，一意孤行——即使你跟她说话，甚至用木头打她的头。即使她父亲的头发正在迅速变白，女孩也完全意识不到这一点。她已经无法控制自己——她的心像高速掉落的石头一样飞走了。

那个人是不真诚的。他是个装腔作势的人，可能是个骗子；他讲的故事明显是编的——但女孩相信，记在脑子里，深信不疑，而你，坦塔莉，连珠炮似的说了一大堆……

"你去哪儿，阿拉娜？"

"不关你的事！我散步！"

"我不会让你去任何地方。"

第六章

"你凭什么?你是我什么人,江湖卖艺的?!"

坦塔莉跌坐在椅子中。她很想要相信,这个动作在旁人看来似乎很自然,她没有像从车上扔下来的麻袋一样栽倒,也没有暴露膝盖上突然的无力。

为什么埃格特要回避这次谈话,把这事儿交给坦塔莉呢?

埃格特也不是铁打的。一个愤怒的女孩无休止的责备会让任何人发疯;我们有一个托丽雅已经够了……在那里,在军团里,和他的男孩们在一起,埃格特至少可以发挥作用。在那里,他值得人们尊重,也得到了尊重——埃格特是一个非常坚强的人,他不会沉湎于内疚无法自拔。

"你想去哪儿就去哪儿吧。"她听到自己异常平静冷漠的声音,然后一直等着,直到楼下传来关门声,才叫来家里的仆人。"跟上她。"

对上仆人惊讶的眼神时,她带着一丝烦躁重复道:"跟上她!盯紧,一定要盯紧她!"

她不想等埃格特回来,她没有力气回答阿拉娜在哪里的问题;所以她收拾行李离开了家,几乎确定她知道那个逃亡者在哪里,和谁在一起。

在第一家旅馆里,有人告诉她,有个名字很长很高贵的显赫青年想在这里安顿下来,可是"铜门"旅馆那个不要脸的老板把他引诱到自己的臭虫窝去了。这位可怜的青年先生,那么轻信他人,晚上要和老鼠昆虫一起过夜了。

坦塔莉皮笑肉不笑地扯了扯嘴角,赏了健谈的仆人一枚硬币,然后向"铜门"旅馆出发,她在那里有着久远的、甜蜜又痛苦的回忆。

十年了，几乎没有什么变化。当然，作为招牌的铜门也没有变；是的，一位有着贵族名字的年轻英俊的绅士曾在这里逗留过，但遗憾的是他现在不在。

夜幕降临。街上点起了灯笼。

仆人听到她的新问题后很惊讶。他皱起了眉头：女孩？是有个女孩来过，而且还很巧，她也打听一位年轻先生。呃，坦塔莉夫人，问题是，我看那女孩儿的脸很眼熟，她不会就是索尔先生的女儿吧？哎呀呀，一个贵族小姐，在旅店和酒馆转悠……什么酒馆？那谁知道呢，她在找那位先生，而那位先生貌似出去了，年轻人的事儿，反正他们有的是钱。

坦塔莉咬紧牙关。

说实话，没有什么能阻止她现在回家。反正到了最后，忠心的克洛夫迟早会回来告诉她，那个没良心的可怜虫在哪过夜。坦塔莉几乎可以肯定，在一个人人都认识索尔的城市里，他的女儿不会受到什么威胁，不过会丢人现眼。坦塔莉会回家，只要回去以后不用和埃格特谈话，不用说出关于阿拉娜的另一个真相。

所以她不会回家。她向仆人表示感谢，然后在附近的酒馆里慢慢转悠。

在许多地方都有人认出她，并在询问之前告诉她，索尔小姐一小时前还在这里。或者两小时前。或者一个半小时前。她在找一位留着一头乌黑卷发的先生，一位气宇轩昂的先生，他之前也来过，但在她来之前他就走了。去哪？谁知道呢，高贵的先生们如果要散步，那就去呗……

在一家名为"满足"的客栈里，一群外地人很惹人注目——一大群，十来个人，个个都穿着水手穿的麻布衣服，个个矮小精

第六章

悍,手臂粗壮,带着武器。坦塔莉发现有几道打量的目光落在自己身上,不由自主地瑟缩了一下。她一生中经历过各种各样的目光,包括把她看成是一块肥肉,她早已学会了无所畏惧地看向最无耻的眼睛;但现在她还是犯怵了。这些外地人看人的眼光很奇怪,是她从未见过的。

坦塔莉确定阿拉娜不在"满足"旅馆后,稍稍松了口气,转身走了出去,在其中一个外地人粗壮的脖子上看到了一个人眼形状的护符,她不由得加快了脚步。

夜色渐浓,当一个人从一家客栈的门口向她走来时,她并没有立刻认出他是仆人克洛夫。

"坦塔莉夫人……"

"阿拉娜在吗?"

"夫人,呃……您看!"

克洛夫转身面对灯笼,坦塔莉震惊地看到他脸上长长的暗色抓痕和干涸的血迹,就像和几十只狂怒的猫打过架一样。

"夫人,"克洛夫用手掌遮住脸,"她看见了我……总之,她知道我在跟踪她。夫人,我不想再做这样的差事了!"

"她在哪儿?"坦塔莉问。

克洛夫更紧张了:"她跑了。我什么也没看见,我的眼睛都被血遮住了。我现在……去找我相熟的女仆,让她好歹帮我止住血。"

坦塔莉转身就走。克洛夫跟在她身后,呻吟着,胆怯地抓着斗篷的下摆:"夫人,我……毕竟不是侦探……我该怎么办……我让小姐跑了,嗯,现在怎么办……"

坦塔莉在"铜门"旅馆的门口停下。她转向在她耳边气喘吁吁的克洛夫:"去找她,不管去哪儿,挖地三尺也要找出来。我继

Авантюрист
冒险者

续在这里等着未婚夫先生,到时候我们会谈谈……去吧。"

克洛夫捂着脸颊隐入黑暗,坦塔莉几乎可以肯定他不会去找任何人。他会坐在酒馆的某个地方,在"相熟的女仆"的庇护下等待事情的发展。

事件突然发生了逆转。坦塔莉刚在入口附近的扶手椅上坐定,准备好漫长的等待,大门就被打开了,一位外表高贵、名字更高贵的高个子绅士进入"铜门"旅馆。

坦塔莉足足等了一秒钟,看他身后的门洞中是否会出现女孩儿的身影。并没有——雷科塔斯一个人,而且烂醉如泥,没有立即看到她,或是没有认出她来。

"啊,雷塔纳尔先生!"店小二如释重负,"这位夫人……找您……"

坦塔莉沉默不语。现在雷科塔斯回来了,阿拉娜不在——跟他有什么好谈的呢?谈话将毫无意义,并且对双方来说都是不愉快的。这该死的店小二,雷科塔斯完全可以不搭理坐在椅子上的女人。

雷科塔斯顿了一下,走过去,隆重地鞠了一躬,把剑靠在厚重的门帘边缘。确实喝醉了。坦塔莉敏锐的鼻子无法忍受难闻的酒气。

"阿拉娜离家出走了,"她没有问候,开门见山地说,"如果您关心的话。她一直在各个小酒馆找您,如果这让您觉得好笑。显然,她迟早会找到这儿来的。您怎么会喜欢有这种做派的未婚妻呢?"

现在轮到雷科塔斯沉默了。也许是酒精上脑,难以思考。

"我向您道歉,"坦塔莉干笑着说,"我无意伤害您的感情或您的祖先。毕竟,这不关我的事……我希望看到阿拉娜幸福。但

第六章

要做到这一点,可能必须先掐死她。"

"我接受您的道歉。"雷科塔斯平静地说。

"我很高兴,"坦塔莉闭上了眼睛,"最近发生的事情越来越让我相信,对阿拉娜来说,婚姻并不是一个坏的选择。哪怕是因为她不会再折磨她的父亲,而是去折腾她的丈夫。但要是嫁给一个不知根知底的外来人就是另一回事了,不过这个人已经证明了自己的高尚。新娘的家人需要时间来了解这个人,不是吗?"

"当然。"酒气有让人打开话匣子的作用,但在雷科塔斯身上却产生了相反的效果:他变得惜字如金,几乎不说话。

"首先,"坦塔莉站起身,"我想请您,雷科塔斯先生,找到您那逃跑的新娘,把她送回家。我怀疑除了您,没有人……"

"夫人!"

门砰地一声打开了。前台的店小二吓了一跳。克洛夫站在门口,新的抓痕在他苍白又惊恐的脸上鲜红夺目。"夫人,他们,阿拉娜,在那儿,他们把她……"

"什么?"坦塔莉隐约觉得从敞开的门外吹来一股冷风。非常冷。寒风。冰冷。

"这些。"克洛夫做了一个令人费解的手势,意思是一个又大又重的东西,但坦塔莉瞬间就明白了他说的是谁。雷科塔斯像猫头鹰似的瞪大眼睛,他一头雾水。

"阿拉娜呢?!"坦塔莉失声问道。

"她被带走了,"克洛夫喘着粗气说,"他们骗了她……不知道把她拉到哪儿去了。"

话音刚落,坦塔莉就拽住了他的外套领子。"你疯了吗?拉到哪儿去了?"

"他们是坐船来的,已经第三天了,"店小二在柜台后面小声说道,"他们的船……在码头,就停在那儿……"

坦塔莉有瞬间的失神。也许是因为近几天的疲劳和紧张;也许是因为她老了,没有了过去的反应——在不幸瞬间降临的世界里,人很容易不知所措。

"快去找戍卫队,"她小声对克洛夫说,"以索尔上校的名义。"

柜台后的店小二将信将疑地抿了抿嘴唇:"索尔上校那会儿的戍卫队确实动作很快。但是现在他们就是一盘散沙,就像那根绳子一样,等他们挠屁股的时候,这些家伙早就坐船逆流而上了……哦!"

坦塔莉被人猛地一扯,瞬间回神。她惊讶地发现自己已经站在门口,有个人紧紧挽着她的胳膊,脸上毫无醉意。

"您还在等什么?!快带路,你们那个码头在哪里!"

码头又小又脏。这里似乎从来没有停泊过任何富有的商船;城市附近宽阔而自由的河流,下游被急流险滩阻挡,所以这里从来没有什么大型航运,只有渔民和天不怕地不怕的人,前者没有越过急流,后者则设法通过急流,也没有什么生命损失。

在黑暗中,坦塔莉差点儿一脚踩进木板路中间的洞里,我勉强才扶住她。她已经完成了自己的使命,带我来到码头,现在她的存在越来越不受欢迎了。简单地说,她影响到我了。

远处的码头灯光闪烁,人们断断续续地交谈着;我差不多完全清醒了。水面上泛着油光,映照着船头和船尾上两个昏暗的灯笼,事实上,这只是一艘巨大的船。

他们像跳蚤一样熙来攘往。坦塔莉猛地抓住我的手臂,我甩

第六章

开了她，也许有点太粗鲁了。

"他们人太多，"前喜剧演员压着嗓子说，"等等戍卫队吧。"

我用肩膀把她挤开。

"退后。"

砰的一声，是斧头砸在系泊绳上的声音。船要离开了，显然没有时间去解开绳结。

我一跃而上。

黑暗并没有影响我——我落在甲板正中间，船摇摇晃晃，我意识到它严重超载。

"乡巴佬，活腻了？"

八副嘴脸转向我。多舛的命运啊，简直就像一场化装舞会，在灯笼跳跃的光线下，恶棍的嘴脸就像毛发丛生的兽脸……

我的眼角余光看到我身后的动静。有个无赖想从后面偷袭，事实上他已经动手了；我想知道他是从谁那里偷来的这把看起来很阔气、很高贵的匕首。一把珍贵的武器，它不是为了在背后捅刀子而锻造的。

刀身掉到了甲板上。一秒钟前，我做了一个漂亮的转身，用靴子尖把刀够到手里；全身肌肉顿时酸痛，肋部也有刺痛感。不，连续光顾六家小酒馆无益于保持身材……老天保佑，包围我的只是一些走狗，胡作非为的土匪，只能对付愚蠢的女孩儿。

或许，我错了？

那个从背后偷袭的人现在退却了，躲在了其他人的背后。我现在有一把匕首和一把剑。混蛋们的嘴脸被昏暗的火光照亮，越来越近，最令人不快的是，他们围成一圈，我想知道谁来保护我的后背？！

"砍断系泊绳！"黑暗中有人吆喝了一声，那吆喝声含混不

Авантюрист
冒险者

清，仿佛说话人的嘴里塞满了头发。"这艘船的！到水里去！"

斧头的敲击声再次响起。这些歹徒现在就可以起航，然后在河中央合伙把我干掉，如果，我是说如果，还有人愿意为雷科塔斯的后裔哭泣，甚至都找不到我的尸体。在船尾昏暗的灯光下，我看到一个大胖子，胸前还挂着一个人眼样式的护符。玻璃眼睛茫然而平静地瞪着。

许多水手满是擦伤的拳头里都拿着刀，像暗淡的鱼鳞一样泛着白光。完了，又开始头晕目眩了。

今晚吃的喝的东西全在胃里翻江倒海，拖累了我的动作，模糊了我的反应，抑制了我的呼吸。我曾经因为用两把刀练习而让我的击剑老师欣喜若狂；如果他能看到我现在的样子，他一定会惊讶于我为什么还能活到现在。

我像个纺锤一样旋转着，驱散围攻我的人，还让他们在倒下时尽可能多地把他们愤怒的同伙拖在后面。战斗的最初时刻，对我来说最困难的时刻，已经过去了，我后知后觉地感到一股正义的愤怒。

那个砍系泊绳的人没能成功。我把他的同伴打翻在地，他随之被撞到水里，一秒钟之后，他的同伴朝我扔来一把刀，我躲开了。五六个人一波一波向我涌来，我发出战斗的嘶吼，甚至还想，如果我击退了这波攻击，一切事情就都妥了。

不知谁的嗜血刀刃刺入我的刀座。进攻者的左侧有片刻的暴露，我用匕首刺了进去。头晕还在继续——我用长剑挡住三次攻击，然后握在手中，虽然混乱的意识起初尖叫着，刺穿，刺穿，刺穿……

第四下攻击袭向我的下盘，我抽出匕首挡了一下；在一个稀里糊涂的动作中，一滴暗色的液体从我的刀刃上落下。也可能是

第六章

我的幻觉——一群人熙熙攘攘，场面令人眼花缭乱，夜色伸手不见五指，我能看到什么？

我闪到一边，让敌人们猛烈的力量从我身边冲向船舷；刚才被我用匕首刺中左侧的那个还倒在甲板上，戴着第三只玻璃眼的头目还没来得及张嘴大吼，就又有一个歹徒被刀柄击中后脑勺仰面倒下，他的同伙们喘着粗气后退，让我暂时无忧。

"我要杀了你们，混蛋！"我吐了口气，滴溜溜地转动着眼睛，信誓旦旦地挥舞着鲜血淋漓的刀剑，"畜生，那女孩在哪里？"

敌人还是很多，至少他们的尸体够把我给埋了，让我在尸山血海之下窒息。

"把他扔到河里去，狗东西们，傻站着干什么呢?!"有人在人群之后大喊，然后开始咒骂，用尽世上所有的污言秽语。自从战斗开始以来，我第一次想到，戍卫队早就应该出现了。

这帮歹徒看起来大同小异——五短身材，孔武有力，罗圈腿儿。他们同时从四面八方包抄过来，不疾不徐，避免白白遭到攻击，但是提前想好了这个从天而降的刺儿头的下场。一个洁癖狂，把自由的水手视为牲畜和走狗。纤细的骨头碎裂，咔嚓作响，贵族的血液在甲板上蔓延。

我惊讶地发现，现在他们手上不仅有刀，还有不知从哪冒出来的斧子、棍子、钩子、链子……

我不能坐以待毙，等着被包围。我再次转身——依旧腹背受敌；一直不离不弃地保护我的长剑突然被链子紧紧缠绕住剑身，脱手飞向一旁，我真的只剩一把匕首来抵抗整个团伙。

我猜对了。再过一秒钟——长剑落地，而且也再用不着了——我勉强躲过背后一击。但也没能彻底躲过。好吧，疼痛很快

Авантюрист
冒险者

就会如期而至。

歹徒们气喘如牛。他们那些倒霉的同伴血溅甲板，算在我头上的血债越来越多，但谁也不想成为下一个。我背靠船楼的墙体——整个身体都靠在上面，现在好歹身后是安全的，但我觉得我的血也在随着时间流逝。

船身岌岌可危地晃动，船舷刷蹭着码头边沿，灯笼愈发摇晃。

万一那个女孩儿不在这儿呢？！万一他们把阿拉娜丢在幽暗的门洞里，万一她正在下水道里奄奄一息，万一这场血战完全是徒劳呢？！

我在眼角余光中看到坦塔莉爬上了船。我咬牙切齿，默默地诅咒这个令人讨厌的傻瓜；我现在帮不了她，这不，一个长着金鱼眼的水手拦住了她。

我没有看到发生了什么。一秒钟后，我发现坦塔莉把一只鞋砸到了水手脸上——一只厚重的木底鞋。水手咆哮一声，伸手扑了个空，坦塔莉挣脱了他的怀抱，同时从我的视线中消失了。该死，我不应该分心……

"砍他！砍他！砍啊！"

然后就是脏话，桦树扫帚听了都会脸红的脏话。叹为观止。奇怪的是，我居然做出了反击，而且确实成功了；那把刀被打飞到一边，听声音是深深地扎进了木头。

我抵在船楼上，动弹不得，也没多少力气了，但不能站着当现成的靶子；我沿着船舷后退，刚才砍系泊绳的斧头从我面前呼啸而过。

这把斧头又宽又重，半圆的刀刃似乎咧开了豁着牙的嘴在笑；仿佛有一只无形的手，不能忍受脱靶，于是在空中抡着斧

第六章

头,让它虎虎生风地旋转着砸向我的脸。

有那么一瞬间,我觉得这豁口的斧头肯定会砍中我,即使它要拐三个弯才能做到这一点,即使我跳了船……即使我……

击中了!

斧头没有砍进我的脑门儿,而是砍进了水面之下的船舷。战果就是船舷上多了个洞,形成了一个汩汩的小喷泉。

"该死!"立刻传来了几声咆哮。我还没有伸直腰,头顶上方还回荡着斧头飞过的呼啸声,一根沉重的棍子已经朝着我的腿挥过来;我艰难地往上一跳,就在这时,一个三爪钩击中我的肩膀。

于是这些沉重的、嗜血的大块头同时向我扑来,因为他们讨厌的敌人终于失去了平衡。

"雷塔纳尔!"

谁在喊我?!水在甲板上四处漫延。

有人中了刀,但是其他人不会就此停下。没有清洗的身体散发着恶臭,盖过了河水的气味,也盖过了烟和血的气味。训练有素的身体依然辗转腾挪,手中的匕首依然还在奋力反抗,但是瞬间过后甲板便侧翻在我眼前,上面蔓延的水和我的血融为一体。

"以城市的名义!"

那些想要我命的人有片刻的不知所措。血染的舞台上出现了一个新面孔,就在我差点儿丧命的时候。

我的灭顶之灾突然土崩瓦解。我单膝立起,将匕首和长剑都握在手中。也就是说,我又像之前那样可以双手作战了,虽然我不确定在这场群殴中我会不会少个脚后跟或者耳朵……

有人加入了这场结局已经注定的战斗,或者确切地说,是某个东西,一头野兽,弓着身子拿着桨。沉重的桨叶像磨盘一样飞速旋转，越来越快，有的歹徒被击中，有的人手脚并用地匍匐前进，有的人还躺在湿漉漉的、惨不忍睹的甲板上。

"以城市的名义，你们被捕了！"

黑暗的角落里，一只挂在绳子上的呆滞的玻璃眼睛凝视着。稍后我才反应过来，那是首领脖子上的玻璃玩意儿。就在这时，一柄陌生人的三棱刺刀从黑暗中刺出，刀刃折射出灯笼的微光。

一声闷响。

我看到一把重型三棱刺刀插在断裂的桨中。而在骨制手柄之后，在漆黑的刀杆背后，是一张熟悉的面孔，依旧那么英俊，是埃格特·索尔苍白的脸。

"让我们看看。"黑暗的角落传来一个口齿不清的声音，好像嘴里塞满了头发。

我几乎无法站稳。坦塔莉在一个凶残的歹徒怀里挣扎，就是脸上挨了一鞋的那个。这一幕并没有增加我的力量，但至少能刺激我采取行动。

我花了很长时间才举起匕首。

喜剧女演员，即使是曾经的，也知道如何为自己的生命而战。坦塔莉从头发里拔出一个发卡。呃，这歹徒可能得从他们船长那儿借玻璃眼睛了。

这家伙很幸运，坦塔莉失手了，只刺中了他的脸颊。歹徒一声哀嚎，坦塔莉趁机脱身，但歹徒追上了她，把她按在船舷上。

我鞭长莫及，又没法将手臂伸到甲板对面，于是把匕首扔了过去……

歹徒喘着粗气，捂住肩膀；我那把争气的匕首从他麻布外套上的缺口中戳了出来。坦塔莉挣开他松劲儿了的桎梏，没入黑暗。

第六章

"别动！城市戍卫队！"

许多人的脚步声在破旧的码头上咚咚作响。头盔和胸甲闪闪发光。你们好，太及时了……

一束长长的光线投在甲板上。是坦塔莉打开了通往船楼的门。

我周围一片混乱。有人被抓，有人跳船；一下子被所有人遗忘的感觉真好。

我拖着腿蹒跚地走到虚掩的门前，越过坦塔莉的肩膀看向里面。

干草。陈旧、凌乱、失去了气味和颜色，被外面涌入的水淹没。天花板下有几张吊床。在其中一张吊床里，一个十七岁左右的女孩睡得正香，她皮肤白皙，没有穿裙子，衬衫过膝，纤细的双腿满是伤痕。

我移开了目光。

角落里的破布上还有一个女人，咯咯地笑着。年龄稍长，穿着职业妓女的丝质连衣裙，左手的拇指和食指之间文着职业的标记。

我看到坦塔莉浑身发抖。

墙根躺着的是索尔家的女继承人阿拉娜，仰头躺在潮湿的草堆里。她脸色发青，吓得坦塔莉跌跌撞撞地冲上前抓着她的胳膊把脉，俯身看着她一动不动的痛苦的脸。

至于我，我在门口就看见了，阿拉娜简直烂醉如泥。

⚔

现任戍卫队长对埃格特·索尔心存敬畏，他曾经有幸在索尔手下工作过——可不是从道听途说中知道为什么市民们都尊称索尔先生为英雄。成卫队长严禁书吏在笔录中提及阿拉娜的名字。

乘船抵达的外地人有一半被押往市监狱，另一半被送到监狱医院；雷塔纳尔·雷科塔斯先生肩上的绷带血迹斑斑，他作证说，是被一个年轻女孩的呼救声吸引到码头的；外地人的船上搜出了无可辩驳的人证物证，能证明他们的严重罪行——贩卖人口，即妇女，在港口妓院。埃格特·索尔上校毫不犹豫地作为证人在笔录上签了字，坦塔莉夫人揉了揉受伤的脖子，也作了证，然后成卫队长鞠躬感谢他们的帮助，并放他们自由。

三个人在黑暗的街道上站了一会儿。距离黎明还有一个小时，最多一个半小时，但天空中乌云密布，没有看到太阳的希望。八成会下雨。

"你还是没有放弃自己的打算吗，雷科塔斯先生？"坦塔莉带着怪异的笑容问道。

"我倾向于将发生的事情视为不幸，"他几不可闻地喃喃自语，"就是不幸，而不是……怎么说呢……"

"而不是耻辱，"埃格特干脆地说道，"但是没有用。因为这就是耻辱。而且我不确定，我的女儿明天清醒之后会不会再做类似的事情。如果小猪要找泥巴，把城里所有的水坑都晒干岂不是最容易？！"

"埃格特。"坦塔莉轻声责备。

"脖子疼吗？"

"不疼。"坦塔莉急忙把手放下。

"我们就这么在街道中间站着吗？"埃格特·索尔笑了笑，"雷科塔斯先生，或许，您能否原谅之前对您的冒犯，再到我们家来？"

"误解早已解除了。"雷科塔斯点了点头。

第六章

然而点头之后,他瞬间失去了平衡。

阿拉娜在保姆的照顾下睡着了。老妇人在扶手椅上打瞌睡,不时叹口气,烛火因此摇摇欲坠。雷塔纳尔·雷科塔斯先生站在客厅中央,仔细观察沙漏。坦塔莉早就注意到雷科塔斯先生对这沙漏有一种病态的痴迷,仿佛迷上了沙粒的循环往复。

雷科塔斯先生身上缠满绷带。肩部被三爪钩刮伤,腰侧被匕首划破,遍体鳞伤;能干的旅馆女服务员缝补过的外套需要清洗。先前仪表堂堂的访客现在几乎无法站立,但奇怪的是,坦塔莉更喜欢他这个样子。

在甲板上打群架与他的装腔作势格格不入。事实上,雷科塔斯的举动并不愚蠢——他拖住船迟迟不让歹徒离开,这是唯一营救阿拉娜的办法。因为,虽然完全可以在夜间的河上拦截一艘航行的船只,但在那种情况下走私者往往喜欢沉没违禁货物,包括活的……坦塔莉不寒而栗。

在那该死的甲板上,英俊的雷塔纳尔没有装腔作势,也没有撒谎。他完全有意识地冒着生命危险去保护一个对他来说是陌生的女孩的生命和自由。对于雷塔纳尔爱阿拉娜这一点,坦塔莉还是有着强烈的怀疑。

她想告诉他,他是一个高尚的人,但她及时忍住了:对他而言,这听起来像是侮辱。他觉得自己的贵族身份就像皮肤一样,自然而然地与他的身体密不可分。"您很高尚。""难道您怀疑过?!"

但是埃格特,埃格特是个什么样的人啊!想起在甲板上打转的船桨,坦塔莉露出了阴郁的笑容,想起那把插在薄木上的三棱刺刀，她毛骨悚然，胆战心惊。

"埃格特，你有一个特点。你总是在最适当的时候到来。当……没有你就不行的时候。"

索尔无奈地笑了。雷塔纳尔的视线暂时离开了沙漏，他狐疑地斜了一眼站在他身边的坦塔莉和索尔，不知道他在想什么。

坦塔莉叹了口气："埃格特，这就是命运。"

索尔的眼睛又变得痛苦和紧张——只是片刻工夫。"你是这么想的？"

现在是雷科塔斯被他们的目光吓着了。两道带着相同的疑问和试探的目光。

"这个丫头，"埃格特慢慢地开始说，"五岁之前一直过着平静而幸福的生活。当时发生了一些事情，一言难尽，您以后会慢慢知道。那时候我们家里发生了一些纷争。后来我和托丽雅的长子，"他专门强调了"我和托丽雅"，"我们的儿子卢阿尔脱离了家族，成为一名伟大的魔法师，一位先知，并与某种外部力量作战。他继承了远古魔法师的魔力，只有他才能阻止这股力量。结果卢阿尔永远离开了我们。"

埃格特顿了顿。坦塔莉看向一旁，仿佛这故事与她无关。

"阿拉娜的母亲痛苦地承受了一切，"埃格特缓缓地继续讲述，"我……是的，我没有在她需要的时候支持她。一个突然失去父亲和哥哥的女孩，眼睁睁地看着母亲到了疯狂的边缘。可怜的托丽雅。生活本来可以……对她更公平一些。哪怕只是一点点。阿拉娜当时五岁了。您知道，雷科塔斯先生，这种经历对人影响至深。今天发生在阿拉娜身上的一切……"

"我明白。"雷科塔斯急忙说道。他咳嗽起来，仿佛是喉咙发痒，仿佛索尔的忏悔对他来说是一种负担。

第六章

"无论如何,我都会很高兴……与索尔家族联姻,让阿拉娜的生活……有尊严并且……幸福。"

坦塔莉无法判断这番话诚意几何。仪式性的宣告,适当的场合,无关真诚,只需要郑重……

窗外,阴沉潮湿的清晨渐渐来临。

看着那张清俊高贵的脸,坦塔莉心里想,他已经不是毛头小子了。女人们一定对他趋之若鹜,各种各样的女人,包括精致的,包括富有的……难道他真的会看上阿拉娜那个小丫头片子,甚至愿意容忍她那些让人无法容忍的行为?

我不相信。一个清醒却刺耳的声音嘲弄地说道。

他为什么会想要阿拉娜?也许他真的想和索尔家族结亲?这对一个出身低微的年轻人来说是件光荣的事……雷科塔斯可以是任何人,但绝不是出身低微的人。

坦塔莉突然脸色阴沉下来。"顺便问一个不太礼貌的问题。在所有这些事之后,在她落到那些喜剧演员手里之后,特别是在这次的经历之后,阿拉娜在表面上看来可以被认为是……失去贞洁的,难道您不在乎吗?"

索尔身体一震。她碰上了他责备的眼神。

抱歉,埃格特。这一点太重要了,不能因为拉不下脸而保持沉默。

然后她的视线与雷科塔斯相遇,她有点惭愧。因为雷塔纳尔狂怒的眼中有毫不掩饰的责备,她慌乱地转过脸去。

"很抱歉……"

"对于阿拉娜遭遇不幸这件事只有一个结论,就是应该对她加倍关心,"雷科塔斯沉声说道,"我是这么想的,您的想法呢?"

坦塔莉意识到,他没有再伪装了。虽然在那种情况下,十个骄傲的贵族中有九个会避之唯恐不及。

"我道歉,"她坚定地说,"我根本不想怀疑您的……"她顿了一下,徒劳地寻找合适的词。

"阿拉娜已经同意了。"索尔心不在焉地喃喃自语。

那还用说么,坦塔莉心想。别的人倒罢了,阿拉娜的心思很好猜。或许,他需要钱?

"是时候谈谈嫁妆问题了。"坦塔莉慢声说道,努力让自己的声音听起来不动声色。

雷科塔斯抬起头来。"也许我会冒犯到你们。我的祖先在荣誉问题上慎之又慎……"他直视着坦塔莉,尽管这样的对视于他而言并不容易。"我想要一本卢阿扬阁下的书籍副本作为嫁妆,那本书记录了几个世纪以来魔法师的历史……而且据我所知,书中提到了我的祖先。我想自己拜读一下……更何况它是传家宝,阿拉娜小姐有权支配。"

第七章

这座城市的讲究是从订婚到正式婚礼相隔不超过半年。

雷科塔斯家族的传统更为严格：九个月，是为了让彼此的感情更加成熟，就像子宫里的婴儿。

我，雷科塔斯的继承人，是否认为我必须像对待瘦不拉几的女人一样对待传统？

那些野蛮的水手对我的健康造成的损害远比最初以为的要大很多。我生病了，好像是专门为了让索尔一家有机会照顾我；阿拉娜每天来三次，干净、谦和、温顺。没有任何一个道德家会认为这位神奇的新娘对酒馆、酒和各种人渣有病态的偏爱。我揉了揉发炎的眼睛，扪心自问：有吗？不是幻觉吗？

伤口和瘀青作证，这不是幻觉。

一个星期过去了。我刚能下床，就邀请未来的岳父认真地谈了一次，并且再三向他证明，我和阿拉娜的婚礼可以在一个月或一个半月之后举行。如果雷科塔斯的继承人能够以特殊情况的名义打破家族习俗，那为什么索尔家族不可以呢？

埃格特先生无法拒绝未来的女婿。我想，他恐怕主要是因为担心阿拉娜在半年时间里又会卷入新的麻烦中去。养这么一个女儿简直就像捧着一个烫手山芋。

我对命运相当满意,回到了自己的房间,鬼使神差地打开了旅行箱。也不知道为什么装嫁妆的麂皮袋在盖子下面,就在眼前——我记得很清楚,我把它压在箱底!

柔和的黑色侧面上散落的珠子并没有凑成一个图案。我皱着眉头,在估量这个袋子能不能装下一卷厚厚的、可疑的《魔法师传》;然后,大概是为了测试乔尔诺这份礼物的容量,我心不在焉地把手伸进袋子里。

我正在感叹黑色麂皮内里的柔软温暖。下一刻我的手就被抓住了——牢牢地被一只冰冷无骨的手掌抓住。

我没有尖叫的唯一原因是我暂时失去了说话的能力。好在旁边没有目击者——否则他们会惊讶地看到,雷科塔斯先生瞪大眼睛摇晃自己的手,那只手被包在黑色麂皮袋子里,仿佛被裹在粗糙的手套里。

"别嚷嚷。"

"放开我,你这个畜生。"我低声说,试图控制自己的颤抖。

那只在袋子里攥着我手掌的手攥得更紧了。"别动。消停点儿。"

这个声音是乔尔诺达斯科罗的。尽管它似乎只在我的想象中响起。

我用膝盖夹紧袋子。我再加把劲儿,试图抽出我的手;在外人看来这一定很滑稽。

"你能不能冷静下来,听我说?!"

"放开!"

"如果我放手,你就什么都听不到,你个白痴!"

所以，他称雷科塔斯的后裔为白痴……不，这是个不合时宜的想法。当然，乔尔诺会付出代价——但可能还不是现在。现在需要沉住气。

沉住气。呵，说来容易。

"雷塔纳尔，我什么时候在你的婚礼上跳舞？"

"我没有邀请你。"我喃喃自语，看向房门。女佣会认为我疯了，自言自语。

"你会邀请的……初雪之前你就应该到家了，带着女孩和书。抓紧点儿。"

"我还有八个月的时间！"我恶狠狠地说，"不要催，还没开始呢！"

我脑海中那个声音咯咯笑了起来。"八个月的生命对你来说够吗？前面是一整个冬天，再就是一整个春天，这就是你很想活下去的美好时光？"

他恐怕是感觉到我的手掌出汗了。

"我不会为你服务的，"我厉声说道，"如果有必要，我宁可找别人。"

"找吧。"

我感觉我的手一松，于是用力一挣，把袋子扔到地上，把手拿到眼前。别人的手指紧紧抓握的痕迹在我的皮肤上清晰可见。

我在毫无防备的麂皮上踩了很久，痛快又残酷。

订婚安排在第二天。

我看着容光焕发的阿拉娜，她穿着成熟的奢华礼服出席这个场合，因此失去了她棱角分明的少女魅力。我看着心满意足的埃格特先生,看着嘲弄但又满意的坦塔莉——我觉得自己就是个少见的卑鄙小人。

有几个家庭受邀出席仪式——包括城市法官、市长和戍卫队长;他们都对索尔家族充满了诚挚的敬意,以至于我不可告人的羞愧变成了忧郁。

他们都看着我,像看着一道端上桌的菜。仿佛我是一个奇葩,一个幸运儿,一个冒牌货。原来是因为这座城里想要和索尔家族联姻的出身名门的傻子还不少。

我也捕捉到了同情的目光。估计阿拉娜的遭遇在整个城市早已不胫而走。

我勉强撑过了晚宴,脸上保持着有点儿无聊但总体而言还算得体的表情,最终我借口头疼回到房间——过了一个不眠之夜。早上,斟酌再三之后,我告诉惊讶的索尔我要离开。

家族的传统,我对着埃格特先生阴沉的脸反复强调。从订婚到结婚的这段日子,新郎要在路上经历磨炼。只要情况允许,我会尽快回来的。

坦塔莉在那儿咕哝一些关于传统的事情——我觉得可以充耳不闻。阿拉娜眨巴着湿润的眼睛——我温柔地吻了一下她滚烫的脸颊,跳上马,就这样。

要找就必须找到为止。也许我会回到可怜的阿拉娜身边——但是是作为一个自由的人,而不是背负判决的奴隶,更不是那个名叫乔尔诺达斯科罗的可疑的光头骗子的仆人。"巫师的助手"——这不是我的责任。

从很小的时候,她所有的感情都强烈到夸张的地步。任何好运都会让她沉醉在幸福之中,但任何苦恼,即使是最微不足道的,也会像烤箱里的面团一样瞬间膨胀,遮住了天空。

她在孩提时代唯一记得的只有哥哥。

她自己也不明白怎么会这样,她一次又一次地试图回忆起别的东西,摇篮旁的母亲,父亲的手;她知道这些都存在过,但她无法在记忆中重现。仿佛关于卢阿尔的记忆被小心珍藏,一点一点地把她童年的其他一切都挤掉了,吃掉了,赶走了,就像俗话说的,鸠占鹊巢……

她对没有卢阿尔的世界的第一印象是一堆木垛、一个洗衣槽、一个用无花果充当脑袋的滑稽生物、一个木偶、一场表演、一个剧院……

在她的一生中,剧院似乎是没有卢阿尔的世界里唯一平静的地方。即使已经回心转意,她还是很向往那里——因为执拗。代价就是涂鸦马车里的噩梦、眼前摇摇晃晃的道路和无法离开、无法逃脱的肮脏双手。

如果她想要什么,就会疯狂地想得到它。如果禁止她在午餐前吃甜食,她就会晕倒;如果她什么都不想要,她就只会躺在床上,把脸埋在枕头里。

关于卢阿尔的梦并不经常出现,那是至高无上的梦。每当阿拉娜从这样的梦中醒来,她都能幸福许多天。

老保姆给她喂了一些草药。保姆早已不敢禁止她做任何事了。坦塔莉敢,这更让她感到气恼,因为她对坦塔莉这个嫂子有着复杂的、矛盾的、十分亲近的感情。

坦塔莉就是关于卢阿尔的记忆。坦塔莉就像一把利刃,在卢阿尔消失、父亲和母亲各自黯然神伤时,打破了那种长期以来的无望。坦塔莉是一个象征,象征着在没有卢阿尔的世界里也可以生活。

阿拉娜非常喜欢这个嫂子——直到有一天她发现，年轻女子是不可能永远守活寡的。

阿拉娜那时已经十岁了，她什么都懂。父亲当时说坦塔莉是自由的，有权支配自己的命运。而母亲——那时候她还能说话——和善地点点头，说希望坦塔莉幸福。坦塔莉是第一个停止等待卢阿尔的人，阿拉娜无法原谅这一点。

即使后来坦塔莉回来了。

阿拉娜不明白，怎么还有脸回来。换成她是坦塔莉，早就直接投井了。

然而，这个人生中最简单的决定不由分说地来到她自己面前。向深深的古井纵身一跃的想法曾经让她觉得很有趣。平静、快乐、天经地义。

但是到了动真格的时候……

一路上有多少口井？当她平生第一次挨打，被拖在涂鸦马车的后面、在长棍和刻薄目光的押解下步履蹒跚时，她还不相信这样的事情居然发生在她自己身上。

手持长剑的黑发男子的出现，像翻手套一样翻转了世界。在阿拉娜生命当中第一次，那个关于卢阿尔的至高无上的梦变成了关于雷塔纳尔·雷科塔斯的梦。

现在，目光追随着远去的未婚夫，她决定耐心等待。

就像蜗牛在封闭的壳里。就像寒冷土地上的谷物。静待春天。

房子在沼泽地里。

第七章

向导停了下来，面前是一个岔路口——小路像蛇的舌头一样分叉，右边通向树林深处，看起来已经被很多人走过，左边拐向一旁，几乎消失在草丛里。

"我不再往前走了，"向导小声说道，"您站在沼泽边儿上，如果房子的主人愿意会客，他会点亮灯光，你懂的，免得人淹死。以前就有过，来了个坏人，看起来没安好心，结果主人就让他陷入泥潭，最后就剩泡泡在咕嘟咕嘟冒。就这样。"

我闭上了眼睛。

我对这一切厌烦透顶。巫师和女巫、蟾蜍、老鼠、蝙蝠，每个家伙都使尽浑身解数吓唬我，向导非要在半路上停下来，说一不二地宣布不再前进了。

小伙子接过钱币，用牙试了试，心满意足地离开了，还时不时地回头看看。我透过交错的树枝看了看天空，吐了口痰，然后沿着左边的小路向前走。

沼泽臭气熏天，像尸体一样臭不可闻。在一个平坦、干净、光滑得诡异的空地中央，隐约可见一间笨拙的高脚屋。我停下脚步，示威地从口袋里掏出一块干净的手帕，捂住了鼻子。

要是蜗居在泥潭中央的魔法师气量稍小一些，一定会把我沉入潭底。

"你很骄傲。"

"骄傲，这不还是来找你了。"我不满地反驳道。

老人叹了口气。他身材矮小，相貌平平，不修边幅，毛发浓密；反正在寻找魔法师的过程中我已经习惯于忽略外表。阴险的黑衣美男子原来是骗子，灰胡子的智者原来是傻子，这样的事层出不穷；而眼前这位，虽然不时会挠痒痒，但他眼神犀利，冷若冰霜。

"来找我，"他重复着，第三次用那种像铁梳子一样让人极度不适的眼神扫视着我，"显然，你来这里找我是因为你身上背着……"他耸了耸肩。

我咽了咽口水。因为这是继乔尔诺之后第一个判断出我身上"背负"着什么的魔法师。其他人都等着我自己告诉他们我的问题所在，于是我明白时间和精力都被白白浪费了。

"你身上像是背负着，"老头眯起眼睛，"空荡荡的、满是灰尘的腌臜袋子……像是脖子上的绳索。绳索有期限，时间快到了，时间会拖延。"

"取消它。"我言简意赅。

老头儿闭上了眼睛。

他的眼皮微微发黄，透明得像一层薄膜；他似乎一直是透过皮肤看外面。

"我倒是想，但我没有那个实力。换做其他人可能会骗你，要你付钱，但我实话实说，这是个无望的事情。我不会接的。"

"如果其他人接了呢，"我冷冷地说，"你怎么看，别人在撒谎？"

老人冷冷地搓了搓他的小黑手掌。

"说不准，我不知道。没准儿他就是撒谎了……谁能去查呢……"

"我将在六个月后死去，"我气急败坏地说道，"要不你再努努力？"

他睁开眼睛。一分钟前它们还是绿色的，而现在它们是黄色的，像结晶的蜂蜜。

第七章

"不,我做不到。我早已筋疲力尽……"

"那么告诉我,谁能做到?"

老人沉默不语。

沼泽火在昏暗的房间里飘浮,半明半暗之间一会儿冒出一个空的铁笼子,一会儿是一面模糊的铁镜子,但有一块磨盘的碎片,被任性地扔在这破旧的高脚屋的角落里。

⚔

节日一晃而过,地上铺满了残破的彩色纸带和陈旧的五彩纸屑。狂欢日,最热闹、最受市民喜爱的一天。索尔家的宅子对公共节日庆典毫不关心,与传统相反,没有装饰鲜花和灯笼,黑暗而空荡——仆人从中午开始请假——房子静静地等候着欢腾的人群。

晨雾笼罩着凌乱的街道。灰蒙蒙的潮湿晨间,第一波清扫的沙沙声若隐若现;一个淡金色头发的高大男子缓步走向市广场。头发半金半灰。

埃格特·索尔并不急着去哪儿。今天祥和宁静、薄雾笼罩、一派闲适,他觉得这远远好过于节前的狂热或狂欢节期间的醉人喧嚣。军团的操练今天推迟一个小时开始——鉴于整个城市中大多数人都要休息到晚上,这只是轻微的放纵。

埃格特·索尔有一个小时的时间可以悠闲地散步。他在拱桥上站了很久——运河不久前才清理过,以前长满绿霉的水现在闻起来很清新,有湿润的石头的气息。枯叶翩然落下;十年前,在同样雾蒙蒙的清晨,埃格特·索尔也曾站在这座桥上,和他的儿子一起。

他现在会是什么样子——将近三十岁的卢阿尔?埃格特·索

尔愿意倾尽所有来挽回过去的时光。他觉得，如果他再聪明一点，一切都会有所不同……然而，他只能自欺欺人。一年一次，站在拱桥上，他能够放纵自己自欺欺人。

我在婚礼前三天回来了——风尘仆仆，憔悴不堪，估计我看起来不太高兴。坦塔莉似乎认为我根本不会回来了。还是我的错觉？无论如何，当她呼唤阿拉娜时，她的声音是相当雀跃的："快点，新娘子！看看谁来了?！"

至少，他们还没有失去那个女孩。她没有跑到森林里去，也没有到商船上去做见习水手，更没有落草为寇。这已经很不错了。

阿拉娜看起来变得更漂亮了。她脸上的痘痘显然被认真处理过，不管怎么样，现在几乎看不到了。至于其他方面，我的未婚妻依然是一团孩子气。我吻了她的脸颊，她的脸颊和以前一样热。我觉得自己根本没有去任何地方。我只是在准备。

我的房间令人感动地保持原样。还有一些被遗忘的东西放在桌子上——特别是一个缝着珠子的麂皮袋，女仆甚至似乎给它擦了灰，擦掉了我靴子的痕迹。

我把身后的门锁上，把自己重重扔进了椅子。

漫长的冬天，然后是春天，是人们渴望生活的时候。

雷科塔斯一脉从来没有对任何人俯首称臣。有可能会效力，也有可能做交易——就这样吧。

我把袋子拿在手里——几乎深恶痛绝。这些珠子分布得很稀疏，没有花纹，没有图案。

可能我应该读一读阿拉娜外祖父的书。关于魔法师，就算书

第七章

里对达米尔讳莫如深,但可能有其他有用的信息。

袋子里面仍然是温暖的,而且完全是空的;我小心翼翼地摸了摸里面的接缝。无辜的袋子。魔法师?魔法师是谁?

外面传来轻轻的敲门声。"雷科塔斯先生,埃格特先生请您去吃晚饭,今天的晚餐是乳猪,面粉裹鱼配红酒汁,带糖馅儿的甜瓜,还有蘑菇。"

我得问一下糖馅儿是什么,我机械地想。

就在这时,我感觉到我那只漫不经心地留在袋子里的手被摸了一下。

"好的!"我刻意地大声喊道,"告诉埃格特先生,我马上就来!"

藏在麂皮袋内侧黑暗中的冰冷的手倏然消失了。下一秒,我感觉到不知谁的手指紧紧钩住我的小指。我吓呆了:天灵灵地灵灵……

"你找过了?"

"你骗我,乔尔……乔诺塔克斯。你无法撤销判决!"

"你真不相信我的能力?还是说你只是不想付钱,希望我白白搭救你?"

我沉默不语。乔尔诺的手友好地握了握我的手掌。

"别自欺欺人了,雷塔纳尔。按我说的做。好吧,不要当成是为我服务,当成是一种帮助。带上女孩儿,拿上书,然后回来。"

我咬紧牙关,假装回握了一下。不是因为我想这样做。而是出于礼貌。

按照婚俗,娘家的亲戚或家里人,或最起码是个信得过的人，要陪同新娘到她丈夫的家里。我被告知，索尔一天都不能离开他的妻子，三年来，上校没有离开过这座城市——自从托丽雅夫人不再走出她的房间。坦塔莉找了一堆借口不陪我们，而老保姆年迈体衰，无法长途跋涉。因此，在短暂的纠结以及我承诺会为了阿拉娜不惜粉身碎骨之后，他们决定将新娘子完全托付给我这个丈夫照顾。就像从今往后的每一天。

索尔为我们提供了一辆长途马车和一个做事麻利的克洛夫赶车。他还想派一个女仆和我们一起上路，但我劝阻了他。我信口说，在我的城堡里阿拉娜什么都不会缺。不缺关心、不缺爱、不缺仆人；上校打算给我们指派几个保镖，但我感到了莫大的羞辱：我不知道索尔家族的情况，我冷冷地说，但雷科塔斯家族认为一个丈夫足以保护自己的妻子。我完全有能力把阿拉娜平安地带到地方——不会有战争，谢天谢地，而且还没有到寒冷的冬天。

索尔咬着嘴唇妥协了。

我和阿拉娜的婚礼盛大又热闹。全城人都争先恐后地送来自己的贺礼，几乎每个广场都装饰着用鲜花点缀的徽章——雷科塔斯和索尔家族的族徽。我喝着酒，声嘶力竭地宣誓忠诚于阿拉娜。也就是说，不是对阿拉娜本人——而是对附近的每个人，市长，戍卫队长，市法官，还有……还有……我信誓旦旦地承诺为阿拉娜献出生命，抛头颅洒热血，只要阿拉娜一切都好……

然后一切都坠入黑暗的深渊，我醒来时已经在婚床上了，阿拉娜甜甜地睡在我身边，而我——这捉摸不定的命运！——完全不记得我们之间是发生了什么，还是还没发生。

现在，我们在车厢里颠簸着经过结冰的泥坑，我一次又一次地看向行李架上柔软麂皮袋的侧面。嫁妆。一本厚厚的书。卢阿

第七章

扬院长写的古代魔法师的传记。

年轻的妻子坐在我对面,马车上有烤炉取暖,但阿拉娜还是很冷,缩在披肩里,一言不发。我不明白她沉默的背后是什么。委屈?还是只是一个少女突然嫁给了一个美男子但——唉——几乎是陌生人的尴尬?还是说我的妻子天生沉默寡言?对一个妻子来说,这不是一个多余的品质,但有时候——比如现在——这着实让人感到郁闷。

要是我能记得新婚之夜发生了什么就好了。难道我——就算是喝醉了失去记忆——会冒犯一个女人吗?!

我一路都很着急。日子所剩无几,旅馆一家接着一家换;阿拉娜和我睡在不同的房间里,看似是为了她的方便,但实际上是我怎么也无法下定决心。作为她的合法丈夫,我却不知何故把她看成一个侄女,一个远房亲戚,我受托从一个地方把她带到另一个地方,所以我就带了……

在所有的酒店里,无一例外都有令人垂涎的女服务员。就像过去的美好时光一样,她们都无法抗拒我的微笑;我只是在最后一刻才悬崖勒马。女服务员们觉得很扫兴,把我的洁身自好归咎于旅途疲劳和未痊愈的伤口。但我心知肚明,阻止我的是一种难以启齿的羞耻,是一种我不想探究的痛心。

坠入爱河的阿拉娜充其量只是我游戏中的一个筹码。不能再这样下去了,我必须立即培养夫妻感情,即便只是为了保持自尊。苍天有眼,我尽力了。我试着把那个愁眉苦脸的半大孩子看成是女人,一个迷人的女人,我的妻子。但是无济于事,我假惺惺地笑着,假惺惺地关心着,并随口承诺,我们很快就会回到家,品尝生活的美妙,也许还可以组织一场狩猎……

阿拉娜没有说什么。我像兄长一般吻了吻她的脸颊,然后让她独自离开。

一个晴朗的早晨——旅馆很糟糕,到处都很冷,我没有睡好,感觉很恼火——我的妻子不在她的房间。而且,女服务员随意铺的床也没有压过的痕迹。

我没有惊慌失措——我这样是对的,因为我的妻子几乎立刻就被找到了。楼下冷清的餐厅里有蜡烛通宵燃烧的烟雾,角落里有个小赌场——由三个壮汉和我的妻子组成。小丫头阿拉娜咬着嘴唇,手里颤巍巍地拿着一副牌。

我克制住自己,走过去,脸上保持着仁慈的厌烦表情。"亲爱的,再过半小时天就亮了。我让克洛夫给马套上马具……你准备好了吗?"

三个赌徒面面相觑,露出诡异的笑容。阿拉娜研究了一下牌面,然后抬头看着我,我不禁打了个寒颤,因为她的眼神几乎和我们初遇时如出一辙,就像在那群喜剧演员的面前一样。

我的第一个念头是——他们怎么着冒犯了她。我扫了一眼他们因熬通宵而苍白的脸,不禁怒火中烧,想起我的长剑还在房间里。

一个是二十多岁的小伙子,嘴巴说个不停,眼神很犀利,也有些放肆;另外两个年龄较大,但是他的随从。

"怎么了,阿拉娜?"我平静地问道,同时心里估摸着,怎么从离我最近的那个赌徒身下把凳子抽出来。

"我把马车输掉了,"我的小妻子叹了口气说,"连车带马,还有一百枚金币。一开始我手气很好,但后来……"

我迅速环顾四周。

事实上,我瞠目结舌地站在原地足足三分钟,感叹着"什么?!""胡说八道!""你疯了吗?"我很乐意做这一切,但时间不允许。这个小伙子显然是与我对立的赌钱三人组的灵魂和大脑,而且无疑是个赌棍。问题是我得证明他出老千。或者是阿拉娜无行为能力。或者做点儿其他事情,比如趁着大厅里没有人,用皮带勒死他……

小伙子的两个朋友仿佛看穿了我的意图,不约而同地把手放在藏于桌下的武器上。

"请允许我自我介绍一下,"小伙子在对面爽朗地笑了笑,"基利特·瓦克隆,来自北方的瓦克隆家族的长房。可能我在您不知情的情况下与您的妻子结识有点唐突,但我们都出门在外,旅途中的礼节……"

"非常重要,"我干巴巴地截断他的话,"在旅途中尤其重要。特别是对于高贵的绅士而言,瓦克隆先生无疑也是一位贵族……"我顿了顿,瞥了一眼年轻人那张机灵的脸,心里暗道:靠出老千赚钱,你都不羞耻吗?你也配当贵族?!

瓦克隆先生有点赧然:"当然,我们绝不会对您的妻子有丝毫冒犯。我很乐意陪她解闷儿,而且我承认,她活泼的天性和高超的牌技给我带来了极大的乐趣。"

我把目光转向阿拉娜。"活泼的天性"缩起脖子坐着,无意识地用手指甲挠着桌面。

瓦克隆的同伴们点头表示同意。其中一个淡黄色头发的人从袖口拿出一叠整齐的文件。"这些是阿拉娜·雷科塔斯夫人提供的作为抵押的收据。证人是可爱的旅馆老板。"

"我先开始赢了,"女孩愤愤地说,"我赢了五百个金币!然后牌运就不行了,即便是您,雷塔纳尔,手气不好的时候也不能……"

瓦克隆小心翼翼地捡起散落在桌子上的牌,他的神态就像一位慈祥的父亲说：没必要伤心，每个人都有手气不好的时候，我们是为赌博的快感买单，快感比钱更有价值，这就是阿拉娜小姐度过的一个夜晚，是她一生中难忘的记忆云云。

可惜他是个贵族。首先，这更加让人感到羞辱，其次……我突然意识到我已经晚了。当然，我可以宣布阿拉娜疯了，只是这未必能帮助我；我可以指责瓦克隆作弊，但现在谁能证明？

阿拉娜沉默不语，她的脸上同时写着不虞和挑衅。我们已经知道了，都经历过——骄傲翘起的鼻子，冷冷的沉默，原来，一切都是牌的错。

"你们在玩什么？"我听到自己平静的声音。

瓦克隆淡淡一笑。"五人头。阿拉娜夫人喜欢复杂的游戏。"

我挤出一个笑容作回应。"不瞒您说，我也是……我甚至很羡慕，阿拉娜能有如此刺激的经历，如此激动人心的快乐，而我却失去了这些……瓦克隆先生，如果您同意和我玩儿几局，我会不胜感激。"

我们对视了一会儿。如果这个年轻的赌棍没有识人之明，他的事业就不会成功；赌棍知道，我并不像阿拉娜那样是个手到擒来的猎物。

"我们，说实在的，该上路了，"淡黄色头发的壮汉说，"我们本来就……"

瓦克隆先生笑意更淡了："瞧您说的，雷科塔斯先生。能跟您玩儿几局的话，是我对您不胜感激。可遗憾的是，我们没空再玩儿更耗时间的游戏……"

饭厅渐渐坐满了。打着哈欠的客人们从房间里下来，还有新的客人进来觅食。瓦克隆先生看着我的眼睛，他的眼中流露出一种毫不掩饰的愉悦挑战。

第七章

狗崽子……

"我的夫人,"我用礼貌到发腻的声音对阿拉娜说,"请到你的房间去。在出发前休息一下。因为我们可能得步行赶路。"

天光大亮,她把鼻子翘到了天花板上,带着太后母仪天下的神情回到了楼上。

我目送她离开,然后转向瓦克隆先生,他若无其事地打开一副新牌。我从小手指上取下一个宝石戒指,这是母亲送给我的唯一东西,一个珍贵的玩具,上面镶着一颗闪闪发光的淡蓝色石头。

"五人头"从来都不是我喜欢的游戏。

我的第一手牌就有一张"空方格"牌,这很罕见,几乎肯定会赢。但是有个细节不容忽视,就是我这把牌中没有号称"钥匙"的红七,这意味着我的对手可以轻易地在我的"空方格"中塞入五到六张肯定会被大牌吃掉的牌。

在一场公平的游戏中,出现这种转折的可能性是微乎其微的。在对手发牌时,我仔细地盯着他的手,没有抓到任何一个不老实的动作。但现在,看到瓦克隆挠着鼻尖,我确信他知道我的每一张牌。

据说,有的赌棍能看穿对方的牌,我的脊背直冒冷汗。瓦克隆漫不经心地宣布要玩"大舞会",我忍住了玩"方格"的诱惑,咬牙同意了。瓦克隆玩儿得很溜,行云流水,结果就是他那个淡黄色头发的同伙在小算盘上打出了我的第一笔损失。

很好,阿拉娜可真会找牌友。

轮到我发牌了,我闭上眼睛,试图集中精力。

整副牌在我手中,光滑的纸牌触感冰凉。餐厅消失了,桌子消失了,赌棍和他的同党们也消失了,世上一切都成了泡影,只剩下纸牌和鲜艳背面的斑斓闪烁。纸牌背面画着前蹄腾起的马。

他们只是看起来相同。实际上每张纸牌的背面都有自己独一无二的特点,我觉得自己的头像是被铁箍勒住了一样。马儿兴奋起来,转动着鼓鼓的眼睛,驮着方块Q的那匹马臀部有个白点,保护黑桃十的那匹看起来有些模糊,似乎真的在奔跑⋯⋯

"发牌吧,雷科塔斯先生!"

这样的话我自己也会被列为骗子⋯⋯

我发牌了。

现在,瓦克隆手中纸牌的背面对我来说不再是一无所知了。但这并没有让我高兴起来——我的对手手里几乎有一套完整的"好牌"。好吧,我不会发对自己有利的牌。我们"礼尚往来"了一番,更多的是为了体面,我让他玩游戏,而他又一次顺顺当当地把所有东西都骗走了。小算盘噼啪作响;我咬了咬牙。

瓦克隆发牌了。

我头疼欲裂。我看着他的纸牌背面,所有扬起前蹄的英俊马匹在我眼中都变成了拉我们四轮马车的马。我顶多能认出两三匹——或许是我的眼睛太累了。

他宣布"小舞会",我固执地宣布"环舞"。他思忖了一会儿,狡猾地看着我说"空方格"。

我没有牌能抵抗"空方格"。

他开始动作了,优雅地咧开本来就大的嘴巴微笑。我痛苦地盯着牌,看得越久越确信,他的"方格"会被抓住。

有了!一口气赢回一切的机会!他的"方格"有七张,不,八张能被吃掉的牌,只要⋯⋯

第七章

"出牌吧,瓦克隆先生!"我已经预见到欢庆胜利的时刻。

他出牌了。

这张牌不应该出现在这里。我记得很清楚,它已经出过了。

"这张牌是怎么回事,瓦克隆先生?"

"黑九。您看不见吗?"

"请允许我数数您的牌。"

他皱起了眉头。"雷科塔斯先生,我明白,一到输的时候我们都会神经紧张,疑神疑鬼。但是,相信我,您不该这样侮辱我。数数这里的牌,"他仰起下巴指了指那堆出过的牌,"这里,桌子上,您的牌,我的牌,或者您觉得这里有几张相同的牌?"

我意识到,他是对的。

他的"空方格"打得干干净净,他需要的牌是从何而来,现在已经没有办法知道了,除非他是个魔法师……

如果他是一个魔法师呢?一个靠打牌赚钱的小巫师?谁来证明?

手里拿着纸牌对魔法师来说是一种耻辱。但即使是贵族,靠出老千来赚钱,在不久之前也被认为是一种耻辱……

我看了看我输掉的宝石戒指。

"再来一局,雷科塔斯先生?还是到此为止?"瓦克隆的眼睛笑了。

我强迫自己微笑回应:"你是一个有趣的对手,再来一局。"

纸牌的触感给我带来痛苦,仿佛我手指上的皮肤被磨破,露出了肉。我通过触摸来识别它们,红色的更暖和,黑色的更冷……更重,更轻……不显眼的特征,帮助我识别近四十匹扬起前蹄的马匹中的每一匹。

我发牌了。

Авантюрист
冒险者

　　我坚定地知道,瓦克隆手中没有全套的"环舞";但他宣布"环舞",他的眼睛闪烁着嘲笑。

　　有人笨拙地走过,拍了拍我的肩膀,触感很尖锐,像一记重击。

　　噪音。餐具的叮当声,说话的声音,关门的声音……背后有六七个围观的闲人,油炸的香味,笑声……

　　我飞出纸牌的世界,就像软木塞飞出瓶子一样。我来到外面的世界——恰逢其时。因为游戏并不总是仅限于一些绘制的图形。

　　就是这一堆出过的牌。长长的、尖锐的胳膊肘,恍若无意地触摸着被丢弃的牌,一个几乎无法察觉的动作,仿佛瓦克隆在凳子上挤得很。

　　下一秒,我手中的匕首就从桌底刺入桌面。围观的人还没明白怎么回事,就被木头上砰的一声吓得一激灵。

　　我看不见,乱刺了一刀。有可能刺中手,但刺中了一张牌,现在它被钉在桌子上,像用钉子从下面钉住一样。

　　餐厅里的生活还在继续。我们的桌子上一片寂静,围观的人在窃窃私语,瓦克隆和我凝视着对方的眼睛。

　　"你打得很好,"他终于开口说道,"你能看到牌的背面,你可以赚钱了。"

　　我抿着嘴唇,仿佛准备往他脸上吐口水。

　　嚷嚷"出老千"会付出巨大的代价。无论是出千的人,还是揭发的人。急于复仇的暴徒并不总能分清谁是正确的,谁是挑衅的。

　　瓦克隆斜睨了一眼淡黄色头发的男人——小心翼翼地,似乎害怕让我离开他的视线:"给他。"

第七章

那人皱了皱眉头。他在凳子上坐立不安,从桌子底下递了一叠文件给我,都是阿拉娜签名的抵押契约。

他们三个人同时站了起来。淡黄色头发的人收起算盘,瓦克隆捡起了桌上的牌:

"谢谢您,雷科塔斯先生,给我带来的快乐。赢牌不算什么。兴奋才是最重要的。请接受我毋庸置疑的尊敬。"

三人走向大门,周围都是不解的眼神,而我悄悄地、用力地——而且急躁地,这很显然!——从桌板下拔出匕首。

它正好钉在纸牌正中央。

神奇的是,赌牌事件并没有破坏我和阿拉娜的关系,反而成为相互理解的开始。当我在口袋里揣着一张被刺穿的破纸牌,跟跟跄跄地上楼来到她的房间时,当她对这个世界感到愤怒并准备大闹一场、从昏暗的旅馆窗户转向我时,当我一瞬不瞬地默默把她的抵押契约放在桌子上时——是的,这一刻胜过打败十个赌棍。甚至是十二个。

我们出发了,再次陷入沉默。但现在一切都不同了,沉默是一种对话,阿拉娜默默地爱慕着我。我靠在枕头上打瞌睡,在睡梦中看到了我的城堡,里面有安静的、温顺的、至死不渝地爱着我的妻子。

我头顶的麂皮袋里静静地躺着《魔法师传》这本书。我一直想在旅店的某个地方打开它,但我不敢。如果我在书里读到一些可能冒犯大魔法师达米尔的东西,那么不仅我与索尔家族的关系会节外生枝,而且我和混蛋乔尔诺达斯科罗的关系也会更复杂。

虽然,说实话,更让我感到恐惧的是那个黑色的麂皮袋。我

Авантюрист
冒险者

不想承认，但我需要用尽所有的勇气才能把手伸进去。

离我的故乡还有几天的路程，但我已经认出了熟悉的地方。天气晴朗而寒冷，像一片清澈的薄冰，毛毛细雪似乎是为了锦上添花，马儿跑得很轻快。冬天初来乍到，像穿着带花边领子的浆硬的衬衫；我眯起眼睛看着马车窗外晶莹剔透的美景，阿拉娜看到我的喜悦也高兴起来。

还剩最后两晚需要住店的时候，在其中一个旅馆见到了重要的人。

一个衣衫褴褛的脏孩子站在入口处的外面，裹着一块女人的头巾，可怜巴巴地苦苦哀求道："我可以为先生们服务，洗马，补衣服，一个铜币就行。"我心里感到惊讶，旅店老板居然能容忍一个讨厌的男孩在店里。我从旁边走过去，但在最后一刻，我回头看了一眼。

这小子受到我的目光的鼓励，更加卖力地吆喝起来："先生，让我服侍您吧，我什么都会做，不管是驾马车还是补衣服。"

不知为何他会觉得，补衣服是世界上所有先生们最重要和最迫切的需求。

是的，他看起来糟透了。我上次见到他时，他很瘦，眼睛塌陷，看起来也不怎么好，但好歹健康多了。

"我还会唱歌，"男孩念叨着，祈求地看着我的脸，"请让我服侍您吧，好心的先生，您……"他的眼睛瞪大了。他也认出了我。

"你好，"我随口说道，"克利维，或者不管你叫什么名字。"

他干瘪的脸痛苦地皱成一团，好像克利维·梅利尼乔诺克快要嚎啕大哭了。

"这是谁？"阿拉娜在我背后问道。

第七章

克利维抽泣着向我伸出双手，掌心向上。两只手掌都布满了旧伤疤和新水泡。仿佛克利维已经在沸水中抓了六个月的鱼。

⚔

别人的钱币像火一样灼伤了他。正如判决中所说的那样。

他无法做任何其他事情。他痛苦地从事所有诚实的工作，但都对他没有好处；他被驱赶和殴打，饿着肚子又开始偷东西，用破布裹住双手，甚至有一次还为自己买了皮手套，什么都无济于事。每次他的手碰到别人的钱包时，都疼得忍不住要尖叫，就算运气好也要至少一个星期的时间才能好，上厕所都无法自理。他的双手满是烧伤，他成了一个毫无用处的工人，没有人雇用他，没有人需要他，他靠在集市上唱哀痛的歌谋生，但是第一，现在的人们不爱听了，第二，他又遭到了驱赶，因为他没有"行乞"的许可。

我付给旅馆老板两枚硬币，让克利维在干草棚里过夜，他上气不接下气地告诉我这一切。克利维感到无比幸福。暖和了，吃饱了，他相信自己是有福之人，开心地笑着跟我说："还有那个家伙，您记得吗，阿哈尔，外号水鳖，那个独眼龙。他一个月之后就死了。过了一个月，淹死了，听说是死在水坑里，真够蠢的，从马背上摔下来呛了水，好像是清醒的，没喝醉……淹死在水坑里是什么感觉？"

我感到好像有一只柔软、冰冷的手正以友好的姿势抚摸着我的脊背。

"就是这么判的，"我低声说，"判的是一个月之后，就算在碗里也会呛死的，冷静点……"

克利维闷闷不乐起来。他的嘴唇悲伤地抿了起来："判决……我快被饿死了……"他盯着自己可怜的双手。

我陷入沉思。虽然事实上也没什么可想的。既然命运慷慨地把梅利尼乔诺克送来我身边——也就是说，命运这么做是有深意的。

"跟我走吧。"我轻声说道。

克利维把目光从烧伤处移开。他看着我的眼睛——先是难以置信，然后是高兴，然后是怀疑："所以毕竟……这个……您什么时候会死？"

好小子。善良又直接。

我最担心的是会有一头猪在吊桥上迎接我们。

这似乎很傻，但在回来的前一夜，我整晚都梦见了这幅可怕的画面：年轻的妻子第一次看到她高贵丈夫的城堡，吊桥永远吊不起来了，通道中间站着一头肥到不可思议的猪，如果没有好的火药，根本无法移动它。

我在一身冷汗中醒来。

我们在正午时分到达城堡。当塔楼在树丛之后若隐若现时，我就骑上马向前疾驰。

那头猪不见踪影。东倒西歪的墙壁上落着积雪，于是一张闪亮的白色面具遮住了裂缝和坑洼，掩盖了破败和荒凉；内院是永恒的秋天，泥泞肮脏，散发着刺鼻的粪臭味。

"伊特尔！伊特尔！！"

一个小时后，当马车驶上吊桥时，猪已经被宰杀了。村里雇来的服务员和仆人在城堡里忙碌地穿梭，布满灰尘的厨房里生起了火；年轻的丈夫骑着一匹洁白如雪的小母马去迎接他的妻子。

第七章

阿拉娜透过天鹅绒窗帘小心翼翼地观察着。我身后的城堡正在等待评价——破旧的废墟,闹鬼的居所……

我怕她会说:就这?雷科塔斯家族的堡垒?!

"多美啊。"阿拉娜喃喃低语。

⚔

从这里,从山上看,村子就像一个玩具——白色的屋顶,屋顶上有灰蓝色的袅袅烟雾。天太冷了,冬天太严酷了,村子里家家户户都烧起了火炉。

只有山上的房子屋顶上方的天空才是原始的、清澈的蓝色。乔诺塔克斯·奥罗不生火。

"我,那个……雷塔纳尔先生,我最怕魔法师,要不……我在院子里等?"

我们爬着山,克利维身上热乎起来,在山腰上无畏地把红扑扑的脸暴露在风中。

"不行,"我冷声说道,"他是个好人,没什么好怕的,我是为你着想,笨蛋!"

我说谎了。我根本不是为克利维着想,我只为自己着想。

大门完全没有想过要上锁。院子里空空如也——没有狗,没有柴火,没有任何做家务的痕迹……尽管乔诺塔克斯也不需要柴火……

"这儿没有人住,"克利维欢快地说道,"你那位魔法师看来是搬走了……"

仿佛是回应他的话,前门吱吱呀呀地打开了。我已经准备好见面了,但还是打了个寒战。

"进来吧。"乔尔诺说。

Авантюрист
冒险者

他全身上下裹着一件毛茸茸的皮大衣,直到脚趾,但他的头嚣张地裸露着,锃亮的表面捉住了冬日里的反光。那双略带疯狂的黑色眼睛看起来毫无神采;我不由得想起麂皮袋深处那只冰冷的手。

我们进入房间,克利维几乎是被强行拖进来的。

偌大的屋子里甚至比外面更冷。在我已经熟悉的镜子房间里,天花板上结满了霜,镜子本身也结了霜,十分美丽却也令人毛骨悚然。克利维开始发抖,越来越厉害,仿佛是因为寒冷,虽然他的脸颊像红腹灰雀的前胸一样红彤彤的。

"欢迎回来,雷塔纳尔。"

乔诺塔克斯坐了下来,穿着他的皮大衣,看起来像童话故事中的森林怪物。宽大的袖子中露出纤细白皙的手臂。乔尔诺达斯科罗手指交错,将手肘放在膝盖上——好有个地方撑起刮得干干净净的下巴。

"很高兴见到你,"我微笑着撒谎,"我信守诺言。"

乔尔诺苍白的嘴唇像橡胶一样咧开。这么一笑就不需要再多说什么了,它比语言更有说服力。

"我希望你也能遵守你的承诺?"我客气地问道。

魔法师那双本来就狭窄的眼睛眯得更厉害了。"你为什么没有把……东西带来?我们说好的东西呢?"

我的笑容更灿烂了。"不是一下子……我是说,书当然是你的。但问题在于……有一种看法认为,履行我们商定的服务……基本上是不可能的。"我吸了口气,因为这些话实际上是我自己的意思。

乔尔诺的表情没有任何变化。仿佛我是在和一根铁棒说话。

"我想确认你能够履行你的承诺,"我加重语气说道,"作为

第七章

你的……客户,我有这个权利。"

克利维在角落里默默地颤抖着,紧张地抽了抽鼻子。乔诺塔克斯缓缓地把目光移向他,男孩惊恐地打了个嗝。

"你有,"乔尔诺冷冰冰地肯定道,"事实上,我从一开始就知道你为什么把这个……梅利尼乔诺克带到这儿来。过来。"

最后一句话是对男孩说的。克利维畏畏缩缩地走过去,像是被人用绳子拉着一样。

不理会男孩的打嗝、流鼻涕和其他声音,魔法师拉过他的手,让他的手掌对着自己,轻轻地吹了声口哨。"是的……雷塔纳尔,你好像是来向我下最后通牒的。对我说,魔法师,证明自己的能耐,然后我们再看看,要不要和你做生意……"

我张了张嘴,似乎想反对。

乔尔诺摇了摇头:"行了,闭嘴吧,这没什么大不了的。这不算什么最后通牒。只是正常的业务关系。好吧,你可以想象,一个魔法师向你宣布判决取消,你无忧无虑、一无所知地潇洒半年,然后,砰,意外来临……"

我咽了下口水。

"是的,"乔诺塔克斯继续说道,若有所思地看着克利维,"我知道我需要你做什么,你也必须明白我是多么可靠。小伙子,劳驾到那面镜子跟前去,对着它呼吸。"

克利维言听计从,就像一个提线木偶。他费力地张开双唇,向结霜的镜面吐了一口气;一股白色的蒸汽瞬间刺穿了镜子上的冰霜,但形成的形状并没有想象的那样圆润,而是某种蘑菇状的不规则形状。

"好,"乔诺塔克斯再次将下巴搁在交错的手指上,"去吧,雷塔纳尔,去找你的妻子,明天你就有学生了。这小伙子很幸运。他应该一辈子舔着你的靴子,这么一份礼物,白白到手……"

我犹豫了一下,然后严肃地点头告别,向门走去。到门口时,我听到了克利维绝望的尖叫声。"雷塔纳尔先生!不要丢下我!带我走,我不要!"

尖叫声中有着难以掩饰的惊恐,我抬起的腿悬在空中。

"你疯了吗?"乔诺塔克斯不慌不忙地说,"哦,小伙子,你应该知道你会得到什么好处。"

我离开了,胸中带着一种不愉快的揪心情绪。仿佛我把一个活生生的人交给了一个炼金术士去做实验。

第二天早上,克利维来到城堡——饥肠辘辘,浑浑噩噩。他最后的记忆是院子,空无一人,似乎毫无生气;我和乔诺塔克斯谈的事,魔法师先生对他做的事,迷糊的克利维一无所知,他自己也对此感到惊讶。

不得不说,到了这个时候,大张旗鼓的城堡修缮工作才逐渐平静下来——钱花光了。为了庆祝年轻妻子的到来而举行盛大宴会的想法不得不推迟到更合适的时候。幸运的是,不管怎么样,阿拉娜都喜欢这座城堡。她喜欢在寒冷的房间里游荡,爬上塔楼,探索古老家族中布满蜘蛛网的神龛。我有点担心她这么游荡会遇到幽灵。我的意思是,当然没有什么特别值得害怕的,但也绝对不值得高兴,我不知道万一遇到幽灵了,我的妻子会受到什么影响……

我们建立了友好但奇怪的夫妻关系,相敬如宾,貌合神离。我还是不进阿拉娜的卧室,但现在心里已经有了一个新的借口:

第七章

我必须先摆脱法官的判决，结束我与乔诺塔克斯的关系，才能品尝到新婚的乐趣。我一直试图为阿拉娜想出某种解释——某种禁止丈夫在蜜月期间接触妻子的宗族习俗，或者其他什么……我的舌头拒绝这么胡说八道。阿拉娜表面上很平静地接受了我的疏离；谁知道呢，这位小妻子，或许对她来说，友好地拍拍她的肩膀就足够了……

一个晴朗的冬日，克利维动身前往乡下。我事先确认了没有人看到我们在一起。与克利维·梅利尼乔诺克那段一言难尽的相识过往对我而言毫无用处。

首先，我去了小酒馆。我没有弄错。克利维就在这里。以前身无分文，现在坐在一张摆满食物的桌子旁。香浓的酱汁顺着他干瘦的手臂滴落；克利维吃着东西，舔着手指，吧唧着嘴，全身上下洋溢着一种毫不掩饰的、志得意满的、明目张胆的幸福。

厚厚的钱包是他不劳而获的，但他心安理得。

我靠在墙上，两腿发软，仿佛乔诺塔克斯·奥罗的化身在烟雾和火焰中出现在我面前，坐在大快朵颐的克利维身边的长椅上，狭长而略带疯狂的眼睛眨巴着。

克利维在享受生活。

他酒足饭饱之后离开酒馆来到集市，我亲眼看到他从一个心不在焉的鞋匠口袋里摸走一枚硬币。他一次又一次地消失在黄昏时分川流不息的人群中，他再次出现的时候更加开心了，酒不醉人人自醉，不时搓着双手……

连续盗窃三天之后，他在最近的城镇被抓住。我从伊特尔那里听说了这件事，而伊特尔是从给城堡送食物的供应商那里听说的这件事。据他说，那个急躁、机灵的男孩已经被抓住了，被抓时他身上有一大笔钱；那些被盗窃的人，两天来一直在哭着找自己的钱包，他们成群结队地来到参议会，把一切都算在小偷头上，甚至更多，当地的市长奇迹般地阻止了一场私刑。小偷被依法判刑，并被流放服苦役，这是罪有应得。我听完这个故事，向伊特尔表示感谢，然后就推说头疼回到了自己的房间。

我感觉糟透了。

第八章

我已经无路可退。赦免金就在麂皮袋里,袋子在一个箱子里,箱子上有七道锁;从乡下回来后,尚未被抓的克利维还在逍遥法外,我准备拿着书立刻奔向山上的房子,让魔法师先生展示他的法力——这次是对雷科塔斯家族的后裔。

但是冬天的日头很短;天渐渐黑了。一想到乔尔诺达斯科罗那又黑又冷、没有一丝光亮的宅子,我咬咬牙,把访问推迟到明天。

至于那本由我妻子的外祖父写的《魔法师传》,乔诺塔克斯如此看重它,我却从未打开过。

我和阿拉娜在巨大的大厅里共进晚餐,壁炉里的风呼呼作响,伊特尔(索尔家的仆人克洛夫几天前就离开了,回去向主人禀报我们已经安全到达)的鼻子呼哧呼哧。晚餐吃得悄无声息,何况阿拉娜坐在家庭餐桌的另一端,除非用喇叭对着她叫喊。

她坐在那里,神似我曾祖母的家族肖像,在这个晚上出人意料地长大了,甚至可以说是美丽的。她坐在那里,淡然而苍白,是我为了自己的利益而牺牲掉的女孩,是一个活生生的小筹码……

于是,我看着年轻妻子一本正经的脸,暗暗发誓,从明天开始,要为她的快乐竭尽所能。

从今晚就开始。

我是她的丈夫。我是一个强壮的男人,不是什么弱不禁风的魔法师,坐在我面前的是我的合法妻子,去他的不健康的禁欲——我想温柔而热情地爱她……

阿拉娜感受到了我目光的变化,她苍白的脸颊上浮起两朵红云。

晚餐后,我殷勤地向她伸出了手。通往卧室的路很长,穿过两个走廊,登上无尽的螺旋楼梯,起初伊特尔走在前面,后来我打发他离开,自己拿起了烛台。阿拉娜搭在我胳膊肘上的手颤抖着。

然而……该死的,谁能告诉我,新婚之夜,我们的卧室里发生了什么?!

"阿拉娜,"我试图安抚她,于是出声问道,"你读过那本书吗?"

我没有明说是哪本书,但她早就明白了,她的手更用力地捏住了我的手肘。"我不喜欢。这些魔法师……法力强大,无所不能,"她的声音里流露出一丝轻蔑,"既然如此,那为什么只有卢阿尔在守卫?"

我们刚走到卧室虚掩的门前。里面有烛光闪烁——专门为阿拉娜雇佣的女仆已经算是竭尽所能了。

"你那位去世的哥哥?"我机械地问道。

哦不,我有充分的理由为我的智慧和分寸感到骄傲。但智者千虑必有一失——我满心满眼都是其他东西。以至于直到阿拉娜

第八章

的手指变得冰冷,从我的肘部滑落时,我才意识到自己的错误。

她的眼睛又大又圆。烛光映入她的眼睛。"他……没有去世。他……"

"我很抱歉,"我迅速说道,"我说错话了。我想说的不是这个……"

她顿时泪流满面。眼泪一下子像喷泉一般喷涌而出。"你……您……"她后退一步,砰的一声关上了身后的卧室门。

"阿拉娜!请原谅我这个傻瓜,你相信我,我绝对没有想过卢阿尔会……对不起,我是无心的,你想咬我的舌头吗?!"

寂静无声。

我清楚地记得她是怎样做的。当她像壳中的坚果一样把自己关起来时,就算你在她耳边跳舞,回应你的也只会是少年人病态的傲慢。

我真的很想用蜡烛砸墙——但我们,雷科塔斯家的人,理所当然地为我们的坚韧、沉着和耐力感到自豪。

我逐一解开七把锁,从箱子里拿出麂皮袋子,里面有厚厚的一卷书。反正在这个漫长的夜晚,除了书,我没有其他同伴。

后半夜也将如此,如果我无法入眠的话。

我为阿拉娜感到难过。她天真地相信她的哥哥还活着,这至少值得尊重。尽管从另一方面来说,活在幻想中是很荒谬的。

经过片刻的内心挣扎,我克服了对麂皮袋的恐惧。但我终究没有把手伸进去,我抓住袋子的底端,小心翼翼地把书抖落在父亲的书桌上。魔法师们的传记重重地落在书桌上,即使在烛光下,也能看到一团尘土随着书的坠落升起。

压纹的装订物闪耀着金色的光芒。而我俯下身,发现扉页上的污渍形成了一个黑色的圆圈,就像有人把一个脏杯子放在这里似的。

我揉了揉眼睛。

当这本书作为阿拉娜的嫁妆被郑重地交给我时,它没有任何污渍。我可以用生命发誓,绝对没有。

吞下苦涩的口水,我从中间打开了书。没有敬畏,没有惊慌,只有愤怒,就像一个发现贵重物品受损的仓库管理员。

就是这样。

页面上有污渍。书角卷折。难道索尔一家故意给我一个肮脏的副本?!难道他们真的会让人这样对待传家宝吗?!

麂皮袋在我面前的桌子上摊着,仿佛是一张空皮囊。不,索尔一家没有侮辱我的意思,索尔如果看到传家宝被这么对待,一定会晕倒,那可是知识的源泉。而我甚至可以猜到这是谁的手笔。

我不小心把手伸进了绣着珠子的袋子里时,是谁抓住了我的手?!如果乔尔诺可以碰到我的手,那么书更是如此。也就是说,当我们还在路上的时候……虽然我坚信我的赎金就放在这里,在我身边,但乔尔诺已经享用了他视若珍宝的书。乔尔诺得到了他所要的一切,这意味着……

我坐了下去,又站了起来,随即又跌坐回椅子里,蜷起双腿,下巴奁拉在膝盖上。冷……

他玩弄我于股掌之间,他在耍我。席卷我的愤怒是如此强烈,以至于我把手伸进袋子里时,我几乎把它捅穿。

我没等多久。冰冷的手指抓住了我的手腕,好像有意要摸我的脉搏。

第八章

"混蛋，"我咬牙切齿地说，"你为什么要毁掉一件好东西？"

"啊，雷塔纳尔。这个世界是由事物组成的，但事物并不是这个世界上最主要的。"

"你等着吧。你早晚会有玩儿砸的时候。"

"终有一天你会感谢我让你加入我的游戏。"

"也就是说，魔法师先生。明天……今天黎明时分，我会到你的老巢去拜访你，你打算把用在克利维身上的那一套拿来对付我。我会把书和袋子给你。我也不想认识你，我们素不相识，知道吗？！"

"少安毋躁，雷塔纳尔，别激动。我会把你的判决撤销的，你相信我。不要在黎明时分来找我，我向来在黎明时分睡觉。早上来，拜托，你有什么金子制品吗？阿拉娜也认识的那种？"

我一言不发，感到疑惑。

"告诉阿拉娜，这个东西……金子会生锈。"

"什么？！"

"告诉她，你的妻子，金子会生锈。就这样。你来找我。"

他的手从我的手腕上滑落。麂皮袋子变得空空如也——只有我的手指神经质地在里面的缝线上刮着。

⚔

晚上剩下的时间我都在看卢阿扬院长的书。我不知道写这么厚的一本书需要多长时间，但即使是阅读它也非常无聊。一开始我只能强迫自己读下去。

我跳过了讲述千年前事件的部分。那是太久以前的事了，不是真的。

我在目录中找到的第一个熟悉的名字是拉尔特·列吉阿尔。

Авантюрист
冒险者

我精神一振,因为如果仆人都如此受到尊重,那么主人该会有何等荣誉呢?

但目录没有提到大魔法师达米尔,这一点也需要求证。我恼火地推开了被乔诺塔克斯弄脏的书,衷心希望我的新亲戚卢阿扬的著作至少没有谎言,它只是不完整。

夜深人静,风在壁炉的烟囱里呼啸,毫无睡意;我垂头丧气地在房间里走了一圈,又坐下,把书拉到自己跟前。

"……正如我们所看到的,列吉阿尔是他那个时代最杰出的魔法师之一,也是整个魔法史上举足轻重的人物……人们普遍认为他的主要事迹是战胜黑死病,即使在今天,这也能让人想起他——哪怕是用可怕的童话故事……仅此一项就足以让列吉阿尔在我们的记忆中永垂不朽——但他的另一项行为,在我看来更有分量,传统上是保密的……尊重研究人员的权威,例如……"

我舔了舔嘴唇,跳过了一段很长的引文。

"……我无法不注意到,他们在这个问题上的信息是零散的、不完整的……开始……"

我略过了一长串听起来像胡言乱语的名字和来源。

"……在与……的谈话中收集到的信息……"

我打了个哈欠。

"……我还是大胆猜测,拉尔特·列吉阿尔的主要事迹是在界门与来自外部的那家伙战斗……我们对此所知甚少。不事声张是列吉阿尔的意愿——或许他这么做有充分的理由。尊重前辈的意愿,我在这里只列举几个我认为无可争议的事实:在列吉阿尔

第八章

的法力巅峰时期,门口站着外来者(也被称为第三力量)……它的守门人本来应该是鲁阿尔·伊力马兰涅恩,绰号马兰,一个失去了法力的魔法师。可是马兰放弃了这个任务,① 按照那个外来者的意愿,他唯有一死,但列吉阿尔的干预改变了事件的进程……我们知道,列吉阿尔和马兰一生的恩怨纠葛复杂又痛苦。我们知道,这最后的对决削弱了列吉阿尔的法力。我们知道,来自外部的那位无法被武力或意志所征服,可以允许它进来,也可以不允许它进来……因此,我们所知的世界完全是由马兰拯救,而列吉阿尔顶多只是从被冒犯的第三力量那里夺回了它。人们经常问——那么,来自外部的那位仍然留在外面?那么和列吉阿尔战斗的是谁?谁知道呢;我只能回答说,当冬天还在门外时,仍会有一小股气流穿过缝隙向我们袭来……"

我打了个寒颤。就在这一刻,门外的冬天向我昭示着它的存在——它钻入缝隙,让烛火摇摇欲坠。

"所以,列吉阿尔阻止了瘟疫,拯救了成千上万的人……也许还包括这几句话的作者。然后他与外来者战斗,因而缩短了自己的生命……并挽救了一个人,他当时的敌人鲁阿尔·伊力马兰涅恩,然后深藏自己的功与名。谁来评判他的行为?我不会这么做……"

我翻了翻书——先是向前翻了几页,然后又翻了回来。这是列吉阿尔的详细传记——何时、何地、与谁、为何……只是,对

---

① 马兰被界门外的第三力量选中成为帮其打开界门的人,而马兰没有开门,详见"流浪者"系列第一部《守门人》。

于他为大魔法师达米尔服务的事只字未提。

我控制住发作的冲动，呆呆地把玩着书页；然后想起了那些年枯燥无味的学习岁月，做了我小时候做过的事：我眯起眼睛，随意打开书，用手指轻点着书页的中央。

"……因此，伟大的疯子拉什的最后一项功绩没有实现；界门外虎视眈眈的外来者终究没能进来……然而，长老的'功勋'很可能是一种闻所未闻的罪行，因为没有人知道为什么不属于这个世界的力量想要掌控这个世界……世界上已知的最有价值的书——《先知遗世书》中有一些隐晦的暗示……不幸的是，到目前为止，没有一个副本留存下来——而且本来也没几本。我们失去了宝贵的知识来源……现在只能依靠那些曾经读过《遗世书》的人口口相传……所以，根据先知奥尔文、以及拉尔特·列吉阿尔、以及隐士奥尔兰的说法可以知道一个关键环节……站在界门外的外来者——也被称为第三力量——的出现是不可动摇的规律……这引发了先知护符的回应。黄金护符……生锈了。"

不，睿智的书不是为我写的。

我抬起头，应该是凌晨了。也就是说，黎明不会很快到来，但公鸡已经醒了，狗已经醒了，伊特尔的小厮，也是他的侄子，已经在楼下忙活起来……

我的脑海里充斥着大人物和大事件，他们已经被遗忘了，几乎没有人记得了——除了像乔尔诺达斯科罗这样的怪人。

但是关于我的祖先达米尔的记忆仍在延续。如果阿拉娜和我有孩子（想到这里我不由得叹了口气），我也会把这段记忆传给他们。

第八章

我毅然决然地把旧书藏进黑色麂皮袋子里。

如果乔诺塔克斯先生这么需要它，好吧，请便……

它对我毫无用处。

阿拉娜来吃早饭时愁眉苦脸，面色苍白。为了弥补昨天的疏忽，我开始长篇大论地谈论冬天的乐趣，谈论我们一定会安排的狩猎，谈论雪地娱乐项目和坐雪橇；阿拉娜听着，一副吃了酸番茄的样子。冬天的乐趣并没有感染她：她决定痛苦就会将痛苦进行到底。

于是——或许是出于愚蠢，或许是出于绝望——我转向一扇结霜的狭窄窗户，自言自语道："还记得我用来赢回马车的那枚戒指吗？那个金戒指？它不知怎么……我不知道怎么回事，似乎生锈了。这是……是黄金，总而言之，生锈了。很奇怪，不是吗？"

我完全没有想过执行乔尔诺达斯科罗的命令。我这辈子从来没有听从过任何人的命令；但我不知道怎么就鬼使神差地一时失言了，可能是受到了刺激。我非常想从阿拉娜脸上撕下嫌恶的表情，以至于没有慎重考虑手段。

阿拉娜沉默不语，我觉得自己像个出尽洋相的小丑。魔法师先生们奇特的消遣，奇怪的玩笑；至少我完全有权向乔诺塔克斯宣布，他布置的愚蠢任务已经完成，而且一切都精准完美。

我皱起眉头，努力忍住笑意，转向我的妻子。阿拉娜的脸色像牛奶一样白。她脸上的惊恐之色让我的笑声卡在喉咙里。

"阿拉娜，你怎么了？"

她咽了下口水，脖子抽搐着。我以为她要晕倒了，连忙跳起来一把抱住她，喊道："到底发生了什么事，见鬼？！"

"生锈了。"她喃喃重复道，她的声音里有种东西，让我瞬间起了鸡皮疙瘩。

该死的乔诺塔克斯。该死的乔尔诺达斯科罗。我都说了些什么？！

"他又来了，"阿拉娜说，她的手捏得我胳膊肘生疼，"他……又来了。卢阿尔……在那里。"

又是卢阿尔。新婚之夜的前夕——卢阿尔，很快我就对她的哥哥恨之入骨，听到他的名字就不寒而栗。

"阿拉娜，我开玩笑的。我是在开玩笑，我……我不能开个玩笑吗？！"

她看着我，如果她的目光能化作实物，我会像别针上的蝴蝶一样被钉在墙上。然后她推开我的手，不知为何一瘸一拐地走回她的房间。

我咬紧牙关，像准备参加阅兵一样，戴上剑，拿起装在麂皮袋里的书，不慌不忙地去找乔诺塔克斯这畜生，我信心十足，我们之间不愉快的短暂相识终于要结束了。

这是我第四次跨过乔诺塔克斯家的门槛，而且我希望这是最后一次。魔法师先生亲切地接待了我。那个装满镜子的房间里放了一把特别适合这个场合的舒适扶手椅，而乔尔诺通常安置客人的那个令人痛苦的家什被闲置在角落里。

然而，这个感人的细节并没有让我心软。

"所以，"我郑重其事地说，"乔诺塔克斯·奥罗先生，我已经履行了我们的约定。我带来了您感兴趣的东西，现在有权等着

第八章

您兑现承诺。立刻。我记得,您为克利维·梅利尼乔诺克做手术花了十个小时?"

结霜的镜子贪婪地捕捉着冬日的阳光。房间沐浴在冰冷暗淡的光线中。克利维的呼吸融化了冰的地方仍未结冰,在镜子上形成一个丑陋的蘑菇状斑点。

"那个小偷的下场很凄惨。"乔诺塔克斯若有所思地嘀咕道。

我拿出装着书的袋子,把它放在掌心,仿佛在称重;它很重。卢阿扬先生写了一部鸿篇巨著。

有那么一阵子,我和乔诺塔克斯盯着对方的眼睛。然后他起身离开窗台——之前他一直站着,双肘软弱无力地撑在窗台上,好像没有力气站直——穿过房间走向我。他伸出手,想要接过卢阿扬的作品;我把书放在膝盖上。

"乔诺塔克斯先生,什么时候开始为我解除判决?"

"其实,"他喃喃自语,看着我紧张地抚摸袋子上的黑色麂皮,"你可以自己留着它。因为我已经知道了我感兴趣的一切。"

"好吧,"我直截了当地回答,"让这本书,我妻子的嫁妆,将成为我图书馆的装饰品。无论如何,我已经履行了我的义务。我希望你尽快完成你的。"

乔诺塔克斯叹息一声,从我身边走开,站在结霜的镜子前,用长指甲的尖端轻轻地刮着霜。"你急什么,雷塔纳尔?你还有六个月的时间,不是吗?"

我站了起来。说实话,我对这样的情况早有预料。乔尔诺达斯科罗喜欢玩独裁的把戏,他根本就是一个天生的勒索者。

有那么一秒钟,我忍住了拔剑的冲动。这本来也是多余的——拔出武器不是为了吓人。我还没有打算刺伤乔诺塔克斯,我只是把手放在刀柄上,克制住自己。

"乔诺塔克斯·奥罗先生。我不想把时间浪费在废话上。请不要再让我听到您的无聊笑话，履行您的承诺吧。就现在。"

我的剑柄越来越温暖，来自我手掌的温度。

乔尔诺达斯科罗用手指抚过闪闪发光的冰霜。他几乎是责备地叹了口气："雷塔纳尔，你一直把我看作骗子和恶棍。我告诉过你，我会解除的！我会解除你身上的判决，你现在就可以忘记法官了……"

"所以现在就为我解除。为什么还要说废话，舌头痒吗?!"

"呃，你太粗鲁了，雷塔纳尔。"乔诺塔克斯厌恶地嘟囔着。他穿过整个房间走到窗前，呵气化开结霜玻璃上的圆形斑点，凝视着远方。魔法师先生的目光是那样的超然，仿佛他初恋的美好回忆浮现在清澈冰冷的地平线上。

"开始吧，"我温和地说，"履行你的诺言。"

乔尔诺叹了口气，用手掌划过光秃秃的头顶；奇怪的是，魔法师先生那没有任何东西保暖的脑袋至今都没有结霜。

"你看，雷塔纳尔，问题是，我仍然需要你的帮助。记住，我们的协议是'以服务换服务'。我恳请你耐心点，再帮我一点忙，这对你来说并不困难，但我会终生都感激你……"他说话时没有转身，就像在跟我讨论天气一样。

我真的感觉到我的剑刃上起了冰冷的鸡皮疙瘩。

"什么意思？"我凶狠地问道，"您拒绝承认交易的条件……已经完成了？"

"还没有彻底完成。"乔尔诺终于摆脱了沉思，转向我。从他漆黑的眼睛中我看不出他是在嘲笑还是在请求原谅。

我的剑几乎无声无息地从剑鞘中拔出。只需要一个动作，剑尖就会刺入乔诺塔克斯的喉咙。就在下巴下面。

第八章

世界上从来没有人让我如此憎恨。

"畜生,骗子。你必须信守诺言,否则……"

一大滴浑浊的泪珠顺着家传宝剑的剑刃滑落,就像蜡烛身上的一滴烛泪。我瞠目结舌地看着我的武器融化了,就像蜡一样。钢铁熔化滴落,刀刃缩短,浑浊的液体落在地板上,滴,滴……

这其实是发生在一瞬间的事。我的剑熔化成液体流到地板上,落下的水滴形成了一个像菊花一样的图案,我盯着它看了一会儿,手里攥着一个轻到不可思议的剑柄。

"雷塔纳尔,"乔诺塔斯几乎是哀怨地说道,"你为什么这么激动,我是以朋友的身份和你说话……"

我把剑柄扔向他,它落空在三步远的地方;家传宝剑的碎片碰在墙上,发出可怜的哀嚎,从房间里的一个角落跳到另一个角落。

"雷塔纳尔,到此为止?还是你还要干什么?"

不会的。

我可以独自对抗二十几个人——但这个平静的、剃着光头、有一双狭长的黑眼睛的滑头几乎让我发疯。

我的愤怒就像一个焦油坑,突然在我的脚下爆发。再过一分钟,我就会砰的一声跌落其中,带着自尊受损的咆哮,不顾一切,无可挽回。在甜蜜的复仇中,我会变成一只狂性大发、口水四溅、无力地上蹿下跳的猴子。也许我会勒死魔法师先生,向他扔家具,或是踢他;我可能会逗乐乔诺塔克斯·奥罗。更有可能的是,过一会儿我就因为羞愤难当而自挂东南枝。

我奇迹般地控制住了自己。我为自己感到骄傲——我克制了自己。在那双略显疯狂的黑眼睛的注视下,我回到了椅子跟前,坐下来,把腿搭在扶手上,尽管肌肉像木头一样僵硬。

"雷塔纳尔……要有耐心。我会做到我承诺的一切。少安毋躁。你越是心甘情愿地帮助我,就越早能得到解脱……你明白吗?"

"敲诈犯,"我咬牙切齿地说,"你……"

我从来不怕魔法师,一个也没怕过。况且我的事需要一位强大的魔法师。我还记得,我对于任何能够证明乔诺塔克斯法力的证据都感到高兴……现在,我第一次想到,也许我根本不应该跨过这所房子的门槛。

这个想法让我觉得丢人,我选择无视它,然后嘲弄地笑了笑:"我们是在移山倒海吗?去集市,赚钱——你没试过吧?没有?"

乔尔诺没有恼羞成怒。他喃喃自语,没有笑意,不知为何甚至有些悲伤:"移山……你怎么想,雷塔纳尔?你旅行过,漂泊过,找到了很多愿意帮你取消判决的人吗?大排长龙?"

我移开了视线。他说对了。一个都没有。但是最起码,还有像沼泽中的那个老者一样,相当不错的魔法师……

我记得被赦免的克利维·梅利尼乔诺克是多么欢天喜地地顺走别人的钱包。我和他的判决不同,但法官是同一个!

"所以你对我们很特别,"我漫不经心地从牙缝里挤出几个字,看向一旁,"大魔法师乔诺塔克斯……简直就是伟大的达米尔再世。对吗?"

"到底是谁的化身有什么区别呢?"乔尔诺心不在焉地叹了口气,不知为什么,他的这番话让我有些不舒服。

冬季短暂的白昼即将结束。暗淡的白色天光逐渐倾泻出一片红色——明天有风,风会灼热……

我至今没有察觉到的冷意突然从四面八方袭来,潜入衣服下

第八章

面，钻进靴子里。我想用手抱住肩膀，但我忍住了。那是一种示弱的姿态。

"雷塔纳尔……你有没有告诉阿拉娜，金子生锈了？"

我抬起头来，盯着魔法师先生的眼睛看了一会儿，然后重新转过身去："见鬼去吧。够了，闹剧到此为止。我不会为你效劳，我只后悔把一个小女孩卷进这件事里。好吧，没关系，年轻的寡妇……可以再嫁人。保重，乔诺塔克斯·奥罗。再见。"

接着，我怀着如释重负的怪异感觉，起身走了出去。

⚔

我回到城堡时夜色已深。伊特尔在门口迎接我，一看到他扭曲的脸我就知道，我不得安宁。

"阿拉娜夫人……您一离开，太阳还没落山，她就……去小树林散步了……为什么不呢？一个小时没回来，两个小时也没回来……我让孩子们去找了……他们说有脚印穿过小树林到了路上，那里有滑道，总之，他们没找到。我还派人去村子里找……也没有，不见人影儿……"

阿拉娜。

疲惫压得我喘不过气来，把我压在地上，甚至连我在雪地上的脚印都变得更深了。我拖着双腿走回马厩，沉重地爬上马鞍，向村子疾驰而去。

那儿有多少家小酒馆？两家？隔壁村子呢？那些我一无所知的赌场呢？

原来如此，我伤害了阿拉娜。连续伤害了两次，两次都是因为她那个宝贝哥哥，如果等会儿在第一个酒馆发现我十五岁的小妻子醉得像个鞋匠，也就不足为奇了……

我要把她绑起来,我想,狠狠地抽打着马。她休想从我身边跑掉,我要用链子把她拴起来,让她知道使雷克塔斯的名字蒙羞的下场。

蒙羞是在所难免的。这里不是大城市;整个地区只有一位雷科塔斯先生,而且在这位温柔的女士喝酒的小酒馆里肯定会有一群围观者……

马儿愤愤不平地叫了起来。我把它当成了一头猪。一头驮着马鞍的公猪。

阿拉娜不在客栈,不在大酒馆,也不在郊外的小酒馆。而且没有人见过她,所有人的目光都带着同样的惊讶,毕竟当地的居民可不是那种虚伪和守口如瓶的人。

被我驱赶着在雪地上奔驰了一路的马已经筋疲力尽。

邻近的村子里也没有人看到过阿拉娜。

仿佛她走出城堡,挥舞着双臂,奔向了寒冷的天空。

凌晨时分我才入睡。整个晚上我仿佛都听见有人敲门,好像索尔上校来看望他的女儿,而我必须出去迎接他。

不过事实证明这都是幻觉。是风在敲打窗户,然后我平静下来,扪心自问:也许她从未存在过?阿拉娜?也许我被法官的判决吓傻了,在城堡里醉生梦死六个月,喝出了幻觉?!

清晨时分我打起了盹儿,当睡意袭来,我眼前浮现了黑漆漆的运河,运河上的拱桥……所有这一切都似曾相识。

桥上有位老人,又高又瘦,我确定从没见过他,也宁愿根本不曾与他相遇,因为他的眼神……就像我在看一把医用柳叶刀。我立刻想醒来。

第八章

"她在他那儿。"老人疲惫地说,把一动不动的黑色液体滴在石头上。

水面上荡起涟漪。

⚔

我想把村长和村里的人都带上,但没有人肯去。所有人不是生病了,就是身体虚弱,要么就是家里有很多孩子;村长低三下四地赔着不是,但无论如何都不能上山。高贵的绅士雷科塔斯先生大人有大量,但闯入魔法师家不是农民该干的事儿,雷塔纳尔先生是一只自由的鸟,可农民们住在这里,靠这片土地生活……

伊特尔不敢拒绝,但看着他青白交错的脸,我自己取消了命令。我带着火镰和一捆火把,在山脚下一次点燃了两个,然后在大白天带着火上山,就像一个洞穴精灵,据说它们也带着灯游荡……

大门没有锁。一如既往。

门几乎立刻就打开了。乔尔诺站在走廊深处,身上裹着一件毛茸茸的大衣,一直裹到耳朵。

"你好,"我打着招呼,把火把放在自己身前,"我是来给你送温暖的。"

很难说我在期待什么。乔尔诺沉默不语;火光在他光秃秃的头顶上跳跃。

我走上前去,打算用火把戳他的脸。

"小心点,"他轻声说,"你误会了。我不喜欢火并不意味着我害怕它。就像你也不喜欢狗屎,但如果有人向你扔大便,你并不会被吓得逃跑对吗?不是吗?"

然后当我眨巴眼睛时,他伸出手从火把上扯下一缕火苗,像拔一根稻草一样。"抱歉,我把你弄糊涂了。"有那么一瞬间,火焰在他的掌心上跳跃——跳得很诡异,像是试图要逃跑;然后他攥紧了手指——火焰像抹布一样皱了起来,熄灭了。

我的两个火把都熄灭了。

天黑了,或许只是我觉得。乔尔诺达斯科罗耸立在我面前,就像一个毛茸茸的黑影。只有光秃秃的头顶上有一道昏暗的光。

"站在那儿干吗?来都来了,进来吧,我和阿拉娜正好说起你。要进来吗?"

我没有动。

"如果你改变主意了就回家吧,阿拉娜过会儿就回去。只是不要站在门口,因为要关门,不然透风……"

"阿拉娜!"我声嘶力竭地喊道。大房子里一片寂静。"你给我记住。"我沉声说道,我知道这不是空洞的威胁,我会千方百计地报复乔诺塔克斯·奥罗。为了这一刻压在我身上的,这完全无能为力的感觉。

"进来吧,"乔尔诺达斯科罗耐心地重复道,"你只是……对不起,雷塔纳尔,你是个勇敢的人,但你太傻了。你已经揣着这本书两个星期了,但你甚至都懒得好好读它。你娶了一个女孩儿,甚至没了解清楚她的家庭情况,她的哥哥……"

又是她哥哥。

"再次抱歉,雷塔纳尔。我以为你会在脑海中联系起来……阿拉娜的外祖父,他的书,卢阿尔。我以为你会愿意帮我,但你却变得歇斯底里,很遗憾。事实上,现阶段我已经可以不需要你的帮助了。我很抱歉。"

"阿拉娜!"我叫得很大声,玻璃都响了起来。

鸦雀无声。

第八章

大房子深处的一扇门吱吱作响。有迟疑的脚步声渐渐靠近。阿拉娜在楼梯口停了下来,似乎在决定是否要下来找我。

我舔了舔嘴唇。她很娇小,穿着短大衣,看起来甚至比实际年龄还小。她那张总是带着骄傲和愤怒表情的脸对我来说似乎很陌生。一个受委屈的孩子的悲伤面孔。

"阿拉娜,我们回家吧。"我轻轻地说。

她的嘴唇需要用滋润的油来润滑,马上,否则它们会裂得更厉害,而且会很疼……

"阿拉娜……"我的声音在颤抖。

"他说,"阿拉娜惊讶地死死盯着乔尔诺,仿佛第一次看到他,"他说你……您是因为这本书才娶我的。是他让您娶我的……这是真的吗?"

我咽了下口水。乔尔诺达斯科罗站在两步之外,现在我的眼睛已经习惯了半昏暗的环境,我完全可以看清他的脸,但乔尔诺的眼睛一如既往地波澜不兴。

"告诉她,雷塔纳尔,"乔诺塔克斯叹息着说,"告诉你的妻子……这是真的吗?"

我抬头看了看阿拉娜。

她现在看起来很像埃格特·索尔。像十三岁的小男孩埃格特。

"不,"我平静地看着她的眼睛说道,"这是一个卑鄙的谎言。这位先生是个魔法师,所以他认为自己无所不能……下来吧,阿拉娜。我们回家。"

乔尔诺达斯科罗咧嘴一笑:"而您是一个卑鄙小人,雷塔纳尔·雷科塔斯。怎么这么说呢?当着您心爱的妻子的面撒谎?嗯?"

"阿拉娜,我们回家吧。"我平静地重复道。

她没有动。"他说我和卢阿尔有关联……通过一些线索……说我可以带他去找卢阿尔。我想去。"

这时候我感到害怕了。

最简单的事情就是我把阿拉娜当成疯子,像她母亲一样……于是我就会认定她精神失常了。如果不是乔尔诺达斯科罗站在一旁,用他的手像扯下稻草一样撕开了火。事实证明,他想要的不是这本书,而是……

"雷塔纳尔,你是个勇敢的人,但你太傻了"。

"我确实是个傻瓜。"我低声说。

"如我所说,"乔尔诺欣然同意,"我很抱歉,但我需要这个女孩。"

我觉得自己就像陷入泥浆一样,陷进他的歉意中。某处传来我异常平静的声音:"所以你本来应该自己娶她……我也需要她,乔诺塔克斯。"

"不,"乔尔诺瘪了瘪嘴。"不要自欺欺人。"

"阿拉娜,来我这里!"我吼道。

阿拉娜纹丝不动。

乔诺塔克斯犹豫了一下。他微微一笑,转身,默默走上楼梯,从那里居高临下地招了招手,邀请我。

我一动不动地站了大约五分钟,就好像被钉子钉在原地似的。然后走上前。

一个地道口瞬间在我脚下打开,吞没了我和我来不及发出的叫声。

※

古时候有一种奇特的陈酿葡萄酒的方法:把酒桶放在石龛

第八章

里，旁边用墙围住一个活的囚犯，大约二三十岁，最好五十岁，这样一来，酿酒师的继承人打开酒窖时，会发现珍贵的器皿旁边有一副腐烂的尸骨。

据说，有一次酒桶空了，用鹅卵石钻孔之后发现，骷髅的黄色头骨上保留着醉酒后的满足表情。也许那个幸运儿体会到了他的狱卒们做梦也想不到的人生乐趣。

这是我在地牢里醒来时的想法。我被锁链绑在冰冷而潮湿的墙壁上。

"雷塔纳尔，你是个勇敢的人，但你太傻了。"

我最后的记忆是脚下突然打开的空洞。但我没有受伤，就好像是从乔诺塔克斯家的走廊上轻轻地掉进这里，掉到了铁链上……

我的眼睛适应了黑暗。我的耳朵绷紧了，试图从潮湿的空气中捕捉到除了遥远的水滴落地声之外的任何响动。就算我发现一具衣服已经腐烂、骨头几近完全暴露的尸首（或许是我的前辈）戴着生锈的铁链躺在我身旁，我都不会感到惊讶……

"乔诺塔克斯，你这畜生。"我大声喊道。

没有人回答。短短的铁链让我无法放下手臂，而旋进墙里的铁带让我无法站立。这种姿势只能让人把自己的头发撕下来，其他的事都无能为力。

"我要杀了你。乔尔诺！"

我的右脚徒劳地踢着空气，突然撞上一个硬物，我的尖叫声和木头的砰砰声几乎同时响起。

桶。

多舛的命运，这是一个桶，为什么我会想起一个酿酒的方子，如果历史记载是可靠的，我的祖先从来没有使用过？！

我歇斯底里地环顾四周。

酒桶就在墙边,一长串巨大的酒桶,和我自己城堡的地下室一模一样,如果不知名的酿酒师决定一次酿二十桶酒,那他们为什么要在囚犯身上省钱?难道他们只需要我一个人吗?!

"我要杀了你,乔尔诺。"我喃喃低语。

什么姿势都不妨碍我思考。或者说,不管什么姿势,我第一个想到的都是阿拉娜,这个念头让我绝望地拱起身体。

诚实面对自己。

"听着,"我生气地说,"阿拉娜是我的妻子。就算我在新婚之夜睡得像猪一样,鼾声如雷,酩酊大醉;就算我娶她是别有居心,她仍然是我的妻子!我对她负责!如果你,你这个畜生,不马上放了她……你会自食恶果!"

激烈的嘶吼给了我勇气。我大喊大叫,唾沫横飞,受惊的回声在地牢里上蹿下跳,如同一只疯狂的兔子。

然后我累了,筋疲力尽。铁链当啷作响,地下长廊的黑暗角落里传来了低沉的叹息,似乎是对我的回应。

我陷入了沉默。

这声叹息对我而言再熟悉不过。我不止一次听到过——在冬天的黄昏,在秋天的深夜,当风在烟囱里凄厉地呼啸时,特别是在那个令人难忘的日子里,当房地产中介、估价师和商人来到城堡时……

"谁在那里?"我哑声问道。

鸦雀无声,就这样过了半个小时。我突然意识到我全身的骨头都疼,我的胳膊和腿都麻木了,我的腰因寒冷而疼痛。我和我所有的威胁恐吓都可怜又可悲。

又一声叹息。

第八章

"谁在那里?"我重复道,却听不到自己的声音。

他没有回答我,而是走到了空地上。在黑暗中,我费力地辨认他,他不年轻了,身体虚弱,一双幽灵般的眼睛炯炯有神,不过似乎有点近视。

我把后背贴在冰冷的墙上。

是他?还是别人?

"我们……这是在哪儿?"我问道,已经找回了自己的声音,"这是……城堡吗?"

他疲惫地点点头。

原来如此,很好。所以,雷科塔斯家族的后裔被锁在他自己城堡的地牢里。永远不要和魔法师做生意,先生们,这会让你们得不偿失,我这是现身说法。

"伊特尔在哪里?!"

幽灵耸了耸肩。

伊特尔可能在楼上一无所知地料理家务,根本想不到他的主人将在地窖里死去。如果乔尔诺能把我囚禁在自己的地窖里,那么一个仆人,无论年龄多大,无论多么忠诚,都未必能影响他的计划。

"我要杀了你,乔尔诺。"我第三次说道。幽灵摆了摆手,仿佛在说:啊,这与我无关……

或许幽灵在生我的气。或许在他看来,发生这样的事,是对我出售家族城堡的卑劣企图的公平报应。

他仍然一动不动地站在走廊中央。周围都是木桶。我比谁都更清楚,大部分木桶已经被永远清空了。雷科塔斯家的葡萄园已经衰败,庄园已经衰败,家族似乎也没落了,生出了一个"傻瓜"。

"你看什么看?"我怒气冲冲地说,对上虚弱的幽灵那双发光的眼睛,"高兴吗?"

"有什么可高兴的……"

我被甩了下去,锁链又叮当作响了。我仿佛听到了什么?一个几不可辨的声音,微弱得像一缕灰色的沙子滑过石头。

"有什么可高兴的……我爱莫能助,雷塔纳尔。一点儿办法都没有。"

"我不需要帮助。"我嘶哑地说。

幽灵疲倦地合上眼睛:"你需要……你的所作所为违背了你的良心,而且不止一次。我理解你……我自己也这样过。"

"你是谁?"我嘟囔着,不由自主地把腿蜷在身下。

他眨了眨眼。

这看起来既令人毛骨悚然又滑稽可笑——在他炯炯有神的目光下,我靠墙靠得更紧了。

"你真的想知道吗?"他的声音中似乎带着嘲讽。苦涩的嘲讽。

我想我很快就需要上厕所。这一刻不可避免地要到来。几天后,在我还没有死之前,我就会成为一个可怜虫。因为我甚至无法解开裤子。

但如果我没有水喝……问题可能就迎刃而解了?我舔了舔干裂的嘴唇。

"是的,我想知道。当然了。您是……我的祖先?"

他点了点头,灼热的目光黯淡下来,仿佛蒙上了一层薄膜。"我是……你的曾祖父,雷塔纳尔。因为我人到中年才生儿育女……"

"谁……谁?"我大惊失色。

"我叫达米尔!"他高声说道,几乎是在喊,如果"尖叫"这个词与他的幽灵声音有某种联系的话。

一时间很安静，只有不知道从哪里漏出来的水清点着我沉默的时间。

"我是在做梦，"我最终说道，"我太想……"

幽灵会说谎吗？他站在我面前，周围都是空桶，与他的三幅肖像中的任何一幅都不相似……

不，还是像的。如果你是一个画家，如果你想取悦你的主人，如果一张听话的画布可以容忍额外的两寸高度，以及额外的美丽，多一点点阳刚之气，以及画笔勾勒出来的睿智目光……

事实上，三位画家都以自己的方式在修饰。但三者都是奉承。后人看到的伟大的魔法师是经过美化的另一副面貌。一个拥有如此内在力量的人，看起来也必须气宇轩昂……

"帮帮我，伟大的魔法师。"我低声哀求。

灼热的眼睛再次眨了眨："你要知道，雷塔纳尔……当一个人出于某种原因撒谎时，他就必须做好准备，这个谎言会记在他头上……我撒谎了。"

我保持沉默，因为不理解。

"曾经……很多年前……我侍奉过一位魔法师，一位伟大的魔法师，他的名字叫拉尔特·列吉阿尔……在一次游历中，他一时兴起，让我伪装成主人，而他伪装成仆人……于是我们扮演着各自的角色，互换身份来到了这座城堡，在这里，为了让男爵相信魔法的力量，我的主人化身为一条龙，我打败了他……一出人龙大战的戏码。这个事情传得沸沸扬扬，以至于多年以后……当我不再侍奉列吉阿尔……我回到这座城堡，男爵许配给我……不，不是你以为的女儿——而是他的孙女……我没有揭穿古老的传说。他们记得我是一个强大的魔法师——我默认了这一点……

Авантюрист
冒险者

并没有劝阻任何人。我安居乐业，生儿育女，建立了新的家族，然后死去……但我从来都不是什么魔法师，雷塔纳尔。我只是一个仆人……效力于伟大的魔法师。我至今都担心列吉阿尔在冥界找到我……质问我的欺骗。而我无言以对。"

水在滴答滴答地响。整个世界都充斥着这个声音，仿佛脓血渗出。滴答。滴答。

"你撒谎。"我出奇地平静。

他摇了摇沉重的头："不，我现在说的是真相。"

"你撒谎。"我固执地重复着，却惊恐地意识到，我马上就会相信他。

"我本来不会告诉你这些……但是你，说实话，现在这么绝望，我不得不……总而言之，你可能会成为这座城堡的第二个幽灵。我想你应该知道……"

我相信了。仿佛有一股冰冷的黏稠液体当头淋下，糊住了我的眼睛和耳朵，让我无法呼吸；我的双手已经僵硬，完全麻木了。我信了。因为不相信显而易见的事实已经不单单是个"傻瓜"了，而是一个彻头彻尾的白痴。

"你知道，"我的声音支离破碎，"如果我真的成为这里的二号幽灵，你也没有好果子吃。因为我第一个就会收拾你。而且……"

他疲惫地叹息一声，肩膀起伏不定。"你……雷塔纳尔，别担心，但是……首先，人终究会死的。以你的情况……它很漫长而且很糟糕。"

我咽了下口水。神奇的是我还有口水——虽然黏稠，虽然苦涩，但离渴死还差得远。

"难道你不会召唤伊特尔吗？"我的声音几不可闻。

他抬头用责备的眼神看了看我："我很少出地窖，很少……

第八章

我做不到。"

⚔

当我的手腕被其中一个钢手铐紧紧箍住时,我醒了。

我醒来时抽筋了,僵硬的身体表现得很奇怪,肌肉拼命收缩,而且非常痛苦。我呻吟着,试图移动麻木的双腿。

"雷塔纳尔……"

我瞪大眼睛。感觉我的手又在那只令人难忘的麂皮袋子里面摸索着,只是这次攥着我手腕的不是别人的手指,而是链子上的钢环。

"嘿,雷塔纳尔,过得好吗?"

"我要杀了你。"我用皱裂的嘴唇说道。也就是说,我没有发出任何声音。但我的对话者听到了,钢环收得很紧,我忍不住发出闷哼。

"你没必要杀了我,我可要恭喜你,你的妻子真的爱你。"

"如果你敢碰阿拉娜,我……"

"但没什么可恭喜我的。显然,对你的爱已经取代了……总之,你的阿拉娜并不像我期望的那样依恋她的哥哥。真令人沮丧,但不至于绝望,还有两条线索……"

手铐稍稍松开了些。很及时——我的骨头快要碎了。

"渴吗,雷塔纳尔?"

我沉默不语。

"再忍耐三个小时。她已经快到城堡了。"

"谁?!"

"告诉她,有个办法可以让她亲爱的卢阿尔回到这个世界。跟她说——这是真的。你告诉她——我们看看她有什么反应。"

手铐一下子恢复了原来的大小——我的手几乎要从里面滑出来。

"你这混蛋。"我轻声说。

远处，大魔法师达米尔的灰色身影来回踱着步。而且，他算哪门子魔法师……

是的，一个冒险者。一个无业游民。

第九章

很难说已经过去了多长时间。起初我数着水珠落下的滴答声,然后数乱了;然后好像死过去了,然后又死,死了十来次,直到最后,远处传来脚步声和说话声,火把的光洒在地面磨损的石块上。

我正要叫喊,但不出预料,喉咙里没有声音,我第十一次差点死掉——因为害怕他们找不到我。

光线越来越亮——我眯起双眼,试图用肘部遮住脸。男人们走进地窖,很多人,我听到靴刺的声响和彼此相似的说话声;在这之中,伊特尔颤抖又刺耳的声音像破碎的玻璃一样响起。

"老天啊!哦……啊……"

我紧紧地闭起眼睛,因为火把突然就到了我眼皮底下。

"主人……"伊特含着泪念叨着,"哦,怎么……怎么会这样……"

"我们要详细询问,怎么回事!"一个年轻而又威严的声音喊道,"你这老家伙,还想假装自己是从天而降的吗?!"

有铁器碰撞的铿锵声。伊特尔哎呦一声。

"安静!"

我打了个寒颤。我现在才听出来,地窖里有个女人……她的声音我很熟悉。

"安静,"女人重复了一遍,男声顿时安静了下来,"我们一定会查明真相的。砸开!"

我透过粘住的睫毛之间的缝隙瞥了一眼。

人非常之多,满满一地窖;有人疑惑地敲打着木桶凸起的侧面。伊特尔的胳膊肘被抓住,看不到那个女人,我的目光巡睃着——就在这时,一块沾水的抹布碰到了我嘴唇上的痂——我陷入了幸福的昏迷之中。

⚔

"您看起来不太好,雷科塔斯。"

如果我还有力气,我一定会哈哈大笑。而我却只能露出一个冷笑。

"阿拉娜在哪里?"

我在垫子上坐了起来。坦塔莉站在我身边,她身后是十几个健壮的青年,他们都带着枪,都警惕地皱着眉头。

我捂住眼睛:"让您的护卫队出去……就一会儿。我保证不会伤害您。"

坦塔莉回我一个冷笑,甚至更加讥讽。她转向青年们,他们毫不犹豫地服从了,尽管他们显然并不想出去。

"阿拉娜在哪里?"当最后一个护卫转身关上门时,坦塔莉平静地重复道。

"阿拉娜没事,"我咧了咧嘴,"阿拉娜在魔法师的手里,我不知道他为什么需要她,不知道他对她做了什么,也不知道……"

第九章

她脸色变得苍白,本就没有血色的脸颊开始发青。我担心她会倒下。

"我以为,"她近乎咬牙切齿地低语,"阿拉娜嫁给了您,您会对她负责……尊贵的雷科塔斯先生!"

我的姓氏听起来像骂人话,我还是忍不住咯咯地笑了起来。我靠在垫子上,试图控制头晕,挣扎着让身体重新坐直:"是啊……大魔法师的继承人……没有辜负信任。当索尔把阿拉娜嫁给我时,坦塔莉,你在想什么……"

她目不转睛地盯着我。

"我有一个务实的建议给你,"我疲倦地说,"我们来排一出戏。您有经验,我有天赋——我唱得很不错。而且我擅长弄虚作假,甚至连经验丰富的上校都……"

我闭嘴了,因为一把小刀抵在我的喉咙上,就是那种很方便藏在袖子里的小刀。

"如果阿拉娜少一根头发。"坦塔莉轻声低喃,她那瞪大双眼的愤怒脸庞笼罩着我。

我很难说出话来。最后,听众的耳朵靠近了我的嘴唇;我的喉咙好不容易发出声音,我的良心费力地说出了话。

我没有提我和乔尔诺达斯科罗的交易。我说的是魔法师突然莫名其妙地对这本书感兴趣,然后是对阿拉娜感兴趣,接着对她的哥哥卢阿尔感兴趣。我对于幽灵和他的坦白只字未提,甚至比平时更频繁地提到魔法师达米尔,但每次我说到这几个字的时候,声音都充满了嘲讽。

根据我对自己的了解,我现在应该郁闷地躺着,醉生梦死,

187

甜蜜地幻想着一杯毒药。可是相反，我一次又一次地做出努力，咧着嘴笑，看着坦塔莉的脸色变化。

　　起初她闷闷不乐地听着，显然我的话里有四分之三的内容她都不相信。当话题转到卢阿尔时，她的嘴唇绷紧了，紧紧地抿在一起，嘴角向下；她的眼神依旧冰冷，但我知道她相信了。甚至不是相信我，而是相信乔尔诺达斯科罗。显然，魔法师先生知道卢阿尔目前的任务这一事实就足以取信于她……

　　"您是怎么猜到来地窖的？"我疲倦地问道。

　　她耸了耸肩。"我们来了以后发现城堡空无一人，仆人们惊慌失措。我不记得是谁第一个提出检查地窖的。是其中一个小伙子……"

　　"是乔诺塔克斯·奥罗提议的，"我苦笑着说，"再坚持三个小时，她已经快到城堡了……"

　　"您确定阿拉娜还活着吗？"她冷声问道。

　　一个景象如蝙蝠一般从我眼前闪过：穿着短大衣的小女孩，冰冷的小手从过于宽大的袖子里露出来，匍匐在三面镜子前的地板上，了无生气地盯着天花板……

　　"当然。"我习惯性地撒了谎。而坦塔莉看出我在撒谎。

　　"雷科塔斯家族的后裔。"她的嘴角下撇，神情轻蔑。

　　"是什么样子，"我如实回应，然后转向墙壁，"现在别管我了，让伊特尔过来。"

⚔

　　坦塔莉在与她的一伙人开会商量；从只言片语中，我了解到埃格特·索尔领导的"军团"是一个训练机构，专门培养随身佩剑的好斗的年轻人。一群人锁着房门，无耻地赶走了打算偷听的

第九章

伊特尔。我艰难地下床，扶着墙，来到地下室。

湿气和霉菌的味道让我不寒而栗。我手腕上的白色绷带在一片昏暗中若隐若现；我把火把插在手铐里，腾出双手，沿着走廊来到我不久前被监禁的地方。

想想他们发现我被锁在这里时我的狼狈样。那副模样，那个味道；其实，机灵的仆人的后代也没什么好羞耻的，即使是把他扔进齐脖子深的粪便里……

"嘿，你在哪里？"我嘶哑地喊道。准确地说，是我觉得自己在大喊，但其实我的力气只能发出微弱的叫声。

火把在身后闪烁；我找到一个半满的桶，坐在它下面，头向后仰，打开了水龙头。

半小时后，我感觉好多了。我已经站不起来了，但我的心里敞亮了，至少我知道我想要什么。

"嘿，你！"我精力充沛地喊道，"你……大魔法师……出来。我要看看你的眼睛，我要打你的脸，我要让你知道你到底是谁，曾祖父，嗯？"

桶里的酒喝完了。怎么回事，我一个人喝完的？！还是其中一个来地窖中搜寻可怜囚犯的青年没忍住喝了点儿？

"他们都商量好了，"我忧郁地说，"世界上所有的魔法师合起伙儿来针对我……甚至包括大魔法师……等会儿坦塔莉和她的小伙子们讨论完，他们会一起发动攻击，去拜访乔诺塔克斯……而他会两个两个地把这些小伙子放进罐子里腌。至于坦塔莉……'还有两条线索'……第一条是阿拉娜，线索断了……第二条就是坦塔莉……"我打了个嗝。"我真想看看卢阿尔·索尔，因为他风波迭起，到底是为了什么……"

"还是别提了。"一个声音在我耳边响起，幽灵的声音。

"啊,"我苦涩地拖长声音,"现身了……曾祖父。"

幽灵瑟缩了一下;他笨重地、一瘸一拐地走到走廊的另一端,在那里停住了,用他的近视眼悲伤地看着。

"我能追上你。"我冷漠地说。

"雷塔纳尔,"幽灵像水面上的倒影一样颤抖着,"不要招惹魔法师。"

我的嘴巴自作主张地咧到耳朵根,或许是个可怕的表情。

"雷塔纳尔,"幽灵停顿了一下,"我十五岁的时候……很糟糕。受雇来为拉尔特工作……天知道我一直很忠诚。这么多年来……"炯炯有神的眼睛一眨一眨。"我不想告诉你……他给我留下了一道遗嘱。'不要招惹,'他说,'达米尔,任何魔法师,无论好的坏的……都不要。别靠近……'他留给我……给我留下了很多东西,我衣锦还乡,来到了希梅齐乌斯家族的领地。他给我留下了……一件东西,我用不着,于是把它藏起来了。雷塔纳尔,我对你心存愧疚,所以收下吧,这是一份礼物……曾祖父送的……"

桶里的酒顺着我的下巴流了下来,流过我的脸,我的脖子,我的胸膛。

十几个小伙子两两一组,轮番上阵,花了半个小时才打开这块砌石。曾祖父达米尔做事真是一丝不苟。

在一个小壁龛里发现了一个装满凝固树脂的陶罐;我在地板上砸开它之后,在碎片中发现了一个银质的别针,又大又难看,优雅程度堪比农民的斧头。

"怎么样?"当我和坦塔莉单独在一起时,她问道。

第九章

"这东西应该是用来防范某种力量的，"我闷声说，"特别是魔法，任何东西。比如仆人戴上这个东西，主人就不能痛打他了。至于我们……乔诺塔克斯有一种力量，这些小伙子……你的护卫们就像老鼠一样对它无能为力。"

坦塔莉转动着别针。她眯起眼睛抬头看着我。"我想您以前不知道这件事吧？而且，如果您的朋友乔诺塔克斯如此强大，那谁能与他抗衡？谁是这个东西的主人？魔法师达米尔？"她毫不掩饰地嘲笑道。

我耸了耸肩："这是拉尔特·列吉阿尔的遗物，如果这个名字对您有任何意义的话。"

这个名字对她来说甚至比对我更有意义，她的眼睛现在瞪得溜圆。趁她困惑的时候，我小心翼翼地从她手中拿回别针。

"我要去找我的朋友，就像您说的那样，"我说着，把那件丑陋的饰品装在袖口上，"然后把我的妻子带回来……然后您可以下令让小伙子们把她变成寡妇，我不介意。但首先……"

"我去，"坦塔莉突然说道，她的眼睛闪烁着冰冷的光芒。"确切地说，是我们去……"

我深深地看着她，叹了口气，睿智而亲切地笑了笑："我他妈的问过您了。"

小伙子们身手很好。埃格特·索尔是一位杰出的老师；他们在不同程度上都属于同一个流派。同一种击剑风格。

已经被逼进角落里的我向愤怒的坦塔莉喊道："他就是在等这个！他在等您，他需要第二条线索！我是她的丈夫，没有人取消我们的婚礼！"

我完全没有力气了。当小伙子们配合还不够默契时，我还能不知不觉地坚持了下来，但当他们排好阵型、三人一组地接近目标时，我就彻底废了。我的武器被夺走，剑尖从四面八方向我袭来；坦塔莉走上前，不知是因为激动还是愤怒，脸色苍白，她命令道："胸针！"

"这是一个别针。"我机械地纠正她。

"阿根，把胸针从他身上取下来！在他的右手，袖口下面。"

宽肩的阿根比我矮半个头，他对我没有威慑力，但他有蛮力。

"您错了，"我低声说，"您不知道……而我了解他；我知道如何与他交涉，而您……"

阿根用力将我的右手拧向背后，我咬紧牙关，等着他把不幸的装饰品拿走，但他不停地摆弄着，呼哧呼哧地，把我的手臂拧得越来越疼——直到最后他通知坦塔莉："取不下来，夫人。"

"什么意思？"

坦塔莉走到跟前，把阿根推开，我的手终于自由了。我一边揉着胳膊肘，一边看她试着解开别针。

徒劳。死死卡住了。

"这东西真的是属于列吉阿尔的吗？"坦塔莉咬牙切齿地问道。

"这种情况有一定的合理性，"我若有所思地说，"如果它可以防范某种力量……就必须保护它免受暴力。比如说，只有戴着它的人可以把它取下来交给别人……"

"取下来，给我。"坦塔莉从牙缝里挤出几个字。

我环顾了一下她那十二个护卫的脸。总体来说，都长得不错，不阴沉，而且很专注。他们没有料到情况会这么急转直下——本来预想的是坦塔莉夫人在城堡里做客，而我，作为索尔先

第九章

生的女婿,会竭尽所能招待她,没有人需要用武器刺入阿拉娜小姐最亲近的人的肋骨……

"小伙子们,你们不害怕吗?对付我的话……十二个人……少了点儿。"

他们的脸色阴晴不定;那个叫阿根的人脸涨得通红,转向坦塔莉。

"把武器收起来,"她说,仍然盯着我的脸,"准备好……我们黎明出发。去拜访魔法师先生。"

她穿着高跟鞋转来转去,极尽所能地表明她对我的不屑,从分成两列的年轻人中间走出来。

结果就是,我们一群人结伴爬上了通往乔诺塔克斯家的山坡。就像俗话说的,原班人马。

霜冻是透明的,像玻璃一般,太阳刚从地平线上升起,踌躇着,似乎在考虑要不要跳回去?村子里弥漫着朦胧的烟雾,只有乔诺塔克斯·奥罗的屋顶上仍是晴朗无云。

"春天快到了。"阿根喃喃自语。

我想到了木制日历——我几乎失去了所有的决心。这个天真的小伙子这会儿提到春天真是不合时宜;老天帮忙的话,我们会把阿拉娜救出来的,但法官的判决仍然有效,等着夏天吧,雷科塔斯……

我费力地抛开沉重的思绪;原来所有人都在看我。排成马蹄形的小伙子们,还有坦塔莉,她的双手套在一个毛茸茸的暖手笼里,从旁边看,暖手笼仿佛是个活物。

我突然有种莫名的冲动,也许是死亡的念头作祟。于是我挽起袖口，取下银别针，并默默地把它递给坦塔莉。

小伙子们面面相觑。

坦塔莉迟疑了一下，从我手中接过那件可笑的饰品，打开斗篷的领子，把别针别在她的裙子上。

我觉得自己在风中赤身裸体。为了摆脱这种不愉快的感觉，我敲了敲没有上锁的大门。

黑乌鸦不知从哪里冒了出来，在屋顶上空盘旋了一圈，然后又不知去向。我身后有人紧张地把剑从鞘里抽出了一半。

大门打开了，仿佛是自己打开的，邀请人们进入白雪覆盖的院子，空无一人，没有任何做家务的痕迹。

乔诺塔克斯穿着他那件极具特色的皮大衣站在门口，他的光头在阳光下闪闪发光。走在我身边的坦塔莉跌跌撞撞。

乔尔诺达斯科罗笑得合不拢嘴。他略带疯狂的眼眸中闪烁着愉悦的光芒。

"终于……很高兴看到你们都安然无恙，尤其是你，雷塔纳尔。进来吧，索尔夫人。你们这些年轻的先生请自便，可以进来，也可以稍等片刻，只是要注意，屋里比较冷……"

埃格特·索尔的学生们齐刷刷地皱起眉头，把坦塔莉紧紧围在中间，靴子踩在台阶上。

"别叫我索尔夫人。"

我们坐在带镜子的房间里。乔尔诺达斯科罗气宇轩昂地坐在扶手椅上。仔细一看，我有些惊讶地发现，这种印象是刻意为之，魔法师先生的欢乐是通过力量实现的。

他看起来不太好，似乎老了好几岁：眼睛凹陷，皮肤呈现不健康的黄色。魔法师先生不舒服，但不想表现出来。

全副武装的年轻人们在门外等着，准备一听到坦塔莉的召唤就前来救援。

"别叫我索尔夫人，"女人冷冷地重复道，"我的名字是坦塔莉。"

"如您所愿，"乔尔诺咧嘴一笑。"与我的职业性质有关……我习惯于根据事物的本质而不是外在形式来称呼事物。根据事实，我应该如何称呼一个男人的妻子，这个男人……"

"不。"坦塔莉打断了他。

我惊讶地斜睨了她一眼。她不是一个女人，她简直是一根铁棒。

"现在不是要讨论我，"坦塔莉勉强张开双唇，"请您相信我，我这辈子也见过魔法师……雷科塔斯先生，"她轻蔑的声音让我颤抖了一下，"告诉我们他的妻子阿拉娜在您这里。这是真的吗？"

"是的，"乔尔诺立即回应，随即好奇地问道，"您这辈子见过什么样的魔法师？"

"阿拉娜在哪里？"坦塔莉的声音起伏不定。

乔诺塔克斯站起身来。令人惊讶的是，如此庞大、毛茸茸的躯体居然能够这么轻松地移动。

坦塔莉的反应非常快，她也站了起来。我还没来得及开口，他们就已经站在房间的中央，面对面。

"阿拉娜安然无恙，"乔尔诺居高临下地笼罩着女人，如同一座长满森林的山，"您不应该听信雷塔纳尔说我可怕和无耻的话。而这个东西，"他的手伸向坦塔莉，指向她斗篷下藏着银别针的地方，"是从哪来的？"

坦塔莉不由自主地后退，用手掌捂住别针。

"阿拉娜！"乔诺塔克斯喊了一声，不知为何转向结霜的窗户。

他背对着我。从后面扑向他的诱惑是如此之大，让我咬住了嘴唇；用短匕首刺入肩胛骨——什么魔法可以抵挡？

雷科塔斯家族中没有卑鄙小人。有狡猾的仆人，骗子，冒险者……但没有卑鄙小人。从来没有。

一串串装饰墙壁的硬线悄无声息地移动起来，阿拉娜从一扇隐秘的暗门里走出来，跟我上次看到的她一模一样：比实际年龄还小，神情专注，委屈。

坦塔莉冲了过去。

直到她触碰到女孩的前一刻，我都认为这一切可能是个陷阱，是巫师的妖术；但一秒钟之后，坦塔莉就已经把我过于年轻的妻子搂在怀里，阿拉娜在无力地挣扎，而我被这一幕迷住了，没有立即意识到我被人抓住了胳膊肘。

乔尔诺达斯科罗站在我身旁。霜的冰花在他奢华大衣的绒毛上闪闪发光；魔法师仍然在笑，但他的脸色仍然是苍白泛黄，很不健康。

"雷塔纳尔，判决的事你别担心，我将按照我的承诺去做。您是从哪里弄到的这个东西？她裙子上的那个？"

"这是列吉阿尔的遗产。"我张开皲裂的嘴唇说。

"是吗？"乔诺塔克斯很惊讶，"我明白了。带着女孩回家吧。我需要和她谈谈，和坦塔莉。她会感兴趣的。"

我没有说什么。

"你有什么想问的吗？"

我舔了舔嘴唇，痛苦地皱起了鼻子。

"雷塔纳尔，我一定会实现我的承诺。但也不要对我有不满。好吗？"

"好的。"我闷闷地说。

该死的软弱。

⚔

女仆一边嘟囔着，一边烧开水；我坐在阿拉娜旁边，看着那张憔悴的孩子气的脸，内心充满悔恨。

"您娶我真的是因为那本书吗？"

"我爱你，"我不厌其烦地说，"我爱你，你是我的妻子，我不会把你交给任何人。"

她沉默不语，透过低垂的睫毛看着我，她的目光在少女的脸上显得有些格格不入，太成熟了，太沧桑，太苦涩了。坐在她面前床沿上的是一个半陌生的奇怪男人，他的优点只在于打架和赌牌，还在于遗传自大魔法师达米尔的高贵血统。这个奇怪的男人忧伤地抿紧嘴唇，不悦地抚摸着她的头，撒谎，撒谎，撒谎……

我停下话头，中断了温柔的低喃，把手从阿拉娜的头发上移开。直起身来。

"你的路通向泥潭，雷塔纳尔……"

法官说得对。我就在这里，泥足深陷，没至喉咙。

阿拉娜抬起肿胀的眼皮看我。他对她做了什么？！在这彻骨的寒冷中，在这让人毛骨悚然的冰屋之中，他想从她这里得到什么？

我开始说话了。

话匣子出奇轻松地打开了。

我跟她说了法官的事，还有木制日历，日历上微风拂过脸颊，蓬松的乌云流下画出来的泪；大部分的日子已经用针从长长的木线上划掉了。针很容易在清漆上留下划痕——划一次，又过完了一天……

我告诉她，第一次来找乔诺塔克斯的时候，我如何拒绝服务，如何寻找金钱，如何售卖城堡；当我再次来到魔法师先生面前时，他如何给我设定条件，我如何去找我未来的妻子，当我第一次在路上看到她时，立即意识到她在向我呼救。

我告诉她沼泽里那个老者的事。她听着，眼睛越睁越大，睫毛几乎扎进皮肤里。我把一切都告诉了她。关于地窖，幽灵和大魔法师，原来他是个机灵的小厮。如果她知道这一点，那才公平，才诚实。

"你想让我同情你吗？"她沉默了整整十分钟才问道。

我颤抖了一下。"不。我想让你告诉坦塔莉。或许她会让她的护卫们把我吊死在大门上，然后你就可以守寡了，可以……平静地寻找自己的初恋。"

"不是初恋了。"她闷闷地说。

"什么？"我机械地反问。

"你揍他们揍得真好，"她笑了笑，"那些喜剧演员。尤其是那个老板。他的嘴流着口水，臭气熏天。"她颤栗了一下，眼睛黯淡下来。

"别想了。"我担心地说。

"你揍得好，"她梦呓般地重复道，"我那时候觉得你看起来很像卢阿尔。虽然没什么相似之处，其实一点也不像……所以你会死吗？夏天的第一个月？"

"今天他跟我说……"我忧郁了，"他承诺取消判决。但我还是不相信他。他在耍我。就像猫和老鼠一样。"

第九章

阿拉娜的眉毛皱了起来。"我有过一只猫……特别的……后来我看到它和一只老鼠……一起玩了两个小时。我就……不喜欢它了。妈妈说——能怎么办呢,它毕竟是一只猫……"

"能怎么办呢,他毕竟是个魔法师。"我咬着牙说。

阿拉娜从床上直起身来:"我的外祖父也是魔法师,他这辈子从来没有做过坏事!"

"你其实也不记得他了。"我小心地提醒她。

"但是妈妈记得!"阿拉娜反驳道,"还有父亲……"

她突然没力气了,靠在枕头上,咬着嘴唇。"卢阿尔……我们去找卢阿尔。我带路……道路很奇怪,黑漆漆,滑溜溜的,满是不知名的生物……他说:你去找路。你爱卢阿尔,他也爱你,他是唯一真正爱你的人……"

她犹豫了一下,把头靠在肩膀上。

"难道你父亲不爱你吗?!"我愤愤不平地问。

她再次抬起肿胀的眼皮。"他很害怕我。"

我顿了一下。

"我父亲,当然……我想他是爱我的,"阿拉娜悲伤地低喃,"但他更爱卢阿尔。但他更爱卢阿尔,和他在一起……你知道卢阿尔并不是他的儿子吗?"

我彻底说不出话来了。

"那是一段痛苦的回忆,"阿拉娜眉头轻蹙,"妈妈……瘟疫爆发的时候……说来话长。我的外祖父阻止了瘟疫,而他的敌人将一切都归咎于我的母亲……说是她和外祖父用巫术招来瘟疫。妈妈……被关进监狱,受尽折磨……"阿拉娜脸色苍白,"他们想得到先知护符,但我妈妈不肯给他们。于是那个罪魁祸首……总之,妈妈努力地想要忘记一切,但卢阿尔出生了……是那个坏人的儿子。难道卢阿尔做错了什么吗?!"

"不。"我艰难地开口。

"雷塔纳尔,你是个勇敢的人,但你太傻了……娶了一个女孩——甚至没有弄清楚她的家庭情况,她的哥哥……"

"你以前为什么不告诉我?"我近乎委屈地问道。

阿拉娜没好气地笑了笑:"那你呢?你为什么不告诉我……你那位法官的事儿?"

我移开了视线。

"所有人都爱他,"阿拉娜喃喃道,"后来,当知道他是谁的儿子时……所有人都嫌弃他。我当时还小,什么都不懂……"

"妈妈呢?"我小声问。

阿拉娜沉默不语。我看着她,后悔问了这个问题。

"妈妈……你见过她吗?我不想……妈妈太爱我的父亲,她憎恨那个凶手。她封闭自己,躲了起来……现在父亲认为这一切都是他的错。也许他说的有一定道理……"

"他想从你那里得到什么?"我问道,握紧她的手,"乔诺塔克斯?他为什么要找你?"

"你还不明白吗?"她很惊讶,"我把他带到了卢阿尔现在所在的地方……界门。那里曾经是宇宙之门,我哥哥现在守在那里,带着先知护符站岗……"

我用力揉着太阳穴。我觉得,阿拉娜似乎是凭着记忆引用了她外祖父的书。这些话听起来像是胡说八道。

"你带他找到了吗?"我紧张地笑着问道。

她抬起眼睛严肃地看着我:"没有。我们绕来绕去花了很长时间……这个乔诺塔克斯已经完全筋疲力尽了。"

"是吗?"我想起了魔法师先生那张苍白中隐隐泛黄的苍老

第九章

脸庞。

"是的，"阿拉娜点点头，"我也很累。就像一个无休止的梦境，当你想醒来的时候却无能为力。我觉得我听到了……一个声音……是卢阿尔在叫我……"她颤栗了一下。"但问题是，那里太黑了。一切都像一团乱麻一样混乱……乔尔诺说我对卢阿尔的记忆不够，对他的依恋不够……因此线索总是中断……"

"你叫他什么？"我机械地问。

"乔尔诺，"她叹息一声，"他就是这么叫自己的。他冻僵了……他很冷。"

"谁让他不烧炉子。"我恶狠狠地嘟囔着。

"所以我就生气了，"阿拉娜冷漠地说，"我告诉他，我有多爱我的哥哥不是由他评判的……他说，和你相遇……"

她勉强笑了笑，点了点头。

"和我相遇跟这些有什么关系？"我费力地开口问道。

她不再看我，转向墙壁，闭上了眼睛："让我睡一会儿。这么长时间以来我第一次感觉到暖和。"

在书房里，我从箱子里拿出了我的证书。一份陪伴我走南闯北的文件，一份遗物，一份骄傲。

不，什么都没有改变。地板在这里，在我的脚下，天花板在头顶上。这是我的城堡，在那里，厨房里，我的仆人们在说长道短。我是雷塔纳尔·雷科塔斯。

我抬头看了看，映入眼帘的是大魔法师达米尔的画像。

我是一个招摇撞骗的仆从的光荣后裔。

我从伊特尔那里拿一把铁锹，庄严地埋葬证书，把它埋在山上，并在上面立一块墓碑。

我起身准备去安排葬礼，但在我走到门口之前，我停了下来。

这一切看起来太像戏剧了。像一出拙劣的恶作剧。

然后——如果城堡终究要被卖掉呢？有了证书——它会身价倍增……

我坐在大书桌前，泪流满面地苦笑，臆想出一个又一个的嘲讽——为了让自己灰飞烟灭，为了永远终结那个妄自尊大的雷科塔斯，为了……

这样，这个世界上就没有一只狗敢揭发我的血统中的任何瑕疵了。

傍晚，坦塔莉没有回来。我备受煎熬，忧心忡忡，正准备亲自去山上的房子。这时，伊特尔在三个索尔家护卫的陪同下骑着马飞驰而来。信使们要求为坦塔莉夫人和她的十几个保镖准备热食和温暖的被子。伊特尔哼唧着，两手一拍：城堡面临着彻底毁灭、荒芜和混乱的危险。

"那边什么情况？"我小心翼翼地问眉头紧锁、表情严厉的伊特尔。

他思索了一会儿，不知道是否要回答。然后他嘀咕了一句，看向一旁："他们在谈话。"

信使们满载着被子和食物离开了。我目送他们远去，试图想象一个魔法师和一个前喜剧演员能谈些什么——更何况谈话已经持续了十二个小时……

灰蒙蒙的清晨阴沉灰暗，不见天光。中午时分，坦塔莉回来

第九章

了,那时我已经坐立不安。她在忠心耿耿的护卫陪伴下带着银别针回来了,银别针在她斗篷的领子上闪烁着张扬的光芒。

我带着与雷科塔斯不相称的急切心情,跳出来迎接他们。坦塔莉矜持地向我打招呼,但我立刻就明白了,乔诺塔克斯·奥罗没有出卖我。他没有说出我结婚的真正原因,这意味着年轻的保镖们不会在大门上吊死我。这已经很好了。

阿拉娜已经睡着了,看来去了一趟界门真把她累坏了。我妻子非常虚弱,只醒了半个小时,而且只喝了两勺肉汤;坦塔莉坐在阿拉娜的房间里,为她整理好被子,然后回到自己休息的寝室——说得好听点儿是寝室,其实就是一个大而空荡的房间,墙上有霉斑,壁炉里烟雾缭绕,还有蜘蛛窝。但是如果整个城堡都是这样,又能怎么办呢?

索尔上校的徒弟们在客厅里搭建了一个名副其实的军营,我并不介意。我现在根本无权反对,只能保持沉默,谦卑地等待着,看坦塔莉夫人是否会叫我去谈话。

坦塔莉夫人一觉睡到深夜。我也正要上床睡觉,这时伊特尔像过去几天一样惊慌失措,敲响了我房间的门,说那位夫人要见我。

坦塔莉坐在壁炉前。乔诺塔克斯那冰窖似的屋子不仅让阿拉娜饱受折磨,坦塔莉也把手伸向火炉,脸上交织着剧烈的痛苦和强烈的喜悦。

"好冷啊。"她低声打招呼。

"他不喜欢火。"我冷冷地确认。

"阿拉娜怎么样了?"坦塔莉盯着火堆。

不待她邀请,我拉过一把椅子坐在她旁边,伸手烤火。"您到底想听什么?她身体怎么样?还是说她和乔诺塔克斯去界门这一趟怎么样?"

坦塔莉缓缓转过头。她的半边脸被火光照亮,另一半脸则被房间的寒冷所笼罩。她的眼睛闪烁着奇怪的光芒:一只似乎是黑色的,另一只面向壁炉,是火热的。

"他们去那一趟结果如何我知道……阿拉娜身体还好吗?"

"总体还可以。"我说着,被她专注的眼睛深处闪烁的火光所吸引。

"你为什么这样看着我?"她生气地问。

我遗憾地转过身去。她以前可能是个好演员。虽然很难想象出她和肮脏的喜剧演员们在同一辆车上的样子。

话说,我们什么时候熟到以"你"相称了?

"魔法师先生需要先知护符,"坦塔莉痛苦地皱起了眉头,"要不是那个护符,托丽雅夫人就不会在法庭的地下室里受尽折磨……要不是那个护符,卢阿尔和我现在会在五个孩子的陪伴下平静地生活……而现在他需要护符……那个乔诺塔克斯·奥罗。"

魔法师先生的名字从坦塔莉的口中说出来时带着莫名的苦涩。

"如果他的盘算是一场不可能的冒险……"我小心翼翼地开口。

"不,"坦塔莉颤抖着说,"他可以。"

"糟糕。"我喃喃自语,自己也不太明白我为什么会伤心。

"我应该怎么做?"坦塔莉低声问道。现在轮到我颤抖了——她以前可从来没有这么对我说过话。她的声音里有真正的困惑和无措。她听起来好像是在自言自语,犹豫不决,强忍着征求意见的冲动。

"坦塔莉,"我更加小心翼翼地开口说道,"你……您确定界门……真的存在，不是一个形象，一个隐喻……"

"我丈夫守卫这个隐喻已经十年了。"她带着不悦的笑容说道。

这个论据很有说服力，我沉默了很久。

"我希望我能明白……"坦塔莉低喃，仿佛忘记了我的存在，"到底是怎么回事……他知道得太多了……他太……"

"他毕竟是个魔法师。"我咬着牙说。

坦塔莉近乎傲慢地看着我："魔法师——这并不能完全解释世界上的一切事情。魔法师并不像传闻中的那样强大。"

"我也不是这个意思。"我嘟囔着，盯着火堆。

"我迷恋卢阿尔，"她小声说，"非常迷恋。现在……他给我看了……这条线索。就凭这一点，我应该……感激……"

"感激乔诺塔克斯·奥罗？"我惊住了。

我们身后的房间陷入了黑暗。壁炉里的火缩成了一团——难道是我的幻觉？

"乔尔诺，"坦塔莉仿佛有些难以启齿地说，"嗯，是的，现在……他自己也用这个绰号称呼自己。他往自己身体里……他身体里有某种……"

她停顿了一下。坦塔莉缓缓地咬着嘴唇。我突然产生了一个不合时宜的想法：事实证明，某位法官的判决对乔尔诺而言根本不算什么事儿——所以，小菜一碟，不值一提……

难道我应该去匍匐在恶棍的脚下吗？提醒他很久以前的一个承诺？苦苦哀求，痛哭流涕——他大概就是在等那个吧？

既然他没有把我的小秘密透露给坦塔莉……这是无心之举，还是暗中帮我？

火焰在坦塔莉身后燃烧着。她的整个身形在小火光的映衬下成为一道黑色的剪影。

"请告诉我,尊敬的雷科塔斯,您为什么娶阿拉娜?"

就是这个,终于来了。

"我爱她。"我缓缓地说。

坦塔莉炯炯有神的眼睛眯了起来:"那为什么那时候您说:'您把阿拉娜许配给我,是您看走眼了'?"

"胡言乱语,"我言简意赅,"显然我当时神志不清。"

"我认为您在撒谎。"她叹息着说。

"我不能容忍侮辱。"我抗议道,但不知为何有些不自然。

坦塔莉抿起嘴唇:"您认为她过得好吗?和您一起?在这个城堡里?"

"会好的。"我心虚地强自争辩。

坦塔莉叹了口气:"我们马上就要离开这里了,雷科塔斯。我自己走——但也不会把阿拉娜留在这里。"

又是一片寂静。

"去哪里?"我终于问了。

"去找埃格特,"她愤怒地嘀咕着,"赶紧走,趁着乔尔诺还虚弱……"

"虚弱?"

现在她像看傻子一样看着我:"在尝试进入界门之后,普通的魔法师一定会过度劳累。乔诺塔克斯现在远不是他的巅峰状态。"

原来如此。

"您怎么知道这一切的?"我咬牙切齿地低语。

她的嘴唇轻蔑地抽动了一下:"任何人,哪怕是一生只有一次想要读一读魔法史的人……"

第九章

不言而喻，我对魔法一无所知。

我把手伸向火。

住在山丘上的人已经违背过诺言了。他欺骗我，而且不止一次。我怎么能相信，如果我再帮他，他会像对待克利维·梅利尼乔克那样对待我？

我想起了家传宝剑熔化的剑刃，乔诺塔克斯手中的缕缕火光，以及我自己城堡的地窖里的铁链。"不要招惹魔法师，任何魔法师……"

我很乐意。

也许坦塔莉比我一开始想象的更正确——确实应该离开这里……

但是另一方面，逃离乔诺塔克斯就意味着放弃了希望。我可以尽情地用"还有时间"和"世界很大"之类的保证来安慰自己，但是，多舛的命运啊，我觉得，除了乔尔诺，世界上似乎没有人能够帮助我。

"他很快就会积蓄力量，不让我们离开，"坦塔莉紧张地说，"至少现在我们还有机会。"

机会。

我还剩半年的时间。太短了，不够过完一生……但也许足够爬上山头，匍匐在乔诺塔克斯的脚下……

"你动摇了吗？"坦塔莉直截了当地问道，她的眼睛像淬了冰一样。

"不，"我不情愿地说道，"我没有动摇，我们走吧。"

第十章

第二天,一只孤独的黑乌鸦整日在城堡上空盘旋。这附近有很多乌鸦,但是不知道为什么,我就想射杀这一只,哪怕是用弓。我挑衅地对膀大腰圆的阿根宣布,他的手下绝对没有一个人能打中移动靶。阿根不屑地扬起嘴唇,然后我看到索尔的学生们纷纷地拿着弓、弩或重火药枪械爬上围墙。然而,那只乌鸦仍然在盘旋。

十二个保镖同伴在宽肩阿根的带领下准备出发的队伍。除了坦塔莉来城堡时的车队之外,我自己的马车也在为远行做准备——绣花枕头罢了,印有徽章,但并不适合在冬季长途跋涉。

本来只要等阿根一说准备好了,我们就应该一起离开。但老实说,我从一开始就料到会出问题。阿拉娜至今都几乎没有起床,她对一切都无动于衷,一直在睡觉,当她知道要离开时,只是翻身面对着墙。坦塔莉咬着嘴唇,把自己和她锁在房里窃窃私语。我非常确定,我在冲动之下对妻子和盘托出的小秘密会被坦塔莉知道,然后所有计划彻底改变。坦塔莉八成会唾弃我,然后带着阿拉娜和魔法别针扬长而去,而我只能留下来面对勃然大怒

第十章

的乔尔诺……

姑嫂二人之间的谈话持续了近一个小时，之后阿拉娜的精神就振作起来，甩掉了睡意，不再任性，同意出发；坦塔莉的心情也很好，当我看着她的脸时，我几乎惊恐地意识到，我的年轻妻子终究没有告诉她任何事。

"我们还是会回到这里，对吗？"半小时后，当我们两个人站在墙上，目送着冬日的夕阳西下，阿拉娜问我，"毕竟你无法拒绝……他答应取消你的判决。难道你能拒绝他的帮助吗？"

我心情抑郁。

就在今天早上，我带着我的木制日历远离人群，用针划掉了这些喧嚣忙乱的日子：寻找阿拉娜的日子，在地窖被锁链束缚的日子，和其他许多虽然乏善可陈但却依然一去不复返的日子……

阿拉娜趔趄了一下，我慌忙扶住她的胳膊肘。一周以来她第一次出门，难怪头晕目眩。

去过一趟界门之后，连"普通的魔法师"都会力有不逮，更何况是一个小姑娘呢？

对乔尔诺油然而起的恨意让我不由得咬紧牙关。阿拉娜的虚弱和苍白；我脑海中有一幅清晰的画面：得意的乔尔诺把我妻子失去意识的身体放在地上，像一座桥一样搭在一个裂缝处，从容地踏上她的脊背，走过她的肩膀，踩过她的头颅……

"你为什么这样看着我？"阿拉娜无力地笑了笑。

"他利用了你。"我低声说。

她瑟缩了一下。我又被吓到了，连忙搂住她的肩膀："你怎么了？！"

"利用，"她吃力地说道，"一个讨厌的词。他们也这么说，那些喜剧演员。"

我把阿拉娜拉近我身边，闷闷不乐地瞪着太阳，它那红彤彤的大肚皮已经落下地平线。我恨恨地瞪着眼睛，仿佛一切都是太阳的错。

"阿拉娜……再不会有人碰你。再也不会了。我发誓……"一阵冷风吹来，把我的誓言卡在喉咙里，我痛苦地咳嗽起来。

那个老女巫是怎么说乔尔诺达斯科罗的？"他不光是没有良心，他丧尽天良"？事实证明，我也没什么良心。我这算什么誓言——在阿拉娜知道我的一切之后？！

"我们以后会回来吗？"我的妻子固执地问我。

"阿拉娜，"我哑声问道，"你为什么没告诉……坦塔莉……为什么没说出……真相？"

又起风了；明天也会有风，可能还会下雪。这种天气我们怎么出发？

阿拉娜深吸了一口气，抓住我的袖子："我头晕……我可能应该躺下……我们走吧。"

第二天，伊特尔的侄子带来一个在他看来令人震惊的消息：村子里来了一群喜剧演员！两辆马车，晚上他们会在客栈的院子里演出，如果他们赚钱多的话，那么他们会留到明天。

"穷得叮当响的剧团，"坦塔莉听到这个消息之后冷笑道，"凡是条件好的人都在城里过冬，这才是应该的。而他们却不得不在严寒中赶路！"

我什么都没说。

两辆马车……

我不相信巧合，但我相信命运。

第十章

我可以带着索尔的十二个手下——如果他们知道是怎么回事,他们会很乐意帮助我……但我放弃了指望别人帮忙的想法。上次我带了一把剑就够了——现在我还有权力:虽然家族落魄了,但我还是这里的统治者。

"您在想什么?"坦塔莉忧心忡忡地问道。

阿拉娜睡了。她最近几乎一直在睡觉,而我越来越不喜欢这样……

"利用。一个讨厌的词……"

"雷塔纳尔……发生了什么事?"

可能我的脸上露出了野兽一般的笑意。残酷中带着淫荡。把这些混蛋带到城堡里来……

"我要去看演出,"我语气温和地说,"我喜欢……戏剧,全心全意地。"

坦塔莉皱起了眉头:"雷塔纳尔……你……您是不是疯了?!您觉得他们是之前那群人吗?!"

我开心地笑了。

"我和您一起去,"她强硬地说道,"我和阿根,我们……"

也许我脸上的表情比漂亮话更有说服力,所以坦塔莉没有说完她的话。她顿了一下,平静地低声说:"好吧。我一个人跟着去,可以吗?"

"我知道您也喜欢戏剧表演。"我更加温柔地说道,声音简直就像温顺的绵羊。

我们在日落前一小时到达村子。演出的准备工作正在紧锣密鼓地进行。两辆马车拼在一起;其中一辆的车篷被拆掉,侧板放下来，成为一个舞台。一个身材高大的男人正在不紧不慢地敲打着钉子，显然是要挂窗帘；他背对着我们。我能感觉到我的鼻孔因为粗重的呼吸而迅速扩张。他就是那个沦落为喜剧演员的杂种，擅长用刀，曾经下黑手捅了我一刀……

看不到其他人，但能清晰地听到另一辆马车上传出来的声音，我看了看坦塔莉。奇怪的是，我的同伴聚精会神，仿佛她有一个困难的问题要回答，而答案能够决定她的生死。

我抿紧嘴唇，迈着统治者的沉重步伐朝着马车走去，先一步到达的快要挤满院子的围观者见状连忙作鸟兽散。我看起来一定很气派。

那个私生子还在不断地用锤子敲打着，还不知道他英俊的头顶上此时此刻乌云密布。坦塔莉——我听到了她的声音——急忙追了过来。我一步跳上戏台，小马车摇晃起来，勤劳的喜剧演员终于停下了手头的活儿，愣了一下，转过身来。

命运为我准备了一个讨厌的惊喜。他不是那个私生子，而是一个二十五岁左右的英俊男子，一头黑发，一张矫揉造作的脸，一看就是娇生惯养的女性宠儿，额头上明晃晃地写着"喜剧演员"……

我咬了咬牙。第二辆马车的车篷下有影子。我实在不想相信这个错误，所以咧嘴一笑："团长在哪里？快出来！"

这位喜剧演员显然已经习惯了各种地头蛇的突然出现。"权力"这个词对他来说不是一句空话，所以他连忙鞠了一躬，甚至优雅地挥舞了一下他的锤子，就像拿着帽子一样。

"在那里，尊贵的先生，在马车上……我们只是卑微的喜剧演员。我们老老实实地纳税……"

我把他推开——毕竟他不是伤害阿拉娜的罪魁祸首——然后

第十章

粗暴地扯开了遮住彩绘车篷下的马车车门的帘子。

布料哧啦一声被撕开了。坦塔莉在我身后惊呼一声——她是怎么爬上戏台的？凭一己之力？

这里又暗又闷，一股汗臭味儿，好像还有脂粉味儿；一个半裸的女人尖叫着捂住自己，我凶狠地转向她，期望看到不久前邀请我去看演出的那个慵懒的美女。

有人抓住了我的肩膀："不行！你凭什么？"

我转过身来。

不，我从未见过这个男人。不是他，不是我梦寐以求想要抓住并带到城堡的那个人；即使环境昏暗，即使面前的人脸上画满皱纹，我也不会认错。不是他。

"我来告诉你我凭什么！"我怒吼道，再也抑制不住心中的怒火。喜剧演员在我眼里就是骗子，是故意取笑我的嘲弄者。黑暗角落里的那个女人似乎已经在咯咯地笑了：什么，高贵的先生，你认错人了？

"我现在就告诉你们，"我咆哮着，被浓浓的化妆品气味呛住了，"谁是团长？给我过来！"

好像有人嗤笑一声。

"我就是。"化装成老头儿的人缓缓说道。事实上他也就四十出头。

围观的人群兴奋地嗡嗡作响。更多的围观者从四面八方涌来——可能没有什么节目能比真正的战斗更吸引人。真正的羞辱。真正的暴力，没有表演。

"我们做错了什么，先生？"

团长脸上的妆容在日光下看起来像一个丑陋的面具。

我还不知道他们做错了什么，可能就因为他们是喜剧演员，所有的喜剧演员都是一丘之貉。阿拉娜的遭遇可能会发生在另一个女孩身上,就在这个被我撕烂的车篷下……

"先生,我们有许可证,允许我们演出……在城里和村里……我们纳税,我们……"

"巴里安。"有个声音从我身后传来,这声音听起来很陌生;一秒钟后,我才意识到是坦塔莉在说话。

团长身躯一震。他的目光呆呆地从我的脸上移开,看向我的身后。

"巴里安,"坦塔莉又叫了一声,声音听起来又哭又笑,"你好。"

上着妆的脸有那么几个瞬间都一动不动。然后我看到那双涂白了的眼睛突然睁开,眼珠像是要掉出来:"是你?!"

⚔

喜剧演员们已经在城堡里过夜了。坦塔莉在村里买了粮食;她的十二名保镖看着马车和车上的人,不悦地皱起了眉头。

坦塔莉和被她叫作巴里安的那个人坐在大厅里的壁炉前直到很晚。剧团的其他成员战战兢兢地躺在伊特尔慷慨提供的床垫上,不时有人醒来,用手肘撑起身体,想确认自己身在何方,然后发现美梦可以继续,于是带着幸福的微笑躺了回去。

"呃,生意……你也看到了。剧目的话我们现在只演《戴绿帽子的丈夫》,就算这样也……"草草卸了妆的巴里安悲伤地笑了笑。"穆哈长大了……我也……演不了弗洛大师。还有金卡,"他回头看着那个在床垫上酣睡的女人,最后小声说:"金卡她……不是你。所以……"

我放轻脚步地走近他们,但巴里安还是瑟缩了一下。他害怕

第十章

我；我大吼一声从天而降，诅咒他们，撕烂车篷，都让他难以忘记。无权无势的流浪生活教会他畏惧任何哪怕是只比他强大一点儿的人。这是喜剧演员保住草芥一般的小命的法则……

"请坐，雷塔纳尔，"坦塔莉说道，并不看我，"我和这个人……曾经是同伴……多少年，多远的路，这些都不重要……或许我现在……"

她盯着火堆，看起来不像她自己，因为她表情生动的脸突然失去了所有的刚硬。泪水在她眼里打转——要知道，不管怎么样，坦塔莉从来不是一个多愁善感的人。

然而还是会想象她在马车上，甚至与这个巴里安为伴……

"我要去睡觉了。"巴里安用抱歉的语气低声道。我的出现使他感到压迫。

坦塔莉看都不看就抓住了他的胳膊："坐……"

他叹了口气："金卡……我们以前安排她出演喜剧角色，她长大了。看吧，现在她能演女主角……这很好，因为歌琦娜那会儿已经嫁人了……你会笑的，坦塔莉，她嫁给了一个小店老板！"

他停了下来，坐立不安，冷得缩了缩肩膀："不，我还是……雷科塔斯先生，非常感谢您的盛情款待，但先生对我唠唠叨叨的这些事不感兴趣……"

"如果先生不感兴趣，他就会离开。"坦塔莉冷冷地说。我耸了耸肩——这一切当然都很感人，但坦塔莉却被遗忘了，一切不拘小节都是有限度的……

我转身走开，身体力行地告诉他们，喜剧演员和喜剧女演员的喋喋不休并不会冒犯我。气喘吁吁的伊特尔出现在大厅门口，说："雷塔纳尔……那边……阿拉娜夫人……好像开始说胡话了。"

她躺在那里,毯子被扔掉了,床单堆了起来,明亮的灯光落在她的脸上,但她并没有醒过来。她的睫毛紧闭,苍白的嘴巴因为用力而扭曲,仿佛在发病。我在她身边坐下,抓住她的手,无助地四处张望,不知道该怎么帮她。

"不要,"她咬牙切齿地咕哝道,"那儿是沼泽……不……不要!"

我的妻子辗转反侧直到凌晨,慢慢被噩梦吞噬。

而我直到天亮也没能叫醒她。

我们黎明时分出发。在十字路口,我们分道扬镳——喜剧演员的马车向右转,索尔家的马车和印有雷科塔斯家族徽章的马车在十几名骑兵的护送下,缓缓直行。

两个车队都急于离开山丘,山上矗立着一座没有壁炉的冰冷房子。估计乔诺塔克斯·奥罗先生并不是无所不知的,而且事实似乎确实如此,因为黑乌鸦锲而不舍地跟着雷科塔斯—索尔家族的马车,丝毫不理会流浪剧团的马车。

这个主意很荒唐,它是前喜剧女演员的创意;第一次听到的时候,我当着坦塔莉的面就笑了。但让我惊讶的是,经过一夜噩梦之后似乎好多了的阿拉娜居然对再次与喜剧演员同行的主意毫无反应。这很奇怪——在我看来,光是看到喜剧演员的马车就会让她感到恶心。要么就是阿拉娜已经忘记了震惊,要么就是……

要么就是这段时间支配她的无动于衷已经进入了更深层次的新阶段。阿拉娜毫不在乎。

我们都不知道是否能骗过乔诺塔克斯,也不知道他的法力目前能够作用到多远的地方。坦塔莉认为,就是因为这个想法很荒

第十章

唐，所以反而具有一定的意义——没准儿虚弱的乔尔诺会失去我们的踪迹，就算是为了这个机会也值得暂时放弃享受舒适……

在道路上能有多舒适。大冬天的……这样的时候出行不是为了旅游，是为了逃命。

说服索尔的学生护送两辆空车从一开始就是一件毫无希望的事情。我到底也没有完全明白坦塔莉究竟跟他们说了什么，她找了什么理由。最后，我被要求在十二个小毛孩子面前发誓，保证阿拉娜夫人和坦塔莉夫人不会少一根头发。这样的誓言有点儿伤人自尊，起初我坚决不从，但是后来——没办法——我发誓了……

许多天后我们才知道，坦塔莉在很多事情上都是正确的。索尔的弟子们护送的车队在旅程的第一天就无可奈何地陷在雪地里。一场突如其来的暴风雪挡住了路，在客栈里又发现两名队员受了致命伤，无法继续前行。乔诺塔克斯·奥罗是否从一开始就像猫捉老鼠一样耍我们，我们无从知晓……

出发前的准备工作和演戏一样热火朝天；我无法相信我们会日复一日地和喜剧演员们结伴同行。最后，我那可怜的理智找到了自我保护的方法：我全心全意地投身到演戏中。乐在其中——不亦乐乎。

我缠着巴里安，问他会给我什么角色；这个可怜的家伙从一开始就害怕我，现在更是对我避之唯恐不及。我建议坦塔莉学几首二重唱的曲子——她嗤笑一声，似乎对我的声乐能力表示怀疑。我请阿拉娜教我一些流行的舞蹈——阿拉娜沉默不语，连笑容也欠奉，这活动对她来说似乎一点都不有趣……

于是现在，巴里安高兴地在马车旁边走着。我用眼角余光瞥到坦塔莉塞给他一个叮当作响的袋子，剧团的领头人满脸通红，

Авантюрист
冒险者

惊恐地推辞了。

"你想卖掉马车!"坦塔莉终于生气了,"怎么,你把我当外人对吗?"

就这样,巴里安别无选择,只好收下了钱,现在正高兴地走着,可能在期待一顿丰盛的晚餐和一个温暖的夜晚。

路面崎岖不平,马匹的行进速度很缓慢,但由于两辆马车上的弹簧早已失效,所以颠簸得无可救药。我觉得自己被颠得快要灵魂出窍,我想跳下去,到巴里安身边和他一起步行。但坦塔莉紧紧抓住我的袖子。

中午过后,前面出现了一个村庄;我认识它,也会被这里的人认出来,所以我被要求坐在车里别露面。高大英俊却绰号穆哈的男人和一个胖乎乎的、长着一张戏剧反派脸的善良老人已经利索地搭好了戏台;女主角金卡从箱子里拿出一堆服装,而巴里安正来来回回地招揽观众。好奇的观众不算多,但也不在少数;少女拿出了一把鲁特琴,演出开始了。

我坐在马车的角落里,马车突然变得非常拥挤,我从里向外看去,看着演出。喜剧演员们来回跑动;刚刚在台上对英俊的穆哈情有独钟的那位女士,一秒钟后就匍匐爬到窗帘下,递给某人一把木剑。胖老头把反派刻画得惟妙惟肖,观众们惊呼不已;我看到巴里安向坦塔莉解释着什么,女人咬着嘴唇,从他手中接过一块铁皮和一根裹着破布的棍子,紧张地从窗帘上的一个洞里看着正在发生的事情,突然用尽全力敲打着铁皮——有人在舞台上悲惨地尖叫,而坦塔莉擦掉了自己额头上实实在在冒出来的汗水……喜剧演员们也汗如雨下,尽管他们的嘴里喷出了白色的哈气。

然后报幕的是滑稽剧《戴绿帽子的丈夫》;整个剧团就当着

第十章

我的面疯狂地换衣服,巴里安戴上假发,拿着笔和一叠纸,跑上台去,而我则瞠目结舌地看着那位女士在自己的胸上又铺了一个破布做的假胸。在某一瞬间我想起了礼貌,赶快移开了目光——正好看见英俊的"苍蝇"正专注地把一个巨大的冷冻胡萝卜固定在裤子前面……

没错,高贵的绅士就不应该和喜剧演员结伴同行。我很庆幸阿拉娜没有看到这一切,她留在观众中间——而且说实话,也没有地方留给雷塔纳尔·雷科塔斯的妻子……

我突然想给自己戴上一顶秃头的假发套,在鼻子上涂粉,贴上胡子,出现在观众面前,他们会惊讶于看到一个戴着假胸的女人!哗众取宠,这多舛的命运啊,还吹着口哨……

哦,是的,我会被嘘的。

滑稽剧演完了,我终究没明白是怎么回事,但观众们都笑了,纷纷向盘子里投钱币——没那么多,可能不够让这一大帮子人住进旅馆。我想起坦塔莉愤怒而压抑的呼喊——"怎么,你把我当外人?"还有袋子里的钱币发出的叮当声……

我很好奇,没有在路上巧遇富有的坦塔莉时,他们是如何度日的呢?毕竟他们要吃饭,还要喂马……还要缴税,当我闯入他们的马车时,他们如此害怕并不是没有原因的……

我不由自主地抬起了眼睛。撕裂的顶篷被整齐地缝回到原位。

尽管天气寒冷,但喜剧演员们从戏台上回来时都是满头大汗,但耳朵和鼻子都冻得通红,鼻子上的粉扑簌簌地掉落下来;他们坐在墙边的箱子上,静静地等待人群散去。或者他们只是在休息。

坦塔莉留在外面。我听到她低声地向阿拉娜问着什么事情,阿拉娜也低声漠然地回答了……

"别坐了，"巴里安闷闷不乐地说，"开工吧……"

大家都行动起来；女人依然毫不羞耻地扯下她那件缝着棉布衬里的裙子，演反派的老头往脸颊里塞了一块面包，英俊的穆哈从裤子里掏出一根胡萝卜，若有所思地看了看，对团长说："道具已经干巴了，应该换个新的。"

我们在旅馆过夜。斯克瓦雷加·巴里安只要了两个小房间，一间给我和阿拉娜、坦塔莉住，另一间住所有四个喜剧演员，包括女人。但是所有人都没有轻佻的想法——房间太冷了，大家连手套都不想取。

阿拉娜睡着了，身上盖着十几条毯子。我下楼来到比较暖和的饭厅，蜷在壁炉旁的扶手椅上打个盹儿，因为我的流浪经历早就教会了我要淡定地对待这种过夜方式。我几乎立刻就打起了瞌睡，其中一张桌子上的低沉声音自然而然地与我的睡梦交织在一起。

我梦见了一幅窗帘，上面缝着厚厚的白线；我往裤子上装一根胡萝卜，却怎么也装不上，阿拉娜随时都会进来，这是我们的新婚之夜，床底下的夜壶旁边是那本关于魔法师的书，我妻子的嫁妆……

"你为什么不说话？"乔诺塔克斯·奥罗低沉的声音在我耳边絮叨着，"如果你看了……不好……告诉我……如果你不是外人……"

"怎么，你把我当成外人了吗？"阿拉娜苦涩地问道，我站在她面前，手里拿着一根胡萝卜，无言以对。

第十章

"十年……十年……十年……"

"不,已经不是了。我不能,巴里安,对不起……我不能……"

我是麂皮袋子里的一只跳蚤。一只冰冷的手,手指白皙,在接缝处摸索着想找到我;我挤在角落里,但坚硬的淡黄色指甲不懈地寻找,马上就会找到我,一想到这之后会发生什么,我就陷入无边的黑暗中……

我会努力的,乔诺塔克斯。你要我做什么我就做什么……只要……

法官那双大头针一般的眼睛直勾勾地盯着。木制儿童日历转动着,日子一天天过去。

⚔

第二天,我走到坦塔莉面前,不敢看她,想要回银别针。

她很惊讶。也许她以为我害怕了,但犹豫之后还是把别针给我了。

我没有机会为自己辩解。解释折磨我的不是对乔诺塔克斯的恐惧,而是诱惑……我不愿意相信它是在我内心产生的,我更简单地将其归因于魔法,归因于乔尔诺,他在千里之外也能摧垮我的意志……

这是——一种无法抗拒的想要回去匍匐在魔法师面前奴颜婢膝的欲望。

⚔

我必须说,喜剧演员的生活并不快乐。

白雪覆盖的田野渐行渐远,森林的黑暗边缘在地平线上起伏。巴里安对于进入森林踌躇不前——害怕狼和强盗,即使是我最轻蔑的笑声也无法刺激谨慎的团长做出这一壮举。坦塔莉走在马车旁边,沉默不语——旅程开始之初她那股狂热的兴奋劲儿已经被一种沮丧、胆怯的情绪所取代。巴里安走在她身边,不知道为什么眼神躲闪,不敢看她。

完全无所事事。喜剧演员们轮流坐车,我让阿拉娜看雪地里的脚印,还灵机一动,编出了我勇斗狼群和大盗的精彩故事,阿拉娜带着苍白的微笑听着。有一次我请他们把缰绳交给我,我向目瞪口呆的喜剧演员们展示了驾驶马车的能力;结果前轴差点爆裂,巴里安虽然不敢责备我,但还是很生气……

我们与坦塔莉的十二名保镖约定在河间村汇合。我在喜剧演员的马车里疲惫不堪,无比期待能换上贵族人家的舒适马车继续前进。我们在河间村等了两天,但附近没有人听说过有两辆带徽章的马车,也没有听说过十二名年轻骑士。

"天寒地冻的,"我开口了,试图缓解坦塔莉的紧张,"什么都有可能发生……"

"我有一种感觉,"她低声说,"我把他们放在我的位置上,是给他们找麻烦了。"

"难道乔诺塔克斯已经猜到了……我们金蝉脱壳?"

"我怎么知道?"她突然愤怒地拍案而起,"难不成他用信鸽给我传信了?"

"我很抱歉。"我谦虚地说,尽管我并不认为有什么可道歉的。

又过了两天,不能再等了。得知贵族们将与喜剧演员继续结伴而行时,巴里安并没有感到郁闷。与我不同的是,巴里安甚至很高兴。坦塔莉化愤怒为慈悲,纡尊降贵地鼓励我:"什么能阻

第十章

止我们最终到达城里呢？没有比这更好的掩护了，雷塔纳尔。如果乔诺塔克斯至今还没有找到我们，那他往后就更难找到我们了……"

"如果他暗中跟踪呢？"我没好气地反问。

她耸了耸肩："魔法师不是万能的。难道说，反正我们也逃不出乔尔诺的手掌心，干脆坐以待毙？"

我哑口无言。

"我们要做的就是去找埃格特，"坦塔莉继续说道，也是为自己打气，"埃格特会找到解决办法的。"

女人是矛盾的。坦塔莉不相信魔法师先生是万能的，但显然相信索尔上校是无所不能的。我不打算让她失望，甚至没想耸动我的肩膀。

和喜剧演员们在路上又过了一个星期。我的生命就像攥在拳头里的冰柱一样在融化，怀里的木制日历压迫着我，干扰着我，使我夜不能寐。在一个村子里，剧团被嘘声打断了——因为观众不满意，巴里安和他的演员们不得不在四面八方飞来的冰凉垃圾的攻击下匆匆收起戏台。

"怎么，演得不好吗？"晴朗的冬夜，我们在一片田野中停下来，生了一大堆篝火，我刻薄地发问。

团长耷拉着肩膀；我甚至可以看到无礼的话在他舌尖上蠢蠢欲动，但他像被锁链绑住的狗一样忍住了。

"观众对投掷粪便更感兴趣，"坦塔莉小声说道，"哪怕是在他们面前用头倒立……"

巴里安悲伤地瞥了她一眼，但什么也没说。然后我听到他把坦塔莉带到一边，急切地劝说着什么。我看不到坦塔莉的脸——她侧对我。

第二天，我在演出开始前匆匆离去，在冷清的街道上徘徊，听着为情所困的女主角的哭喊，听着铁皮的轰隆声和观众的哄堂大笑。戏台上有人无法从剑鞘中拔出那把早已生锈的剑；看来至少今天巴里安剧团不会被喝倒彩，甚至可能有钱买面包。

"你不喜欢？节目不好看？"

坦塔莉站在一棵光秃秃的高大白杨树的阴影下。半明半暗之间，我看不清她的脸，但她的声音干巴巴的，冷淡而又严厉。

"这样下去我们不可能在六个月内到达目的地，"我望着一旁喃喃低语，"或许，我们不要再……演戏了……你想怎么做请随意，我会雇辆马车。趁现在还有一些钱……"

"乔诺塔克斯在跟踪我们。"她绝望地说。

我跟跟跄跄地踏进了深深的雪堆，雪堆塌了，我跌倒在地。

"飞鸽传书？"虽然这会儿嘲笑她是不合时宜的，但我忍不住。

"差不多吧，"她舔了舔嘴唇，"你感觉不到，大概是因为你有别针……而我……"

我内心深处那令人不愉快的冷漠比数九寒天的霜冻更甚。

"拿去吧。"我快速地说，不给自己思考的时间。那个该死的别针像跟我作对似的卡在袖口上，赖着不走。

坦塔莉很安静，在指尖上转动着别针。她叹了口气，打开斗篷的领子，把小饰品别在裙子上。

"对不起，我……以后再给你。以后。"

我一夜未眠，在硬垫子上辗转反侧。听着阿拉娜不安的呼吸声，我感到自己无所遁形。我没法忘记，乔尔诺达斯科罗的手是

第十章

如何从麂皮袋子中伸出来的,以及他如何操控天气的变化把我引向目的地;我担心这一次乔诺塔克斯·奥罗会在梦中出现在我面前。

但他没有出现。

第二天,巴里安和坦塔莉一整天都在后面的马车上单独相处。我在车旁走着,只从紧闭的车篷中依稀听出只言片语。谈话很奇怪。坦塔莉一会儿用不属于自己的、嘶哑的老妇人的声音发出吱吱声,一会儿又恼怒地喃喃自语。同样的事情也发生在巴里安身上。给人的感觉是,在马车里说话的不止两个人,而是四个不同的人,两个正常,两个不正常。

傍晚,车队到达一个小村庄,村民们既吝啬又多疑,不想看任何表演。我们从一户人家徘徊到另一户人家,巴里安出去与屋主交涉,并展现出非凡的外交才能,终于安排我们在某一家的草棚里过夜。收留我们的女主人看起来是个浪漫的寡妇,听巴里安在鲁特琴的伴奏下用沙哑的声音唱小夜曲直到深夜;其他人欣喜于能够喘口气休息一下,赶紧把自己埋进干草里。

我在黑暗中找到了阿拉娜的手。

在过去的几天里,我们之间的关系比平时更加奇怪。如果不是白天的颠簸、晚上的表演和寒夜里的比邻而眠,也许它会发展成真正的伉俪情深。话又说回来,如果不是因为我们旅途的疯狂,我可能会更慎重地对待阿拉娜的苍白脸色、她低垂的眸子和夜间不安的呼吸。我不知道她在去界门的路途中看到了什么,但那种沉闷的冲击——旅途后遗症——始终挥散不去。

现在,当我在黑暗中握住那只瘦弱的、有些可怜的手时,我感受到了良心的存在。良心站在我身后,把手放在我的肩膀上。

"阿拉娜……"

我自己听不见自己的声音。纤瘦的手在我掌中轻轻颤抖。

"阿拉娜……我的……"

我轻轻拂过她流苏一般的手指，直到她冰凉的小小掌心慢慢渗出汗水。

"阿拉娜……小姑娘……你……"

我轻轻地翻过身来，像丈夫那样亲密地靠近她。我像鼹鼠一样钻进被子，我妻子瘦弱的身体唤起的不是激情，而是爱抚和喂食的欲望。

"哦，"阿拉娜说，我的脸颊感受到她呼吸的温暖，"哦，不……我一直觉得他在这里。他在看着我们。"

我勉强忍住了几乎脱口而出的呻吟，死气沉沉的手抚摸着那只冰冷的小手，带着无声的叹息滚到一边儿去。

第二天一整天，我和阿拉娜都回避着对方的眼神。路况变差了，喜剧演员们必须时不时地把马车从坑坑洼洼的坑里推出来，所有人都下车步行，甚至包括阿拉娜——只有巴里安和坦塔莉拉上车篷，继续着他们奇怪的谈话。剧团里的女主角走在马车旁，冒着被车轮撞到的危险，伸长脖子听着一遍又一遍重复着的对话。有几次，如果我的耳朵没有听错的话，坦塔莉发出了让任何水手都会羡慕的咒骂声。穆哈和胖反派意味深长地对视了一眼。

白天的时候我们经过了一个小镇，然后是一个小村庄，天色迅速变暗，天空乌云密布，风好像直接吹在人的肋骨上。马匹寸步难行，巴里安把气都撒在体型匀称的美男子穆哈身上。大家都渐渐意识到，如果连个小棚子都找不到，这群人就会被冻死。胖子凡京自我安慰地喃喃自语，说这里一定有镇子，而且还不小，

第十章

他记得这条路,雪其实还没盖到熏蜂器。

阿拉娜紧紧地靠着我,我感到她在颤抖。她还不如继续保持无动于衷,不值得为了绝望和恐惧抛弃平静的冷漠。不管怎么样,阿拉娜已经向丈夫求助,在困难的时刻,丈夫有义务像雕像一样英勇刚毅。

我把她抱在怀里。暴风雪开始了。我咬紧牙关,想象着乔诺塔克斯·奥罗稳坐家中,听着窗外风声呼啸,指挥着风……

就在我确信我们遭遇的麻烦的神奇来源的那一刻——就在那一刻,一个村庄在我们面前横空出世,靠着大雪中稀疏的灯光,能够看见白色的屋顶斜坡,零星传来狗的叫声。

大家顿时精神一振。巴里安不打算在这样的天气里演出,直接带领大家投奔客栈,从冰天雪地中乍然落入温暖的室内,我们被餐具的叮当声和几十号人粗俗的狂笑声惊呆了。

一位当地的领主和他那些带着兵器的随从在酒馆里觥筹交错,推杯换盏,吓跑了住客和服务员。小伙子们都喝得面红耳赤,肆无忌惮;喜剧演员们的出现带来了新的乐子,领主是一个乳臭未干的小子,穿着丝绸和天鹅绒,从桌边站起来,想仔细看看新来的面孔。

巴里安很害怕。

我看到他太阳穴上青筋四起,嘴唇紧张地翕动着,用平和的声音告诉那个乳臭小儿,他们是一个为人们逗乐的流浪喜剧团,但今天不表演,因为暴风雪……

领主的拳头狠狠地砸在桌子上,拳头出奇地强有力,桌面发出哀怨的呻吟。醉汉想找点乐子,就在此时此地。

巴里安脸色更加苍白。皱眉的穆哈、阴郁的凡京、惊恐的女主角金卡、戴着兜帽的阿拉娜以及搂着她的坦塔莉在巴里安身后挤在一起；我下意识地伸手拔剑，抓了个空。喜剧演员不带武器。

领主现在笑了，他的笑容很猥琐，但他答应给"喜剧演员先生们"喝酒、吃饭和钱财。只要那些小伙子——他意味深长地看了一眼那伙儿打手——对表演感到满意……

说实话，只要——抓住领主，把他自己的剑抵在他干瘪的喉咙上，那个黄口小儿。其他的醉汉们就会扔掉武器束手就擒。只要他们还能想明白该扔什么。要是他们醉醺醺的脑袋能正确判断形势就好了；也许其中一个人会亲自砍了领主——只要有机会……

但是坦塔莉和阿拉娜还在这里。我发誓要保护她们头上的每一根头发……看看，誓言多么恰如其分。

巴里安咽了咽口水，瞥了一眼周围嬉皮笑脸的醉鬼们，转身看了看自己人。我看到坦塔莉眯起了黑眼睛向他示意。

"先生们，我们需要准备，"巴里安沙哑地说，声音里带着卑微的慌乱，"如果你们想要……看表演……那么我们必须清理那边的那个角落。所有桌子挪到这里……那里做舞台……"

醉鬼们本来不想搬桌子，但乳臭小儿的呵斥起到了作用。这帮准观众兴奋地把家具弄得轰隆作响，乱扔椅子，吓坏了可怜的老板，他们饶有兴致地期待着应许的演出。他们感兴趣的主要是会不会有脱衣女郎，而他们投向阿拉娜和坦塔莉的眼神让我非常窝火。

趁着场面混乱，我去马车上取回了匕首。佩上剑会引起事端，可不带武器傍身就是彻头彻尾的犯傻。我把匕首藏在衣服下面，咬着嘴唇静观其变。

穆哈匆匆忙忙地在角落里挂上了幕布，巴里安和凡京呼哧呼哧地把箱子拖进来，女主角金卡紧张地摆弄着服装。观众们喝酒、吆喝、要求快点儿，并往地板上吐了一地的痰。

我不能待在帘子后面，那里已经够拥挤了。阿拉娜蜷缩在角落里，她出去太危险了。坦塔莉看着凡京和穆哈疯狂地换衣服，嘴唇翕动。我捕捉到巴里安空洞绝望的目光。巴里安有一种失败的预感，我也有，匕首对我来说似乎是一个无用的玩具。我也许能够杀死三十个醉酒的打手，但在那之后就没有人能够保护阿拉娜了。

当我拉上了身后的帘子时，我听到坦塔莉压抑的低语。"来吧！"

我靠墙坐在桌子边上。观众席上散发着难闻的酒气、汗臭味儿、马匹的气息，有人善意地拍拍我的肩膀，问我为什么不和大家一起逗乐。我大有深意地向他们眨了眨眼，说时候未到……

"《憨子特里尔的滑稽剧》！"穆哈报幕。有人拍手叫好，有人发出嘘声，在相对的安静中，巴里安从幕布后面走出来，挺着棉肚皮，故意装疯卖傻。鲁特琴惊慌失措地响起。

巴里安唱道，他，特里尔，正从集市上回来，他刚刚成功地卖掉了一头牛，曲子的副歌是他口袋里钱币的叮当声，打手们一哂。歌曲之后是一段简单的舞蹈，有个打手向巴里安扔了一块啃过的骨头，但他幸运地躲开了。

观众们都兴奋起来。就这样，我想，让人心寒。接下来演出将变成"来打人吧"的游戏。已经有几只手从盘子里拿起骨头，可怜的巴里安，就要开始了……

从幕布后面突然冒出一个驼背的老妇人，兜帽低垂在脸上，灰色的头发从斗篷下面露出来。我瞪大了眼睛，我分明记得帘子后面没有老太太！

那些红脸的人虽然喝醉了，但也记得这一点；有人惊讶地打了个嗝。

老妇人东跑西颠，似乎在窥探巴里安，还犹豫着不敢接近。我震惊地看着她鬼鬼祟祟地蹲下。老妇人的举止很自然也很有趣，打手们放弃了扔骨头的打算，消停下来，咯咯笑了起来；我无比热切地想知道是谁藏在斗篷下。在我的记忆中，《憨子特里尔的滑稽剧》之前没有演过，女主角金卡根本不适合扮演老太太。穆哈身材更高大，肩膀更宽阔，而凡京……

老妇人开口了。

她的声音就像一个烧伤的老混蛋，颤抖而又谄媚。她显然要欺骗可怜的特里尔——这时我相信那确实是巴里安扮演的角色的名字。她似乎是世界上所有骗子的化身——一个无耻下流的女骗子。她先是嘲笑特里尔，怂恿他说出自己赚了多少钱，然后开始数钱，这样大家立刻就清楚了——憨憨的特里尔完蛋了，倒霉了。

"你被骗了，小伙子！完全受骗了，你说的是十个金币，但这里只有八个，你看！"

憨厚的特里尔难以置信地眨巴着眼睛。老妇人把钱从特里尔的一只手心倒到另一只手心，合上他的手指，在自己的每个指头下藏了一枚金币，于是特里尔手中只剩下五枚金币了。打手们被迷得瞠目结舌，毕竟不是每天都能遇到如此漂亮、如此有才华的骗子。

"四个。"特里尔叹了口气，呆呆地盯着自己手心里的东西，他用袖子狠狠地揉了揉眼睛又重新睁大。我这一生从没见过如此有趣的表情。

"只有三枚金币，哪有四枚？好好数数吧，你个迷糊蛋！"

第十章

傻子目不错珠地盯着骗子，颤颤巍巍地把自己的口袋摸了个遍，仿佛钱币像蟑螂一样在他的衣服上爬来爬去，嘲笑着他。老妇人保持镇定。她似乎很同情倒霉的特里尔。

最先笑的是那个拍我肩膀的愣头青。他的笑声和这场滑稽剧倒是相配——笑出了猪叫声。这家伙的笑声独树一帜，听到他的笑声之后，醉鬼们爆发出瓮声瓮气的粗鲁笑声，老妇人不得不停顿了一下，然后提高声音，但即使是她刺耳的假声也只能勉强从铺天盖地的哄堂大笑中突出重围："呃，小伙子，你的口袋有个洞！看，只剩下一枚硬币了！"

巴里安饰演的特里尔眼中流下了真真切切的泪水。

这家旅馆自从开张以来从未见过这样的事情。三十个打手彻底失去了控制——他们哈哈大笑，从椅子上摔下来，乳臭未干的领主捂着肚子，脸因为完全无法喘息而呈现出危险的紫红色。旅店老板笑了，胆子大的仆人笑了，喂马工笑了，那些闻风而动的房客透过自己房间的门缝看到了一切，也笑得前仰后合。憨子特里尔嚎啕大哭，用手摸索着空空如也的钱包，老妇人在他周围跳来跳去。而我像个树桩一样坐着，因为我终于知道那是谁了。躲在缝着花白辫子的斗篷下的那个人。

继《憨子特里尔》之后是《戴绿帽子的丈夫》。当我发现还是坦塔莉代替金卡扮演不忠的妻子时，我已经见怪不怪了。就连裤子上插着同一根胡萝卜的穆哈也变成了她的陪衬。醉鬼们倒在地板上浓醇的酒液里，烛火随着许多人的放声大笑摇曳生姿。

坦塔莉似乎想让观众们发狂。我全神贯注地看着，无法理解裤子里藏胡萝卜的低俗闹剧——与恶毒的嘲弄以及几乎对整个世界绝望、放肆和刻薄的挖苦，它们之间的界限在哪里。坦塔莉逗弄着观众，其间和我对视了两三次。与此同时，打手们笑得筋疲力尽，伸手去拿酒，老板连忙装满了新的酒壶，把碎了的酒壶换了。

过了一会儿，饭厅宛如战场，到处都是了无生气的人体，在满地碎片和暗红色的水坑中横七竖八地躺着。巴里安拨弄着鲁特琴的琴弦，喜剧演员们静悄悄地收拾道具，卷起布料，把服装收进箱子里。旅店老板把我们领到后面的房间——所有人住一间，又冷又挤，因为所有的好房间当然都给了领主和他的手下。

女主角金卡眼神躲闪，她咬着嘴唇，把头缩在肩膀上，向坦塔莉投去毫不掩饰的气恼和嫉妒的目光。阿拉娜似乎几天来第一次开心起来。穆哈和凡京已经累到半昏迷。而巴里安一直没有松开坦塔莉的手，像被拴住了一样跟着她。"你……"

走到黑暗的走廊里，他低声对她说了些什么，我只能依稀分辨出个别字眼，但我能猜到他们在说什么；坦塔莉紧张地笑着回答，我只听到一句话："趁着酒劲儿……只是因为酒劲儿，就是这样……"

下面时不时传来寂寞的醉酒后的叫喊声，然后一切都平静了下来。穆哈和凡京已经在角落的垫子上打起了呼噜，金卡开始比平时更大声地抽泣，为此得到了巴里安恼怒的眼神："闭嘴吧……"

我坐在熟睡的阿拉娜身边，然后颤抖了一下，像被颠簸了一下似的。我不知道是什么让我有这样的预感。

我站了起来，将喜剧演员们疲惫不堪的鼾声抛在身后，轻手轻脚地来到走廊上；走廊尽头传来粗重的呼吸声，甚至还有打呼噜的声音。有人在角落里攥着某人的手；我先是听到一阵咕哝声，然后是耳光的声音；紧接着，醉醺醺的寂静被一阵嘶哑阴狠的低语声划破："你……知道你会有什么下场吗？你知道吗？你

第十章

居然想要朝领主下手,你这个肮脏的戏子,你会求我只砍掉你一只手的!你……"

我走过去抓住他的肩膀。他突然转身,试图挣脱我,但他的喉咙却遇到了我的匕首。贵族当然不是喜剧演员的对手,但喉结处的刀刃让这个黄口小儿恢复了意识,甚至完全酒醒了。

"你知道你会有什么下场吗?"我温声问他。

"雷塔纳尔……"坦塔莉暗中松了口气。

"以大魔法师达米尔的名义,"我用匕首慢慢划破这个小毛头的皮肤,留下一道浅浅的伤口,"我要把你变成一只癞蛤蟆。你会变成一个绿油油的恶心生物,你的狗腿子们将成为一群苍蝇,我要让你一口气吃掉它们,所有的,三十只,你的肚子会因为暴饮暴食而爆炸,你居然敢觊觎迷人的公主!"

小毛头打了个嗝,他试图大声呼救,但他的喉咙不听使唤。

"以大魔法师的名义,"我用可怕的声音说道,我自己的血液都快冻住了,"变!"

我把他的头撞向栏杆。

小男孩不需要太多——他像个空袋子一样滑倒在地板上,坦塔莉紧紧地抓住我的胳膊肘。

"小畜生,"我咬着牙喃喃自语,"而你,你为什么不和大家待在一起?如果……怎么办……"

"喜剧的所有乐趣一下子就出来了,"坦塔莉说,她的声音奇怪地颤抖着,"掌声……笑声……耳光……雷塔纳尔。我在楼下……找……那个别针。"

我差点被领主一动不动的身子绊倒:"什么?!"

"我弄丢了别针,"她说,声音里明显带了哭腔,"我换衣服的时候……我在箱子里找了,真的没有……"

"你没找到?!"

"雷塔纳尔……"

我一言不发地拉着她的胳膊,把她推进了公共休息室,推进了鼾声如雷的世界。然后我回来,揪住领主的后脖领子拎起他瘫软的身体,把他拖下楼梯;打手们横七竖八地躺着,我差点没忍住把他们拖到院子里扔进雪堆。这样的话,旅店老板明早就可以哀悼领主率领的光荣战士们的自然而然、毫无痛苦的死亡了。

我环顾四周,换了个更舒服的姿势抓住那具毫无生气的身体,把这个地位显赫的贵人拖到了院子里。夜晚用冰冷的风迎接我;无论如何,在温暖的马棚里,这小毛头至少不会冻成冰溜子。粪便可比任何羽毛床都更能抵御寒冷。

我把他绑起来,堵住嘴,扔在寂静的畜群里。我用雪洗了手,在过道里小心翼翼地抖了抖身上的灰尘,以免留下痕迹;然后拿着烛台,把整个餐厅彻彻底底地搜查了一遍,每个角落都没有放过。

那个丑陋的银别针是我曾祖父达米尔送给我的礼物,现在已经找不到了。消失得无影无踪。

按照常理来说,我们必须尽快离开客栈。巴里安很着急,他震惊万分,因为我告诉他我哪里也不去,我说,他和他的剧团可以四方游走浪迹天涯,而我和我的妻子以及坦塔莉留在这里寸步不离,除非我们找回一件非常珍贵的失物。

喜剧团长认为我已经疯了。金卡悄悄地欢呼,她终于有机会摆脱竞争对手坦塔莉了;穆哈惊讶地耸了耸肩,反派演员凡京像小牛一般眨了眨眼睛。无论是咬牙切齿,还是愤怒的眼神,甚至

第十章

连毫不客气的责备都没有让我改变主意,阿拉娜很惊讶,但没有说话。坦塔莉咬着嘴唇,知道错在自己。

与此同时,睡过头的打手们发现他们的小主子不见踪影,于是惊慌失措;当有目击者说看到领主大人半夜走到院子,跳上马鞍,甚至连大门都没有打开就纵马越过了积雪覆盖的篱笆,打手们的惊慌失措被恼怒取代了。暴风雪顺利地掩盖了所有痕迹;打手们急得抓耳挠腮,以防万一还搜查了整栋房子。坦塔莉很紧张,不时向我投来询问的目光。她大概是想知道我是否掐死了那个尊贵的领主,有没有把他埋在雪堆里。其他人对昨晚的事一无所知——然而情况是这样的,巴里安没有看我,命令穆哈把马牵出马厩。

幸运的是,打手们搜查的时候并没有想到畜棚。我衷心希望那个有权有势的少年还活着,不要被棚里的秽物呛死。还有个问题就是,照顾牲畜的工人随时可能发现俘虏,很难想象到时候该如何收场。

最后,让大家高兴的是,打手们跳上马离开了客栈,离开多久还不清楚,但是老板终于松了口气;我知道他高兴得太早了,因此我必须抓紧时间。

扰人的住客离开之后,大门一关,我去找老板,郑重其事地要求他把演出期间和演出结束后在场的所有仆人和女仆都召集到餐厅。店主刚开始有些惊讶,为什么这个喜剧演员胆敢用命令的语气跟他说话。我咬紧后槽牙,不经意间露出了斗篷下掩藏的剑。老板踌躇不决,我居高临下地站在他面前——幸好这个可怜的家伙比我矮了一个头——我尽可能和颜悦色地说:"您弄错了,亲爱的老板。我根本不是喜剧演员。"

这个理由对我有利,主人皱了皱眉头,叫来了仆人。原来收拾餐厅的有三个人：一个穿着风骚围裙的好动小女孩，一个一脸蠢相的胖女人，还有一个永远忧郁地坐在女孩们中间的塌鼻子丑女人。

"怎么了，先生？"老板问道，气势汹汹地盯着他的伙计们，"您发现有什么东西丢了吗？有人偷了什么东西？"

"这里有个东西，"我盯着对面三个女人的脸，"一个银制品，是我从高贵的曾祖父那里得到的。也许它掉在了地板上。也许你们当中有人捡到了它，不知道它属于谁，于是把它据为己有。我不记仇，只想敦促你们把它物归原主。它价格不贵，但于我而言是对祖先的怀念。"

房东哼了一声，挠了挠他的胡须。胖女人耸了耸肩，丑女人重重地叹了口气，小女孩则百无聊赖地盯着天花板。

"呃，是这样，"老板谨慎地开口说道，"尊贵的先生，昨天这里乱糟糟的……那些高贵的老爷中可能有人带走了也不一定。毕竟都喝醉了，也分不清……如果没有——他们用扫帚扫过，这里这么多垃圾被他们扫成一堆……要不，您在垃圾堆里找找？"

如果这个问题有讥讽之意，那也被掩盖得毫无痕迹。我惊恐地想，旅馆老板可能是对的。难道我真的要翻垃圾吗？

我一气之下决定让坦塔莉去翻。她也算个伟大的女演员了。

恼怒转瞬即逝，取而代之的是悔恨，我挠了挠下巴，逐一看向三个服务员的眼睛："那么，女士们？这是一个引人注目的东西，不会随便消失的，一个大的、银质的……"

"您刚刚还说价格不贵，"小女孩哼了一声，"这会儿又说它很大了。"

"我会重金酬谢，"我轻声说，"谁把它还给我，我就会额外支付金币。想起来了吗，嗯？"

第十章

胖女人又耸了耸肩。丑女人眨了眨眼睛："主人……我们还有工作呢……不然一会儿又要让我们负责……"

店主皱起了眉头。"先生，呃……没有人见过，也没有人知道。也许是刚才那些客人把东西拿走了，也许它掉到裂缝里了……再找找……我们不骗客人，一直都以诚信为本，从来没有客人抱怨过……所以对不起，尊贵的先生。"

他打了个手势，命令女仆们各干各的活儿。

我抬头一望，脸色苍白又沮丧的坦塔莉从上面，在楼梯上，观看着这场盘问。

时间不等人；事情逐渐走向冲突——巴里安不能再等了，而我在找到达米尔的礼物之前也不会离开。应该说，随着时间的推移，找到的希望越来越渺茫。领主在畜棚里拼命挣扎，透过嘴里的抹布呜呜叫个不停，难以接受这种待遇。坦塔莉饱受煎熬，而巴里安不再隐瞒心意，把她拉到自己身边，我完全理解他的意思。

"你走吧，"当脸冻得通红的穆哈报告说"可以出发了"的时候，我对坦塔莉说道，"不要担心阿拉娜。我是她的丈夫。"

坦塔莉沉默了。她的脸颊上浮起了红晕。

不知道这件事会是个什么结果——如果旅店老板没有在这个当口突然决定检查，不过不是畜棚……而是打扫得窗明几净的餐厅。结果呢，他的手指顺着其中一张桌子滑过，摸到了一层没擦干净的油污。我和坦塔莉站在楼梯平台上，两人都被一声刺耳的叫喊惊得打了个寒颤："米拉！金达！"

两个仆人跑进了大厅，那个女孩和胖女人，都吓坏了，也或者是假装很害怕。主人将一根弄脏了的手指举过头顶，仿佛它是一根刑杖："这是什么？谁打扫的，我问话呢？！"

女仆们面面相觑；主人用空着的手揪住胖女人的后脖领子，把她的鼻子压到桌面上，用力按了按，胖女人哎呦一声，往后一躲，哭嚎道："不是我……是米拉……"

"这是什么？！"老板再次怒吼一声，一把拽住了摇摇晃晃的米拉的衣领，动作如迅雷不及掩耳。

这套教训方式对女孩儿来说显然已经是家常便饭，她自己向桌子走去，等着被按头，甚至主动弯下腰，仿佛在迎合主人的动作——然后才发现，没有人抓住她。主人的手从她衣领上滑落，没来得及对她动手。

旅馆老板不明白怎么回事。他恼羞成怒，又试了一次，结果还是一样。米拉眨了眨眼睛，不明白她的主人怎么放过她了。胖子金达只关心自己受伤的鼻子；坦塔莉在我身边轻轻地惊呼了一声。

我三步并作两步地跑下楼。在旅店老板因惊讶而瞪大眼睛时，我抓住米拉的胳膊，对着她惊恐的脸嘶吼："交出来。不然我杀了你。"

女孩老老实实地服从了；她的手伸进胸衣里面，一秒钟后，达米尔的别针就回到了我的手掌中。

"贱人。"我轻轻地说。

旅馆老板这时才清醒过来。也许他根本没有注意到我——不管怎么样，他不明白发生了什么；他自己的女仆生平第一次不听他的话，是可忍孰不可忍。暴跳如雷的他抓住女孩的后脖领子——这次成功了，然后把她砰的一声摔在桌子上。米拉几乎喘不过气来，鲜血从断裂的鼻子上滴落在她娇俏的围裙上。

第十章

"我给你……!"

如果我的手没有落在老板的肩膀上,他可能会继续动刑。我的手看似漫不经心地轻轻落下,其实用力很重。"我无法忍受有人在我面前打女人。"

老板脸色苍白,我转过身,走到仍站在楼梯平台上的坦塔莉面前,看着她瞪圆的眼睛,干巴巴地说:"我们走吧。"

今天的天气让人仿佛置身于冬天的童话。昨天的暴风雪把路都染白了,今天的阳光照在压得瓷实的雪花的棱边上,洒在最小冰晶的边缘,刺得眼睛生疼。马匹举步维艰;巴里安、凡京和穆哈不时地推着这辆或那辆马车,我有兴致的时候也会帮助他们,他们先是惊讶地偷偷用眼睛瞟我,然后就是尊敬地看着我;我不会在舞台上表演,但论力气的话,即使是年轻健壮的穆哈也无法与我相比。

"权力和力量之间的区别是什么?"我说话的声音很低,因为不想让马车上的阿拉娜听到我们的谈话。

坦塔莉吸了一口气,对她来说,在雪地上行走并不那么容易。

"权力,"我在雪光中眯着眼睛喃喃自语,"主人对女仆有权力。乔诺塔克斯有魔力……能控制咱们俩。要抵挡一个只有蛮力的强盗,这银物件儿恐怕无济于事吧?"

坦塔莉怀疑地看着路边的灌木丛,仿佛期待着每根树枝后面都能窜出一个强盗来印证我的话。

"当你带的那些年轻人用剑攻击我时,"我继续低声推理,"他们没有权力,只有力量……坦塔莉,力量怎么变成权力的？啊？"

我的对话者沉默了。我抚摸着牢牢固定在袖子上的别针。

"坦塔莉,我明白你为什么需要这次冒险。与其说是躲避乔尔诺,不如说是……"

她看着我。于是我停了下来,但也没有沉默太久:"你想一想……我们像这样……像喜剧演员一样流浪,有任何意义吗?我不想让阿拉娜……"

我们同时回头看了看车篷盖得严严实实的马车。

"路就这么一条,"坦塔莉硬邦邦地说道,"和喜剧演员们一起走,要不你就坐自己的马车一个人走……现在是冬天。不管怎么说……武装卫队会派上用场。"

我笑了。昨天是谁把那个好色的小领主撂倒的?是谁找回了丢失的别针?是"武装卫队"吗?!

"你觉得……乔尔诺追踪到了我们?比如昨天的暴风雪?"

"冬天本来就偶尔会有暴风雪。"坦塔莉不情愿地回答,"如果这会儿琼花开了我才会感到惊讶……"

我们在一望无际的广阔平原上长途跋涉。天空像一顶闪闪发光的蓝色帽子,罩在我们头上。

第十一章

一个星期过去了,我的推测,一个我甚至不敢与阿拉娜分享的可怕推测变成了生机勃勃的希望。喜剧演员们对我莫名其妙的开心默默感到惊讶。我似乎已经准备好粉墨登场了,表演跳舞或唱歌之类的东西,或者是像穆哈那样装着胡萝卜走路,我做得未必会差,因为在旅途中,我不仅记住了穆哈的步态,还记住了巴里安、凡京和金卡的所有角色。

坦塔莉没有再登过台,不管她的前任团长怎么恳求。金卡暗中高兴,更加尽心尽力;我必须说她演得还不错,尤其是扮演悲剧角色。我可能至今都会相信所有顶级喜剧女演员的表演莫过于此,要是没有目睹坦塔莉那唯一的一次登台亮相。

我不知道旅馆的这次遭遇是偶然的,还是乔诺塔克斯·奥罗又插手其中了。我终究没有机会弄明白这一点,但有一天晚上,当小酒馆的院子里正在进行演出时,我一派悠闲地走进暖和的屋子里,要了一壶酒。

给我送上酒壶的女仆似乎既痛苦又憔悴。付钱的时候,我不由得看了一眼她的脸——我简直不敢相信自己的眼睛。不过半年多一点；这个女人以前看起来像一个紧实的苹果，现在看起来像一个皱巴巴的浸了水的西红柿。奇怪的是，她没有马上认出我。有那么一瞬间，我担心是因为自己在这六个月里发生了悲惨的变化——但我几乎立刻意识到，这个可怜的女人根本不看客人的脸。她吓得垂下眼睛。

"季萨。"我低声叫道。

绰号床垫儿的季萨哆嗦了一下，她与我对视，脸色唰的变白，咬住了嘴唇。

"过得不顺心？"我小声问道。

她转过身去："我想……您过得也……不怎么顺心。那个强盗的事儿您也听说了吧。他们说他在茅厕里淹死了……"

"而我听说的是在水坑里淹死的。"我失望地说。

她啜泣起来。我过了一会儿才下定决心。

"季萨……别哭。我有个事儿。"

在判决后的这段时间里，她尝试了许多工作。人尽可夫的名声对她开了一个残酷的玩笑：雇用她的每一个人，无论是杂货店主、小贩还是屠夫，都认为他们有权把她当作自己的财产来享用。与此同时，法官的判决仍然有效，任何男人的爱抚都不出所料地使她感到痛苦。她无法在任何一个地方立足，每个新的主人都会很快把她赶出去，因为她痛苦得发疯，所以对主人不够温柔。最后，她栖身在路边的旅店——这里的一切都是彪悍的女主人说了算，她的丈夫是个妻管严，很软弱，各方面。季萨过着相对满意的生活，如果不考虑坚硬的床垫、粗茶淡饭和老板娘的压迫；然而，最让季萨痛不欲生的则是被迫守身如玉。她把这些告

第十一章

诉我,因为我们同病相怜。

我费了好大劲才控制住自己不发抖。今夜,不能再晚了,必须彻底弄清楚权力的界限在哪里,力量从哪里开始。可怜的季萨当时是怎么说的?"确认一下,幽灵有没有权力"?

我告诉她,有个法力强大的魔法师可以轻而易举地让人摆脱法官的判决,我还举了克利维的例子。床垫儿的眼睛瞪大了,有那么一刻和以前一样蓝,一样深,一样天真。我没有告诉她克利维最终去服苦役的事,也不打算告诉她。我顺便对她说了说自己的事,说我必然会和朋友们一起庆祝审判之夜的周年纪念日,我不会有什么事。当我建议她做个测试时,床垫儿已经收回眼泪,准备祈求我的怜悯。魔法师给了我一件神奇的东西,它很有可能会保护穿上它的人免受审判。季萨呼吸粗重,用颤抖的声音表示同意。

这时老板娘已经面露不满,在厨房门口瞪了她一眼。懒散的女仆本来在跟客人闲扯,见状立刻缩起脖子,像老鼠一样逃窜而去。我猛地在桌下攥紧了本来就已经攥紧的手指。

若由我自己扮演"测试者"的角色,那肯定会很顺利;但光是这么想想就让我感觉很恶心。并不是我吹毛求疵,而是床垫儿季萨……

我垂头丧气地坐在桌前。不管有意无意,每一个曾经引起我兴趣的女人都浮现在我的记忆中。我逐一回想她们,不得不承认自己的品味不错。我曾经爱过的每个女人都特别迷人。

回忆的副作用是意外的生理反应:我想起我已经六个月没有碰过女人了。

而且我的合法妻子与我形影不离。

晚饭后，坦塔莉仿佛漫不经心地宣布："今晚我们会睡得像国王一样。我让巴里安付了钱。知道吗，他定了三间头等客房！顺便说一句，我一直想和金卡谈谈，我要告诉她一些事情……你也看到了，她很嫉妒我。"

我清楚地知道问题不在于金卡的妒意。坦塔莉希望我和我的妻子最终能有一个体面的夜晚。

越来越接近夜幕了。阿拉娜早就上楼进房间了，但我仍然坐在桌旁，手指紧张地拨弄着银别针。旅店里一片寂静，凶悍的女主人已经离开去休息了——季萨颤抖着、脸颊发烧地告诉我"一切都谈妥了"。

谢天谢地，这个可怜的女孩还没有忘记如何吸引男人。看着她那双灼热的眼睛，我有那么一瞬间担心自己是否能拿回别针。如果成功的话当然可以。如果她拒绝心甘情愿地归还这个神奇的东西呢？毕竟我们都知道，无论是权力还是蛮力都不能把别针从它的持有者身上取下来……

"在床上怎么办，把它别哪儿？"床垫儿用手指捻着达米尔的礼物，务实地询问道，"太大了……"

"你自己决定，"我温柔地说，"但是必须注意，如果你把这东西弄丢了，魔法师先生就会自己来找，所以要小心……"

季萨颤抖着、紧张地咽了下口水。

阿拉娜站在窗前，凝视着霜花。我轻声唤她；那张转向我的脸让我想起了乔诺塔克斯家冰冷的前厅——同样孩子气、受委屈

第十一章

的表情……

"你在为什么事感到伤心吗?"

她摇摇头:"不……我在看玻璃上的图案,看着……觉得很奇怪。有时我觉得我不是站在房间里,而是站在外面,看向窗户里面,那里……"

她沉默了。

"那里有什么?"我问道,把柴火扔进壁炉里。

"有个人在那边看着,"阿拉娜看着结霜的玻璃低声说,"微笑着……是乔尔诺。他正在看着我们。"

"胡说,"我的底气不太足,"那为什么我们要安排这出金蝉脱壳呢?毕竟,我们已经走了很远、很远,他无法到达……"

"真的吗?"阿拉娜难过地惊讶问道。

我记得乔尔诺达斯科罗的手在城里是怎么伸到我跟前的。确实,当时我随身带着一个阴险的麂皮袋子……

"他对我们没有权力。"我尽可能笃定地说。

"让坦塔莉别和他一起走。"阿拉娜苦苦哀求。

她的脸一下子变得像窗外的雪一样苍白,她艰难地离开窗台,疲惫地走向床边,跌坐在床沿上。借着壁炉的火光,我看到她双眼含泪。

"瞧你说的,她不会去的。她根本不会去,也没打算去,但是如果你想的话,我会跟她说……"

"让她不要去,"阿拉娜的手指捏皱了床单一角,"让她……不要去。那里很可怕……我一直觉得我还没有回来,我还……留在那里……"

"阿拉娜,你说什么呢!"我坐在她旁边,搂住她颤抖的肩膀,抚摸着她凌乱的头发,"瞧你说的,我们不会再让你去……

那里。哪儿都不让你去,我们会在一起……我们……"

她散发着孩子的气息,她本来就是个孩子,疲倦、害怕、虚弱。我低声轻喃,安慰地抚摸,缓缓脱下她的衣裳,我自己的身体也开始冲破束缚慢慢复苏,疯狂流窜的血液颠簸冲击着我的耳朵,鞭打着、催促着,在这个无论如何不能操之过急的时候……

"我们会在一起……永远……一生……我……你……"

楼下传来一阵嘈杂。阿拉娜立刻紧张起来,凝神倾听;我请求她冷静下来,忘记一切。这时一只有力的手粗暴地敲打着我们这间适合新婚夫妇的舒适房间的门。

好吧。

我咬紧牙关,在角落里摸到我的剑,把外套披在赤裸的身体上,走到门口。不管在这种时候打扰我们的混球是谁,他都要受到严厉的惩罚。

拳头不停地砸门。阿拉娜用被子裹住自己,放下床幔。我猛地打开门。

她站在门槛上,手里拿着蜡烛,穿着睡衣,跟鬼魂一模一样。我张了张嘴,却又停了下来。

"我相信了,"绰号床垫儿的季萨痛苦地说,"我……我这个傻瓜……我完全相信了……"

她把一个东西扔在我脚下,发出沉闷的叮当声。大银别针。

季萨的脸痛苦地扭曲着,下唇被咬肿了,下巴上有两道血痕。

"测试者"是凡京。

整个剧团都知道了这件奇事,虽然凡京只告诉了穆哈,而穆

第十一章

哈只告诉了巴里安，巴里安只告诉了坦塔莉，坦塔莉只告诉了我。金卡是怎么发现的——我无从知道。至于阿拉娜，她又陷入了冷漠。我咬着嘴唇，诅咒着世界上的一切，很想将她从异世界的谵妄力量中拉出来，但却无能为力。

据凡京说，他和可爱的女仆一拍即合，达成了相互爱抚的协议，而且完全免费。估计这个长着反派面孔的胖子不怎么受女人欢迎，所以可能的冒险让他兴奋不已，提高了他在自己心目中的身价。女仆把他拖进了楼梯下的房间，柔顺又甜美；直到二人要进入主题时，美人仿佛被掉包了。炙热的吻突然被一声痛苦的尖叫取代，这位女士开始像野猫一样撕扯自己；这尤其令人惊讶，因为一夜情的主意毕竟是她自己提出的。

接下来的事情就更令人吃惊了：当凡京的冲动被粗暴地压制住，正想弄清楚是怎么回事的时候，这位女士拉上衬衫，穿着内衣就冲出了门，嘴里咕哝着会让最粗鲁的车夫都脸红的咒骂。凡京别无选择，只能趁早走人。如果是夏天，他一定会认为这个多情的女仆是被那些在炎热的天气中爬进屋里的昆虫给咬了。但由于现在是冬天，普通的跳蚤叮咬不会引起这样的反应。凡京丈二和尚摸不着头脑，只能有多远躲多远。

巴里安和穆哈哈哈大笑，相互转述着凡京的艳遇经历。坦塔莉追上了我，她看得出我很沮丧，抑郁至极，也看出阿拉娜又恢复了之前的冷漠。

"雷塔纳尔……"

"力量不是权力，"我疲惫地嘀咕道，"那审判又是什么？啊？不是权力是什么？"

坦塔莉狐疑地看着我："这有什么关系呢？"

我突然惊恐地想起，我没有告诉她关于法官的事情。而阿拉娜也三缄其口。

"不是审判,是正义。"我移开目光,"只是正义,仅此而已。"

⚔

我们在一个以铁匠铺众多而闻名的大村子里逗留了两天:把马车上的轮子拆下来,换上滑木。巴里安一边数着钱一边唉声叹气。今年的冬天丝毫不吝啬下雪,它盖住道路,仿佛要挡住喜剧演员的去路,仿佛要在我面前吹嘘——我生命中最后一个冬天是多么的美丽和洁白。

坦塔莉忧心忡忡地看着我。

马车变成了雪橇,人和马都为之精神一振。就连阿拉娜也表现出了一丝兴趣,从车篷后面凝望周围的白色田野和地平线上的森林边缘。我把自己裹在斗篷里,常常不由自主地摸摸袖子上的银别针。最近它一直困扰着我:我觉得达米尔的礼物让人很疼,它已经成为我身体的一部分,并且像发炎的伤口一样刺痛。

阿拉娜看着落入大衣毛皮里的雪花晶体。我觉得她看得太入神了。而玻璃上的冰纹——毕竟我们在旅馆里住了两天——简直吓坏了她。

"我们得到了掩护,"我对坦塔莉说,"乔尔诺先生终于休息了,蓄积了力量。"

坦塔莉没有说话,耸了耸肩。

⚔

涌入客栈的喜剧演员们受到了怀疑的打量。老板阴郁地看了一眼,又消失了。不一会儿出来一个仆人,奉命询问那些来投宿

第十一章

的人是不是一群讨厌的喜剧演员。

可能是巴里安走南闯北见多识广，他有足够的勇气平静地回答。是的，新来的客人是喜剧演员，他们打算付费住宿。难道老板有什么反对意见吗？

仆人跑开了，很快又回来，他的回答是：不，店家不反对，戏子先生们可以在旅店住上一天甚至两天；但在特里斯塔格公爵的领地上，所谓"表演"的恶劣行径是明令禁止的，否则将会有牢狱之灾。如果戏子先生们胆敢违反禁令，他这个店主将是第一个举报他们的人。

巴里安喘着粗气，脸色一黑。我不寒而栗，我不喜欢"特里斯塔格公爵的领地"这句话。可能是因为里面有些不好的回忆。

喜剧演员们围成一圈，巴里安有事商量。我让阿拉娜在壁炉前坐下，然后带着一种夸张的冷漠神情坐在她身边。坦塔莉就站在附近——似乎与喜剧演员打成一片，又似乎是个外人。既不在这里也不在那里……

饭厅里渐渐挤满了晚上的客人。巴里安怀着悲痛的心情点了酒，确定特里斯塔格公爵领地的边界出乎意料地困难。面色绯红的女仆热心地介绍说，就算是邻近的领主也弄不清楚。因为公爵的领土每年都在扩张，瞧，有的村庄自古以来都认为自己是自由的，结果呢，其实是特里斯塔格的领地，所以先生们，你们顺着河往下走吧。也许过两天能走出公爵的领地……

我咬了咬牙。"顺流而下"意味着绕道而行。为了尽快到达城里，我们必须穿过公爵的领地，而且不能有一次"所谓'表演'的恶劣行径"。

"我们不能忍受，"巴里安干巴巴地说，"我们绕道，远离不公正的待遇……"

"好吧，"我盯着凡京那张不像好人的脸上的圆形瘊子回应道，"你们绕道吧。是时候分开了。"

巴里安的嘴唇动了动，我看到而不是听到他说：又来了……

我扬起下巴，脸变得比徽章还要傲慢。巴里安的眼睛深处浮现了长久以来的恐惧，对雷科塔斯家族继承人的畏惧，他喜欢不分青红皂白地闯入，撕破车棚……

"是时候了，巴里安，"我冷冷地说，"游戏到此为止。我们现在已经不需要躲着谁了，如果乔诺塔克斯·奥罗想找到我们，他早就找到了。谢谢你们陪我们冒险，但我已经非常厌倦这一切。我会租一辆马车，至于你——"我转向坦塔莉，"自己决定。也许你想重操旧业？"

她看着我，神情难辨。老实说，我以为"重操旧业"的提议会伤害她，然而她毫不在意。她把我的话当成耳旁风，她在担心别的事情，貌似是更让她害怕的事情。"雷塔纳尔，我有几句话……"

阿拉娜惊讶地从壁炉前转过身来。我向她点点头，示意她放心。

坦塔莉犹豫不决。

巴里安和他的同伴们因为迫不得已的无法工作和经济损失而闷闷不乐地借酒消愁。时不时地有人向我们这边投来疑问的目光。特别是金卡，经常看着我们；她可能热切地盼望我把坦塔莉从剧团里带走。即使不再登台演出，这位前喜剧女演员仍然是一个颇具威胁的竞争者——无法战胜，可能已经天下无敌。

"他强行邀请我。"坦塔莉闷声说道。请求帮助不是她的天性。她看着一旁，眼睛干涩而愤怒。"他想……让我带他去找卢阿尔。他答应……"她话音一顿。

第十一章

"他跟你说过话?"我不安地问道。

她没有回答,而是举起了她的袖子。纤细的手腕上有一个印记——五个圆形的瘀伤,是五个手指在皮肤上的抓痕。

"狗东西。"我咬牙切齿地说。

"他想让我回去。"坦塔莉勉强笑了笑。

"他威胁你?"

"没有,他一直很得体,非常有礼貌。"坦塔莉放下袖子。周围的人本来就对我们侧目而视了。

现在犹豫不决的是我了。

说实话,如果不是丢别针的那场虚惊,坦塔莉至今都还在别针的保护之下,乔尔诺达斯科罗也拿她无可奈何。毕竟他需要的其实只有坦塔莉,我于他而言只是个用过的工具,而阿拉娜则是废弃的材料……

我浑身哆嗦,环顾四周。

阿拉娜还坐在壁炉前,看不到她的脸,从旁边看就像一位年迈的老太太蜷缩在扶手椅上,佝偻着,冷漠,可怜……

废弃的材料。多么令人生厌的定义。

回家,我愤怒地想,立刻回老家。阿拉娜在那里会平静下来,那里……苍天有眼,我会尽我所能赎清自己的罪孽。毕竟是我把她交给乔尔诺的,我……

"雷塔纳尔……"

我目不转睛地凝视着阿拉娜佝偻的身影,摸索着袖口上的别针。取下它不费吹灰之力,而且如释重负,就像取出一根陈年旧刺。"哎,戴上它。"

在众目睽睽的客栈里交换饰物是个错误。坦塔莉咬着嘴唇,没有立刻接过礼物;该死的,我可受不了伸着胳膊站这么久。我几乎想要改变主意,把银质的丑东西放回原处……

"拿去,"我没好气地说,"看什么呢?"也许粗声粗气能给我壮胆。

她从我手中接过别针,在手指上转了转,似乎在估算价格,然后又把手伸过来:"不。"

我难以相信自己的耳朵。

"不,"她重复道,我看到她的眼皮不由自主地抽搐了一下,"也就是说……"

她的声音在颤抖。她又犹豫了——痛苦挣扎。

我打消了她的疑虑。不由分说地把银质别针放进她干燥颤抖的掌心。

阿拉娜在壁炉边睡着了,我只好把她抱在怀里,带到我们过夜的房间。我把她从椅子上抱起来时突然意识到,像她这种身高的人,体重不应该这么轻。

她没有醒过来,苍白的眼皮仍然紧闭着,瞳孔在薄薄的皮肤下颤动不已。她做了什么梦?

她融化了。天可怜见,她像蜡烛一样融化,进入自己的梦境,然而那里没有美梦——看看,她的嘴唇痛苦地紧抿着……

"让坦塔莉不要跟他走。"

"他想让我带他去找卢阿尔"。

"让她不要去。让她……不要。那里很可怕……我总觉得我还没有回来,还留在那儿……"

"阿拉娜?"

她没有醒过来。

第十一章

我把她放在床上,坐在她身边,握着她的手,但阿拉娜听不到我的声音,也感觉不到我的存在。于是我下楼要了酒,专心致志地喝了起来。

为什么坦塔莉拒绝了别针?毕竟是她鼓励我们逃跑的。毕竟,在我看来,最害怕乔诺塔克斯·奥罗的是她……他该死的到底对她说了什么?他承诺了什么?

"雷塔纳尔·雷科塔斯?"

我吓得一激灵。

来了十个人。短款斗篷下露出带有徽章的闪亮胸甲——军队。卫兵……

我现在受不了卫兵。任何卫兵。

"雷塔纳尔·雷科塔斯,交出您的剑。您被捕了。"

我的剑现在在楼上,在阿拉娜睡觉的房间里。

"您被捕了!"

在这种情况下通常应该傻傻地微笑,两手一摊,和气地问"到底是怎么回事?"

我傻傻地笑了笑,把没喝完的酒泼向队长。正如酒鬼们不幸的妻子们所说,醉眼惺忪。转瞬间,闪闪发光的胸甲就出现在我面前,徽章上纹的是半狮半狼的动物,每只爪子里都拿着一把餐刀……

没有时间思考。老旧的桌面哀嚎一声断裂了,倒霉的叉子在我的鞋跟下弯曲了。我把杯子打翻了,跳到隔壁桌子上,然后又跳到下一张桌子上,越过那些惊恐低下的头颅,冲向门口……

门上方挂着两把交叉的长匕首作为装饰。一个留着一字胡的宽肩卫兵站在那儿一动不动,虎视眈眈地等待着。他一边等,一边亮出武器,凶残地冷笑着。

我见过这样的大汉。留着一字胡的,留着车把胡子的,完全没胡子的,我见过……

好吧,别再在桌子上跳来跳去了。这当然很有效,但如果店主给我一张破损餐具的账单,那就麻烦了。

我躲开空中密集的刀光剑影,一拳打在离我最近的卫兵的下巴上;让自己受伤可不在我的计划之内。在酒馆里斗殴也就罢了,但无论如何,追打一个手无寸铁的人是一种值得怀疑的英勇精神……

我感到嘴里有一股咸味。我非常渴望动手——在所有这些苦闷的纠结之后,在面对魔法师的无望软弱之后,在我自己的剑融化而手中只剩下一块儿感人的剑柄残骸之后……

椅子?很重?棒极了!

立刻有两个卫兵蹲下身,接住从天而降的家具。我甚至有时间想,要是冲到壁炉边拿到火钩子就好了,那就精彩了。但是,如果我到了壁炉前,通往出口的道路就会被切断,到时候任何火钩子都于事无补。

那个挡住我不让我出门的一字胡卫兵露出了一嘴黄牙。这一刻,他与胸甲上的徽章怪兽有着古怪的相似。他的站姿显示他是一个老练的战士,笑容看起来特别瘆人。就在这时,他身后的门被猛地推开。

小胡子可能感觉受到了冒犯,因为他不是受到攻击,而是看家狗被踹了一脚之后飞到了门上。我轻而易举地躲过了一次软弱无力的攻击,推开了一个挡道的、裹着一身冷气、脸冻得通红的家伙,用尽全力跳了起来,然后从墙上拽了一把匕首下来,能拿到手的第一把,我没有时间选择。

刀柄落入掌心。

第十一章

他们像一堵墙一样站着,十个穿着闪亮胸甲的家伙,受到徽章上金属野兽的鼓舞,怒不可遏——有人揉了揉腰侧,也有人揉了揉颧骨。他们看着我,轻蔑地翘起下巴,他们身后是旅馆中惊慌失措的人群,喧闹混乱,还有女人的尖叫——肯定有一个嗓门大的,不管三七二十一地大喊大叫……

也许这嘈杂的声音把阿拉娜吵醒了?而现在她正坐在黑暗房间的床上,揉着眼睛,心惊肉跳地听着动静?

你跑不了,警卫们阴沉着脸说。

推动我在桌子上大胆跳舞的勇气突然枯竭了。

我自己或许可以脱身,但是我的妻子会在楼上昏暗的房间里醒来。而这里,巴里安、坦塔莉、穆哈、凡京、金卡挤成一团站在角落。

咸味还在我嘴里,但现在它让我很不愉快,一股铁味儿。

"究竟是怎么回事?"

卫兵们分开了;队长走上前,胸甲被酒浸湿,看起来就像徽章上的野兽要舔舔嘴唇,尝尝粉红色的酒滴。

"我倒想交出武器,"我息事宁人地说,"但我刚才没有武器……现在有了,给,拿去吧。"

我递给他匕首,刀柄向前。卫兵们各自迈了一步,我在他们的眼中读出了复仇的渴望;队长用一个恼怒的手势制止了他们。

"雷塔纳尔·雷科塔斯,以特里斯塔格公爵的名义,您被捕了!"

我觉得坦塔莉的目光停在我的脸上,就像硬币放在死人的眼睛上一样。

"可是为什么,队长?"

"以特里斯塔格公爵的名义!您被指控在一次非法决斗中谋

杀了尊贵的雷吉·代尔！抓住他！"

我被他们抓住了，紧紧地抓住两只胳膊。

护理员的膝盖上放着一本打开的书，但女人没有在看。她茫然地盯着壁炉，为自己的思绪而皱眉；一阵微弱的敲门声让她吓了一跳。埃格特·索尔跨过门槛，看到了紧张、甚至是惊恐的眼神——也许护理员担心自己会被指责玩忽职守。上校对索尔夫人的随从非常挑剔。

托丽雅坐在扶手椅上。每天仆人都要为她穿衣梳头，让她坐在壁炉前，陪她聊天和朗读。索尔夫人始终无动于衷，顶多是微笑着点点头，但房子里的每个人都知道，如果夫人的发型有瑕疵或她的衣服稍微不整洁，女仆就会立即失去这样一份高薪的工作。

护理员们有时不理解她们大声朗读的书籍——这些书都是学术性的，来自大学图书馆。埃格特希望，在无思无虑的表象之下，托丽雅的灵魂中仍然有意识的火花，而他竭尽所能不让这丝火花熄灭。

现在护理员怠慢了自己的职责——也许是因为她的喉咙发痒，也许她只是厌倦了那些晦涩难懂的字眼和复杂的短语。但索尔没有责备她。护理员是个很善良的女人，发自内心地同情美丽的索尔夫人。对于一个护理员来说，疲劳和缺乏教育并不是最严重的罪过。上校点头示意，让护理员走了——她立刻悄无声息地消失了，只有那本厚重的书啪一声放在了桌上。

索尔瞥了一眼发黄的页面。是的，他记得托丽雅用手指一行一行地指着给他讲解。很久以前，在他们结婚之前，甚至在事情

第十一章

发生这种转折的想法产生之前……

"你好，托丽雅。"他几乎是兴高采烈地说道。

托丽雅微笑着点了点头。他对她的所有笑容都了如指掌；过去三年来，这样重复的笑容格格不入地出现在这张曾经带着讽刺神情的美丽面孔上。

圆盘子上有一个苹果，还有一柄宽大而锋利的刀，磨得光亮的刀刃反射着壁炉里的火光。埃格特叹了口气。淡粉色的水果分成两等份，刀刃上沾满了苹果汁，上校切了又切，把它切成小片，浑然不在意甜美的液体顺着他的手指滴落。

护理员们拿了钱都保持缄默。但是埃格特知道城里仍在热议，从没见过索尔上校这么高尚的人：他的妻子已经精神失常三年了，而他对她的态度就仿佛她是个完全正常的人……

他机械地舔着自己的手指，这种姿态与他的贵族教养和社会地位并不相符，而且他还舔了舔刀刃。削好的苹果皮躺在盘子上，像一条浅粉色的彩带。

仆人和护理员——甚至是那些过去认识托丽雅夫人的人——看到的只是一个坐在高背椅上的美丽的疯女人。即使是身为女儿的阿拉娜也无法理解索尔上校进入这个房间时的感受。

而他绝不会宣传自己的感受。

苹果又酸又甜，就像那天早上托丽雅的脸一样。那个早晨，围城战已经过去了很久，十三岁的卢阿尔正在乡间别墅的院子里摆弄小马驹，而索尔看着妻子紧张的脸，无法理解是什么样的慌乱能让她美丽的眉毛拧在一起，或者是什么样的喜悦——是喜悦吗？——笨拙地躲在温顺低垂的眼睛里。他记得自己当时问："托丽雅，你，是不是，清醒的？"

酸酸甜甜的味道……

她像个女学生一样眨了眨眼。他因为她的恐惧和无法理解的欢喜害怕了整整半个小时，她像鱼一样从迫不及待的手里溜了出去。当她终于承认时，他，围城时的英雄，城市卫队的首领，发出狂野的尖叫飞出屋子，一把抱起少年卢阿尔放在仓库的屋顶上，把小男孩吓坏了，索尔在院子里高兴得团团转。

后来阿拉娜如期出生，分娩过程很顺利，索尔终于确信，困扰他妻子的灾难已经成为过去。

他把一小片酸甜的苹果放入她微微张开的嘴唇里。

他已经不止一次这样做了。还有三年前，十年前，二十年前……他曾说过，亲手给妻子喂食物是为了驯服她，他知道自己错了，他终究没能彻底驯服托丽雅……

"托丽雅……没有你我们都很难过。回来吧。"

女人点头微笑。

他不再品尝苹果的味道。

有那么一瞬间，他相信自己再也听不到她的声音，再也收不到嘲讽的目光。

⚔

我觉得特里斯塔格公爵痴迷于法治。

在牢房中度过的两天时间都用于研究一本厚厚的书。这本书已经被读得快散架，书页如秋叶一般纷纷掉落，书上列出了公爵认定的罪行以及对这些罪行的相应惩罚。

罪行与惩罚分两栏列出。空白处画着图案：墨花在田野中绽放，鸟儿悠扬地歌唱——要么是公爵有一种扭曲的幽默感，要么

第十一章

就是他真的认为一个没有罪犯的世界会为爽朗笑声和花卉种植焕发新的力量。

"而中产阶级的未婚女子自愿与一个跟她没有亲属关系或监护人关系的男子单独相处超过半个小时,被视为不当的行为,要被处以公开剥夺童贞的惩罚……"

呸!

我的罪行很清楚——法律禁止的决斗,惩罚是致命的,"扔进蛇坑"。因此,拒捕并没有任何意义,我总归是要被处决的。当有两名证人应司法机关的传唤出庭作证时,证明我没有参与决斗的希望就很渺茫了。

第一个是伊维莉娜·克罗德。

我被指控杀死的那个人的遗孀在过去六个月里发生了很大的变化。她的绿眼睛已经失去了光彩,她的金发已经暗淡,她丰满的身体消瘦不已;唯一不变的是她形于外的富贵气,锦缎裙子上缀满珠宝,以及她高耸的发髻上的金笼子。

伊维莉娜夫人因为被捉奸在床而失去了继承丈夫遗产的权利,她做出了唯一可能的选择——嫁给新的继承人——秃头斜眼的塔吉·克罗德先生。据说是出于建议与爱的结合。

"您认得这个人吗,克罗德夫人?"法官问道,他是个年轻人,有一张死鱼一般的忧郁面孔。

伊维莉娜斜睨了我一眼。有趣的是,她甚至不需要撒谎:她确信是我杀死了她那个爱吃醋的死鬼丈夫。

她被当场活捉的时候是怎么尖叫的?"这是杀死雷吉的凶手,他还想杀我"?

"是的,"伊维莉娜淡淡地说,"就是他。是他杀死了我的丈夫。"

"谢谢,克罗德夫人……"法官好不容易才忍住不打哈欠。

第二个证人是……我不寒而栗。

苍白、病态的脸。甚至比我们第一次见面时还要苍白。那时绿草如茵,天气晴朗,阳光明媚,为了保护脸颊不被晒出红晕,黑衣人需要戴上一顶宽檐帽……

他轻蔑一笑,回应我困惑的眼神。就是他,他在决斗中放倒了大胡子雷吉·代尔,美丽的伊维莉娜·代尔的丈夫,而伊维莉娜·代尔又差点成为我的妻子……

"当然,"黑衣人说,"我在附近的小河边饮马……是的。我认得他。就是他。"

此后,我被要求作最后的陈词。

事实上,我可以重申"不是我"。我可以恳求他们进行调查,声嘶力竭地告诉他们事情的真相,揭发真正的凶手……

他们都期待地看着我。第二位证人脸色苍白,甚至咧嘴笑了一下。我有些好奇,如果不是我的马好巧不巧地打了个响鼻,黑衣人可能已经在坟墓里躺了六个月,而大胡子代尔先生仍会在决斗中战斗,那么,管他什么公爵的正义都毫无意义……

"我无话可说。"我傲慢地说道。

黑衣人向我投来惊讶的目光。

执行死刑的时间定在第二天,但刽子手请求推迟一天。他没有准备好"蛇坑",因为所有的蛇都在冬眠。

起初,我处于一种奇怪的昏迷状态,仿佛我没有受到审判,仿佛刽子手不是在为我安排蛇坑。我静静地等待着自己的命运,顺便说一下,这个狭窄的牢房里没有跳蚤,也没有虱子或蟑螂。

第十一章

可能特里斯塔格公爵签署了一项命令，规定昆虫出现在监狱是违法的。

我希望巴里安和剧团不会抛弃坦塔莉和阿拉娜。他们会把这对年轻的寡妇毫发无损地送到索尔家，也许命运从此以后会对她们更加仁慈。至于我，我甚至感到松了一口气。因为我不用对以后发生的任何事情负责。

当我从怀里掏出了木制的儿童日历时，我犯了一个错误。当我机械地划掉我所度过的日子时，当我翕动嘴唇、数着我剩下的日子时，我愤恨地皱起眉头，因为我手中还有五个多月的时间，合情合理的春天和初夏。如果一个人无论如何都注定死亡，那为什么要剥夺他的最后一个春天？

此时此刻，我已经准备好扑向牢房的门，乞求怜悯，呼唤正义。是一种难以想象的意志力使我摆脱了这种耻辱；绝望已经消退，但痛苦依然存在。

冬末，春天和初夏。真实的生活。我的生命被剥夺了。

如果刽子手来不及如期准备好行刑所需的一切，我不知道自己的痛苦会达到何种程度。幸运的是，在特里斯塔格公爵的领地上，连刽子手都很高效。一天后，首先是理发师带着剃须用品来找我，然后是看守和刽子手的助手们，他们都非常郑重。

卫兵们关爱的手把我推到院子里，来到泛白的天空下，来到潮湿的寒风中。解冻了。

道路会解冻吗？喜剧演员们会不会被困在客栈里？无论用滑木过水坑，还是用车轮过泥地——总之他们是不会动身的……

潮湿的空气散发着春天的气息。我被推到前面，行刑台就是它应有的样子，只是不知道为什么，上面没有刽子手，却有一大群站在长凳上的人。

多舛的命运啊,居然是公开行刑。

我最怕在受邀围观的人群中看到阿拉娜——幸运的是,她不在。有许多陌生的面孔,一个粗壮的长发男子,脖子上挂着一条金链子,如果我没看错的话,还有坦塔莉。

天空中有一群黑乌鸦。今天解冻——春天的第一个问候……

不,我没看错。奇怪。我从没想过坦塔莉会参加公开处决。

就在这儿,行刑台旁边,地上有个圆形的洞,坑坑洼洼的,四周是矮篱笆,看上去很土气,让人的眼睛不由自主地去搜寻放在木桩上晾晒的罐子和水壶。

"以法律的名义!以特里斯塔格公爵的名义!"

人群安静了。

"犯下罪行的雷塔纳尔·雷科塔斯,听从判决!"

我试着往洞里看。我的胳膊肘被紧紧抓着——可能还不是时候。

"各位,今天聚集在此的高贵绅士和凡夫俗子,听听判决!"

我用眼睛寻找坦塔莉,但没有找到。

"请脱下您的靴子。"站在一旁的小个子小声说道。他是行刑的刽子手。

"以特里斯塔格公爵的权力!雷塔纳尔·雷科塔斯被判处蛇坑死刑!让这些蛇成为法律的工具,行刑!"

"很冷。"我对刽子手说。

他礼貌地笑了笑:"怕冻死……您不会有机会的。"

而坦塔莉会看到我在湿漉漉的雪地上可怜兮兮地脱下靴子的样子……

我环顾四周,在身边一根木头上坐下来,傲慢地伸出双腿,向刽子手的助手们点头示意。

第十一章

"看什么？"最年轻的那个，也就是昨天那个少年，有点恼火。

"开工吧。"他的上司沉声下令。小伙子呼一口气，走到泥泞的雪地里去脱大魔法师达米尔的继承人雷塔纳尔·雷科塔斯的靴子。

我想起了家族城堡的地窖里那个近视眼的瘦小幽灵。我是多么迅速地接受了自己贵族身份的崩塌……

融化的雪灼伤了鞋底。

"雷塔纳尔！"

我说，坦塔莉就不能忍住悲哀的抗议吗？

春天……多舛的命运啊，春天快到了……

"雷塔纳尔！"

我被这尖叫声吓了一跳，围观的人群似乎也吓了一跳。就连刽子手也抬起头来，看着卫兵试图制止衣冠不整的女人，但最终还是让步了，可能是出于怜悯。女人冲破长矛的阻挡，扑向被判刑的男人，跪倒在他面前。"雷塔纳尔……我……爱你，我永远……永远不会……"

火热的手指抓住我的手，颤抖不已，仿佛要支撑住自己；我勉强忍住抽出手掌的冲动。

这是唱的哪一出？哪儿跟哪儿啊？梨花带雨的脸，颤巍巍的双手，恳求的声音……坦塔莉，这到底是干什么？！

她已经被拖走了。彬彬有礼，但不容拒绝。她告别过了，这就够了。众人心照不宣地交换着眼神。新娘？妻子？情人？可怜的小女人……

坦塔莉，等等。毕竟我还一头雾水；毕竟我……

我被拖到了坑里。我眯起了眼睛。是的，黑色的坑底也有活物。昏暗的光芒，颜色闪烁，鳞片的沙沙声。

到那儿去？

一根长矛抵着我的背。有那么一瞬间，我相信我宁愿被刺穿，也不愿……

"雷塔纳尔！"

坦塔莉，难道——是因为我快死了？

"以法律的权力！以特里斯塔格公爵的名义！"

长矛刺痛了我的脊椎。我失去了平衡——坑把我吞没了，把我拽了进去，抓住了我，就像一朵恶臭的掠食性花朵抓住了一只苍蝇……

灰白色的天空在我身后远去。这里有泥土的味道，仿佛它已经是一座坟墓了……

苍天啊。

他们从哪儿弄来这么多蛇？粗的如同手臂，短的如同擀面杖，长的如同缆绳，细的如同鞋带，纠缠在一起，如同公园里扭曲的篱笆，有扁头的，有圆头的，有的有颈部褶皱，有的没有，有的有花纹，有的表皮光滑，有的蠕动着，有的一动不动，仿佛没有生命。

刽子手什么都干得出来。他能把死蛇扔在这里做道具……哇哦，这些喜剧性的话语是多么迅速地脱口而出。

它们发出咝咝声，它们一直在咝咝个不停！

似乎，人们都在坑上方弯下身体。似乎，所有站在和坐在行刑台上的人都挤在周围；没有栅栏遮挡，围观者们眼看着就要朝我头顶倒下来……

遥远的喧闹声，隐约的喊声，世界淹没在咝咝声中，还是说这是我耳朵里的噪声？

第十一章

"以法律的权力！以特里斯塔格公爵的权力！"

我边跑边喊；我发出压抑的声音，挥舞着手臂，滑倒了，滑进了冰冷的蛇体的纠缠中。我眼前是一个扁平的小脑袋，下巴张开，露出两颗弯曲的毒牙，我怯懦地闭上了眼睛，因为下一刻这个畜生就紧紧咬住了我的脸。

没有任何疼痛。有一种令人讨厌的兽脸的冰冷触感，但我一直以为被蛇咬的感觉是不同的……

它们一下子向我扑来。

有弹性的身体射向我，像压紧后又松开的弹簧；它们咬紧下巴。我已经收到了一百份毒液，无论如何，我应该收到了……

头顶上的观众大喊大叫。有人的帽子掉到了坑底；我背靠着冰冷的坑壁坐着，蛇已经像啃骨头一样啃噬着我，是时候痛苦地死于蛇毒了。

我觉得很恶心，然后我的胃似乎痛了起来，接着又停了。头顶的尖叫声被疑惑的窃窃私语所取代。

我四肢着地，吐在蛇的身体上。爬行动物中爆发出愤怒的情绪，观众们陷入了沉默。呕吐可能是中毒的第一个征兆……

我忍住了一声呻吟，眼前出现了坦塔莉满是泪水的脸庞。

一张由蠕动的身体交织而成的活生生的网。又一股呕吐的冲动。我已经快要失去感觉和视觉；在上面，人们已经交换着心知肚明的目光。

"要不，把他抬上来？"刽子手低声问着某人。他的声音毫不费力地冲破了周遭的嗡嗡声，就像白纱编织物中赫然出现的一条黑线。

我垂下了眼皮。

我早就应该是个死人了。我已经被处决；我永远等不到春天……

"雷塔纳尔……"

这个声音几不可闻,但从其他声音中,脱颖而出,是白纱线球中的一根新线,但这次是红色的。

我勉强揭开了眼皮。

不远处,就在靠墙的地方,两条泛着绿色的身体在昏暗的蛇坑里纠缠着。这对夫妇丝毫不把公爵的命令、公开处决或蛇群的共同事业放在眼里,它们正做着它们认为最重要的事情——热烈地爱着对方……

"抬上来!"

坑里越来越暗,噪音越来越远。我被人用铁钩钩住腰侧,这是死刑开始后的第一阵疼痛。我机械地咒骂着,攥着铁钩,想缓解它对我的钳制;现在上面很安静,只有两个人的声音在交换着短促的、难以辨认的话语。

一个奇怪的工具把我往上拖;我紧紧抓住杆子,尽我所能避免身上出现瘀青。灰白的天空扑面而来——最终,我周围的一切都被淹没了,我感觉整个世界都被无色的融雪所覆盖……

我身下是一张粗席,总归比光秃秃的地面好。

"医生,请以法律的名义鉴定死亡……"

我抬起头来。

一个膘肥体壮的长发男人站在两步之外,瞪着溜圆却不失威严的眼睛看着我。

"医生!请以法律的名义,以特里斯塔格公爵的权力……鉴定死亡!"

强壮的人。意志坚定。

医生走上前来,他又矮又瘦,害怕得不得了,颤抖的手伸到

第十一章

我的手腕上——却不敢碰它，回头哀求地望着那个拿着链子的男人。

"以法律的名义！"那人大喝一声。医生缩着脖子，颤抖着抓住了我的手。

我也跟着他看向我的手掌。

就是一只手。我的手。没有一丝被蛇肆虐过的痕迹。皮肤干净……冻得有点发红。手指修长。贵族，造化弄人……

往上，卷起的袖口衣料下面微微露出一根银色的小针。是别在衣袖上的别针的反面……

"是的，"医生几不可闻地嘀咕道，"我作证……判决得到了执行。犯人已经死亡。"

我咽了口口水，远处的某个地方，卫兵们挥舞着长矛，把抗议的人群赶出了院子。刽子手移开了视线，他最年轻的助手打了个嗝，年长的助手闷闷不乐地盯着泥泞的地面。医生重重地叹了口气。

"法律已经执行。"拿链子的人庄严地宣布。他吧嗒了一下嘴唇，瞥了一眼院子上空慢慢飞过的乌鸦，然后直视我的眼睛，问道："巫师？"

"不是。"我的嘴唇动了动。

"以特里斯塔格公爵的权力。"监督行刑的官员最后一次重复。他声音中流露出显而易见的疲惫。

⚔

我最担心的就是像现在这样，他们看都不看就准备把我埋在监狱的院子里。判决已经执行。罪犯已经死亡。

好在监刑官并没有那么奉公守法。漆黑的寒夜里，我被带到了一片荒地，并被低声告知，如果我再在公爵的领地上被抓住，我将立即被绞死，无须审判和调查。

那个驱逐我的人会很乐意收紧套在我脖子上的绞索，而且是毫不拖延，就是现在。也许只是因为他们害怕崇尚法治的公爵，才使我免于被处以私刑；然而不管怎样，我跑了，跑过冰封的雪地，跑过厚厚的、吱吱作响的冰层，跑得上气不接下气。

"你是个天才演员。"我沉声说道。

道路很宽，压得很平，是一条真正的大道，马车现在成了雪橇，几乎无声地移动着。雪橇的滑木在身后的雪地上拖出两条宽阔的银带，它们在太阳的照射下闪闪发光。我和坦塔莉背对车夫坐着，看着特里斯塔格公爵的领地远去。

"你是个天才演员。我几乎相信了。"

"在生活中演戏是最糟的事了。"坦塔莉不情愿地承认。

"但不然的话我就会被……"

"是的。"

我摸了摸袖子上的别针。

我不想让坦塔莉知道我的失望。因为——从一个被判死刑的人身上能得到什么呢——在某个时刻，我真的相信她爱我并为我痛哭，她毕竟是个与众不同的女人。我……怎么说呢……受宠若惊。

"我还是搞不明白这东西是怎么发挥作用的，"我嘟囔着，抬头看着天空，"力量在哪里？权力在哪里？我想，如果我在树林里被蛇咬了，我会死吗？还有这个没用的别针……"

坦塔莉咧嘴一笑，说道："我被蛇咬过一百次了，很严重。

切开伤口,吸出毒液,烧灼伤口……"

我吓得一抖。

坦塔莉不再笑了,接着说道:"蛇是公爵的工具,执行他的意旨。权力,雷塔纳尔……"

"如果判决是公平的就好了。"我轻声地呢喃——公平的……判决。不仅仅是权力……某种绝对的……正义……

坦塔莉抿了抿嘴唇。

"世上没有绝对的正义。特里斯塔格铁了心禁止决斗……也有人允许决斗。比方说在卡瓦伦市,决斗是一种传统,是光荣的事——埃格特·索尔也曾在决斗中杀过人,并因此赢得了一个誓言,就是……"

一如既往地,我在最不应该的时候呛住了,咳嗽了起来,拉开了与坦塔莉的距离,她想帮我拍拍背。

"他……这个人……咳……我没杀!"

她颤抖了一下。不相信地盯着我。

"我真没杀!"我重复了一遍,脸因为咳嗽和不公涨得通红,"没杀!所有这些证人……诽谤!"

"真的吗?"坦塔莉问道,她的声音听起来很悲伤。

"我以大魔法师的名义发誓!"我真诚地说道。而且,无论看起来是否如此,我的同伴都松了一口气。

我们绕过了特里斯塔格公爵的领地,这次被迫绕道而行让我们需要多走一周的路程;而阿拉娜每天晚上做噩梦。白天我坐在她旁边讲我的故事,日复一日,编故事对我来说越来越难,尤其是阿拉娜似乎根本没听。

在第一个大村镇里，我打听哪里有医生，人们热心地指引我去主街道上一栋阔气的房子，就在村长家的对面。医生先生对自己的渊博学识感到自豪，脸色红润，神情倨傲，对于诊金狮子大开口，盯着冷漠的阿拉娜苍白的手臂看了半天，最后用权威的语调建议放血。下一秒，他脸上的傲慢和红润都荡然无存，因为我揪着他的衣领骂他是个江湖骗子，要求他退钱。我恶狠狠地说，任何人都可以想出放血的主意，连我都会，这个办法带给束手无策的医生的好处远远多于受他欺骗的病人！

我拔出匕首，又重新插回刀鞘。医生说不出话来，脸色比飞蛾还要苍白。阿拉娜仍然无动于衷。我松开手指，放开了医生的蕾丝领子。

"医学是无能为力的，"医生说，试图重拾残存的往日的傲慢，"既然诸位这么紧张，那就去找村口的老太婆吧，就是女巫医。她会卜卦……在癞蛤蟆的脚上……同样成功，但更便宜！"

我一把抓起桌上的硬币，拉着阿拉娜的胳膊走了出去。

"老太婆"并不老。按照职业，她住在城郊，按照等级，穿的是粗布衣服，厚重的头巾遮住额头，直到眉毛——但她恐怕还不到三十岁，没有一个女人的年龄能瞒过我的眼睛。

她盯着阿拉娜的眼睛看了很久，口中念念有词，然后把一只蜘蛛放在镜子上爬来爬去，然后试图发问——但我制止了她。女巫医脸色一沉，希望单独给病人做检查，我再次拒绝。留下妻子独自面对可疑的女巫是不可能的，更何况我从一开始就几乎不相信这次探访能有什么收获。我越来越恼火于自己听从医生出的这个馊主意。

最后，"老太婆"要求和我谈一谈。我轻轻地把阿拉娜护送到院子里，好在外面没有风，清晨的天气晴朗。

第十一章

"您没说实话,"巫医幽幽地说,"您有所隐瞒。她去过哪里,发生了什么……而她离开了,已经走得很远很远了。希望还来得及追上她。"

"什么?"我带着相当轻蔑的语气问道,而我的内心却变得冰冷而空虚。

"钩住她,"巫医小声说,"好让她……好能留住她。钩住她……您好歹是个美男子……"

最后的话完全不是老妇人的语调。女巫医从厚重的头巾下望着我,我突然发现她的眼睛是蓝色的,看起来很苦涩。

她被我的目光吓了一跳,急忙转身。"留住她……是的……毕竟您可以……钩住她,像一个钩子……"

"你在胡扯什么,"我困惑地低喃,"她离开了……去哪里?"

她缓缓地叹了口气,说道:"您要做些让她舒服高兴的事。让她……回来。"

⚔

"阿拉娜,你想要什么?"

她可能什么都不想要。她的目光穿过我,眼神空洞而平静。"她已经走了很远"……

"阿拉娜,我们很快就到了……父亲很想你……你肯定也……对吗?"

她沉默不语。她并不在意。

我对于讲故事分散她的注意力感到绝望,于是在喜剧演员们的箱子里翻出一些破烂儿,我自己都不知道是怎么做的,但我做了一条彩色的长尾风筝。可能是某些童年时的经验告诉我的……

这天有风,风筝飞得很高。像我受刑那天一样的灰白天空中有一个亮点,像我被处决的那天一样;原来,审判和判决都是瞒着阿拉娜的。他们不想吓到她——而他们这样做可能是对的……

阿拉娜抬起头。也许云朵构成的怪物让她想起了温暖,想起了家,想起了愉快的事情;我妻子的嘴唇颤抖着,准备勾起一个微笑——就在这时,麻绳断了,风筝也断了线,被风卷走,啪地落入了低地。

"还会再有的。"坦塔莉说。

马匹蹒跚前进;我跑步超过了车队,身后扬起一股雪花,跑下山坡。

这里有一条河,河面结冰,白茫茫一片,对岸有个黑乎乎的冰窟窿。风懒洋洋地把我的风筝拖过松散的雪地,拖过起伏的冰面。雪花随风起舞。

我停下了脚步。滑木在远处吱吱作响,车队越走越远;我跳到冰上,打算抓住风筝弯曲的尾巴。

来不及了。

可能有人在这里取过水,或者是深处的裂缝被雪覆盖了;不管是什么情况,冰冻的河流张开了血盆大口,我整个人掉了进去。

我喘不过气来。不仅没有办法喊叫,而且也没有办法张嘴呼吸。我在灰蓝色的冰冷泥浆中挣扎,我的指甲和冰窟窿的边缘同样容易破碎。

"雷塔纳尔!"坦塔莉跑下斜坡,斗篷的深色下摆舔舐着雪。她停下脚步,挥舞着手臂,呼叫别人来帮忙;她慌不择路——不知道是去找巴里安帮忙,还是来找我……

我想说"别过来",但喉咙不听使唤。坦塔莉几乎匍匐地靠近冰洞的碎裂边缘;她本就失去理智的眼睛简直要从额头上跳出来。

"雷塔纳尔……你……把别针取掉!"

"什么?"我呼出一口气。

"把别针取掉!他联系不到你……他会救你的!取掉!"

靴子里装满了冰水,衣服被水浸透。小河里水流涌动,越来越固执地要把我拖到冰下。

几秒钟。几个瞬间。毕竟还有希望等到春天……

我知道,我的手指不再听我指挥。我知道,要解开我袖子上的银别针,同时试图保持浮在水面上——是注定失败的事情。坦塔莉伸出的手远得不可思议。手臂花了两倍的时间才够到我。

长长的……手臂……

别针咔哒一声打开了,与其说是对我的努力做出了回应,不如说是对取掉它的热切渴望做出了回应。刚刚冻僵的身体已经失去知觉了,但我的视线仍然异常敏锐,我看到别针从布料上挣脱出来,滑入水中,像银色的鱼苗一样沉入水底……

长长的手臂,难以想象的长臂,不是像我预期的那样抓着我的手腕,而是抓着我的脚踝把我拉了下来。不是向上拉,朝着天上,而是向下拉,朝着深渊。在冰面下。

第十二章

　　冰块像夹板一样束缚住胳膊和腿。河流被冰条包扎。冰封的湖面一动不动——不是医务室就是监狱……
　　朦胧的光线挣扎着冲破厚厚的冰层，看起来就像窗户上塞了一块不透明的冰块。我垂下眼皮，冰冻的河底立刻出现在我眼前。凹凸不平的冰层表面，一些绿色的破布，渐行渐远的冰窟窿的明亮洞口……
　　窒息和痉挛。
　　我猛地坐了起来。可能是濒死的感觉让我看到了一幅临终的画面，它并不特别华丽或具有异国情调：一间古老的小木屋，厚重低垂的天花板，雾蒙蒙的窗户，光秃秃的地板，支撑大梁的木杆……
　　我哆嗦了一下，抓着自己的袖子找那枚银别针——徒劳无功。漆黑的底部，轻盈的鱼急速下降……
　　我摇了摇头，一滴温热的液体从我的右耳爬了出来。活脱脱就像一个上岸的潜水员，摇晃着脑袋甩掉耳朵里的水。
　　脑袋里的噪声现在安静多了。我用手掌抚过干燥的袖子，抓

第十二章

住长凳的边缘站了起来。外面传来了稳定的、有节奏的、平静的声音。

有人在用斧头砍得咚咚响。

我花了几分钟时间才走到那扇嵌着门槛的矮门前；我跟跟跄跄地在眩晕中挣扎，终于抓住了充当门把手的铁环，拼尽全力把门拉了过来。

耳边的喧闹愈演愈烈，我眼前闪现出冰窟幽灵，冰窟如金乌西坠一般缓缓飘向一旁。门开了；屋子里面很冷，但穿堂更冷。呼吸着冰冷的空气，我本能地关上了门，不想让残存的零星热量流出小屋。

又一扇沉重的门……

斧头的声音沉寂了一阵子，又继续响起。咚……咚咚……咚……

我踩在雪地上嘎吱作响，手扶着年深日久已经发黑的墙，绕着房子走了一圈。

主人根本没有像我一开始以为的那样在砍柴；一把轻巧的小斧子飞快地上下起落，从一个高大的人形树桩上砍下木屑。斧头的主人对它的工作很满意——他咧嘴笑着，仔细看了看，满意地眯起眼睛；雪落在他光秃秃的头上，融化了，变成浑浊的水滴，流过他的后脑勺、耳后、额头。我身上这件曾经鲜亮、现在已经磨损的衬衫紧紧贴在我干瘦的脊背上。我无比熟悉的那件奇葩的皮大衣像一头死熊一样躺在眼前的雪地上。

乔尔诺达斯科罗转过身来，在冬日昏暗的光线下，我看到他明显衰老了。他瘦骨嶙峋，仿佛久病初愈，吊梢眼在眉毛下面陷得更深了，鼻子到唇角有两道黑色的八字胡，眼神还和以前一样，波澜不兴中透着些许疯狂。我勉强控制住自己不转身跑掉。

"真遗憾，雷塔纳尔，"魔法师先生似笑非笑地说，"我一直等着你学会在舞台上表演……但没有更多的时间了。我很抱歉。"

原来如此。一只秃猫，有一整窝的实验老鼠供他玩弄……

我脸上的表情可能发生了变化，乔尔诺放下了他的斧头，瞪着我。我咧开嘴笑了。

"一切正常，"乔尔诺说道，沙哑的声音带着一种劝诫的语气，"一切都会好起来的，雷塔纳尔，你不要担心。如果我告诉你，坦塔莉真的因为哀悼你而痛不欲生，你会不会感到受宠若惊？"

我沉默了片刻，然后我咬牙切齿地爆发出来："你这畜生……"

"这世界上可没有多少人死了以后能让坦塔莉这么难过的，"乔诺塔克斯冷声说道，"你应该感到自豪。你已经成功地获得了她的信任。"

"你想要什么？"我无奈地问道。

他抛起斧头，灵巧地抓住了斧柄。再次抛起，再次抓住。地道的木匠习气。要不就是江洋大盗。

"我几乎可以肯定，坦塔莉会心甘情愿地带我……去找她的前夫，界门的守护者，护符的守护者。几乎可以肯定……但如果我失算了，我会威胁说拧断你的脖子。如果是一个月以前，她还会平静地允许我这样做。"

"你这畜生。"我又说了一遍，这次很疲惫。

"……但现在她不愿意了，"乔尔诺挥舞着他的斧头继续说道，"至于咒骂，你应该感激我的高尚，我又不是要用阿拉娜的生命来要挟她……等等。哦，等等，雷塔纳尔，我是在开玩笑，我一直试图让你明白，我希望你们所有人都——过得好。但我也

第十二章

希望自己好，我需要它，这个护符，极度需要……"

我把胳膊肘靠在一个树桩上，一个粗大的、笔直的、比我矮的树桩上；乔诺塔克斯还在喋喋不休，但我充耳不闻。黯淡的冬日，大雪从天而降，木头柱子仿佛戴上了白帽子……

我毛骨悚然。

因为这并不是柱子。事实证明，我靠在一个身材敦实、愁容满面的人的肩膀上；片刻后我才惊恐地意识到，这是巴里安。不远处背靠背坐着的木头人是凡京和穆哈，挺胸叉腰站着的是金卡，还有个人背对着我——但即使没有看到脸，我也认出了阿拉娜。

我有片刻的不安，因为我真正相信了，我们整个小队都落入圈套，被俘虏了。鬼知道我花了多大力气才让自己没有发疯，但再看一眼木头人，我就知道这是技艺高超、以假乱真的手工制品。在院子中间竖起人形木桩的不是邪恶的魔法，而是一把铮亮的斧头，一把交到了有卓越艺术天赋的人手中的斧头。

是的，乔尔诺达斯科罗还是一位雕塑家。我盯着木制的阿拉娜看了很久，面部表情被捕捉得惟妙惟肖。她曾经用同样孩子气的委屈表情问我："您是因为一本书而娶我……这是真的吗？"

就是这个女孩，因为我的过错，现在正徘徊在白雪皑皑的荒野中，对她丈夫的死讯深信不疑。同样因为我的过错，她的灵魂在纷繁交错的通往界门的未知黑暗道路中越陷越深……

"她会没事的。"乔尔诺在我身后安慰道。

我转过身。

他站在我们刚刚见面时他雕刻的那根柱子旁边。黑乎乎的木头上，一幅新的雕刻依稀可辨——我认出了这个女人，尽管面部特征只是被粗略地勾勒出来。但已经非常形象。我很惊讶，魔法师先生似乎能够在树上刻画出人的本质。

还是像有人说的那样,我对坦塔莉了如指掌?

"你很有才华,"我看着外面的雪说道,"你可以制作,比如说,有花纹的木碗……拿去卖……能赚钱……顺便说一句,谁会没事呢?坦塔莉?阿拉娜?"

"两个都是,"乔尔诺眼睛都不眨一下地说道,"你也是。"

我环顾四周,木头喜剧演员们吝于给我一个眼神。

"所以是你在引导我们?"我咬牙切齿地问道,"一路走来?监视我们?"

"不是全程,"他叹了口气,"我毕竟不是万能的,雷塔纳尔……暂时。"

要么是我的错觉,要么是他说最后一个字时声音颤抖了。我咧嘴一笑:"你确定你需要它吗?万能?"

他眼睛里有些东西变了,有什么东西突然闪亮起来,就像树丛中的狐狸尾巴。兴味?"在我印象中,"他缓缓开口,"曾经有人问过我这个问题。在你之前。"

巴里安说了些什么。我看到他的嘴唇在动,但我听不到他说的话。坦塔莉摇了摇头;她的黑发从兜帽下露出来,一缕发丝落在她呼吸的地方,结了一层霜,像是早生的华发。奇怪的是我居然能看到这些细节——毕竟画面不时被雾气占据,分别的场景难以辨认,就像隔着一层湿漉漉的玻璃。

然而这恰恰是分别的场景。坦塔莉轻松地跨上马背,巴里安扶着阿拉娜上马,坐在坦塔莉背后。两位女骑手共骑一匹母马,顺便说一句,风很冷,坚硬的雪面冰层在马蹄下破裂,他们会骑

第十二章

多远?

我眨了眨眼——眼睛因为用力过度而流泪。幻影在结霜的玻璃上一阵晃动,然后渐渐消失。现在我至少知道她俩都还活着,而且足够健康,可以像乡下孩子一样一起骑马。

"我会带她们过来。"乔尔诺说着,嫌弃地看了一眼不知从棚子里哪个地方冒出来的旧铜盆,"我会带她们过来,一两个小时内就会到这儿……"

他用指甲轻轻地敲打着铜盆泛绿的一侧,老铜器发出沉闷凄凉的声音。

"很久以前有个小女孩,"魔法师先生从一堆破烂儿中拿出一块破布和一个装有灰色粉末的铁罐,"她的亲人们几乎都得黑死病去世了,只剩下她的母亲和叔叔。曾经富裕的家庭衰败了,女孩生活在破烂儿和书籍之间,母亲去世后,她就和孤儿院的孩子们、以及担任监护人的老处女们一起生活,生活在体面的上流社会不愿想起的一切之中……然后她跟着流浪演员跑了。她幸福了几年——至少当她后来回忆起那些年时,她意识到那是幸福的……"

我入迷地看着乔诺塔克斯用抹布蘸着粘土般的粉末擦洗铜盆的侧面。绿色在他的手下慢慢消失了,干净的表面呈现出黄澄澄的、如阳光般明媚的光泽。

"后来,"乔诺塔克斯带着奇怪的愉悦做着粗活儿,"她遇到了一个年轻人,为了他,她放弃了自己所爱的一切,所骄傲的一切,还有所有爱她并为她感到骄傲的人。要知道牺牲越大,收获就越显得昂贵……可惜,她所有的牺牲都是竹篮打水。年轻人遇到了类似的情况——他也遇到了……一个东西,并为之离开了他所爱的一切以及所有爱他的人……那东西被称为'先知护符'。

可以说，就是这个护符夺走了坦塔莉作为人的幸福……她应该憎恨护符。难道不是吗？"

即使他在讲到最动情的部分时，他的脸也依然像以前一样——没有任何情绪，除了深陷的眼睛里的那一点疯狂。

"你为什么要告诉我这一切？"我轻声问。

他没有回答，挑剔地看了看清洗过的盆子，对自己的工作很满意，尽管铜器表面还有不少水垢和绿色的印记。他把残余的灰色粉末抖落到地上，从架子上一个接一个地拿下五个大肚陶罐。

"你不知道，雷塔纳尔，这一切是多么有趣。很多人，高贵的和不那么高贵的，强壮的和弱小的……他们为争夺领土而战，他们招兵买马，与昔日的朋友兵戎相见，与昔日的敌人握手言和……他们中的佼佼者离群索居，遗世独立，以便告诉自己的良知——不，只有知识，没有一点贪念或权力欲……他们就是远古时代的魔法师们。他们无条件地认可先知，即使最微不足道的事。一旦护符选择了某人，那么没有人会争夺这个权利……始祖先知是这样决定的，就是预言世界上会出现外部力量的那位——'它来了！它就在门口！'"

他小心翼翼地把一罐又一罐的东西倒出来，不想洒掉一滴。铜盆里的水摇摇晃晃，越升越高，看上去就很冰凉。我把我的手缩进袖子里。

"'它就在门口'。"乔诺塔克斯重复道，他的声音奇怪地颤抖着，"预言多少年了，却从未成真……"

我心里已经不自在很久了，乔尔诺的铺陈看似简单平凡，却让人难过。但就在这一刻，一股冰冷的浪潮涌向我的灵魂，扑面而来，当头而下。

"不是所有的预言都会成真。"我低声说。

第十二章

乔诺塔克斯奇怪地看了我一眼。他的手抚过铜盆的边缘。"不是所有……但它们应该实现。这是宇宙的秩序。"

我惊恐地看着水在他的手掌下结成冰。冰晶奔跑着,向四面八方延伸,像小手,像张紧的蜘蛛网,盆里的水变得浑浊,不再是水。很冷……

乔诺塔克斯满意地点点头。他搓了搓手掌,握住盆子边缘,用力把它翻过来;铜盆重重地砸在地上。"那是光荣的时代,"乔尔诺继续说,好像什么都没发生过,"巴利塔扎尔·埃斯特……拉尔特·列吉阿尔……先知奥尔文……隐士奥尔兰……"

"大魔法师达米尔。"我咬着牙说。

乔尔诺现在看向我时已经高兴起来:"是的,还有大魔法师……我怎么会忘记。伟大的达米尔。"

他的脸终于不再毫无波澜。他自嘲地笑了笑,手掌敲打得盆底嗡嗡作响,将冰块从铜器上敲下来。显然,我提到大魔法师真真切切地取悦了他,但他宁愿保持沉默。自娱自乐。

"你为什么没把我和阿拉娜结婚的真相告诉坦塔莉?"我轻轻地问。

"我为什么要这样做?"乔诺塔克斯很惊讶,"我们为什么要有无关紧要的强烈情绪呢?"

一个曾经是盆中水的大冰块,终于脱离了盆底,砸在了地板上。乔诺塔克斯小心翼翼地拿开容器——不,冰块没有破裂,它躺在地上,像一个规则而又光滑的镜片,没有空洞和气泡。一半透明,一半朦胧,呈灰绿色。很漂亮。

"阿拉娜毕竟也知道真相,但她什么都没告诉坦塔莉,"乔尔诺轻柔地抚摸着镜片冰冷的侧面,"等我拿到护符……任何真相,即使是最不堪的真相,都将变得毫无意义。税吏因你的错误而上吊自杀的真相……卢阿尔·索尔的身世的真相……你与阿拉娜结婚的真相。"

"我觉得你得不到它，"我放肆地瞪着魔法师先生的吊梢眼说道，"你不会拿到护符的。"

"我会拿到的。"乔诺塔克斯微笑着说。他站起来转身背对我，打开皮大衣，解开裤子。我几乎目瞪口呆：乔诺塔克斯往一块魔法冰块上撒尿，而魔法冰块融化了，被热气腾腾的液体冲刷着。冰块融化得并不均匀，有所选择——光滑的表面变得凹凸不平，冰树到处生长，冰路绵延，一个小世界从融化的冰中诞生，我仿佛从鸟瞰的角度俯视它——一个由乔诺塔克斯的强大法力和炙热尿液再现的世界……

"我带她们过来，"魔法师先生说，他的声音里有一种毫不掩饰的快乐，"她们半小时后就会到。"

⚔

早上解冻了，昨天还被踩得嘎吱响的雪，现在温顺地屈服于靴子踩着它的暴力。

"不要跟他走，坦塔莉。"阿拉娜低声说。

乔尔诺达斯科罗轻笑道："坦塔莉，你还记得是怎么在街上捡到卢阿尔的吗，在水坑里，喝醉了的卢阿尔？就在那天，他的母亲与他断绝了关系。那时他的生活早就发生了改变，但他的母亲扇了他一巴掌，把他赶走了，然后他的生活就天翻地覆了……你记得吗？"他坐在三角凳上，胳膊肘撑在膝盖上，下巴放在交叉的手指上。

"坦塔莉，不要听他的，"阿拉娜突然大声喊道，"他对我也是用的这招……"

第十二章

坦塔莉沉默不语。乔诺塔克斯眯起了他的黑色吊梢眼。

"你还记得你们的第一个晚上吗？在马车里？在秋风中？你觉得他很可怜，只想安慰他……但结果却变味儿了，是他安慰了你。从那时起，哪怕是你的裙边碰到他，你都会感到……"

"是的，"坦塔莉轻声说，"你说的这些都是事实。但是已经过去十年了，而我的生活中……"

"你还记得是如何在没有马鞍的情况下在大路上追赶他、想要阻止他的吗？"

"为了赶走他，"坦塔莉说，"我追他，是为了把他赶走。没有马鞍……在大路上……"

她的声音变了。她的声音逐渐减弱，变成了耳语，但我仍然能听到每个字。

乔尔诺达斯科罗猛地站了起来。皮大衣落在他的脚下。

"你想靠近篝火吗，坦塔莉？现在？靠近温暖的火，靠近壁炉？靠近灯？伸出手，把脸凑过去？"

我打了个寒颤。他这些话让我也想靠近火堆，而且是马上；坦塔莉似乎在更大程度上有着同样的感觉。

"不要，乔诺塔克斯，"坦塔莉几不可闻地说道，"你在嘲笑我……你知道，唯一知道的人，你知道——还欺骗我。那些过去了的事情……"

有那么一阵子，乔诺塔克斯和坦塔莉互相看着对方的眼睛。

"不是每个人都有机会，"乔诺塔克斯的嘴唇几乎没有动过，"命中注定得到……自己的篝火。但是感觉自己身处冰冷的荒原……知道世界上有火，可命运却不知何故没有分给你……不幸福，但却是命运的宠儿。我……说得清楚吗？"

"很清楚，"坦塔莉停顿了一下说道，"我明白……但你现在说的完全不是人们习惯称之为'爱'或'依恋'的东西。"

"我说的是所谓的'虚假罪过',所谓的'选择'……走吧,坦塔莉。"

阿拉娜浑身颤抖,与其说我是听到了,不如说我是感觉到了她说:"别走"。

"去哪里?"坦塔莉几乎是挑衅地问。

乔尔诺达斯科罗耸了耸肩。"只是在森林里走走……不去吗?"

"不。"我站起来说。

"现在躲避已经没有意义了,雷塔纳尔,"坦塔莉平静地说,"逃跑也基本上是无路可逃——很快就会被追上……所以不要担心。我和这位先生……和乔尔诺确实有事情要谈。"

他们出去了,门在他们身后关上了。

过了一会儿,阿拉娜睡着了——在长椅上,面对墙壁。我走到外面,站在灰色的天空下。

在房子后面,乔诺塔克斯雕刻木偶的地方,又出现了一个身形,这次是白色的。我走近一些,试图尽可能地放轻脚步,仿佛雪人能听到动静回头看我。

这是一个和我差不多高的年轻人。在我看来并不英俊,脸部表情僵硬,意志坚定;我突然意识到,周围各种姿势的木头人的摆放都是为了让它们看着同一个点,看着雪人卢阿尔,乔尔诺所觊觎的护符的最后拥有者。

雪人的脖子上有一条井字链。断开的两端垂在卢阿尔的胸前——好像链子上曾经有一块饰品,但后来被扯掉了。也许乔尔诺

第十二章

就是根据这一点预见到了事件。这组雕塑是什么——一种消遣、顺应病态的想象力、魔法工具？

我转过身来，仿佛有人推着我的脊背。

他们并排走着，几乎是手拉手，但没有互相接触。即使隔着很远的距离，我也能看到乔尔诺剃得锃亮的头顶，看到坦塔莉低垂着脑袋。

我甚至没有跟随他们，甚至没有躲起来，只是站在那里看着。

他们踩着自己的脚印回来——而且不是第一次了，因为他们走过的地方已经踩出了一条深深的小路。准确地说，是两条并排的小路，就像车辙。谁都不想第一个先走……

奇怪的是，坦塔莉说话了。毕竟我期待的是乔尔诺想方设法，包围，提醒，劝说，恳求，勒索，威胁……

坦塔莉说着话，并且笑了，仿佛在讲一个有趣的笑话。她指了指身后的某个地方，顺手抖了抖低矮树枝上的雪。然后乔尔诺问了些什么，坦塔莉回答了——心甘情愿地，甚至是兴高采烈地。我可以听到她的声音，但听不清她说的话……

然后他们停了下来，面对面一动不动。不知是不是我的幻觉，坦塔莉伸出手来，轻轻地碰了碰乔诺塔克斯的脸，手掌停留了一会儿。她仿佛知道自己在做不被允许的事，但还是无法控制自己。

我站在这里，像一根柱子。所以她可能根本没有看到我——在一众木头人中，我并不引人注目，仅仅是余光看到的某种东西，意识最边缘的一个黑点……

但乔尔诺心知肚明，我目睹了这奇怪的一幕。还是对我来说这是注定的？

我想呼唤坦塔莉，看到她转过身来，仿佛被蜇了一下；我默默地看着，仿佛在配合乔诺塔克斯的演出，认同他的剧本，即使是以旁观者的身份……

他把手掌放在她的肩膀上，说了些什么，专注地盯着她的眼睛，坦塔莉低下了头，他们就这样一动不动地站了大约五分钟。

然后坦塔莉回过神来，低垂着目光，头也不回地径直向屋里走去。

乔诺塔克斯仍然站着，一会儿盯着天空，一会儿盯着雪。他这样站得越久，风就越猛，云就越黑。

半小时后，暴风雪来袭。

※

"卢——阿——尔！"

我在硬板床上跳了起来。

早晨。阳光透过结霜的窗户照进来。阿拉娜一动不动地躺在一堆被子下面；我想她可能睡着了，我挣扎着想从自己的朦胧梦境中清醒过来。

我做了什么梦？坦塔莉在沼泽地里徘徊，呼唤她的卢阿尔?!

"卢——阿——尔！"

我不是在做梦。

我跳了起来。坦塔莉和魔法师都不见踪影，阿拉娜的旅行袋和乔诺塔克斯的锃亮短斧并排放在角落里。遥远的森林里，我关心的女人正在呼唤一个早已不存在的人，呼唤一个幽灵。

我冲到外面。雪地上有一排脚印向远处延伸，只有一排，仿佛乔诺塔克斯·奥罗骑着扫帚飞出了房子。

我忍住了召唤坦塔莉的呼喊，怕小屋里的阿拉娜可能会醒过

第十二章

来。我大步流星地跑进树林,顺着守活寡的索尔夫人清晰可见的脚印追了过去。

雪从被我惊扰的树枝上扑簌簌落下,雪块打在我的脸上,斗篷被荆棘勾住,有点碍事;于是我的脚陷进了别人踩的洞里,崴了一下。然后坦塔莉不平坦的足迹中断了——仿佛接下来的路程她是像松鼠一样在树间跳跃。我抬起头来,树枝上的雪安然无恙,原封不动;前面没有空地,没有灯光,我已经绝望了,想沿着自己的脚印返回。这时,从我的右手边,从很近的地方传来一个声音:

"卢——阿——尔!"

起初,我瞥到了斗篷的一角——看起来是坦塔莉在走路,对尖锐的树枝或带刺的灌木丛等小东西不管不顾。然后她的背影出现在树干之间。

"坦塔莉……"

我抓住她的肩膀——我觉得我抓着的是一棵树,是乔尔诺达斯科罗的一个雕刻作品出来散步了;这种感觉如此强烈,吓得我抽回手。我像小狗一样小步疾行,追上了坦塔莉,看着她的脸。

我不应该这么做的。

我迅速退开,四下搜寻,四处张望,似乎期待着在被雪覆盖的灌木丛中看到乔尔诺达斯科罗本人。

"我要杀了你!"我无奈地低声说,"你这个混蛋……你在做什么……我要杀了你!"

我面前是一个影子,一个躯壳。坦塔莉终究还是下定了决心,不管是靠恐吓还是许诺,乔诺塔克斯强迫她前往界门了。

不知怎么我突然明白了,我在这里无济于事。我退后一步,背靠着宽大的树干;我的年轻妻子也是如此,徘徊着寻找卢阿尔。

我屏住呼吸。仿佛看见一只猛禽在一个点上盘旋——越来越低，越来越窄……圆圈像绞索一样收紧……为什么我耽搁了这么久，为什么我离开了，为什么我……

我急忙掉头往回跑——沿着我的脚印。空地边缘的小屋以静止般的沉默迎接我。我气喘吁吁地冲到门口，穿过大厅，正好看到阿拉娜抬头用惊讶的目光看着我。

她躺在我离开她的地方。姿势都没变。

而她根本就没有睡着。

"而她离开了，已经走得很远很远了……"

我一个人。我一生都习惯了只依靠自己。我揉搓着冰冷的身体，把耳朵靠向静止的胸口，拉开我下垂的眼皮。

"希望还来得及追上她。"

来不及了。

疯狂的奔跑消耗了太多的力气。魔法玩具——护符——分散了太多精力。我的命运——仿佛被法官的判决装饰了哀悼的蝴蝶结……

"毕竟您可以……钩住她，像一个钩子……"

"阿拉娜，"我淡淡地说。"你知道么……如果你死了，我也不会等到夏天。我现在就会在这里吊死自己……好让乔尔诺开心……"

早就该上吊了，我身体里有个微弱的声音说。我应该在审判之夜之后就吊死自己，这样好歹还算勇敢……配得上雷科塔斯家族……

第十二章

阿拉娜没有反应,她哪儿顾得上搭理我。

"阿拉娜……"

一道陌生人的目光投在我的后脑勺上。温柔地,像一根冰冷的针。我转过身。

透过窗户上的霜,透过那些花纹错综复杂的冰层,有个人在看我。狭长的脸,像老人一样满脸皱纹,但眼睛却没有老态。不怀好意。直勾勾地。

"谁在那里?"

我从他的注视中回过神来,就像一条从巨大的鱼钩上脱落的小鱼。我冲到外面,猛地打开两扇门,站在门槛上……

窗下的雪原封不动。显然空无一人。没有野兽,也没有飞禽。当然,除了在我脑海中盘旋的那只,而盘旋的范围已经缩小到不能再小,几乎就在地面上……

我冲回屋里。窗外的人已经在等我了。他的脸上流露出一丝淡淡的兴味。

"请帮帮我。"我低声请求。

"卢——阿——尔……"森林中依稀传来声音。

是我的错觉——还是他真的在点头?

※

乔尔诺达斯科罗的锃亮斧头出乎意料的沉重。我跑着绕过房子,但当我看到那些木头人时,我停了下来,陷在雪地里。

刻成坦塔莉模样的木头人现在站在距离雪人卢阿尔·索尔半步之遥的地方,几乎紧紧挨着。我可以保证,今天早上他们还相隔十几步远。

我压制住想用斧头砍向雪人的冲动。我环顾四周寻找阿拉娜，但没有找到她。我再次惊恐地环顾四周，绕了一圈，看向木头人的脸，于是发现她就站在这里，就在这里！

然后我明白了。

不久前还是一个巧夺天工的雕刻作品，现在只是一根带着斧头痕迹的高大树桩。依稀可辨的痕迹，有人曾经想在这里雕刻一个人形，但改变了主意……

我自己未必能预料到接下来发生的一切。或许是我自己——雷科塔斯家族的人历来都很机智……这个传统是由大魔法师、狡猾的仆人达米尔奠定的。

我一生中从未砍过树，也从未将树桩连根拔起。

木屑纷飞。我不停敲打着，把经过雕琢的树木想象成乔诺塔克斯·奥罗的粗壮脖子，不得不说，丰富的想象力对我大有裨益。我汗流浃背，把这根不久之前还是雕像的木头桩子推倒，锯开，劈开，拖进屋里，每块木头上都是我裂开的水泡里的血，我从阿拉娜的包里找到火镰，在从来没有烟火气的小屋中间架起一个巨大的篝火堆。

一直在我脑海中盘旋的鸟儿停了下来，仿佛陷入了正午时分炙热的空气中。

"钩住她，您好歹是个美男子……"

窗户上的霜正在融化，浑浊的水流蜿蜒而下。很快，奇特的螺纹就消失不见，露出了光秃秃的玻璃，脏兮兮的，几乎不透明。烟雾从敞开的门中飘进来。

"让她回来"。

我拉开阿拉娜身上的被子，躺在她身边，把她拉到我跟前。

第十二章

我妻子的身体毫无生命力,就像被雪覆盖的山丘一样冰冷,那座山丘曾经可以快乐地滑雪橇。

不。

"听我说。听我说。你听到了吗?"

沉默。

"……然后你将成为寡妇——你可以平静地寻找你的初恋……"

——"第二段……"

不。

"你想让我同情你吗?"

"你可怜可怜我吧,阿拉娜。跟我说话。回到我身边。好吗?!"

雪。

我很可能是个恶棍。

八成是这样。法官惩罚我是对的。法官不是平白无故留给我这一年时间的——是为了让我更加清楚地意识到生活是多么美好,而我失去了什么……

我的人生道路通向"泥潭",也确实一直在"泥泞"中,并且快要到达"血泊"。是的,现在我已经完全做好准备要还清旧账了。但现在,就在这一秒,我要蜷缩成一个结,好歹从自己身上汲取一点温暖来抵挡这暴风雪。

税吏的尸身在自家的大门上……

不。

血流成河的甲板上的匪徒们……我手中的剑……不,是戏台上的喜剧演员,散落一地的黄米在我的鞋跟下咯吱作响……然后又是剑。

苍天,如果这有帮助的话,我会立刻吞下此时正在小木屋中央快乐燃烧的篝火堆。我是一个捕手——扔出我的"钩子",它们就会进入虚空的世界……

我是阻拦她死亡的绳子。一根细绳。破旧不堪。

不知为何,我想起了一个狭窄的房间。旅馆?一个年轻人在空中旋转着一个笑哈哈的孩子,一个五岁左右的女孩,戴着包裹住耳朵的温暖头巾……

别人的记忆?

我把嘴唇压在她半张的嘴上。有那么一段时间,我可以为她呼吸,吸气……十指交叉,按压她的胸口,呼气……

"瞧,他说,我该拿你怎么办,永远没有人会爱你……你也不会爱任何人……因为我的魔法比钢铁还硬……因为人们是软弱的。人们不知道该如何正确地爱,如何正确地恨——但他们知道如何忘记……永远。于是人们会忘记你,卢阿尔……"

又是别人的记忆?

是我的错觉——还是阿拉娜静止的嘴唇在我的嘴唇下颤抖了?

现在我用尽千方百计。

成为别人肺里的空气。她的呼吸……

成为她温暖的被子。成为她的生命……

就在这一刻,我眼前仿佛有层防护膜裂开了。

我看到自己像冲下山的岩浆,从火山口喷薄而出;像炙热的洪流冲刷着白雪覆盖的平原,雪冒着滚烫的蒸汽打在我的脸上。

还有!

平原震动了……

还有!

第十二章

草皮掉下来了,露出了人的皮肤……暖暖的……变得温热……

她的嘴唇回应着什么。我的身体第一次恢复人类的感觉,在熔化的石头流中粘合成型,我闻到了烟的味道,并看到墙壁上反射的红光。也可能是我眼前跳跃的火焰。

斗篷和被子从她身上滑落;那层层叠叠的破布构成的蚕茧突然裂开,温暖的篝火光中释放出一个我不熟悉的全新生物。有那么一瞬间,我担心我的妻子根本不是人类,而是一只蝴蝶。阿拉娜没有张开双臂,没有离开我的胸膛,我的手指,而不是眼睛,感受到她温暖的、受惊的、复苏的身体,因为她的生命复苏了,因为我可能是个幸运的垂钓者,我钩住了她,现在往回拉——从虚无到火堆,到房间正中央的火炉……

或许就在这一刻,我终于不再是岩浆,而是成了我自己。火舌痛苦地交织在一起,相互纠缠,形成错综复杂的图案,延伸到黑色的天花板上,可望而不可即。

新婚之夜照亮新人卧室的仪式之光。

⚔

早上,木头燃尽,地板上只剩下一个黑色的圆圈和一堆余烬。墙壁和被子,我们的衣服和头发都被烟味浸透了。我们躺着,双手没有松开。

"现在会怎么样?"阿拉娜低声问道。

"我们还活着。"我嘶哑地说道。

"是的……但现在会怎么样?"

门吱呀一声打开了。

我以为坦塔莉会衰老。她的黑发可能有一部分会变白。屋子里很暗，最初的一瞬间，我以为确实是这样。

"我告诉过你不要去。"阿拉娜绝望地低喃。

黑暗中传来一声压抑的低笑。我担心坦塔莉已经疯了，但她走上前来，坐在窗边的长凳上，这样她就在唯一的光亮处，我终于看到了她的脸，心里顿时松了一口气。

"我还差十步，"坦塔莉缓缓说道，"十年……这是一段很长的时间。但我听到了他的声音，真实的他的声音。卢阿尔说……"

嘎吱一声，门开了。门槛上站着一坨黑影。湿漉漉的奇葩大衣揉作一团，粘成冰柱。

"我很高兴，您安然无恙。"乔尔诺达斯科罗精神抖擞地说。

然后他晕倒了，就倒在门口。

第十三章

当然，我们没有马。阿拉娜和坦塔莉骑的那匹不知在树林的哪个地方溜达，或许已经成为狼群的猎物；也许我们注定同病相怜。

我们已经没有食物了。乔尔诺达斯科罗或许能够变出一顿饭来，但他至今仍然昏迷不醒，也正因为如此我们才有逃跑的机会。有逃跑的可能。

魔法师大人躺在长椅上，光秃秃的脑袋无助地耷拉在他的肩膀上。坦塔莉在他身边站了很久，手指交缠，又解开，然后转向我。"你觉得，他可以……被杀死吗？"

我打了个寒颤。眼前立刻浮现出在空地边缘窥探到的画面，那只手掌带着真正的温柔抚摸着魔法师……难道是坦塔莉之前被迷惑了，现在醒过神了？难道……

"怎么，我是职业刽子手吗？"我闷闷不乐地问，"你是在咨询我吗，把我当行家了？"

"我又不能跟阿拉娜商量。"坦塔莉一脸纠结地嘀咕道。

"你未必能轻易杀死他，"我的小妻子一本正经地建议道，

"我希望我们有一个有魔法的物件儿……"她叹了口气,看向昏暗的窗外。"我好饿……"

"必须阻止他,"坦塔莉低声说,"如果……不能阻止他……卢阿尔说……我知道。最后一条线索……托丽雅。她将带领他找到卢阿尔,就算代价是……"

"什么?"

"妈妈!"

阿拉娜和我的声音同时响起。

绳索深深嵌入肩膀。我的膝盖深陷在雪地里,匆忙绑好的拖板在我身后拖着。魔法师先生没有多少重量,但即使是一个孩子,也很难拉着他穿过没有路的树林。

阿拉娜和坦塔莉一开始帮助我,后来就停止了。我有足够的力量将自己沉重的双腿从雪地里拉出来。

空荡荡的小屋里没有什么值得继续等待——毕竟我们不能像野兔一样,也不能最终沦落到啃树上的嫩皮。没有任何东西可以用来打猎,也没有任何东西可猎,连鸟儿都莫名其妙地避开了没有烟囱的小屋。而我唯一能抓到的田鼠也被阿拉娜和坦塔莉愤然拒绝。然而小木屋的角落里有一箱钱——坦塔莉有些犹豫,我们是否有权利拿别人的黄金,它会不会带来厄运。我酷酷地宣布,从现在起我就是这次远行的领袖,并把我们的钱包装得满满当当;阿拉娜咯咯地笑了起来。坦塔莉服从了。

远行去界门的后遗症在她脸上慢慢显现,像未被埋葬的白骨暴露在日晒和风吹之下一样。她变得紧张易怒,害怕夜晚的噩梦。她的身体迅速衰弱,即使是现在,走在树林里,她也越来越

第十三章

频繁地掉队。

我完全不确定我们走的路是否正确。眼前隐隐约约地浮现一张冰冷的立体地图,和魔法师先生曾经借助魔法和尿液打造的一样。我一直自诩记忆力超群,但我能把自己在昏暗的环境中、在极度的震惊中匆匆一瞥的东西付诸实践吗?任务能完成吗?

"阿拉娜,"我嘶吼道,"帮帮坦塔莉。帮帮她。"

无须提醒——阿拉娜本来就在她嫂子身边,扶着她的胳膊肘,但阿拉娜自己就很虚弱;而且坦塔莉不想成为她的负担,时不时地想把她的手拿开。我们能走远吗?

我把绳索换到另一边肩膀上。

第一个念头是把乔尔诺留在他的小屋里,就让一切保持原样。我认为就应该这样做,因为我们没有邀请乔尔诺来吃饭,他也没有和我们一起喝酒,他有他的生活,我们有我们的生活,就让一切顺其自然。这样想当然是昧着良心的。我真诚地希望,一个被遗弃在冰天雪地的森林里的人,就算他是个大魔法师,至少也会饿死。我不说冻死,因为乔诺塔克斯与寒冷似乎有着亲密的关系。

坦塔莉完全理解我做出这种推理的原因,她要么固执地保持沉默,要么难以抑制歇斯底里的情绪,她害怕乔尔诺达斯科罗——而且一想到要抛弃他,让他无助地接受命运的摆布,她就更害怕了。

"阿拉娜,当他……当你带他——后来发生了什么,你记得吗?"

也许这个问题是很不妥当的,但阿拉娜平静地点了点头。"他感觉很糟糕……是的,很糟糕,但没到那种程度。可能是各种原因的影响……"她耸了耸肩。她不知道前往界门的长途跋涉对魔法师先生们的健康状况到底有什么影响？那本著名的《魔法师》本来可以派上用场，但我甚至不记得我在什么情况下把如此珍贵的嫁妆留在了哪里……

嫁妆。赎金。

丢下乔诺塔克斯任他自生自灭，就意味着扼杀最后的希望。因为，事实证明，我这个傻瓜，心中至今仍然抱有一丝幻想，希望的幻想，一个鲁莽的影子；乔诺塔克斯死了的话，我生命的最后期限也就确定了。

坦塔莉并不明白这一点。阿拉娜明白；我不止一两次地捕捉到她询问的目光。

"但就算我们把他留在这里……谁能保证他……不会像上次那样恢复呢？如果他能活下来并积蓄力量……"

然后坦塔莉突然发作。她说，如果他积蓄了力量，他就一定会去找托丽雅夫人。即使以她的死亡为代价，他也要得到护符；然后我们整个世界将不复存在，因为乔诺塔克斯·奥罗拥有外部的祝福，也就是第三力量，他将与护符合二为一，颠覆我们的世界……

她说得如此迅速和绝望，以至于我有一瞬间相信了。

"谁能阻止他？"

"谁也不能……"

"你是希望掐死他吗？"

谈话转入了第四轮。

然后我就放松下来。坦塔莉刚刚经历了极大的精神震动，事情在她眼里会显得怪诞又阴郁也情有可原。我莫名地想起了一个村长，圆头圆脑，光秃秃的眉毛只剩下两个宽大的圆弧，几杯黄汤下肚就开始天花乱坠地东拉西扯。他有一个成年了的儿子，儿

第十三章

子娶了老婆,而村长自己也有一个凶悍的老婆,就像眼睛里的沙子一样让人无法忍受,儿媳妇在她的专制压迫下苦不堪言。不知从什么时候开始,头人发现他的妻子似乎有些发胖,成天都很困倦。儿媳妇在被逼无奈的情况下承认她给婆婆喝了安眠药,但村长并没有惩罚她,相反,他默许了这种状态,只是严令要小心,不要把人毒死……

"他到底是不是人?"我无语问苍天,"乔诺塔克斯?他终究是人类吧,虽然是魔法师……"

也许这是最好的解决办法。它可以让我们所有人免于被杀,它将保证托丽雅·索尔夫人的安全。而且,按照紧张兮兮的坦塔莉的说法,整个世界都就安全了。被灌下安眠药的魔法师先生没有知觉,没有意识,同时又有神奇的法力。

现在我拉着拖板在树林里走,如果记忆有误,我们选择了错误的方向——随着夜幕降临,我的疑虑和纠结就会顺理成章地结束,因为狼群会出现……

坦塔莉又落在了后面。阿拉娜走在我身边,双手藏在暖手笼里,看样子坦塔莉拒绝接受帮助。我走到拖板跟前,俯身看着魔法师先生苍白的脸。

"乔尔诺……我们走的方向对吗?"

沉默。合上的眼皮,光秃秃的眉毛之间有痛苦的皱纹。

"乔尔诺……你能听到我说话吗?"

"狗。"阿拉娜的声音变了。我吓了一跳。

冰冷的空气中传来遥远的、此起彼伏的狗叫声。

在拳头里做汤容易不?把致命的毒药放在嘴里,把煤放在怀里？

暮色降临时，我们到了一座农庄，有钱果然能使鬼推磨，有那么一瞬间，我觉得自己是个真正的巫师。有人收留我们，于是我们有了住所，有了食物，有了床铺，有了热水。我跟自己说在天亮之前什么都不要去想，然后在阿拉娜的怀里心满意足地睡着了，几乎称得上幸福；我在半夜时分醒来，天还没有亮，一片漆黑。

帘子后面，坦塔莉辗转反侧，嘴里发出含糊不清的呻吟。她做了噩梦，梦见自己在界门徘徊，有个身影在前面晃动，不是人的身形，是守护者的巨大身影，同时也是她的丈夫，卢阿尔……

阿拉娜在我耳边发出轻轻的鼾声。我怕吵醒她，小心翼翼地熨平盖在她肩上的被子，然后下了床，把斗篷披在赤裸的身体上，蹑手蹑脚地走到帘子后面。坦塔莉不再呻吟，但是呼吸声很沉重。

我在她身边站了一会儿，然后小心翼翼地绕过拐角，摸索着走进隔壁房间。

这个房间可能是仆人的住处。乔诺塔克斯·奥罗先生现在正躺在角落里的简易木床上，身上盖着自己的皮大衣。晚上，我用皮带把他的胳膊肘、手腕、膝盖和脚踝绑得结结实实；我一度回忆起装木桶的地牢和我自己手上生锈的铁链。他这是罪有应得……

我停在门口侧耳倾听，没有呼吸声。难道魔法师都不喘气？

不能用拉链束缚马车，也不能用馅饼喂狼；乔尔诺达斯科罗会认为安全的界线到底在哪里？无害的乔诺塔克斯——是死了的乔诺塔克斯吗？

我倒换着脚站着。我们过于自信了，不知道为什么会觉得我们真的可以在他无助的时候杀死他。如果杀不死呢？如果阿拉娜是对的，我们需要一个"有魔法的物件儿"才能杀了他呢？那为什么还要这样进退两难？我们让他活着并不是出于高尚，而只是因为我们不知道如何夺去他的性命……

现在拿起皮带，放在他毫无防备的喉咙上……

这很令人厌恶。如果他嘶声挣扎着去见祖宗，那么我在自己眼里又成了什么？月黑风高杀害赤手空拳之人的刽子手?!

更不用说法官的判决……

坦塔莉在帘子另一边发出虚弱的叫声。

"你这个畜生，"我若有所思地看着手无寸铁的敌人说道，"怎么办，该拿你怎么办呢？"

一群愉快的旅人。一个男人，两个女人，还有跟他们在一起的一个人形炸药包。甩不掉，也炸不掉。

第二天，春天来了。瞬息而至，毫不留情。村民们苦恼地抱住头，谈论着被洪水冲毁的堤坝和桥梁，被淹没的低地，还有其他损失。我们设法沿着雪地抵达相邻的村子——在那里，旅程终究还是面临搁浅，因为次日早上道路已经完全无法通行。

我们有足够的钱，租了旅馆里最好的房间，并打听了当地的女巫医，总共找到三个，其中两个自称是"女巫"；她们的巫术顶多就是能治疗个便秘。三个人不约而同地向我推荐了同一种药剂——可能她们的祖母从远古时候就一直互相偷配方。这种芬芳的药剂名叫"安神剂"。"悠着点儿，少爷，别用太多——不然会一直睡下去，再也醒不过来……"

配方很简单。在没有女仆协助的情况下，我自己熬好了药，用布过滤了煎煮的汤汁——我担心这使人头晕的气味会在整个旅馆蔓延。

乔诺塔克斯没有任何生命迹象。拿镜子靠近他的嘴唇，镜子上满是哈气——仅此而已。我用一个宽嘴儿茶壶每天往他半张着的嘴里倒入一日剂量的安神剂——光是这个味道就能让人失去知觉。

"别太过火了。"坦塔莉透过牙缝说。

在这段日子里，道路已经完全被泥浆覆盖，积雪消融之后露出了泥泞的粘土。健谈的旅馆老板娘和我搭讪的次数越来越多，她问贵族老爷夫人们要去哪里，那位"从不离开房间的老爷"是否需要巫医。仆人们已经很好奇了，在旅馆里很难保守秘密。我禁止女服务员们打扫乔诺塔克斯的房间，表面上是为了不打扰病人，但实际上是我担心外人发现这位卧病在床的先生被五花大绑着。

安置魔法师先生的房间里没有壁炉。我注意到坦塔莉避免把蜡烛带入房中，也不在乔诺塔克斯毫无生气的身体跟前点火。

"难道他还会介意不成？"我带着一丝嘲讽的语气问道。

她没有回答。

我们在旅店里逗留了将近两个星期。老板娘、仆人和整个村子都让我们无比厌烦。乔尔诺达斯科罗仍然在沉睡——每天一副安神剂发挥了作用；有一个好奇的女仆违反禁令溜进他的房间，看到了一幅平静的景象——床上躺着的人非常憔悴，当然，还秃顶，盖着黑色的皮大衣平静地睡着。女仆心满意足，拿走食物准备出去传播八卦，半路上被恼怒、凶狠、无情的我碰了个正着。

第十三章

不用说，我的心情一天比一天糟糕；不用说，魔法师先生的安静顺从比试图逃跑还更让我担心。不用说，点燃我怒火的不是那个女仆——但我把她的不当行为抓了个现行之后，还是火冒三丈。我告诉她，睡在禁止仆人进入的房间里的那位先生得了不治之症，第一个症状就是秃顶，好奇的女仆可以为她的茂密头发挖一个坟墓，很快它们就会一根根地脱落，女仆的头骨就会和那位先生一模一样；这个病是会传染的，女仆的所有亲友也可能会生病。我不记得我还说了什么，但那个可怜的女孩歇斯底里地瘫坐在地上。足足有那么半个小时，旅馆里一片混乱，每个角落都传来女人的抽泣声。又过了半个小时，老板娘来找我，一反常态地冷漠和不友好，严厉地要求我们尽快离开旅馆。因为他们会因为传播传染病而锒铛入狱，因为她这个老板娘有权力管束所有患瘟疫和流行病的住客，如果我们不老实听话，她就把我们扔到坑里，烧掉我们的所有家当。

我匆匆赶到马厩，早就跟那边儿商定好买马的事了。养马工对我避如蛇蝎，拿鞭子挡在身前。显然，传染性秃顶的消息在村子里以迅雷不及掩耳之势传开。我忍不住咒骂自己的舌头；好在阿拉娜和坦塔莉都没有指责我。她们两人都暗自欢喜，终于能离开这间讨厌的旅店。刚过正午，脚下的道路不再那么泥泞，我估摸着虽然会很费劲，但我们应该能在太阳下山前到达一个农庄。

养马工小心翼翼地在烛火上烤着我付的买马钱。我推了推乔尔诺达斯科罗，解开他的腿。魔法师先生无动于衷，萎靡不振。有一段时间我尝试让他承认他实际上是在装睡，但我失败了。我的计划灵感源自于一个关于别出心裁的儿媳妇的古老八卦，却出乎意料地可行而且成功。

乔尔诺像个麻袋一样挂在马鞍上。全村的人都在秃头病患者的可怕面孔面前落荒而逃，有多远跑多远。我扶着乔尔诺，牵着马，带着一行人来到郊外，进入田野。我在那里如释重负地给昏睡的魔法师一个安全的行李位置——横在马鞍上。坦塔莉冷得直打哆嗦，阿拉娜的鼻子呼哧呼哧的；我们四个人有三匹马，我跨上马鞍，让阿拉娜骑在我前面，坦塔莉是个优秀的骑手，她牵着乔诺塔克斯的马缰绳。我们就这样慢慢地骑行，绕开水坑，走向我们的命运。

命运对我们并不友好。

太阳挂在地平线上，即将落到森林的黑色边缘之下。而道路继续延伸，没有任何人类居住的痕迹。但是我已经连续十天问了十次关于这条路的情况，所有的消息都表明，附近一定有一个农庄，而且不止一个！

我们穿过一条小河，河上有一座漏水的破桥。马匹不情不愿地踏上腐烂的木板；我的同伴们则沉默不语。坦塔莉和阿拉娜紧张地凝视着越来越浓的暮色，期待着能看到地平线上的炊烟，或者是一栋建筑物，甚至哪怕是一个孤零零的谷仓。傍晚完全是春天的气候，无风，相对温暖，但没有人喜欢农庄对我们开的奇怪玩笑。

至于魔法师先生，在流浪的梦境里——我已经十五天没有听到他发出任何声音了。

夕阳西下，在半明半暗的灯光下，一座桥在我们面前若隐若现，和我们之前走过的那座桥如出一辙。马匹停住了脚步。我隐隐约约的怀疑变成了肯定。

"我们并没有拐弯，"阿拉娜低声说，"在树林里有可能迷路绕圈子，但我们是沿着路走的。"

我跳下马，走到搭在马鞍上的乔诺塔克斯身边。在这种场合

第十三章

下通常是先揪住头发,我有一瞬间的不知所措,然后抓住魔法师先生的下巴,抬起他的头,迫使他看向我的眼睛。

乔诺塔克斯在睡觉。他的脸像往常一样保持沉默,让人无法看穿。

"他在睡梦中不能施魔法吗?"阿拉娜问道,"或许他梦见过这条道路?嗯,在梦中?"

"这可能是另一座桥,"坦塔莉不确定地说,"没准儿只是这地方所有的桥都长得一样……"

我走到桥边,烦躁地敲打着腐朽的栏杆;栏杆咔一声断裂,掉了下来。在黑暗中已经无法确定这是否是之前那座桥。正如坦塔莉所说,这块儿地方的居民对桥梁疏于管理……

"有水,"阿拉娜精神一振,"那里有一整条河……肯定有食物。现在毕竟不是冬天,没有霜冻……我们可以过夜……"

没有其他出路。我用断裂的栏杆生起篝火,算是对乔尔诺达斯科罗的小小报复。其他燃料几乎没有,而用栏杆也生不出大火。我让马匹喝了水,因为反正也没有什么东西可以喂它们。

"把他从火堆旁挪开。"坦塔莉说。

"你怎么这么关心他的情况,"我说,"不是你第一个提出能不能杀了他的吗?"

"把他从火堆旁挪开,"坦塔莉平静地重复道,"他不应该躺在火堆旁……"

"他能用手把这火撕成碎渣,"我冷冷地告诉她,"你愿意的话就把他挪开。我是一位高贵的绅士,是大魔法师的后人,我已经受够了!"

坦塔莉站了起来,走到乔尔诺身边,抓住他的肩膀。在我看来,拉着他的脚踝更舒服。但是,也许坦塔莉会因为一颗光头在崎岖不平的道路上上下颠簸的场景而于心不忍？

努力，再努力，坦塔莉顽强地把魔法师先生拖到火光的边缘。我很好奇，他们当时在森林里谈了些什么？在空地上？毕竟乔尔诺已经看到有旁观者……

难道他没看到？

"放下，"我疲惫地说道，"算了，我来吧……"

坦塔莉没有回答，她把昏睡的乔尔诺拖离火堆，居高临下地俯视着他——我只能看到一个黑色的身影。然后她回到篝火旁，我们开始吃面包和在篝火上加热了的肉。

"雷塔纳尔，讲个故事。"阿拉娜对我说。

我感到很困惑。"什么故事？"

"随便什么故事……就像你之前给我讲过的。比如说，关于强盗。"

"不要讲强盗的故事。"坦塔莉含糊不清地说。

"那就讲讲幽灵。"阿拉娜随和地说。

笼罩在火光中的栏杆残骸一片寂静。它们曾经一定被千万只不同的手触摸过——现在触摸它们的是火焰。如果人类的触摸只是稍稍磨平了耐心的木头，火则正在吞噬它，不紧不慢，但不可避免。为了让我们取暖……

"他冻僵了"。

谁说的？我到底是在哪里听到的？

我转身向黑暗中看去，仿佛是害怕被五花大绑的乔尔诺达斯科罗会跳起身逃跑。

"关于幽灵……那么，是这样的。地面上有一座古老的城堡，一个幽灵藏身于城堡的地下室……他也不年轻了，干瘪瘦弱，老眼昏花……"

第十三章

"幽灵?"阿拉娜噗嗤一声。

"但他的眼睛像灯盏一样炯炯有神,"我心平气和地补充道,"老幽灵最希望的是在世上保护自己的年轻后代免于犯错,但是哪儿能啊……也许年轻的后人只有在城堡的地下室里才能聪明一点儿。他成为一个四处游荡的幽灵,眼睛会像蜡烛一样燃烧,而他的叹息能吓跑猫头鹰……想象一下,一大群幽灵填满了地窖,伸出他们的手,呼唤我们这些活人尽早醒悟——直到为时已晚的那一刻到来……"

"不。"阿拉娜说。

听到她的声音,坦塔莉猛地转过身:"什么不?"

"雷塔纳尔,"我听出阿拉娜声音中带着泪意,"雷塔纳尔,求你了……做点什么,我不能……没有你……"

坦塔莉将目光转移到我身上。她的眼睛在火光中是黑色的,有两个闪闪发光的金色圆点。

阿拉娜哽咽了。

"你们之间有什么秘密?"坦塔莉漫不经心地问道,"雷塔纳尔,能向我解释一下吗?"

我把断裂的栏杆扔进火里,耸了耸肩。"没什么秘密,每个人的生命都是有限的,有时想想它也是好事。把面包吃完,我马上就回来。"

乔尔诺达斯科罗躺在坦塔莉安置他的地方——在湿漉漉的陈草地上,躺在他自己的大衣包裹成的茧里,曾经奢华的皮草像病狗的毛一样皱皱巴巴。远处的火光照到了闪闪发光的脑门上,我觉得乔诺塔克斯在睡梦中皱了皱眉头,好像是牙疼一样。

我从腰带里抽出匕首,抵住魔法师先生的喉咙。在这种事情上最好不要犹豫不决。不要动摇。

"乔尔诺，这样吧……立即从我身上撤销法官的判决，而我会留你一条性命。成交？"

今天早上我不是还往他嘴里灌了一剂药吗？为了能有个轻松安全的旅程？

就这，安全的旅程。绕来绕去，到处都是破旧的桥梁，信誓旦旦地告诉我们会出现的农庄至今不见踪迹，变成了幕天席地的潮湿夜晚……

"乔尔诺……我知道你是假装的。但我是认真的。乔尔诺。你欠我一笔债，一辈子都还不清……嗯？"

他睡着了。

我透过他松松闭着的睫毛之间的缝隙看到他的眼白。魔法师先生睡着了，神志不清，或许还在因为上次的施法而处于力竭的状态；或许这条来回兜圈子的路就是他的梦境之一。而我像个傻瓜一样，拿着匕首站在他身边。

谁知道如果我迈出最后一步，事情会如何发展。绝望的一步。谁知道如果我割断他毫无防备的喉咙，事情会变成什么样子。魔法归魔法，但最终的决定权往往属于杀伤性的钢铁……

没有人知道。因为我不敢杀这个睡着的人。因为这超出了我的能力。因为我像癫痫发作一样咬紧牙关，藏起匕首，回到了火堆旁。

这对姑嫂在无声地交谈，坦塔莉目光沉沉地瞪着阿拉娜。看样子，她提了一个问题，希望至少能从我妻子那里得到答案；而阿拉娜正盯着火堆。我心怀敬意地想，没有人能够像我的小妻子这样保守秘密。

第二天我们到了一处农庄。在冷清的街道上，我们最先遇到

第十三章

的是两个在井边闲聊的少妇。看到我们这支小小的骑兵队,她们先是伸长脖子急切地看我们的脸,然后惊慌失措地跑开了。

可怕的传染病的消息先我们一步到达了这个农庄。这也难怪,就算是一个懒惰的步行者也能轻松地走完我们走了将近一昼夜的路程。显然,在这个农庄打尖儿是指望不住了。一些面色阴沉的人看似无意地拿着干草叉。我们好不容易说服旅馆老板卖给我们食物并帮我们喂马。众所周知,硬币放在烛火中烤一烤就会失去携带病毒的能力。

草草吃了些东西,我们又上路了。道路变干一些了,周围的田野上满是弯腰劳作的背影。他们目送着我们,而且目光不善。

"雇一辆马车,"坦塔莉疲惫地说道,"雇一辆马车和一个好车夫,没日没夜地骑马,我已经受够了,苍天,谁知道……我想回家。"

我惊讶地瞥了她一眼。以前的坦塔莉绝不会允许自己说这样的话;谁知道明天会发生什么。前往界门的旅程影响深远,虽然有点延迟,就像一个好的判决……

可能坦塔莉不明白为什么我的脸色变了。阿拉娜惊讶地转过头来,我像抓稻草一样抓着她的肩膀,就像抓着一个浮子。

一切周而复始。

太阳刚一落山,周围似乎就荒无人烟了;半天之前还有个路上遇到的商人给我们指了前面村庄的方向,并向我们保证那里离我们顶多两小时的车程。然后暮色渐浓,道路蜿蜒向前,空无一人,路边是同样的树木,地平线上是同样的森林边缘,沿着自己的足迹走过十遍——都没发现落入了圈套……

我们默默地扎营,默默地拾柴,默默地生火,默默地吃晚饭。天气越来越糟,可能还有雨等着我们。

我没有看坦塔莉,把五花大绑的乔诺塔克斯从火堆旁拖走。奇怪的是,他身上并没有不洗澡的臭味。不像一个人,而像一个木偶——不吃任何东西,只喝安神的药剂,不拉不尿……

"我们把他留在农庄吧。"阿拉娜在我身后说。我打了个寒颤,转过身。

"留下吧。"阿拉娜重复道,用鞋尖刮着地面,"很明显,只要他跟我们在一起——就一直会这样周而复始……"

"如果我们留下他,他醒来之后就会去找你母亲。"我厉声说道。

"如果我们留下他,他会被杀死。"从黑暗中出现的坦塔莉阴沉地反对。

"如果他能被杀死的话。"我咬牙切齿地嘀咕道。

"你自相矛盾。"坦塔莉挤出一个笑容,转身走回了火堆旁。

半个小时后她睡着了——或者是假装睡着了,裹着被子坐在篝火旁,头下放了一个袋子。阿拉娜和我并排坐着,静静地靠在彼此身上,在寒风中瑟瑟发抖。

然后,我不知道为什么,从怀里拿出我的木制日历,对着光展开。

瞧,这些是在没有炉子的小屋里度过的日子,在旅馆里度过的日子,在路上浪费掉的日子……艰难的日子,但已经过去了。还剩下……剩下三个月。就这些……

阿拉娜死死地抓着我的肩膀:"雷塔纳尔……"

"我们会幸福的,"我闷闷地说,"一生。三个月……但是以后会有值得记住的事情。

第十三章

我吻住她的嘴唇,她身上有烟味,不是旅途中偶尔点燃的篝火的烟味儿,而是舒适的炉灶,家,童年,过去的生活……

门上的蜗牛。壳里的小鸡。每次你都要重新接触它,穿过温暖的衣服,穿过斗篷和被子,穿过恐惧和困难,穿过艰难的回忆……

不需要把门砸破。它们将自行打开。

⚔

一小时后她就睡着了——在寒风中裹着我的斗篷睡着了。我坐着,把树枝扔进火里;我知道我睡不着。

断头台上的死刑犯总是正确的。当他在大庭广众之下置身于刀口下时,他会说:"现在我知道该怎么活着了!"

观众们不知道。他们嗑着瓜子,各回各家,仍然用手指拉着自己埋汰的生命之线,一边拉着,一边过着自己惯常的生活……

死前的夜晚我要在酒窖里度过。我要坐在酒桶下面,邀请近视眼的幽灵达米尔,我不会邀请阿拉娜。十六岁的寡妇,她会忘记我,会愉快地重新整理自己漫长的生命线,而我只是上面的一个小结。

"雷塔纳尔。"

我出现幻觉了吗?

"雷塔纳尔,你没睡对吧?"

好吧。

寒冷。苦闷。还有可以肯定的预感,可怕的弱点夺走人的意志,让人想要倒在地上……还是说这只是幻觉?

我站了起来,拔出我的剑,背对着火堆站了一会儿,等着眼睛适应夜色。我记得乔尔诺能在黑暗中看到东西,而我就差多了，根本看不见。

然后我从火堆中捞出一根烧了半截的树枝，冒着些微美丽的红烟。这算不上体面的武器，没有多少光亮，更多的是烟雾……

我一手拿着树枝，一手拿着剑，离开了火堆，走到漆黑的小洼地跟前，五花大绑的魔法师在这里等待黎明。

漆黑一片，伸手不见五指。我在几步远的地方停了下来。不是因为我看到了乔诺塔克斯，而是因为我闻到了他的气味。

"我失算了，雷塔纳尔，"乔诺塔克斯用困倦的声音说，"一旦恣意放纵……随后就会有宿醉的痛苦感觉。你能从别人的错误中吸取教训吗？"

我沉默不语。

"恐怕未必，"乔诺塔克斯遗憾地嘀咕道，"你更喜欢从自己的……放开我。"

"还要什么？"我温顺地问道。

乔尔诺轻笑一声："还要……给篱笆刷油漆……开个玩笑。那些该死的东西，毒药，都用完了还是剩下了？"

他说的是安神剂。三个女巫医，两个自称是女巫。可不就是毒药么……

乔尔诺打了个哈欠："伤害肝脏，伤害肾脏，过量会导致昏厥、心悸、窒息……是一种恶毒的药剂。有百害而无一利。不要招惹女巫医，雷塔纳尔。"他又打了个哈欠。

"可有人告诉我，"我咧嘴一笑，"'不要招惹魔法师'……"

"这话也没错，"乔尔诺第三次打了个哈欠，一边问道，"你想杀了我吗？"

我沉默不语。

"好吧，雷塔纳尔。既然你不打算给我松绑，你就可以走了。

第十三章

去睡觉吧。无论如何,我现在要睡了……"

他打了一连串的哈欠,声音很大,我不由自主地瞥了一眼,看阿拉娜和坦塔莉有没有被吵醒。

"你还……有什么不满足的,雷塔纳尔。活着并且享受生活。你的妻子爱你,草发芽了,雪融化了……至于法官……别放在心上。睡吧,雷塔纳尔,睡吧,你的乔诺塔克斯会照顾你的……稍后。"

有一阵子,我持剑而立,就像一座战士的纪念碑,或是一个统帅的幽灵,或是一个彻头彻尾的傻瓜。魔法师先生睡在潮湿的土地上,现在我能清楚地听到他的呼吸声,均匀、平静而安详,仿佛乔诺塔克斯在经历了漫长的劳累或长途跋涉之后,终于回到了自己的床上。

在街上遇到他时,每三个市民中就有一个要向他行礼。在过去的日子里,几乎人人都要行礼——那时他是戍卫队长,但现在他只是一个退役的英雄,年轻战士的教练,城中知名军团的负责人……

店主们窃窃私语,说,索尔先生在街上闲逛时是在思考。他们错了,他闲逛是为了不考虑任何问题。

这是广场。大学的大楼,入口处长期有守卫值守——铁蛇和木猴。对智慧和知识的渴望;每一个心怀敬意的学生走过时,都会拍拍猴子的木头屁股。

索尔没有走进大学。也就是说,他当然会受到接待,他的任何要求都会被满足,但他会在每个人的眼神中看到同情,没有一个混蛋会问他妻子的健康状况——瞧您说的,这样的问题是没有分寸的，谎……

她不在的时候进入她的书房对他而言是痛苦的事。办公室上了锁，他亲自保管钥匙，这就足够了。即使是新任的校长先生也出于对他的尊敬没有反对这种奇怪的秩序。

索尔站在那座辉煌的建筑前，抬头看了看天空，回答了某人的问候，并绕着广场走了一圈，每走一步，他都觉得自己的脚在人行道的鹅卵石里越陷越深。

法院的大楼。二十岁的托丽雅在这栋楼下面的地窖里受尽折磨。

这里以前有个脚手架。喜剧演员们在那里搭建他们的戏台，当时还年轻的坦塔莉在其中大放异彩。

而这些风景如画的废墟——一座高大建筑的遗址，被一块块拆除。地基的遗迹上矗立着一块花岗岩板，上面写着大字，就像识字课本中的一样。"拉什塔被夷为平地，这是对受诅咒的教团所犯的无数罪行的惩罚。"对于大多数没有见过瘟疫的市民而言，这些只是漂亮的空话。

索尔上校停下脚步。

你已经输了，法吉拉。生活仍在继续。

⚔

他变得更加苍老了，蓦然老了十来岁。此刻在日光之下，他看起来足以做我的父亲，脸上满是皱纹，肤色发黄，只有光秃秃的脑门一如既往地闪亮，甚至颇有些挑衅的意味。

"我们为什么要相信你？"我问道。

我们站在一家破旧的小酒馆的后院。水坑、肥料、破旧的柴垛，一只母鸡被放出来在第一片草地上孤零零地吃草。我们站

第十三章

着,乔尔诺达斯科罗坐在一个木墩上,他那件毛茸茸的皮大衣的下摆躺在泥泞之中。

"你们不必相信我。"乔诺塔克斯耸了耸肩,但由于双手被绑在背后,这个动作看起来很奇怪。

"没有人会让你接近托丽雅夫人,"坦塔莉咬牙切齿地说道,"不会让你靠近。你死了那份儿心吧。"

"算了吧,"乔诺塔克斯闭上了眼睛,"他会抛弃你然后忘记你。你会被雇为某个小商店的女佣,擦洗布满灰尘的地板、听着责骂度过余生。而当肥头大耳的主人开始在储藏室里某个地方对你动手动脚时,你会想起你那高贵的骑士,并吞下你的眼泪……"

他显然是在引用某人的话,重复某人的话,还模仿那人的声音。这个声音我并不熟悉,但坦塔莉的脸色瞬间变得苍白,苍白得让我感到惊恐。

"我什么都不会告诉你,"乔诺塔克斯换了一个声音,低沉,走了调,"你自己知道。"

"闭嘴。"坦塔莉说道。

乔尔诺掀起眼皮,不知道这个眼神表达的是什么。乔尔诺可能随着时间的推移发生了一些变化——但目光仍然像以前一样——有点疯狂。只是一点点。

"我会得到我的东西,"他轻轻地说,"我需要它。如果你们能帮我就好了……对你们来说不是坏事。因为,"他突然放肆地向我眨了眨眼,"一切都在变,现在你们需要我比我需要你们更多……不是吗,雷塔纳尔?"

我可以感觉到阿拉娜沉重的呼吸,于是看也不看地把手放在她的肩膀上,把她拉到我身边。没什么,乔尔诺,说吧说吧……

Авантюрист
冒险者

"世界一直在变,"乔尔诺眯起了眼睛,仿佛这个想法给他带来了难以言喻的快乐,"当我看向这口井时,我希望有人能分享我的喜悦。当我看到世界的内里,我会有一种甜蜜的兴奋。这……就像一个充满激情的拥抱,阿拉娜,你现在算是知道什么是激情了吧?!"

阿拉娜瑟缩了一下。我的手把她的肩膀抱得更紧。

乔诺塔克斯坐立不安——他坐着很不舒服。他更愿意把胳膊肘放在膝盖上,把下巴放在交织的手指上。

"是的,我们生活在一个被圆形地平线环绕的盘子上,我们从来没有看过边界。主人会来用勺子铲出冷掉的粥,用我们的盘子装满热汤,或肉酱。主人的脖子上会挂着一件奇怪的首饰,一个纯金的物件儿……"

"妈妈为了它受尽折磨,"阿拉娜突然说道,"她已经承受了所有能承受的……难道你认为她会把它交给你吗?"

乔尔诺微笑着,用父亲般的语气轻声说道:"它不再属于你的母亲了,而你的哥哥也累了。莫非你真的认为作为守门人,我有哪一点不如你哥哥吗?!"

"什么'主人'?"我后知后觉地问道,"什么'汤'?"

"乔尔诺,你得不到它的。"坦塔莉疲惫地说道。她用奇怪的眼神看着我,仿佛牙疼得难以忍受,却仍然保持着云淡风轻的表情。

"自古以来,"乔诺塔克斯叹了口气说,"先知护符只属于能够驾驭它的人。不配使用它的人的所有尝试都惨遭失败。我可以戴上这个护符,坦塔莉。这件金首饰完全没有感情,它自己会决定更喜欢谁。但我有理由相信它会选择我。"

"你已经试过两次了。"坦塔莉慢条斯理地说。她的眼睛盯着魔法师的眼睛,但我有种感觉,她马上就要看向我。她想看我,想说一些重要的事情,希望我能明白……

乔尔诺眯起了眼睛。"才两次。第三次尝试将会是神奇的。"

他又开始用别人的声音说话了。我不是胆小鬼,但起了一身鸡皮疙瘩。

"你是谁?"坦塔莉停顿了一下后问道,"你从哪里来?你背后的人是谁?"

乔尔诺张了张嘴,但阿拉娜上前一步,没让他说出一个字:"不会有第三次,你不能去找我母亲。我不会允许你折磨她。你的下场会很惨,乔诺塔克斯,很惨,就像法吉拉一样!"

在场的每个人都知道这个名字,除了我。坦塔莉瑟缩了一下,咬住了嘴唇。乔诺塔克斯疑惑地摇了摇头。我感到震惊,此时此刻,阿拉娜与埃格特·索尔竟如此相似。特别是现在,当她相信自己能够保护母亲,而她的预言至少有一定意义。

就在这时,坦塔莉又向我投来了紧张的目光。而我突然明白了她想要什么。明白了之后,我浑身发冷。

"托丽雅·索尔夫人不是已经苦苦思念儿子十年了吗?"乔诺塔克斯惊讶地问道,"难道她没有被她与儿子断绝关系的记忆折磨得内疚不堪吗?三年来,她不是一直待在自我封闭的幻觉世界里,在疯狂中沉沦吗?"

"妈妈没疯!"阿拉娜怒吼一声。我向旁边挪了一步,一小步——现在我已经站在魔法师先生的肩后,再挪一步——我到他背后了。阿拉娜正在激动地说话,我从她脸上看到了年轻的埃格特·索尔……而坦塔莉也在说话,咬牙切齿,语重心长,不紧不慢。坦塔莉看到我了,她在拖延时间。

我们太傻了,天真的傻瓜。也许还有时间纠正错误?

现在乔诺塔克斯说话了。我看不到他的脸,但我知道他在笑。

他谈到了对未知的恐惧,谈到了不断变化的世界,满溢的沙粒,金色的护符,站在我们熟悉的地球板块边缘的外来者。谈到了"他者"和"朋友"这两个词是多么的相似,关于行凶者不一定非要带着刀——医生也可以拿柳叶刀做武器,而这时候流血是为了人好……

我不再听他说话了,目测了一下到柴垛的距离。旅馆老板是个邋遢懒惰的人,堆积如山的垃圾印证了他的平庸。一堆横七竖八的原木旁边躺着一把暂时被遗忘的斧头。

雷克塔斯族人从不背后偷袭。

"如果我求你呢,乔尔诺?"坦塔莉柔声说道,"为了……某些事情,你比任何人都明白,你明白的。乔尔诺,但你还是做了……你决定……如果我求你呢,低声下气,给你跪下?不行吗?"

她在明目张胆地胡说八道。至少当时在我看来是这样的。

"我很冷,坦塔莉,"乔诺塔克斯说,他的声音中没有惯常的嘲笑,"让我暖和一下。"

斧头落到了我的手中——很趁手,仿佛我这辈子一直都在砍人的头。

"像你这样的人不会跪下……"乔尔诺还想讲些什么,但说时迟那时快,我将斧头挥向他的头。

没有大动作,短促凶狠,近乎专业。从背后袭来的猝不及防的一击,足以击倒一头公牛,致命的一击。只能成功,无权失败。

但我失败了。

我的武器劈开了空气,就在刚才——就刚才!那里还是魔法

第十三章

师先生闪闪发光的脑袋。斧头还在下落,乔尔诺像蜥蜴掉尾巴一样甩掉了那件毛茸茸的皮大衣,从木墩上滑下来,肩膀着地滚了一圈,嚯地站起来。斧头还在下落,瞬间,咚地一声落在空荡荡的木墩上,把彻底报废的大衣钉在木头上。

阿拉娜和坦塔莉朝不同的方向躲开。我用余光看到坦塔莉从袖子里抽出一把刀,阿拉娜从地上捡起一根木头;乔尔诺耸了耸肩。他的双手仍然反绑在背后,他看起来像一只光头鸟,稀奇古怪,但非常肮脏。

我跳过木墩,扔掉斧头,从腰带里拔出匕首。

"就是这样,"乔尔诺达斯科罗点了点头,在更脏的肩膀上蹭了蹭他的脏下巴,"斧子是卑鄙的武器,仅次于铲子。对了,雷塔纳尔,门口还有几个干草叉。你看到了吗?"

他愉快地眨着眼睛,耸了耸肩膀,松开了绑在身后的双手,向前伸出。他的手腕发黑,是绑得过紧的皮带留下的痕迹,右臂上盘旋着一条漂亮的小黄蛇。

"啊!"阿拉娜低声惊呼。

乔诺塔克斯用集市魔术师的姿态将手掌抚过蛇的身体。爬行动物伸了伸舌头,发出短促的嘶嘶声,然后化身为一个手镯。一条长着碧绿色眼睛的金蛇。

"给谁?"乔尔诺先向阿拉娜递出首饰,然后递向坦塔莉。两人都退后拒绝了。

"可惜了,"乔尔诺把金色的玩具丢在泥土里,"我没想到,坦塔莉,你想让我命丧斧底,说实话,我真没想到……"

我为她感到难过。她的脸绷紧了,泪水涌上眼眶,看起来,她试图控制自己,但没有做到。

"我没想到,"乔诺塔克斯以出乎意料的温柔重复道,"我的意思是，我理解你的动机，只是……雷塔纳尔，"他恼怒地朝我的方向瞥了一眼，"你拔出武器不是为了吹牛或吓人。那好歹把匕首藏起来，或者至少在你拔出匕首的时候别剔牙……坦塔莉，如果我是个长得不错的卷发男人，你会叫人用斧头砍我的头吗？"

该死的，他们之间到底发生了什么？！

坦塔莉张了张嘴又闭上了，看样子是找不到合适的说辞。她转过身去。

乔尔诺达斯科罗冷哼一声，挠了挠光秃秃的眉毛。"识时务者为俊杰……你们想阻止我？试试看。"

我曾经为了成为一名优秀的战士付出了大量的努力。大量的努力和大量的时间。而最好的老师也对我很满意。

乔诺塔克斯向我走来。我们周旋了两分多钟，我的敌人那张向来无动于衷的脸上现在有了孩子般的兴奋，而我看不到自己的脸。坦塔莉和阿拉娜背靠着破旧的栅栏站着，我用余光看到坦塔莉试图扔出一把刀。

然后我发怒了，把我的匕首扔到乔诺塔克斯的脚下。我不关心魔法师和魔法，也不需要徒手搏斗中的优势，我就是自己的优势。

我素来自诩反应力超群，但我完全没来得及发现他飞来的手臂。

并非所有的决斗都是赏心悦目的。我们的搏斗毫无美感可言，泥泞、鲜血、凄厉的惨叫。我接住了几拳，打偏了几拳，失误了大概五次，打中了两次，打烂了乔诺塔克斯的鼻子和眉毛。然后他飞起一脚，脚后跟踹中了我的下巴，有一瞬间我甚至失去了战斗力，当我回过神来，发现自己头靠在木墩上。乔尔诺达斯科罗揉着他的大腿，皱着眉头喃喃自语，对我视野之外的人说道："我的裤子裂了，混……混蛋，开线了。这里去哪儿找缝纫女工，我就算衣衫褴褛，但裤子起码应该完整，穿着破裤子算哪门子魔法师。雷塔纳尔，怎么？你是自己站起来，还是要我帮你？"

我觉得自己像一个身体里面装着稻草的洋娃娃，被满载货物的大车车轮来回碾压……

半个小时后，魔法师先生骑马出了门。坦塔莉和阿拉娜都无法阻止他。也许她们不敢。也许她们已经绝望了。

我们输掉了这局比赛——或许我们也输掉了整场比赛。

第十四章

"鲜花！"街上传来叫卖声，"报春花！茎很柔软，花瓣很漂亮！嘿，大家伙儿，买一束花，送给爱人，送给主人的女儿！"

这村子其实是一个小城镇。当地领主的城堡位于城中心，我们住的旅馆俯瞰着一个人头攒动的宽阔广场，手工业区沿河分布——嘈杂、烟雾缭绕、散发着刺鼻的气味，看起来很繁荣。

"关上百叶窗。"坦塔莉冷漠地要求道。阿拉娜头也不回地摇了摇头，我从她的肩膀上方伸过手，扔给小贩一枚银币："这一篮花儿我都要了，全部。"

正对我眼前的阿拉娜的小耳朵高兴地动了一下。小贩千恩万谢。黑暗的房间里有一股树林的味道，而且是春天的树林，我觉得我的鼻孔已经有二十年没有接触过这种味道了。

"谢谢你，雷塔纳尔！太棒了！"阿拉娜掂了掂手中的篮子，在房间里踱步，活灵活现地模仿着小贩的步态，"鲜花！报春花！"

"你也很有天赋。"我惊讶地说。

坦塔莉微微一笑。我不禁注意到，尽管过去几天很辛苦也很

第十四章

不愉快，但她已经不再受界门之行的影响。没有歇斯底里，没有无动于衷，现在的她在许多方面依然还是从前那个自信的坦塔莉……

好神奇。

"那么守门人呢？"我摸了摸耳后愈合的伤口，皱着眉头问，"你想……"

"是的，我想……"坦塔莉叹了口气，"雷塔纳尔，外来者第一次和第二次出现之间有好几百年的时间。第二次和第三次之间，只有……大约七十年。当外来者把卢阿尔叫过来时，第二个守门人还健在。"

"守门人真长寿。"我喃喃自语，看着一只热昏头的年轻甲虫跟跟跄跄地爬过窗台。

"大家都叫他流浪者，"阿拉娜突然低声说，"他四处流浪，到处都找不到他。人们说他已经不再是真正的人类了，说他不是魔法师，但他有权力，第三力量给他做了标记……"

"谁？"

"呃，以前人们这么称呼外来者……第三力量。我不知道为什么。"

"十年前流浪者还活着吗？"我小心翼翼地问道。

坦塔莉和阿拉娜对视了一眼。

"总而言之，"阿拉娜坐下来，把篮子放在腿上说道，"没有人看到他死去……

"也没有人带来他死去的消息。"坦塔莉低声补充道。

"那又怎么样呢？"我的手掌突然开始发痒。还有我的背，我的鼻尖，我的全身皮肤都在发痒，让我意识到这才是谈话的主要内容。一些重要的东西，无论是对人类还是对我，特别是对我……

"他不完全是人类,"坦塔莉的声音仍然低沉,"也许他可以活一千年。而且……就算他死了,对他的同类来说,这也不是障碍。"

"有意思。"我说道,只是为了缓解紧张的停顿。

"唯一一个……"坦塔莉犹豫了一下。

"如果他想的话,"阿拉娜轻声补充道,"他,你知道……其实并不真正关心任何人和事。"

"别说。"坦塔莉不确定地反对。阿拉娜哼了一声。

"为什么你以前不说?"我温和地问,"关于这个能帮助我们的流浪者?"

"别抱太大希望,"坦塔莉耸了耸肩,"我只是……想不出别的办法……我们需要帮助,魔法师的帮助,是那种比乔诺塔克斯更强的魔法师。"

"这是不可能的。"我轻声说道。

"没有什么是不可能的!"坦塔莉站了起来,"现在……乔诺塔克斯受到了冲击,这削弱了他的能力,让他不在状态。我们都看到了。是的,他很多方面都是装出来的,但就在……去过界门之后……他真的丢了半条命。我们真是傻瓜,"她苦笑着说,"或者是自作聪明的人。好吧。我们表现得像高贵的绅士,没有割断敌人的喉咙,只是把他绑起来,给他喝安神剂……"

"里面有七种草药。"我忍不住说道。

坦塔莉点了点头:"是的,他已经清醒过来了,而且再次比我们强大了,但不是很多。而这种……战斗表现,并不是力量的展示。这是他软弱的表现,雷塔纳尔。"

我皱起眉头。我这辈子都认为自己是个不错的战士。我也确

第十四章

实是一个相当好的战士……

"决斗"挂的彩至今都还没有愈合。那时候乔诺塔克斯问我是要自己站起来还是要他帮忙,他把我们的盘缠公平地分成两半,然后离开了。

"那场战斗中没有使用任何魔法。"我不情愿地说道。

"是的,"坦塔莉点了点头,"这就是我要说的,他很小心。尽力避免使用哪怕是最微小的法术。不然按他平常的风格……你懂吗?"

我想起了家传宝剑的悲惨下场。沉重的液体滴落在地板上,我手中残存的碎块。

"你似乎比我们更了解他。"我声音中的嘲讽不容忽略。

"或许吧,"坦塔莉扬起下巴,"我们时间不多,但还有时间……乔尔诺现在不会去找托丽雅。他需要……"她犹豫了一下说道:"一个半月……"

"你确定吗?"

我们对视了一会儿。

"不确定,"坦塔莉诚实地说道,"我猜的。"

"如果你猜错了呢?"阿拉娜插了一句。

坦塔莉抿起嘴唇。

"我们必须抓紧时间,"我轻声说,"尽快……对了,坦塔莉,你忘了说我们应该做些什么。"

"去找埃格特。"她转过身,"埃格特能找到……召唤流浪者的方法。好吧,至少能联系到他……"

"好极了。"我停顿了一下说,我声音中的讽刺如同瑞香浆果汁一样喷涌而出。

怎么会这样,关于一个能够……可能……尽管有些匪夷所思，可能有一个能够让我摆脱判决的人……我竟然是最后一个知道的人？苦涩的笑容不由自主地爬上了我的嘴唇。我不是小男孩儿了，早就不相信救世的流浪者会从天而降……

"我们去吃午饭吧！"我神采奕奕地说道。

阿拉娜先溜上了楼梯。台阶发出尖锐的呻吟声，声音在走廊里起伏，整栋房子就像某种不可能存在的乐器。我妻子全神贯注于音乐创作，她已经吓跑了一楼某个地方的住户，这时我抓住了坦塔莉的袖子。"问你个问题……"

她的眼神倏地变冷，这正是她很久以前的样子，在城堡里，当我告诉她，某个邪恶的魔法师……

"不，"我急忙说道，"我不是在说那个……你确定乔尔诺会给世界带来毁灭，而不是，比如说，繁荣？"

"那些没有能力阻止外来者破门而入的人就是这么相互询问的……他们就是这样自欺欺人，自我安慰的。"

"这跟乔诺塔克斯有什么关系？他又不是外来者？"

"这是第二个问题，"坦塔莉小心翼翼地抽出袖子，"但如果你建议保持现状……"

"不，"我急忙说道，"坦塔莉，什么时候，是哪个瞬间你意识到……呃，你猜测乔诺塔克斯是什么人，以及他为什么想要护符？"

她紧张地舔了舔嘴唇。

"是你和他去界门的时候？是吗？"我说得很小声，甚至连自己都无法听到自己说的话，"坦塔莉，你真的相信这一切吗？相信世界会毁灭？"

"托丽雅，"坦塔莉不由自主地低头瞥了一眼脚步声已经平息的地方，"托丽雅熬不住去界门的旅程。她的神志被破坏了……

受伤了……我不想让托丽雅这样死去。"

说的也是……

"但阿拉娜挺过来了。"我悄悄地说。

消失的脚步声正在朝着我们返回。阿拉娜过来看看我们有没有趁她不在的时候窃窃私语。

坦塔莉突然抓住了我的手。一反常态,抓得很紧。非常温暖。"我想跟你说,雷塔纳尔……谢谢你。我想说这句话已经很久了。你……"

"你呢?"我迅速问道,试图控制住因这些话而涌上心头的自我满足。这种感觉令人陶醉,心潮澎湃,感觉我都要脸红了……现在不是脸红的时候。不是享受甜蜜的疲惫的时候。现在还不是时候。

坦塔莉放开了我的手,她紧张地揉搓着自己的手掌。"那我呢?我轻而易举地挺过了所有的一切?是吗?你是这个意思吗?

楼梯咯吱作响,就在跟前。

"他掩护了我,"坦塔莉轻声说,而我几乎听不到她的声音,"我也不想……这就是为什么他筋疲力尽。因为他也在我身上消耗了法力……"

阿拉娜的头出现在陡峭的台阶上方。我妻子什么也没说,只是眯起了眼睛——那眼神更甚于千言万语。

"我们走吧。"我轻快地说道。坦塔莉沉默不语。

她当时是怎么对他说的?"如果我求你呢,乔尔诺?"而他的回答很明确,她根本不会求他……

这些魔法师真是奇怪的人。

不过他们的奇怪之处并没有多于任何随机碰到的女人。

我们原本打算在中午过后离开，但计划却意外地被打乱了。我们吃午饭的时候，一位满身丝绸和羽毛、打扮得花里胡哨的信使来了，他带来的消息是给"两位初次到访幸福城市多茨的高贵的陌生人，美丽的阿拉娜和坦塔莉女士"。

"到处都是眼线，烦透了。"坦塔莉厌恶地说道。

我们在住客登记簿上填写了自己的名字，反正我们无人可躲。

寄信人是谦逊的"Л. 和 K."，然而印章上有公爵的头冠，我疑惑地看了看信使。

他鞠了一躬。"统治者拉里斯和科尔文，多茨的领主……"

"领主？"坦塔莉再次问道，"两个？"

信使假装没有听到这个问题，没有注意到她的惊讶，他再次鞠躬。"我奉命带来这封信，并且要带回口头答复。"

我把信给了坦塔莉，毕竟它不是给我的。坦塔莉迟疑了一下，然后把信封递回给我。

我撕开邮戳，信是用书法笔迹写的，墨水品质上乘，没有语法错误：

"尊贵的女士们，多茨的领主们欣然期待在自己的城堡里与你们相见——今天午夜来临前三个小时。当然，我们同样期待见到雷塔纳尔·雷科塔斯先生。不胜感激，Л. 和 K. 。"

我读完这封信，把它交给了阿拉娜。她扬了扬眉毛，把信递给了坦塔莉。前女演员的脸上摆出了社交应酬的客套表情，说

第十四章

道："烦请口头转告公爵们……公爵-领主们，非常遗憾的是，我们有要事在身，必须马上出发。我们的马车已经准备好了，一小时后出发。请代我们向领主先生们致歉。"

"听清楚了吗？"我冷冷地问。

信使第三次鞠躬。"各位……但这不符合多茨的传统。来自领主们的邀请是无上的荣耀，自建城以来，没有人拒绝过它。而且你们要早早动身——这并不是充分的理由。你们可以明天黎明时分出发，带着对我们城市的美好回忆……领主先生们很少离开城堡，所以特别喜欢听旅行者讲述世界上发生的一切……"

"女性旅行者。"我咬着牙说。

"但是很少有这样出色的女士到访我们的城市，"信使殷勤地笑着说，"当然，女士出行时没有丈夫或仆人的随行也是很罕见的……"

这个自称"幸福城市多茨"的大村子可真是知书达理，信件寄给妻子，而丈夫原来只是个"随从"……

"今天到访是完全不可能的。"我冷冰冰地说，"我希望选择权能够留给受邀者……难道不行？"我在最后一个问题中极尽嘲讽。

信使歉疚地笑了笑："难道……现在有什么可选择的吗？"

马车还没有准备好出发。车夫已经决定不再接受雇用了，而旅店老板说隔壁的天气预报员派了个男孩来提醒说马上要变天了。

"他一直这么做，"老板解释道，一边得意地挠着胳膊，"我额外付给他钱，应该说是为了天气预报，但客人们都很满意，有谁愿意迎着暴风雨上路呢?"

我们回到了我和阿拉娜的房间,围坐在桌子旁边,闷闷不乐地盯着不同的方向。坦塔莉皱了皱眉头,似乎在关注口中的异味,阿拉娜用手指捻着烧过的蜡烛灯芯,而我第一百遍重读了这封信。"尊贵的女士们,多茨的领主们欣然期待在自己的城堡里与你们相见……"

"你们干吗都像火鸡一样气呼呼的?"阿拉娜平静地问道,"确实也不能'迎着暴风雨'出行……"

"顺着暴风雨。"我苦涩地说道。

"什么?"她惊讶地转过身来。

"我们看见过暴风雨,"我也像坦塔莉一样皱着眉头,"看见过。暴风雨、积雪和泥泞……"

"他没有这么多力量,"坦塔莉轻声提醒道,"每天制造一场自然灾害,这是……你们知道……"

"到城里还有很长很长的路,"我痛苦地说道,"他需要多大的力量才能拖延我们的时间?才能让我们当中的某个人断一条腿?吃蘑菇中毒?落入强盗之手?"

"我都明白,但你应该忍住不说。"坦塔莉淡淡地请求。而她是对的,一旦宣之于口,不幸的事情就会更接近,也更有可能发生。

"我们小心行事,"阿拉娜宣布,"就这样。"

"首先,我们不会去找领主先生们,"我把信对折起来,"而且信使已经向他们转告了我们的正式回绝。"

"首先,我们要整晚坐在旅馆里吗?"阿拉娜轻声问道。

我转过头来看她。年轻女人坐在我面前,随意地靠在桌子边缘,是一个非常独特的美女,淡黄色头发,眼含嘲讽。而我想知

第十四章

道,这些东西以前都藏在哪里?在阴郁任性的少年的伪装之下?

"阿拉娜,我不太明白你的意思,你想去吗?"

我的妻子笑了,她的眼睛从灰色变成了清澈的蓝色。"他们待在幸福的多茨城里,很无聊,仅此而已。这有什么能威胁到我们的呢?"

"向雷塔纳尔发出邀请会更自然,"坦塔莉不以为然地说,"然后邀请我们和他一起去,而不是反过来……"

"偏见,"阿拉娜耸了耸肩,"从什么时候开始,普通的礼节反而是不自然的了?陌生的城市,不同的习俗……反正雷塔纳尔会和我们在一起。谁会在我丈夫面前冒犯我们?"

闭嘴,我对自己的傲慢说。说话是为了松开你的羽毛。让你乘着骄傲的翅膀翱翔,让你做你不打算做的事……

"你脸色为什么这么红?"阿拉娜很惊讶。

"给我看看这封信,"坦塔莉把手伸到桌子对面,展开那张纸,再次看了一下,咕哝了一声,睨了我一眼。

"难道你们真的对那些劳什子公爵感兴趣吗?"我很惊讶,"难道……真的很想去?"

"你看,"阿拉娜叹了口气,"说实话,我一直很讨厌这些应酬。还在城里的时候……"

"社交生活。"坦塔莉含糊不清地嘀咕了一声。

"但是现在,"阿拉娜难为情地笑了,"我们已经耗了这么多时间……在路上,在泥泞里,在这些旅馆里……"

她叹了口气。我看着她,就好像我这辈子第一次看到她。是的,毕竟不久前她和坦塔莉得到了她们的周末礼服——用的是从乔诺塔克斯的巢穴里弄到的钱。

我摇了摇头。乔诺塔克斯与此无关,但我眼前浮现出一个简单的画面：裁缝在量尺寸，坦塔莉在选布料，而乔尔诺站在一旁，是客户，是赠与人……

"如果你反对，"我听到坦塔莉轻柔的声音，"那我们就哪儿也不去，如你所说……"

我看了看阿拉娜。

我的妻子移开了视线。带着毫不掩饰的极度冷漠。

⚔

多茨的统治者非常客气，为我们派来了马车。特别是当说好的坏天气很快到来时，这就尤为显得恰到好处了；我们留在旅馆是对的。在这样的一片漆黑中，我们不太可能在风雨交加的情况下到达下一个村庄。若非因为领主的好意，我们可能连城堡都到不了。

让我意外惊喜的是，阿拉娜和坦塔莉都没有穿新衣服——新衣服充满无可救药的乡土气息，两人都很惊讶，她们之前怎么没有注意到这一点。我们穿着旅行的衣服，带着高贵旅行者的矜持，登上了带着徽章的马车。我带着剑，藏在衣服下面的匕首在我身侧散发着愉快的冰冷气息。坦塔莉把自己的刀留在了旅店——她叹息着解释说，袖子里揣一把刀，任何女人都会觉得自己像一只蓝色的长袜。

车轮在湿漉漉的马路上骄傲地隆隆作响，淹没了呼啸的风声。我们坐在马车里，阿拉娜贴着我的耳朵问道："你会讲大魔法师的故事吗？"

我摇了摇头，马车里再没有人说话。

马车轰隆隆地驶过吊桥——这是一座完好无损的吊桥，不像我城堡里的那座！马车经过了戍卫队——全副武装的，穿着红色制服！——开到了正门前。两个听差迎上前来——唉，哪儿能跟我可怜的伊特尔比！——还有一个军官，身上挂满金属物件儿。听差放下脚踏板，把它擦得锃亮，打开车门，拉起车篷——所有动作一气呵成；军官把女士们扶下车。城堡的内院是用石块铺砌的，比市广场要好。石头上闪着干净的光芒，水无奈地从上面滚落，想要却无法弄出一个水坑；我想起了自己城堡的内院在暴雨中的样子，不由得咬紧了后槽牙。

彬彬有礼到令人讨厌的军官已经带着我们穿过了无尽的楼梯和走廊；不，在这金碧辉煌的地方绝不会有幽灵。这里没有一个黑暗的角落——所有的东西都被无数的蜡烛照亮，每个烛台下都有一张戴着白色假发的粉色圆脸。我有一个疯狂的想法，我们身后的听差飞快离开他们的座位，跑过秘密通道，在拐角处再次迎接我们——他们的脸太相似了，怎么养活这么多仆人呢？

墙上的相框闪闪发光，相框里是某人的祖先们，祖先们的眼睛里闪烁着千篇一律的智慧和代代相传的勇气。纽扣和金银饰带闪闪发光，壁龛里的大理石雕像闪烁着莹白的光芒，而我却越来越哀伤。鬼知道我们为什么钻进这个珠宝盒里，在这里等待我们的是什么，除了头痛和甜腻的灿烂微笑，毕竟我们在明天黎明就要离开了……

坏天气在彩色玻璃窗外肆虐。雨停了我们就走，我愤愤地想。如果不是乔尔诺招来这场雨，那就太气人了。如果是正常下雨，一场普通的春雨……

"各位！多茨的领主们很高兴见到你们，请进来吧，我们也很乐意为诸位效劳！"

大厅相对较小，我们在来的路上正好穿过了比这宽敞得多的房间。大厅里的装潢也品味一般，反正没有太多亮点。桌子在食

Авантюрист
冒险者

物的重压下几乎有点下沉,连肌肉发达的狮鹫爪形的红木桌腿也只能勉强支撑。大厅里弥漫着各种香气,我的鼻孔都快要无法忍受。显然,城堡里厨艺精湛的厨师不比听差的数量少。我艰难地把视线从食物上移开。

桌子上首坐着一个……坐着两个……我眨了眨眼睛想要看清这一幕。不,确实有两个人,我没有看错。

"呀。"阿拉娜惊呼一声。我妻子的教养和自制力依然还是欠点儿火候。

坐在上首的两人似乎是彼此的倒影,绝对的倒影;他们是那种到老都穿得一模一样的双胞胎。对他们来说,没有比捉弄一个新认识的人更快乐的事了;这就是为什么他们在没有客人的时候会如此痛苦,我苦涩地想。这就是他们平等统治的原因:如果不这样,第二顺位的那个人恐怕就必须要被沉塘……

这对双胞胎并排坐着——如果他们不是兄弟,我会以为我面前的是一对恋人。双胞胎露出了同样的笑容——一点儿也不灿烂,倒是相当活泼迷人;即使是我,虽然火冒三丈,也无法不注意到这一点。

与此同时,阿拉娜和坦塔莉已经向领主打了招呼。她们的旅行服看起来是对周围奢华的挑衅,她们迥异的面孔是对家族肖像的统一性的挑衅。我也躬身行了一礼——适度的尊重,适度的高傲。我的屁股下面是一把软椅,我的鼻子前面有一个闪亮的器具。领主们轮流发言,就像一个人在自言自语——而仆人们灵巧的手正在给我的盘子里装东西,我突然感到很幸福。

绝对幸福。没有忧虑,没有责任;我将迎来一个自由平静的夜晚。在外面风雨大作的时候,我什么也做不了,什么也不想做。我要在火堆旁取暖,大快朵颐,什么都不谈——领主兄弟俩

第十四章

开启的就是这样的对话，不急不缓，嘴巴不累，没有思想负担。

我的怒火渐渐烟消云散。

我看着阿拉娜和坦塔莉，起初她们警惕而拘谨，慢慢地开始加入谈话，谈论花园里的树种、多茨以南的土地、海上航行和石头的特性。我不记得我的这两位女伴中有任何一位以前曾对石头或花园里的树木感兴趣，但谈话还是很流畅，对任何人都没有负担。而出乎我意料的是，我讲了自己小时候在山上找到一块真正的宝石以及珠宝商用它为我母亲做了一枚戒指的故事。

然后阿拉娜忍不住问道，领主们是否经常利用他们不可思议的相似性。兄弟俩不约而同地笑了起来——他们争先恐后地说着童年的恶作剧；然后坐在左边的那位，估计是科尔文，问阿拉娜和坦塔莉是彼此的什么人。这基本上算是一个相当没分寸的问题，但在轻松的气氛中没有人觉得受到了冒犯，阿拉娜说她和坦塔莉是姑嫂。双胞胎点了点头：这两个并不相似的女人身上有着鲜明的共性，这种感觉只有在姐妹之间才有，坦塔莉女士像一朵红玫瑰，而阿拉娜女士则像一朵白玫瑰；兄弟俩很羡慕雷科塔斯先生，他在两个如花美眷的陪伴下旅行。

我的女同伴们脸颊泛红——要么是因为恭维，要么就是因为美酒。我时不时想揉揉眼睛——为什么我一直在两朵玫瑰的陪伴下旅行，却到现在才发现坦塔莉与世界上任何女人都不同？她微笑和蹙眉的样子每次都有别样的风情，她的脸就像云彩漫游的天空？她的侧影就像远处山的轮廓？

不，有些瞬间……那时在城堡里，在壁炉旁，当她的半边脸挂着铜面具，而另外半边脸隐藏在黑暗中……还有——那时候，当她穿着缝有花白辫子的斗篷跳上舞台时，后来，当她疲惫地回答巴里安——"醉了，只是醉了……"时。

坦塔莉已经醉意颇浓。而我的妻子阿拉娜也是如此。

这是我记忆中那个让人无法忍受的少女吗?！是她把我们的马车和所有的钱输给了一个狡猾的赌棍吗？是她离家出走、浪迹于下三滥的场所吗？

冰雪女王，高不可攀，冷美人的湛蓝眼睛里偶尔——如果观察者幸运的话，如果对话者能让她高兴的话——才会探出一丝热焰。它藏身在冷冰冰的外壳下蒙骗世人，自得其乐，仿佛在玩躲猫猫；看来我的妻子将永远保持蜗牛的形象。奇怪的矛盾统一体，某个人活着，有温度，却躲在紧闭的门后……

领主们深谙取悦他人之道。但奇怪的是，这种本领一点也不令我恼火；甚至就连起初让我非常震惊的他们的肖似面容，也慢慢地变成一种娱乐规则。兄弟俩没有从桌子旁站起来，一个左手持杯，另一个右手持杯，画面很精彩——双胞胎看起来像一个宽肩双头的人，有趣的游戏方兴未艾。我心不在焉地喝着酒，不由得露出了漫不经心的愉快笑容。

与此同时，大厅的角落里有一群不知从哪儿来的拿着鲁特琴和小提琴的乐手——然后我意识到自己喝断片儿了。

有美酒——最醇厚的上等酒、让人产生美妙的眩晕感。有乐子，有阿拉娜灼热眼神的轻抚，让人想丢掉一切立刻钻进干草棚。于是我在想，等回到酒店——话说，是不是该回家了？——我会慢慢解开我妻子的胸衣……

或许我是坚强的。或许我有强大的意志力。或许……

我在一片昏暗中醒来，头仍然很晕，我无比地想要露出甜美的微笑，然后继续睡觉……

在最后一刻，我内心的警惕感，虽然被麻醉但一息尚存，及时发出了警报。我用尽全力咬住手指；疼痛有助于保持清醒。我

第十四章

在宴会厅,孤身一人。

没有阿拉娜,没有坦塔莉。雕花的双人扶手椅——我现在才看清,这对双胞胎坐在同一个宝座上——也是空空如也。地板上铺满了蜡烛,有些地方燃烧殆尽,蜡烛逐一熄灭。

我的脑袋里嗡嗡作响……嗡嗡声、叮当声、甜蜜的眩晕感……

狗东西!狗东西!!!该死的狗东西!

大厅有四扇门,全都虚掩着;我几乎手脚并用地爬到走廊,才发现腰带上挂着空鞘。有人贴心地减轻了我的重负。

蠢货!白痴!废物!我怎么能让……

从我身旁跑过……哦,一个听差。我沿着走廊追他,可双腿发软,不听使唤,我大吼一声,错过了猎物——我的咆哮如此凶猛,那个听差在地毯上绊了个马趴。我抓住他制服的蓬松领子,拽掉他的假发,他那剪着短发的小脑袋露了出来,眼睛滴溜溜地转着,闪烁着惊恐的光芒:"不……"

"在哪里?!"我吼道。

"不……不知道……"

"你的主子们呢?"我从腰带上拔出匕首。

仆人颤抖着说:"在……在楼上……"

"带路!"

我再次一把拽起他。我所有的感官都被那该死的酒弄得迟钝了,反应力尤甚。但就在这一刻,一个仆人帮了我。我看到他盯着我背后,于是及时躲开了。

当酒中下的药失去效力时,就应该用矛杆击打头部来驯服客人。我不知道房间里哪来的长矛,可能是从某个穿着盔甲的雕像那里借来的。袭击者没有打中我,就像我前阵子没有打中乔尔诺

Авантюрист
冒险者

达斯科罗一样。

没有时间也没有精力去感伤。袭击者——这已经不是仆人，而是个年轻的卫兵——失去了平衡，我让他彻底站不住脚，把他的头抵在墙上。仆人已经沿着走廊逃走了，真是一场糟糕的冒险，我咬着嘴唇想。

而这个地方充满了他们的身影！我希望好歹能抓住一个——任何一个，只要是胖脸蛋长卷发的……在哪儿?!

"大魔法师。"我习惯性地乞求着，拖着身不由己的身体穿过无尽通道中的浓稠空气。我想起了干瘪幽灵的近视眼，吐了口唾沫，咬紧了牙关："达米尔！想想办法！"

一群守卫从拐弯处迎面而来。他们大概很清楚自己要去哪里、干什么——看到我时，一张张长着小胡子的脸上精神一振。我从壁龛里连同底座拿出一个赤裸的大理石少女，打晕两个（才数出他们总共有五个）。狭窄的走廊里无所遁形——我担心这两个家伙终其一生看到裸体女人都会不寒而栗。其他几人向我扑来，一把剑几乎砍断我手中的长矛，但没有砍断，卡住了。我用长矛作掩护，成功地躲开了另外两把剑，但我的反应力还是大不如前，无法干净利落地逃走。刀刃割破了我肩膀上的外套，顺着我的手臂滑落，虽然没有感觉到疼痛，但我被激怒了。

但凡我的对手是真正的战士，那动作迟缓的我就会变成一堆白骨了。显然他们被公爵兄弟选中是因为他们的外表，而不是因为战斗能力。这三个人都比我高半个头，但是依次退出了战斗——助我一臂之力的是对面壁龛里的一个大理石青年，一个见所未见的粗角野兽的额头和光滑地板上的柔软地毯。

我跨过这些呻吟的躯体，目不斜视地跳过大理石青年的无头躯干，捡起某人的剑，在走廊上飞奔。

第十四章

达米尔,达米尔,这就是你的帮助?!

一阵穿堂风从旁边吹来,墙上的织花壁毯摇摇欲坠,我一把扯下它——就像撕扯喜剧演员马车上的车篷一样无情。秘密的楼梯?!达米尔,你真的能听到我的话吗?

我一直都想吐,真想知道他们给我们喝的是什么东西……

我怀疑这个黑暗、陡峭、螺旋状的楼梯未必听到过类似的诅咒。雷科塔斯族人不在女士面前说脏话,但这不代表他们不会说脏话。呃,种马听了都会脸红的……

我吸了吸鼻子,感觉好像闻到了熄灭的蜡烛的味道;微风拂过我的脸颊,指引着方向。于是我冲上前去,隔开秘密通道和其他空间的帘子遮住了我的头。我现在的样子可能和传闻中的鬼魂一模一样。

"谁在这里?!"

这个声音很熟悉,不大,但很愤怒。我拉开头上的帘子;是的,这里有一大堆蜡烛刚刚被熄灭了。这里有香料的味道,还有一些其他的东西,让我的头又要甜蜜地晕眩。我咬牙切齿地吼了一声,头晕目眩的感觉受到了惊吓,消停了。

两盏夜灯亮着。在床的右边和左边,因为还有一张床,一张巨大的床,占据整个房间,几乎可以容纳百人……

床上有四个人。

我举起剑穿过房间,跃上了床,用我的旅行靴踩着那堆枕头,然后从对面跳了下来。

他们后退几步,手牵着手,相互映衬,每人都有一把匕首——一个人拿在右手,另一个人拿在左手。

我用余光看到坦塔莉正躺在床边的地板上,她的头向后仰着,眼睛闭着,脸上凝结着一抹心满意足的微笑,既腼腆又贪婪。我感到很不舒服。阿拉娜站在屋子中间，手指慢慢地解开了胸衣的带子。

"我要杀了你们。"我冷漠地对双胞胎说，然后用剑比划了一下——先砍掉右边那个人的头，然后再砍左边那个。

右边的那个人甩出了他的匕首，我躲开了。奇怪的是，他们的防卫如此犹豫不决，如此无济于事。他们站着，仍然手牵着手，像散步的孩子一样。

他们的生命只剩下几个瞬间，当坦塔莉在我身后低声喊道："住手！别杀他们……等等！"

我犹豫了一下，不想转身。

"雷塔纳尔……他们……"

"闭嘴！"我吼道，并举剑砍向右边那个人。

左边的那个——丝毫不差的影子——把兄弟拉到一边，倒在地上用身体掩护兄弟，他的匕首在夜灯的照射下寒光一闪，来势汹汹，令人感动。就像一只勇敢的兔子面对山体滑坡时的眼睛。

"巫术……"坦塔莉在我身后嘶吼道，"我们需要他们……活着……"

巫术。

我不就是听着音乐，享受着不幸的滋味，沉醉其中吗？所有的光芒……大脸听差们……炽热的眼神，快乐的、幸福的夜晚……

脚步声传来。在我的努力之下被无耻打开的秘密通道里，守卫如豌豆一般倾泻而下。狗东西……

我抓住左边那人的手，把它拧在背后——居然出乎意料地轻松。我把剑抵在他的喉咙上，不管他是兄弟中的哪一个。我龇牙一笑："退后。"

第十四章

一把金属刀击中了我头顶上方的墙壁。

"我会割断他的喉咙!"我绝望地大叫。阿拉娜……坦塔莉……耻辱。

"退后,"躺在地板上的一位统治者低声说,"退后……退回守卫室……"

这个词像树脂一样蔓延开来。我压抑住想要起身丢下一切去艰难寻找守卫室的强烈愿望。一大群守卫逐渐撤回秘道,就像水泵抽干了水。

"放开他,"地板上有人低声说,"放了他……如果你杀了我们,你就不能离开城堡。还有你的女人们……"

这一点不用提醒我也知道。一分钟前我就和现在一样明白这一点,但一分钟前——我发誓——我会毫不犹豫地动手。"如果我先砍一个呢?"

两人几乎同时抽搐:"不……不……"

"那么,"我迅速地环顾了一下昏暗的房间,"一个人站起来跟我走……"

我往后退了一步,让兄弟俩能够起身。他们仍然手牵着手,这让我越来越恼火。

"你!"我用手指了右边的那个,"过来!"

两人都上前一步。

"不是你!"我愤怒地推开左边那个人,"你——退后!你——过来!"

"这是不可能的。"

他们同时向我伸出了手——那双紧紧握在一起的手。而我终于看到了我无论如何都不想看到的东西。

他们的手长在一起,形成他们两人的一只手掌。一只手掌带着软皮手套,手指超出了应有的数量。六或七个……狗东西,一堆手指头。

"这是诅咒吗?"我脑袋里的第一反应就是这个。

"我们生来如此。"左边的那个人庄重地回答,"但如果你想要咒语……"

"脱掉手套!"坦塔莉喊道。这时我的头脑已经完全清醒了——所以我躲在举起的手掌下,以一种威严的姿态,双手抓住兄弟们的手腕,用牙齿咬住了他们共同的战袍。

两人喉咙里发出一声低沉的尖叫。兄弟俩空出来的手,左右开弓,抓住了我的喉咙。兄弟俩行动一致,我抽搐着扑了过去,但坦塔莉介入了,我的一条胳膊被松开,我四肢着地挣脱了,我的牙齿紧紧咬着护手。

我看起来像什么?一只忠诚的狗。"图兹克,把手套拿来……"

兄弟俩向墙内退去。右边那个抱着头,因为坦塔莉用沉重的烛台给了他一下。我把手套拿在手上。起初我以为它只能保持人体的温度,但不是。它比这要温暖得多。

"我们烧掉它。"坦塔莉幸灾乐祸地建议道。她向我伸出手。"给我。"

"不……"兄弟俩异口同声地呻吟着。

"雷塔纳尔……"阿拉娜醒了过来。她惊恐地环顾房间,床,自己毁坏的衣服,"雷塔纳尔,我……"

"点上蜡烛。"坦塔莉冷冷地命令道,"你能找到的所有蜡烛。"这里会灯火通明。

"多舛的命运啊,"我嘶哑地说道,"你能解释一下这里发生了什么吗?"

第十四章

"我倒是可以说说,这里缺了谁,"坦塔莉干巴巴地说,"但是,当我们的保护者像地鼠一样沉睡的时候,肯定会发生什么呢?"

"我来了,"我生气地说,"你不应该责备我,而应该说谢谢。"

"啊,真是谢谢你,雷塔纳尔!"坦塔莉行了一个滑稽的屈膝礼。

阿拉娜——头发散落肩头,脸从下方被照亮,她愤怒地皱起眉头。"如果……那里……不能指责他!他……"

我看到她的嘴唇在颤抖,她快要哭出来了。我必须把她紧紧地搂过来,用手抚摸她的头发。这是必要的,否则到了暮年,她的生命将失去几个阳光灿烂的日子……

坦塔莉手上摆弄着七指手套。毕竟有七个手指。

他们的祖父是一名流浪魔法师,于是孙子也注定要成为魔法师。据说他们的母亲在怀孕期间摸过蟾蜍,不知道是什么原因让这位年轻女子突然对爬行动物产生了温柔的感觉;也许事实并非如此,传说而已。在生产过程中,助产士喊着只有一个能活下来,另一个必须砍掉手臂;结果是两个人都活了下来,但两个婴儿只有三个拳头。

他们继承了魔力,但却分成了两半,如果说半个苹果还能吃,那半头牛就只能用来烤肉。半只母鸡不会下蛋,半只兔子不会奔跑,他们的魔力是有缺陷的。他们的祖父晚年建了一座城堡。而他们的父亲成为多茨的第一任公爵,他们和妻子争论了很久,到底是该称他公爵还是大公。父亲去世后,兄弟俩共同执政

——天知道，他们没有一次争吵，也没有意见分歧。他们是一分为二的一个人；随着年龄的增长，他们惊讶地发现，肉欲之爱不仅仅是孩子之间的乐趣。

于是一发不可收拾。

他们同时需要两个女人，两个沾亲带故的女人，他们一度从周围所有的村庄里搜罗双胞胎女子。他们的法力正好够把少女们弄糊涂，然后让她们失去记忆。但这样的"爱"并不能满足他们——二人从小就读小说，崇尚多愁善感和高尚的情操。而且这些双胞胎女子虽然外形上难以区分，可一旦她们被迷惑，被刺激，被拖到床上，往往就很不一样了。

一年前，一个商人带着两个女人路过多茨。这两个女人是姐妹，商人同时和她俩住在一起。领主兄弟俩认为这种情况是不公平的，于是商人和女士们收到邀请出席晚宴，中了不高明的法术；然后商人在猪崽的怀里打了一晚上的鼾，第二天白天和晚上也是如此，而姐妹俩在酒和香料的作用下，在兄弟俩的记忆中留下了不可磨灭的痕迹，以及对未来幸福的模糊梦想……

"我简直要痛哭流涕了，"坦塔莉抚摸着放在膝盖上的七指手套说道，"我感到自己热泪盈眶。小伙子们，你们读的到底是什么小说？《青年强奸犯训诫录》？"

"我们没有强奸任何人。"右边的拉里斯轻声说道。

"我们也没有强奸你们，"科尔文狡黠地笑着补充道，"要不是……"他及时收声，不着痕迹地瞥了我一眼。

他很害怕我，因为我是持剑在手、头顶着帘子闯入卧室的野兽，能轻易割断喉咙，把兄弟俩自由的手绑起来——牢牢地，甚至是痛苦地，这样就顾不上有淫念了……

"人渣，"坦塔莉依次拉扯着手套上的七根手指，"领主……

第十四章

公爵……"她气得发抖,"雷塔纳尔,我们要不要帮小伙子们摆脱肉欲?领主大人们,你们没有试着去看医生吗?我是说外科医生……拿刀的医生?"

科尔文脸色苍白——这种苍白通常都伴随着昏厥。拉里斯冷冷地眯起眼睛,威胁道:"与其耍贫嘴,不如想想自己。你们以为半个魔法师就不是魔法师?你们以为没有我们的帮助你们能走出城堡?"

"我的伟大祖先,"我不情愿地开口,阿拉娜和坦塔莉猛地转向我的方向,"我的伟大祖先达米尔,是拉尔特·列吉阿尔的男仆……"

我话音一顿,因为他们的脸色变了。阿拉娜和坦塔莉都是如此,最有趣的是这对双胞胎,他们似乎被我高贵的血统震住了。

"他说过,"不知为什么我突然想笑,"宁可做最后一个饲养员,也不要做半吊子魔法师……"

我和拉里斯对视良久,他败下阵来,率先移开视线。

"天气变坏是你们的手笔?"坦塔莉轻声问道。

兄弟俩交换着眼神。

"知道这一点对我很重要。"她嘟囔着,然后突然把手套移向烛火。

双胞胎出生的时候,他们的祖父还健在,他立刻缝制了手套——据说是用自己的皮肤,当然这可能也只是传说。祖父预感到自己去日无多,于是用闪电烧伤了自己,此后没有人能够检查他的皮肤是否完好。据说就是这只手套让男孩们活了下来;手套和兄弟俩一起长大,他们的母亲命令他们永远不要摘下手套,但兄弟俩当然摘下来过。他们亲身体验过这个粗制滥造的手套有着怎样的力量……他们心知肚明,摧毁手套就注定了他们俩会痛苦地死去。

故事的最后部分是坦塔莉从兄弟俩那里挖出来的。准确地说,是替他们说出来的——双胞胎的苍白面孔表明她是对的。坦塔莉正色解释道,保护心脏的东西并不是那么罕见。魔法史上不乏这样的例子……

"是的,是我们干的!"科尔文痛苦地喊道,"我们安排了一场暴风雨好留住你们!"

"我们还会做点别的事情。"拉里斯阴郁地说道。

"哦,是吗?"坦塔莉拿着手套慢慢地拂过火焰,皮料上留下了烟尘的痕迹,兄弟俩同时抽搐起来,好像被烧伤了。

"住手,"我烦躁地说道,"你怎么成了个刽子手……"

她转向我,而我突然意识到她正处于歇斯底里的边缘。一触即发。

因为我把阿拉娜救出来了,并且安慰她,告诉她她没有做错任何事。而坦塔莉始终独自一人,承受甜蜜的眩晕,承受穿透皮肤的节奏,承受全然的不知羞耻,承受不由自主的欲望……

"坦塔莉,能和你谈谈吗?"

我把她带到密道的暗处。楼梯盘旋着向上向下,不知道"退回守卫室"的简单咒语何时会失效,守卫们会去而复返吗?

我握住她的肩膀,把她转向我。她的眼睛里没有泪水。"坦塔莉,这不是你。"

"这就是我,"她用麻木平淡的声音说,"不要再废话了。"

"不要激怒我。我了解你。这不是你,是他们下三滥的魔法作祟……"

坦塔莉不屑地耸了耸肩:"我更了解我自己,雷塔纳尔。不要多费口舌了。不如想想下一步该怎么做……"

第十四章

"我会打你的,坦塔莉。"

"瞧你这弱不禁风的样子……算了吧。"她嘲讽地笑了笑,"我的感受无关紧要……我们必须要离开这里。在天亮之前。"

我们在沉默中回到了公爵的卧室。阿拉娜站在兄弟俩面前,目光一直盯着七指手,而科尔文挣扎着把话说出来:"不……我们永远不会。这种……事情……我很乐意撒谎,但是……"

"没必要撒谎,"坦塔莉打断了他,"我和雷塔纳尔开了军事会议,决定饶你们一命。不杀你们,甚至不会阉了你们,尽管雷塔纳尔非常坚持。"

阿拉娜惊讶地看着我。

"你们真是仁慈。"拉里斯咕哝道。

"我们留下你们的狗命……和其他一切,作为回报,你们要给我们一份从祖父那里继承的魔法物品的清单。都有些什么?"

我尽量不露声色。我觉得坦塔莉有点太苛刻了——我们本可以直接离开,安然无恙。

"你们到底想要什么魔法物品?"拉里斯顿了一下后问道。科尔文沉默着没有抬头。

坦塔莉在桌子上把手套翻过来,这样看着就像一个丰满的皮革乳房。

黎明将近。城堡的守卫果然都已经知道了,这个刚愎自用的护花使者并没有如想象的一般在毛绒猪崽的怀里呼呼大睡,而是经历了一番小规模的厮杀,闯进了主人的卧室。高门外清晰地传来兵器碰撞的声音,他们在秘密楼梯间兴奋地发出呼哧呼哧声,响亮又激动,却犹豫着不敢探出头来。

Авантюрист
冒险者

"我们必须弄乱他们的神志，"科尔文苦恼地嘀咕道，"一百个人，每个人都要弄昏，确保他们什么都不记得……"

拉里斯哼了一声。拉里斯——我看得出——他没有复仇的想法。他很乐意在地牢里把我们折磨致死，因为我们违背了公爵的意志，而优势暂时在我们这边，但优势是什么？摇摆不定……

"我们走。"我对坦塔莉说。

她甚至没有抬头，继续把他们那个秘密箱子里塞得满满当当的破布翻了个底朝天；她没有看我一眼，咬紧牙关说道："没有。"

手套就在我面前。火舌在壁炉里懒洋洋地摇曳着；我估计用蜡烛无法烧掉手套，也就是无法立即付之一炬，但我希望对兄弟俩的生命威胁尽可能严重。卧室被全副武装的守卫围得水泄不通。

阿拉娜撕开床单，为我包扎受伤的手臂。现在，激动的心情已经平复，抽搐的疼痛让我不得安宁，寒意迫使我越来越靠近火堆。剑在我的膝盖上，坦塔莉在箱子里翻找，被清空的密室在地板上张着血盆大口，阿拉娜不安地一会儿看看紧闭的大门，一会儿看看密道的漆黑入口。

"这是什么？"坦塔莉从成堆的破烂中掏出一把暗淡无光的锡质勺子。在角落里困坐愁城的兄弟俩抬起了头，姿势如出一辙。我突然感到有一种冲动，想把这面行走的镜子打碎。或许是因为我烧得越来越严重。

拉里斯阴沉地笑了笑："如果搅动沸水，它就会逐渐变成肉汤……好像是吧。很久以前，我们小时候试过……"

有人在敲门。有礼而坚定："先生们！先生们！"

双胞胎对视了一眼。

第十四章

"先生们,戍卫队长来了!而你,狗杂种,如果你敢动一根头发……你就休想逃跑!投降吧!"

他们说谁是狗杂种?

我拿起了剑。阿拉娜害怕地紧紧抓住我没有受伤的那边肩膀,坦塔莉只瞥了一眼双胞胎,但那眼神会让任何妖魔鬼怪嫉妒到爆炸。

"所有人都安静!"科尔文压低声音喊道,"继续履行职责……等待命令!"

我已经站起来了,头晕目眩,但不像晚上那样甜蜜,而是昏昏沉沉,天旋地转,几乎快要倒下……

难道是这个划痕……

在满目漆黑中,我设法看清了拉里斯眯起的眼睛。

宽大的桌子上有一个墨水瓶。

浓稠的墨水……我是一只果虫……淹没在黑暗中……盖子从上面掉落……我是一只昆虫,淹没在墨水中……

"哦,是吗?"

我眼前的黑暗像水面上的薄膜一样破裂了。我跪在地上,像拄着拐杖一样拄着我的剑。坦塔莉抓着拉里斯的头发,她的手在颤抖,所以匕首在苍白的喉咙处不时刺伤皮肤。

"下咒语,畜生?!"

我摇了摇头。"永远不要和魔法师打交道"……当然,半吊子魔法师也不例外。

"坦塔莉,看……"阿拉娜惊讶地说。

她站在打开的箱子旁,手里拿着一面圆形的铜边镜子。

⚔

我们跑了,我们又跑了。我坐在车架子上,向上天祈祷,祈求车轴不要断裂,车轮能坚持住。我不相信咬牙切齿许下的誓言,就算是双胞胎用他们的手套发誓。

他们发誓不追捕我们。科尔文确实不会派人追击,但拉里斯……

"驾!走!"

我们没有雇新的车夫。我们现在不需要额外的人和费用,而且没有哪个车夫会这样赶车。

"驾!前进!"

双胞胎从他们的祖父那里继承了一面有视力的镜子。家族中有个传说,他们的祖父正是借助这面镜子召唤他们的祖母第一次约会,也就是他未来的妻子。人们相信在魔法师的手中,它可以看到很远的地方,并向正确的人传递信息。双胞胎不知道如何使用这面镜子,坦塔莉没收了它,但是如我所料,徒劳。我现在不得不频繁地四处张望,有没有追兵在我们身后扬起尘土。

按照约定,我们把作为抵押物的手套留在了十字路口,就挂在树枝上,七指手掌似乎在我们身后挥手致意。我们已经履行了约定,双胞胎会这样做吗?

"驾!"

坦塔莉相信可以用我们的魔法战利品向埃格特·索尔传递消息。我知道,即使是现在在马车里颠沛流离,她仍然试图从铜边圆镜里看到上校的脸。而她在一定程度上成功了:她自己的影子确实飘到了一旁,这一幕让她痛苦不堪,胃里翻江倒海。但事情就到此为止了,镜子看起来像一块灰斑,坦塔莉疲惫而又愤怒,靠在皮垫上。

到了中午,我放慢了速度——我们需要马匹活着,而不是筋疲力尽。春天的白昼格外漫长;当太阳西沉时,焦虑的心终于放了下来。双胞胎这次决定遵守诺言——没有人追赶我们。我们向路上遇到的旅客打听了最近的旅馆。他用骨节粗大的手指着远方某处向我们保证。

"要不要我替你？"坦塔莉问道。

我想要拒绝，但是受伤的手臂钻心地疼，而健康的手臂却无法驾驭缰绳。

疲惫的马匹几乎迈不动腿；我爬上马车，躺下，尽量不碰受伤的手臂。疼痛让我无法入睡，腿很快就会麻木；也许我应该把它们放在窗外？……

"唉……"阿拉娜坐在我对面的座位上，轻轻地叹了口气。当她从额头上拂去一缕湿发时，我看到那面圆镜放在她的膝盖上。

"上当了？"

她点了点头。

"没用的……我们白白……这个'魔法物品'在旧货商店都一钱不值……"

阿拉娜耸了耸肩说："谁知道呢？也许值一点钱呢？"

"你问了这两个……兄弟……能不能取消判决？要是他们撒谎说可以呢？"

"撒谎的话可以看出来的，"我妻子叹了口气，调整了窗帘，"然后……我这么问，只是为了良心安宁。从一开始就很清楚……"

她又耸了耸肩。是的，如果这对兄弟是真正的魔法师，我们就不会如此轻易地离开城堡。

"给我。"

阿拉娜顺从地把镜子递了过来。一个脸色灰白、胡子拉碴的强盗从铜框中看着我,尖刻的眼睛里目光不善。是的,如果我要求住宿,旅馆老板恐怕高兴不起来……

"坦塔莉永远不会忘记,"阿拉娜悲伤地说道,"发生过的一切。她……你知道……毕竟背叛了卢阿尔,她永远背负着罪恶感……说自己一无是处……"

是的,我估计会这样。

"你知道吗……我不相信她就这么背叛了。应该有什么……"

"爱?"阿拉娜露出了睿智的怀疑论者的微笑,仿佛还想补一句:小子,你对爱情了解多少?

我忍住笑,以免她生气。

我和阿拉娜蜷缩在一张毯子里好梦正酣,即使在睡梦中,我的妻子也不敢动弹,生怕碰到我受伤的手臂。做了几个乱七八糟的梦之后,我终于睡沉了,但突然的敲门声让我痛苦地惊醒了,像一根绳子急剧地钻进我的身体。

多舛的命运啊……

我用眼睛搜寻着剑。阿拉娜已经坐在床上,拿着烛台倾身向前。

"别打我。"我嘟囔着,钻出厚厚的被子。好吧,深更半夜的不速之客,不管你是谁……我拉开门闩,猛地把门打开。

"我看到埃格特了。"坦塔莉说。

她衣着整齐,一只手拿着摇曳的蜡烛微微发抖,另一只手攥着战利品镜子。"我看到他了……他……我想他听到我的声音了。"

第十五章

春天来得太匆忙了，它急切得像个坠入爱河的年轻人，毛毛躁躁。叶子从幼芽中崭露头角，小草疯狂地攀爬，就像从下面、从根部的潮湿环境中被鞭子驱赶出来一样。对这个季节而言不合时宜的温暖唤醒了所有嗡嗡响的和爬行的生物；中午时分，马匹开始紧张地转动头部，背上的皮毛抽动着。车夫几不可闻地哼着歌——我们现在有了车夫，而且我们并没有跑得很快，我们像体面的绅士一样旅行，旅途中可以在皮垫上打瞌睡、凝视窗外或者闲聊。

没什么可聊的。

给苍蝇浇上蜂蜜、撒上面粉——如果它没有立即死亡，那么就会以与我们现在相同的速度爬行。有时候桥被春天的洪水冲走了，不得不绕道三天。有时候马一瘸一拐，有时候车轴断裂，有时候山体滑坡，有时候路标错了，天知道我们迷路了多久；但幸运的是我们一直都比较健康，连我受伤的手臂也没有像我曾经担心的那样溃烂，而是痊愈了。

车夫哼着歌，对自己的收入感到满意，真心觉得这段旅程比以往任何时候都要顺利。虽然有些小麻烦——但毕竟路途遥远，这就够了……

这个长着雀斑的红发青年是一个像兔子一样的多子家庭的长子，他受雇于我们只是为了离开家门。他喜欢我们的马，害怕我，并对我的女士们忠厚地微笑；我对他没有任何抱怨。必要的时候他能迅速找到最近的铁匠铺，友好而详细地询问道路，用肉眼判断我们能否通过破旧的桥梁，他满心憧憬着能尽快到城里。我们可以把如影随形的倒霉事情归咎于任何人，但绝不是他。

我们知道应该怪谁。

是那个让战利品镜子从座位上滑落，掉出马车，掉到车轮下面的人。或者这也是一个意外？不管这面镜子以前是否有用，现在肯定是毫无用处，除了重新熔化——毕竟镜框是好的……

坦塔莉信誓旦旦地说，埃格特听到了她的话。据她说，有那么几秒钟她看到他了——他似乎是坐在壁炉边，火光照在他的脸上。她叫他的名字——他抖了一下，看着她的眼睛。然后她用尽全身力气向他大喊，说托丽雅有危险，必须保护托丽雅，必须向流浪者求救……

"而他听到了这一切？"我难以置信地问道。

坦塔莉皱起了眉头。"我对埃格特有些了解……他脸上的表情好像是已经听到了。至少他明白了一些事情……我喊这么大声……"

我想说的是，当时我和阿拉娜就在一墙之隔的地方打瞌睡，什么也没听到。但我什么也没说。谁知道呢，或许我和妻子有一段时间失聪了……

"你看……"我斟酌着措辞，怕惹她生气，"如果他明白了，那我们完全不需要赶时间。而且……我们共同的熟人没有理由挡

第十五章

我们的路。"

"如果他想阻拦,那我们哪儿也不用急着去了。"阿拉娜说。我和坦塔莉都沉默了,意识到她是对的。

乔诺塔克斯,无论他多么虚弱,都足以让我们退出游戏。就在泥泞的后院里,当我可耻地挥舞着斧头没有击中他的光头时。我们三个人甚至不一定会死……

我的目光从坦塔莉看向阿拉娜,然后又转回来。我需要和她们两个人谈谈,但要分开谈。难道要我请求"你出去,乖乖站在外面,我和她谈谈,然后你俩交换?"

毕竟我需要知道坦塔莉和乔诺塔克斯之间发生了什么。这些暗示、半暗示和感人的姿态从何而来。最重要的是,务实的乔尔诺究竟为什么要耗费必要的精力让坦塔莉更加容易地到达界门?

"他看起来一点都不伤感。"我大声说。我的女伴们侧身看着我——阿拉娜未必明白我的意思,但坦塔莉明白。她的眼睛又变成了冰。

就这样吧。让她生气。

阿拉娜茫然地盯着窗外。晚上,当我们终于独处时,我会尽量安抚她。我会告诉她还有很多时间,如果关于流浪者的一切都是真的,那么即使没有乔诺塔克斯的帮助,我也有机会保住自己的性命……

最近我的妻子养成了一个坏习惯,就是了然一笑。有一次,她用言语强化了这样的微笑(我头上的汗毛都竖起来了),她说,在我死后的第二天,我们可能会在冥界相遇……

首先,我并不怎么相信有冥界。其次,这个年轻女孩的推测中为什么会有疯狂的意味呢?!

在最后一刻,我很理智地没有劝她说所谓的爱情会再次来到她身边,这次会有一个正常的家庭、有孩子、有平静的心。我只简单地告诉她,我并不高兴,这种懦弱的推测配不上埃格特·索尔的女儿;她非常惊讶。在她看来,自杀的念头一点也不懦弱。

我没有劝阻她,并告诉她相信我会死就是一种懦弱。她的脸色变得像夕阳一样红润,发誓要爱我到老。

距离那次谈话已经过去了一个星期。我们再也没有谈及这个话题,但我可以看到,随着时间的推移,阿拉娜的乐观情绪正在消退。而且她越来越愿意分享她的重负,但不是和我(我已经背负得够多了),而是和坦塔莉。

我错了。我应该说出一切,在那次地牢的会面中,当火把的光打在我脸上的时候……坦承一切。那么坦塔莉也许就不会把我从枷锁中释放出来,几天后我就会与幽灵达米尔顺利团聚……

为什么我在双胞胎的城堡里运气这么好?也许我的仆人祖先并不像他看起来那样无助?

"达米尔。"我笑着说。

我的同伴们又看了看我,然后对视一眼,但没有说话。

"酒,吃食,赶紧的!以索特大公的名义!"

我讨厌一群暴徒闯进我们落脚的旅店,兵器当啷作响。喧闹、肮脏、女仆腰侧被拧之后发出的尖叫、酒后的吹嘘、低俗的乐趣——所有这些通常都由一个骄傲自大的徽章和一个响亮的名号来掩盖,只是徽章上的獠牙大到滑稽,名号对任何人而言都毫无意义。

"老板,我们正在找一些喜剧演员!"

坦塔莉愣了一下,抬起了头。

第十五章

"在桥边的旅馆里有人告诉我们,一群喜剧演员坐着两辆马车,三天前到过他们那里。谁说出他们现在在哪,就赏他十个金币!"

那声音坚定而沙哑。熟悉的声音,与"喜剧演员"这个词结合在一起时甚至有些恶毒。阿拉娜惊讶地瞥了一眼四周。

"不要转头,"我轻声说,"安静吃饭。"

他们有二十来个人,就像上次一样。客栈的一个角落围上帘子,一个从斗篷下露出一缕花白头发的滑稽老妇人拿捏住了狂热的观众,让他们狂笑到从椅子上摔下来……

有多长时间了?几个月?年轻的领主都长大了。还是他所承受的羞辱使他从一个乳臭未干的幼兽成长为一个年轻的野兽?

苍天啊,他们是不是一直在找我们?找了这么久,离自己的领地这么远,徒劳地找着,然而无论如何都不会善罢甘休?

"他们要去找巴里安,"坦塔莉的嘴唇翕动,"他们一定会找到他的。雷塔纳尔……"

毕竟我本可以把他们冻在雪堆里。所有的人,一个接一个的。多舛的命运啊,我在生活中可以做多少好事,可我太懒了……

小领主已经开始盘问某人了。当地人虽然很害怕,但显然更渴望金币。人们出于投其所好的愿望提供了信息,但却自相矛盾。根据他们的说法,几乎昨天刚看到过喜剧演员,而且就在很近的地方;但问题是,同时在三个地方……

在杂乱无章的路上找到人几乎是不可能的。但要找到两辆马车相对比较容易,除非马车是不属于喜剧演员的……

彩绘马车是一堆线索中的亮点。我感到奇怪的是,小领主如此热衷于报仇雪恨,却至今都没有抓住巴里安。

"吃饭，"我对阿拉娜和坦塔莉说，"不要朝他们那边张望。他们要找的是喜剧演员，这与我们现在毫无关系……"

"他们为什么要找喜剧演员？"阿拉娜打断了我，"有什么新的秘密，该死的，我想知道为什么你们的脸拉得这么长？"

我感到身后有几道窥探的目光。不能总是转过身去，但至少要在他们面前露一下脸；如果一个人一直躲躲闪闪，那就说明他有问题了。毕竟似乎是个体面的绅士，而不是什么喜剧演员。

就在这时，喧闹的人群中传出一道轻微的、激动的声音。我立刻认识到"竖起耳朵"这种说法是千真万确的，因为在一秒钟内，我的耳朵就警惕起来。

这个少年——是个厨师，或者仆人，或随便什么——提供了他认为绝对可靠的信息。喜剧演员在春季集市上演出了两回，然后少年亲眼在大路上看到了马车——喜剧演员向着南边的城市出发了，就是昨天的事儿，所以今晚他们会在大路口的那家旅馆打尖儿，那里有臭虫和烧焦的肉，老板的女儿身上臭气熏人……

男孩被打断了。他们抓住他的后脖领子吓唬他，还给他看硬币鼓励他。男孩闭上了嘴，而其他的信息提供者眼见着赚外快的机会急剧减少，于是争先恐后、七嘴八舌：狗都知道他们在集市上演出过，他们走的不是大路，而是小路，不是向南走，而是朝着河边的渡口，估计是打算去各个集市上表演……

"巴里安打算进城。"坦塔莉厌恶地盯着盘子里的东西。

告密的少年重新获得了发言权："我发誓，我听到他们念叨说要进城……"

不知谁的后脑勺挨了狠狠一巴掌。

"还傻坐着干什么！"小领主朝自己的手下喊道。"上马！"

走狗们抱怨起来。他们坐在桌旁要吃要喝——骑马奔波了一

第十五章

整天,一口水都没喝,屁股都快颠成两半儿了,脸也快脱皮了,主子,好歹让我们喝一杯……

我小心翼翼地转过头。

一群人三面环绕着小领主,死乞白赖地请求着:端来油光发亮的烤肉串,让主子抿一口酒,拍着胸脯保证"那家糟糕的旅店"近在咫尺。旅店的主人比所有人都卖力——显然,他灵魂中的贪婪更甚于对肆无忌惮的武装打手的恐惧……

那个少年——胖胖的脸蛋,戴着的厨师帽歪到了耳朵上——被挤到了一边。他徒劳地想要引起领主的注意,愤愤不平地要求着承诺的赏钱,直到腮帮子上挨了一拳。我并不同情他。

坦塔莉大义凛然地嚼着一块奶酪,咽下去之后,她把手伸到桌子下面,摸了摸我的膝盖。

轻佻的姿态。

"什么?"我勉为其难地问道。

坦塔莉捂住了她的眼睛。"他们来得及……让他们扔掉马车。让他们跑吧……我不希望他们因为我们……嗯,雷塔纳尔,你明白的。"

"我不明白。"阿拉娜愤怒地说。

坦塔莉拿起杯子喝了一口,呛得咳嗽起来。

"我差点把他淹死在马粪里,"我不情愿地承认,"在马厩里。这个领主小子。可惜了,应该把他淹死的……"

"啊——"阿拉娜过了一会儿说。

"别害怕。"坦塔莉喃喃地说。

"我才不怕。"阿拉娜耸了耸肩。

"现在我们上楼,"坦塔莉看着桌布说,"而你,雷塔纳尔……"

"我不会丢下你们。"

前女演员抬头看着我。

诚恳的眼神。

一切尽在不言中。

⚔

我嘱咐车夫注意女士们的情况,以防有人冒犯她们,并让他闭上嘴。小伙子瞪大了眼睛,他对我要去的地方和原因有自己的想法,甚至试图露出理解的微笑。我给了他一枚硬币,没打算劝服他。还没到时候。

路况很糟糕,完全没有办法步行,还不如就坐在路边等着那些打手,至少我不会迷路。大路向南,在第一个十字路口应该就能遇到"那个讨厌鬼"。

是旅店老板在撒谎,诋毁同行,还是巴里安囊中羞涩,无法选择更好的地方落脚?

我很着急。坦塔莉说得对,必须警告巴里安,而且还有别的事情要做,关于这一点我对她只字未提。

我不想让她难过。

喜剧演员们要花多长时间才能丢弃他们辛苦积攒的家什,四散逃亡?而巴里安能接受一下子从剧团的头目变成流浪汉、逃亡者、乞丐吗?

而且,领主和他的狗腿子们要找的根本就不是巴里安。如果我在路上被发现了,这些可怜的喜剧演员还会被追捕吗?好在阿拉娜和坦塔莉现在已经脱离了危险,没有什么可以牵制我,我只需要为自己而战,但是,多舛的命运啊,我知道如何好好战斗……

第十五章

可事实又一次证明,我大错特错。当初要么应该安静地看着这个混蛋把坦塔莉逼到墙角,要么那天晚上就应该把这小子做掉,毕竟我曾经该死的有过这种机会。

黑暗中突然出现了一扇大门,挡住了通道。我猛地拽住缰绳;这只可怜的动物,习惯了套着车从容奔跑,对我喊出了含糊不清的马语咒骂——我没听到。大门的横木上挂着一个沉重的袋子……

据说被我骗走了收缴的税款的那个税吏就是在大门的横木上自缢的,又胖又重。

风抽打在我的脸上。

幻觉消失了。道路畅通,没有门,也不可能有门,是我的幻觉在作怪,恶作剧地抛出了一幅我从未见过的画面……

那时候法官在牢房里笑了吗?未必。不能指控他幸灾乐祸。如果我在黑暗道路上的呼呼风声中隐约听到了"嘿嘿嘿"的笑声,那多半是因为某个令人厌烦的、哈哈大笑的邪恶魔法师的形象在作祟……

我策马前行。在我身后很远的某个地方,打手们兴奋地吐着口水,爬上马鞍;乳臭未干的领主不允许任何拖延。喝点儿润润嗓子,是时候做正事了,好在追捕了这么久的猎物已经唾手可得……

狗的吠叫,烟的味道。不一会儿,一栋矮小的建筑从黑暗中显露出来,就着窗内透出的昏暗灯光,我立刻——越过大门——看到喜剧演员的两辆马车停在院子里。贪婪的厨师搞错了的微弱希望也破灭了。

"嘿,老板!"

锤子似乎要砸穿腐朽的门板。很久都没有人开门——要么房子里的人是聋子，要么是瘸子，要么就是他们根本不想看到客人……

"谁大半夜的在那儿咚咚咚？！"

这算哪门子的待客之道？

"过路人，"我不耐烦地踹了门一脚，"这是旅馆还是墓地？开门！"

我觉得身后响起了马蹄声。这不可能——还有时间，可能是我的幻觉，其实是风……

难道我必须出现在他们面前？手拿火把，好让他们及时认出我？这一切都很好，但在茫茫原野上，面对二十名骑兵，我最多只能得到一个居高临下的微笑。哦，直觉告诉我，他们不会一下子就砍死我……

一个驼背的仆人后退一步让我进去。不，竞争对手到底是撒谎了，这里完全不像"臭虫窝"。

"喜剧演员在哪里？"

驼背惊讶地盯着我。"他们吃晚饭呢……给他们安排了一间有壁炉的小饭厅，他们冻坏了……"

我一把推开仆人。幸好喜剧演员们还没睡，原来巴里安还是有钱的。独立的包间，专门点燃的壁炉——旅店老板从来不会白白做人情……

当我像个无礼的鬼魂一样出现在他们面前时，他们会作何感想？毕竟，好久之前他们就亲眼看到我掉进冰窟窿淹死了。

小饭厅就是一个狭窄的小房间，天花板被熏得乌黑，廉价的蜡烛燃着微弱的光。我上前一步，打算拍拍巴里安的肩膀，但下一步却短了一半。

他们转过身来。不是一下子，是一个一个地转。先是一个穿

第十五章

着漂亮衣服的美丽女人。然后——吓坏了——驼背女子躲到桌子最边缘。然后——小心翼翼地——黑头发的杂种，然后——面无表情地——眉毛浓密的头目。傻乎乎的大脸乡巴佬完全没有注意到我，心无旁骛地清空盘子里的食物。

她会怎样瑟瑟发抖，瞳孔怎样慢慢变大，当她——有那么一瞬间——想起……

"利用"。利用。多么讨厌的词。

我曾多少次梦到过?! 多少次我幻想着，掐住他们的脖子，把他们的脸按到桌子上，沙子上，甚至是烟灰上……

苍天。我应该做的是道歉，悄悄地出去，关上身后的门。然后赶紧离开院子，因为几分钟后，才华横溢的女演员坦塔莉的忠实观众就会来了，他们会替我做所有的肮脏工作，他们会替阿拉娜报仇，甚至不知道她的存在，但报起仇来丝毫不会手软……

"他的嘴流着口水，臭气熏天……"

"造化弄人。"我满意地嘀咕道，然后重重地向前迈了一步。

那个杂种第一个认出了我。他凶残地龇牙一笑，朝头目使了个眼色，本就皱起的浓眉在鼻梁处拧成了一撮羊毛。

私生子这个杂种伸长手臂——一把宽大的刀从袖子里滑到他手里。头目手里掂着一块连着锁链的钢质秤锤。贪吃的傻小子发出了猥琐的声音，用手掌擦了擦嘴，抬头用惊讶的目光看着我。

他们也认出了我。

"你一个人?"女人轻声问道。

我走上前去，抓住桌子边缘，猛地把它掀翻在食客们的身上。比我预计的更加费力，已经痊愈的手臂顿时钻心地疼。驼背女人躲开飞舞的餐具，漂亮女人一下跳开，头目怒吼着从笨重的桌面下钻出来；大脸乡巴佬被沉重的汤锅砸中了鼻子，这场斗殴

Авантюрист
冒险者

染上了第一滴血。

私生子——早就站了起来——轻松地越过倒在地上的驼背女人。我堪堪躲过头目向我扔来的凳子，凳子撞到了我身后的门上。我没有看到私生子拿刀的手，但感觉到了；预定给我的一击没有击中目标，但我挡刀的手上却传来一阵剧痛。

私生子是最难缠的对手，但我感兴趣的首先是头目。仇人见面，分外眼红。他在一旁等着，把玩着秤锤，我突然看到了他的手。

长长的手指，细细的关节，肿胀的手指肚儿。指甲被啃得光秃秃的，只有一根矫揉造作的兰花指上有淡黄色的长指甲。

有多少次我强迫自己不要去想"流口水的嘴"。阿拉娜谈到过"手"吗？还是她不愿意，不敢回忆？！关于这双手如何触摸……

怒火中烧从来都不是好事。

眼前一片迷茫。私生子痛苦地尖叫起来——他很敏捷，但我更强壮，当我把他扔到翻倒的桌子腿上时，他拿刀的手松开了。大脸乡巴佬终究没能在战斗中证明自己——他的额头被凳子砸中，倒在一堆餐具里彻底消停了。头目指望老天一般盼着的秤锤像一只无助的老鼠一样滚到了角落里，钢链像尾巴一样拖在后面。

漂亮女士试图掺和进来，我不想打她，只是一把把她推开了。壁炉在燃烧，到壁炉的路不算近，而头目用靴子撑住地板，一直想要踢我的膝盖。我拖着他，就像没有马的农民拉着自己的犁，壁炉越来越近。我知道我不会把这件事告诉阿拉娜，但我眼前依然猩红一片，我想让头目忏悔。忏悔很长时间，这个畜生，直到他那一绺一绺的眉毛变成烧焦易折的灌木……

第十五章

"为什么?!"

我完全忘记了驼背女人。她似乎在战斗一开始就摔到了地板上,现在又重新站了起来,离我两步之遥,脸色苍白,鼻子尖尖的,像个蜡质玩偶。

"为什么?!是她自己……她自己要缠着我们,她自己!我们没有绑架她……她自己想,她自己跟着我们,为什么,为什么?!"

泪水从玩偶的脸上流了下来。

头目抽搐了一下——我把他的胳膊扭得更紧了。门外传来一阵敲击声,而且已经很久了;原来是我把门拴起来了,然后我不记得了……

我回过神来。我倒霉的敌人们在角落里清醒过来。漂亮女人恶狠狠地瞪了我一眼,擦了擦嘴唇。但我又没有打她的嘴唇?!

我松开了手,头目像麻袋一样跌在了地上。就在这时,门闩断裂,门被打开,又一群热血沸腾的男人闯进了"小饭厅"。

我等着旅馆老板打头阵,他肯定被噪音吓坏了,对不可避免的损失感到愤怒。老板确实进来了——准确地说,他是被推进来的,脸色煞白,顾不上惦记损失,而是操心自己珍贵的皮肤……

"就是他们!就是他们,这些小丑!看,他们互相擦净了对方的脸!

房间里变得局促起来。索特公爵的手下踏过碎片和碎渣,瞬间掌控了局面。强壮的手臂足以将私生子、大脸乡巴佬和头目从地上拎起来。两个女人被一个看起来慈眉善目的小胡子打手抓住了后脖领子。我站在壁炉旁,背靠着墙。坦率地说,这个位置相当糟糕。

"不是这个,"公爵看着私生子满是鲜血的脸,失望地嘟囔着,"找,这里还有个女孩,就是那个,记得吗?"

我感觉放心了一些。至少坦塔莉和阿拉娜现在已经脱离了危险。如果她们足够聪明,不等天亮就离开……

"是这个!"一个鼻子断了的黑发青年兴奋地喊道,脏兮兮的手指正对着我的鼻梁。

壁炉钳是个上好的武器。只是我坚持不了多久了。

"让开!都闪开,狗娘养的!"有人在袭击者身后大喝一声。

我击落了朝我飞来的匕首。我手中的钳子呼啸着划破空气,金属相撞,两把粗心大意的短剑跌落在地板上。

"让开!我用弓弩射杀他!"

"我给你一箭!"公爵尖叫道,"我要留活口!活的!"

他声音中的某种快感给了我力量。既然我应该活着,那我就必须自由。没得商量。

女人尖叫起来。

我把钳子扔向袭击者,赢得了一秒钟的时间抄起煤铲;我没有像讲究的播种者那样挥舞,而是把壁炉里燃烧着的东西泼到了他们龇牙咧嘴的脸上。余烬在地板上跳动,留下参差不齐的烟灰图案。有人被烫得尖叫起来,几乎所有人都捂住脸向后退去。

我深吸一口气,钻进了壁炉。妈的,妈的,妈的……小时候我经常躲在壁炉的烟囱里吓唬我的亲戚。不过那时候壁炉里又空又冷;只有疯子才会跳进热烘烘的炉膛。或者是走投无路的老鼠。

一只顽强的手抓住了我的脚踝,我冷静地用鞋后跟踹它,重获自由。我手脚并用地向上爬,一股痛苦的热意从下面舔舐着我;我快要窒息,失去知觉,直接掉进煤堆里,现成的、无助的、烤熟的猎物……

第十五章

我需要空气，空气。这根烟囱到底有多长?!

最明智的做法是用弓弩射我。我不敢想象箭会射中哪里……

或者他们会不会把火烧旺，把我闷死在屋顶上?!

傻瓜，自以为是的傻瓜。瞧，已经有人爬上来了，他呼哧呼哧的喘息让煤烟四溢。

黑色的天空。正方形的中间有一颗白色的星星。再努力，再……

空气!

我抓住烟囱的边缘把自己撑起来，翻到屋顶上。瓦片呻吟着裂开。不，这不是"臭虫窝"，竞争对手撒谎了。这是一栋非常坚固的建筑，只是老板会蒙受损失……

"他在那里!在那儿!"

"哪里?"

"看到烟囱了吗?"

"把他弄下来!用箭把他射下来!"

"要活的，混蛋!谁射死他，谁就他妈的滚去地牢，懂吗?"

我坐下来等待我的手脚停止颤抖。而我的追踪者从烟囱里探出头来，刚探出来又马上缩回去……

但后面爬上来的人并不想爬出来。要么就是足够聪明，要么就是不够强壮。

我环顾四周，烟囱随处可见，但只有一个厨房的烟囱冒着滚滚浓烟。谁会在春天里生火……

矮小的旅馆建筑灯火通明。到处都架起了梯子爬向屋顶；我越过对面的斜坡，追兵们爆发出阵阵呼喊。

"在哪里?"

"谁能看到?"

"别让他跑了！马上就能抓住他，狗娘养的！"

"这里，这里！"打手们欢呼雀跃地跑向后院。

妈的，他们到底有多少人，不是二十个，足足有一百个……

我跑向最近的烟囱。火把的黄色光芒照在它粗糙的一面。黑夜不想掩护我。夜色在灯光面前退却了。

我忍住了再次潜入烟囱的冲动。当我气喘吁吁地在煤烟中挣扎时，打手先生们肯定正好整以暇地等着迎接我。老板是站在他们那边的，他费尽九牛二虎之力，把危险的访客连同他们的猎物扫地出门……

我已经够幸运的了。

一支粗重的箭矢射中了烟囱。要么是公爵的人偷偷放冷箭，要么是射手对自己的能力很有信心，打算轻伤这个太过活蹦乱跳的猎物。不管怎样，第一箭射偏了；我迅速转移到屋顶的另一面。虽然这里也有火把，而且还有一些不耐烦的弓弩手，我应该沿着仓库的屋顶离开，但不知为何没有力气。运气已经耗尽，勇气也不知去向；阿拉娜和坦塔莉安全了，公爵抓到我之后，在很长一段时间内都不会去找她们……

一双手，抓着屋顶的边缘。然后是一张留着淡黄色胡须的黝黑的脸，牙齿里咬着一把匕首。看到我之后，索特公爵的大胡子战士吐掉了自己的武器，龇牙咧嘴："啊——"

我身后传来瓦片碎裂的声音。追兵从四面八方爬上来。

漆黑的天空和一颗白色的星星……

我击退了大胡子，用袖子夹住了某人的匕首，这次伤到了右手。有人呻吟着滚了下去。我不打算活着投降。他们至少需要一把弓弩才能抓到我。

"主子，放箭！他跑了，狗东西！"

第十五章

别喊了,小家伙。我哪儿也不去,我被包围了。幽灵般的法官可能会懊恼地吞下自己的假发;他的判决无法执行。我还有将近一个月的生命,但我却在与审判毫不相干的情况下以不愉快且愚蠢的方式死去……

或者?!如果我把自己活着交给公爵,就完全可以再坚持一个月,雷科塔斯族人生命力顽强,如果刽子手们勤恳认真的话……

狗东西,从四面八方爬个没完没了。又一个人从屋顶上掉下去了,但会有两个人火速接替他。屋顶上的瓦片被火把照亮,亮光和武器持之以恒地向我飞来。

马蹄阵阵,或许是耳朵里血液沸腾;午夜时分,哪里来的骑兵队?所有正派绅士都已经找到落脚处休息了,难道在这种紧急的情况下,他们还要收拾敌人?

"这里发生了什么事?"

这个声音我很熟悉。还来不及想在什么地方、什么时候听过,但我记得这声音和不愉快的事情有关。

那个打手,此时此刻我的对手,浑身一颤,有瞬间的失神。为自己的不幸。

"这与您无关,尊贵的先生!我们是索特公爵的手下,快走开!"

我躲过一击,拦住某人的手臂,自己也打回去,但对手也躲开了。有东西从后面击中了我的头,我没有失去意识,但失去了平衡,摔倒在地,压坏了瓦片,快要滚下屋顶。一把匕首抵住我的喉咙。

这一切真的发生在我身上吗?

"这是城里的地界,亲爱的朋友。我还是第一次听说索特公爵的名号。你有文件吗？证书？"

"这是我的证书！"没准儿出示的是完全不相干的东西。"走吧，趁着你还没事！"

我躺在屋顶边缘，已经不用急着去任何地方了。而且很幸运，我几乎可以俯瞰整个院子。大门敞开着，武装骑兵们并不急于下马。其中一个看起来很眼熟——宽宽的肩膀，几乎无法穿上盔甲……不，他只穿着一件绣有号牌的夹克，他好像是叫……

"你错了，亲爱的朋友，"我之前听过的声音里透出一丝冷意，"在这里，我代表权威，不服从会让你付出惨重的代价……让你的人放下武器。"

"为索尔上校让路！"宽肩男人大喝一声，然后我想起了他的名字：阿根。

苍天啊，是你来帮我了？！还是法官因为担心犯人在判决执行之前偷偷逃跑，动摇了他的权威，因而动用了权力？

我看不到索特公爵的脸，也无从判断索尔上校的名号对他是否有什么意义。但即使他有所迟疑——也只是一瞬间的事。

"滚蛋吧你！"

一个非常不雅的手势，但做起来很有气势和美感。我原以为他已经成熟了，但现在他看起来像个胡作非为、被宠坏的小毛头。就是那些在父亲的城堡后院折磨动物或人的小男孩儿。

我已经完全确信，这小子要罪有应得地挨抽了。这时，透过布满血丝的眼睛，我突然发现，和索尔一起来的只有五六个骑兵。

摩拳擦掌的打手现在已经不是二十个了——我努力过了——但还是越来越多，而索尔的弟子们，不管怎么说，都还太嫩，即便是阿根……

第十五章

所以我又错了。我把索尔也拖进了我的烂摊子里,鬼知道他为什么会在这个档口出现在这里,哪怕早上再来……等一切都结束了……

不早不晚——他为什么偏偏现在出现?!

郁闷。

⚔

水溅到了我的脸上。

我没躺在瓦片上,不,我身下似乎是木板。我躺在地板上,挤在我周围的人的靴子似乎很大,但面朝着我的头就像拳头那么小。而且我谁也认不出来。

我落到了公爵手里,还活着?

恐惧帮我迅速恢复理智。我挣扎着想坐起来,但体力不支,要不是有几只手抓住了我的肩膀,我的后脑勺可能就会撞伤。

打手们干了件好事。

巨大的靴子们让出了一条路。后脑勺有些声音挥之不去,让人痛苦不已。我把手伸向腰部,但显然找不到任何武器。

凭空出现的新靴子的主人弯下腰,跪了下来;他的脸凑上前来,不再是小而扁平的。湿漉漉的额头,鬓角处有几缕淡黄色的头发,一双灰色的眼睛。

"埃格特。"我嘶哑地说道。

他问了句什么。我听不清——我的耳朵嗡嗡作响——但我猜到了。他还能问什么呢?

"旅馆……往北,沿着大路直走,不要拐弯。一个小时的路程。那儿……"

我以为我说得很大声很清楚了,但他问了我三遍。

Авантюрист
冒险者

多舛的命运啊，公爵呢?！他们痛殴了他一顿？向他吐口水？用帽子砸他？

我被抬起来放在一张椅子上。他们给了我水，让我的头靠在枕头上。克服了头晕之后，我看到我们现在在大餐厅里。公爵……就在那儿！坐在角落里，双臂被无情地扭到背后，鼻子被打断，奇怪的是，他的脸上有一个贞洁受辱的印记。索尔的其中一个手下站在一旁，漫不经心地靠在椅背上。一团混乱中——厨师和仆人、住客和老板都坐立不安——我一会儿看不到公爵的身影，一会儿又能重新与他目光相遇。

委屈的目光。"唉，所以你干吗缠着我？"

我费力地转过头去，桌子被挪动了，上面躺着一个人……不，是活的，因为有三个惊恐的女仆在包扎他的脖子和胸口，而死人是不需要包扎的。

我移开视线。

被斗篷盖着的东西。四只穿着泥泞靴子的脚；是了，事情已成定局。

索尔低声下达命令。阿根走到他身边——脊背怪异地佝偻着，脸色异常苍白；上校对他说了些什么，阿根的背更驼了——上校的声音里似乎夹杂着责备。

阿根为自己很久以前的误判付出了巨大的代价。怎么能让阿拉娜小姐和她的丈夫离开，还让坦塔莉夫人和喜剧演员一起走。虽然离开的时间不长，就一周，但结果呢，事情成了什么样子……

天晓得他们到底是怎么摆平那帮打手的？难道埃格特学会了魔法？难道市民们没有夸大其词，索尔先生真的是个杰出的统帅？

第十五章

索尔又说了些什么。阿根直起身来,向自己的一个手下点了点头,然后匆匆向门口走去,还没碰到门把手,门就被打开了。

站在门口的是坦塔莉,从她的肩膀上看过去,后面就是阿拉娜。我从咬紧的牙关中呼出一口气。

我不知道他们在想什么。熙熙攘攘的人群,全副武装的战士,兴奋的仆人们喋喋不休地议论着某场大激战。而我,满脸血迹,坐在椅子上靠着垫子,仿佛是一个受伤被俘的国王。

第一眼——我敢发誓——是在寻找我。确认我还活着。

第二眼——看的是那个宽阔的肩膀挡住了两位女士道路的年轻人。"阿根?!"

直到第三眼,阿拉娜才注意到她的父亲,而坦塔莉也发现了名义上的公公。

"啊!"

一眨眼的工夫,我的妻子从一个成年女士变成了一个衣衫不整的小女孩,她冲过去,几乎把旅馆老板撞倒,紧紧抱住埃格特,挂在他的脖子上。人群中有片刻的混乱。坦塔莉定定地看着这一幕,目光中没有一丝柔情。我还在想,张开的嘴巴让她的脸既神秘又愚蠢,仿佛她在排练一个新的角色。

"托丽雅呢?"

那一刻,大厅里的每个人都因为前女演员的声音而一下子转过身来。

"埃格特,托丽雅呢?你……丢下她一个人?!"

⚔

是的,他那时候确实听到了坦塔莉说的话。他意识到这是通过魔法装置联系到他的,而且这个呼唤是那么绝望,让他丝毫不

Авантюрист
冒险者

曾怀疑自己听到了呼救的声音。坦塔莉处于极度的危险之中,坦塔莉在呼唤他;他已经很多年没有离开过托丽雅了,但现在他犹豫了一下,还是下定了决心。

妻子身边有仆人、护士和卫兵。托丽雅什么都不需要,而坦塔莉可能处于死亡的边缘。

自打坦塔莉的十二个同伴垂头丧气地回来,怯怯地问女主人是否已经先一步到家——就从那一天起,埃格特一直坐立不安。他向来信任的人让他失望了。他所爱的人——他的亲生女儿和儿媳妇——消失得无影无踪。阿根羞于启齿,但他终究战胜了自己,详细地讲述了一切。埃格特想象着坦塔莉和阿拉娜在隆冬时节坐着喜剧演员的马车游荡,随后默默地回到自己的房间,足足两天都不想见任何人。

然而,没有。作为一个行动派,埃格特·索尔第一反应就是下令备马。然后才恢复了经年积累起来的冷静——这是挫折的产物,而索尔的生活中不乏挫折。

但仍然比胜利少。

无论是阿根还是返回的其他队员,都无法清楚地向他解释这个神秘的魔法师是何方神圣,以及想从他的女儿和女婿那里得到什么。假扮喜剧演员这个主意从一开始就显得愚蠢又可疑,但时间已经浪费了,只有耐心才有所帮助。耐心和毅力。

军团的训练已经结束。索尔派学员分组去周边寻找喜剧演员;这些小分队被困在雪堆里,陷在春天的泥泞里。找到了一个带着丑八怪的流浪马戏团,还有肩上扛着箱子的木偶大师,但没有喜剧演员,至少有些条件好的剧团尽量在城市和大村庄过冬,没有人愿意在严寒中艰难赶路。

索尔在家里坐镇,如同蜘蛛网正中央的蜘蛛,大把的赏钱花

第十五章

了出去——上校为了打探消息挥金如土。作为回报,整个世界的秘密蜂拥而至,他积累了如此多的秘密,简直可以让自己成为勒索之王。关于阿拉娜和坦塔莉的虚假消息也纷至沓来,但索尔知道如何区分坚果和石头。

终于——坦塔莉发来求救的呼叫。

犹豫是短暂而痛苦的。很长一段时间以来,他第一次要离开托丽雅。他下定决心,带着阿根的一个小分队,去帮助他的女儿们——漫无目地寻找,全凭直觉指导。

事实证明,他并没有那么盲目。

十年来第一次,他梦中出现了一幅绣在丝绸上的地图。道路像线一样蜿蜒曲折,埃格特把自己看成布料顶端的一根针,前方,在光秃秃的树林之外,一道几不可见的微光像猫眼一般燃烧着。目标。

他急忙向前,往四面八方派出了侦察兵。在一个村子里,他被告知喜剧演员一周前曾经路过;一旦有了线索,埃格特就再没有弄丢它。

他找到了那些喜剧演员。他找到了那些打手。他找到了我。

阿根的六个手下里有三人受伤,其中一人伤势严重。他只能留在旅店里,由女仆们照顾,并由老板亲自负责。当地的村长在得知究竟是谁制止了旅店里的一场血战之后,亲自跑到了索尔先生的眼前。他慷慨地为被捕的暴徒们启用了村法院为小偷和骗子建造的坑。乳臭未干的索特公爵已经离自己的领地太远了。复仇的渴望压倒了理智,公爵的头冠眼看着就要滑落到他的脖子上,成为罪犯的颈圈。

"你们这么做会引起战争的。"他拉着哭腔对索尔上校说。

索尔皱了皱眉头,似乎是因为疼痛,然后转身对村长说:

"鞭刑。在广场上。罪名是暴力和抢劫。"

索特公爵气势全无,我想幸灾乐祸,但有心无力。真遗憾——即使是幸灾乐祸也能在困难的时候起到支持作用……

索尔没有看我这边。我对他来说什么都不是——一个夸夸其谈的人,大张旗鼓地娶了一个年轻女孩,然后让她在荒凉的境地里任人宰割。没有保护好她。不配为人夫。

我对他不紧不慢地发号施令感到恼火。毕竟他早就意识到,他留下托丽雅一个人面对死亡和灾难。但他没有立即跳上马鞍,也没有快马加鞭,而是在英俊的脸上摆出厌恶的表情下达命令,给活人,给死人,给囚犯……

坦塔莉冷漠地坐在角落里。阿拉娜寸步不离地跟着索尔——我心生一阵妒意。记得这对父女之间从来没有过如此温柔的眷恋之情。

起初我想向阿拉娜隐瞒在这里遇到了之前那些喜剧演员的事,但我不能保持沉默,不能撒谎说巴里安和他的同伴们来过这里,然后一闻到煎炸的味道就溜走了……

而被我收拾了一顿的那些家伙真的溜走了。似乎就趁我钻进烟囱里那么一会儿的功夫,他们迅速把马车从院子里弄出来,然后慌不择路地跑了。看似不可能,但他们做到了!

我没有对阿拉娜撒谎隐瞒遇见那些喜剧演员的事,但我也没有撒谎说把那个浓眉头目的脸塞进壁炉。在冷静下来的头脑中,我的那个意图似乎不是那么恰当了——这是一个令人厌恶的意图,即使它真的实现了,也应该隐藏起来。

不过我告诉了阿拉娜,这位头目被吓得魂飞魄散、屁滚尿流。我说得很有说服力,略带一点尴尬,仿佛隐瞒了一些不雅的细节。阿拉娜笑了,我看到我的谎言让她忘记了先前的震惊。

第十五章

"小饭厅"里斗殴的痕迹被草草清理了。我身上的血和灰烬也洗掉了,头上的伤用干净的布包扎起来,但我仍然站不起来,眼前一片漆黑。

"我想知道关于这个魔法师的一切。"埃格特一字一句地说。

我和阿拉娜一言不发地看着坦塔莉。

"埃格特,托丽雅不应该一个人待着,"前女演员看向一旁,"我……试图告诉你……要保护她。"

索尔皱起了眉头,说:"我派了信使。如有必要,成卫队长会撤掉城门口的哨所。但我们的房子会像堡垒一样被层层包围。我现在还能做什么?"

他说得缓慢而清晰——我渐渐明白,为什么他的手下能够成功地制服一群人数占绝对优势的暴徒。如果他用同样清晰低沉的声音下达战斗命令——就像钉钉子一样,说实在的,真可谓掷地有声……

而且他是对的。是我的话,如果我身体健康,就会跳上马鞍,全力以赴——怀着非我不可的神圣信心。

"现在我想知道关于这个魔法师的一切,"上校显然不习惯把命令重复两次,"坦塔莉,请告诉我。"

她隐瞒了少许。比如,没有提她与乔诺塔克斯先生冬天的那场谈话,她以为那次谈话没有证人。而对于魔法师在前往界门的时候"掩护"她的事,她也没有提。我明白为什么。

索尔上校的自制力惊人。即使提到卢阿尔、护符和宇宙之门,即使提到阿拉娜经历的磨难,索尔英俊的面容也没有露出一丝情感。冷漠的雕像。

坦塔莉说完,歇了口气。阿拉娜坐得更靠近父亲一些,握住他的手。是的,分离显然让她受益匪浅,十几岁的她可不曾有过这样的孺慕之情。

"雷科塔斯先生……"

是了,我知道事情会发展到这一步。

"雷科塔斯先生,您现在身上有伤,可能不太愿意说话。但我还是坚持要得到回答:我的女儿,您的妻子,怎么会如此轻易地成为这个……魔法师的猎物?"

他仍然轻声说话,没有提高声调,甚至没说什么特别的,但我突然喘不过气来。

"怎么发生的?"

我是怎么来到这个世界上的?我怎么会出现在审判室?而我怎么会活到今天,毕竟很多次都有人想杀我?

我没有什么可失去的,真的。我把阿拉娜交给了她父亲。"交给"是一个大胆的词,但这是事实——他们两人坐在对面,心不在焉地握着对方的手——看起来和谐极了。

我没有什么可失去的。我已经厌倦了撒谎,厌倦了我那点儿秘密。

我把头放到更舒服的位置,娓娓道来。

关于税吏。关于法官。关于乔尔诺为救我开出的价码。关于我想要活下去并认真决定付出代价。关于我如何寻找阿拉娜,然后找到了她,打跑了那些喜剧演员,娶了她——为了一份其实并不昂贵的嫁妆……

我花光了所有的勇气。

因为在我说话的时候,索尔那张冰冷的脸越来越生动了,眼睛从灰色变成了黑色。看到这双眼睛,敌人要么就变成石头,要么就头也不回地逃走。想到拥有这种眼睛的人会对我做什么,就觉得很可怕。

第十五章

  顽强的精神拯救了我，仅仅是顽强。我终究没有移开视线，一瞬间都没有。我甚至停止了眨眼。

  阿拉娜从父亲身边稍稍挪开，把头缩到肩上。她是唯一一个详细了解我的故事的人，现在她又听了一遍，不由自主地通过埃格特和坦塔莉的眼睛重新审视过去——这可能是一个让任何人都会感到害怕的景象。

  坦塔莉……我用余光看她。她的表情就像眼睁睁地看我在她面前长出了鳞片。

  我终于讲完了。索尔漆黑的眼睛紧盯我的脸，就像盖在坟墓底部的封土一样。

  埃格特停顿了几乎半个小时后说："世上所有的不幸都落在我女儿身上。"

  他站了起来，一个箭步走到我面前，抓住我的衣领把我提起来。我眼前一黑，看不到我上方那张狰狞的面孔。要是眼睛能保留着理性就好了，起码不要像个毫无反应的玩偶……

  索尔的手指松开了。我滑回到椅子上，片刻之后，黎明在我的眼前破晓。勉强恢复视力之后，我看到索尔，还有他的两个女儿——亲女儿和儿媳妇，像两个砝码挂在他身上。

  "放开他，别碰他，放开他……"

  "我很抱歉，"我嘶声说道，"我很抱歉给你们带来如此不愉快的时刻。"

  索尔扫了我一眼，那眼神不仅会让我变成石头，还会变成玻璃。他轻而易举地拖着紧紧抓住他肩膀的两个女人走向门口。"阿拉娜，妈妈已经等着急了。坦塔莉，家里需要你。马车就在门口。我们走。"

  阿拉娜终于放开了父亲的手，跳了回来，说道："我不会

Авантюрист
冒险者

……丢下雷塔纳尔走。而且他不能走,他必须躺下!"

索尔猛地转身喝道:"阿拉娜,我放任你太多、太久了。现在我让你做什么你就做什么。上车!"

最后一句话他几乎是吼出来的,命令的威力让阿拉娜像上了发条一样向门口迈了一步。

"埃格特,听我说!"坦塔莉插话了,"你不能不听我们的话,毕竟我们……"

埃格特打开了门,坦塔莉因为害怕目击者而咬住了自己的舌头。阿拉娜回过神来,向后跳去。

"阿根!"索尔咆哮着把坦塔莉推到屋外,"我们走!"

"我不走。"阿拉娜说,有那么一瞬间我觉得仿佛昨日重现,站在我面前的是一个讨厌又固执的少年。

索尔什么也没说。当然,也没有看向我。

他只是把我妻子抱在怀里,像抱小猫一样轻松地把她抱走。

"你没有……权……"

门砰地一声关上了。

※

我的婚姻故事就这样结束了。

我,只剩不到一个月的生命,本不应该对命运感到愤怒。相反,我应该感谢索尔的雷厉风行——他行事像一个熟练而冷酷的外科医生,仁慈到了残忍的地步……

我在软弱的时候也这么想,大量出血留下了后遗症。与此同时,一天又一天过去了,血管里的水位线逐渐恢复。听天由命的疲惫感似乎被热流冲走了,一个被冒犯的丈夫在我身上觉醒。因为没有任何法律规定任何人可以强行带走有夫之妇,即使是她的

第十五章

亲生父亲。

旅店老板很高兴我终于要离开,他甚至不知该如何掩饰这份喜悦。过去的这段日子对他来说是损失惨重的黑暗时期,他一边迫于无奈对我表示关注和慷慨,一边暗自咬牙切齿。如果不是因为畏惧索尔上校,他肯定早就把我赶走了。但他只顾着为我的离开感到高兴,却忘记了向我收取喂马的费用。

我做的第一件事是回到那家竞争对手的旅馆,我们的马车还留在那里,我试图找到车夫,结果发现车夫把马车卖了,卷款跑路。一个像兔子一样儿女众多的家庭的长子可能已经决定自己创业了。我叹息着祝他好运,买了一些食物,然后在马鞍上摇摇晃晃地向着南边的城里出发。

第十六章

所有人，但凡手里能拿一把哪怕是铁锹的，都纷纷涌向了田野。以土地为生的人们急于从芬芳的黑色荒地中汲取所有汁液；只有信使、游手好闲的人和那些从未闻过黑土味道的尊贵老爷们在路上行色匆匆。我是个完全自主的人，是信使，也是流浪汉。

头晕目眩，我都不知道自己是怎么坚持留在马鞍上的。我骑得很慢，正在田里耕耘的人们一脸惊讶地看着我：哪来的流浪汉，一大清早就醉醺醺的。

中午时分，路上空无一人。太阳几乎像夏天一样炙热，泥土早已干涸成了灰尘，因此我首先注意到一道飞扬的尘土，然后才注意到骑手。而且他似乎喝醉了——身下的马时不时摇晃脑袋，无谓地试图甩掉那令人恼火的负担。

然后我以为这是个小男孩。

直到我们快要并驾齐驱的时候，我眼前的尘土才消失殆尽。我拉起缰绳，跳进尘土中，正好赶上小骑手胯下的坏马做坏事，我跳了起来，接住了倒在地上的人。

"雷塔纳尔……"

第十六章

我们在被太阳晒得暖洋洋的路边躺了大约五分钟。我的马在一旁安静地踱步，阿拉娜的马只能稍后去追了。我的妻子从来不是一个好骑手。对她来说，驾驭这样一匹不听话的动物是她勇气的极限。

她的头发与几乎不见天日的无尘草交织在一起。她的手指抚过我凹陷的脸颊上的胡楂。苍天，为什么我没有刮胡子就出发了？

有那么一段时间，我们疯狂地互相道歉，享受着为每一项可以想象和无法想象的罪过道歉。要不是阿拉娜发现我后脑勺上已经愈合的伤口之后心疼得哭了，我不知道我们悔恨的狂喜会变成什么。大路边上两只愚蠢的鸽子——这就是我们，一般来说，理智而有风度的人。

接着，远处传来一阵马蹄声，阿拉娜猛地坐了起来。"他们追来了，"阿拉娜几乎有些自豪地说，"雷塔纳尔，我们快马加鞭，让他们追一个星期怎么样，嗯？"

考虑到我头上的伤和阿拉娜的骑术，这个建议听起来着实大胆了些。"阿拉娜，"我小心翼翼地开口，"你确定……你真的原谅我的……所作所为了吗？"

她看着我的脸，然后突然皱着眉说道："你是想说，一个体面的女人是不会原谅你的是吗？是不会原谅这一切的是吗？我是膏药，绵羊尾巴，刺球，紧紧黏着你……不管发生什么？！"

宁静的太阳被笼罩在厚厚的、棉絮一般的云层里。

"我不是这个意思！"我跟着她起身，"如果不是……我这些天活着还有什么意义呢？"

她的脸色又变了。这次不是愤怒，而是恐惧。

"阿拉娜，"我急忙说，"父亲……坦塔莉跟你父亲提过这位流浪者的事吗?"

马蹄声愈渐清晰。一队士兵向我们靠近,扬起了灰尘。

⚔

坦塔莉再次令我震惊——这已经是无数次了。我确信,如果不是因为她——埃格特·索尔不会再对我说一个字。无论在任何情况下。无论关于什么。无论任何时候。

这三天她和他谈了些什么?她是如何说服他的?毕竟,对于我所做的一切,她自己也要花一些时间才能——如果不是原谅,至少也是接受。

看到父亲,阿拉娜的脸上流露出自尊和独立——她只需要把鼻子抬高一点。埃格特叹了口气,离公路不远的地方已经搭起一顶帐篷,篝火噼啪作响,火堆上架着一口熏黑的大锅。上校和他的年轻战士们以行军的方式旅行,颇有节制。

在帐篷里,我受到邀请坐下来。索尔仍然不看我,他愿意在自己的帆布屋檐下给我一个容身之地已经是他做出的巨大让步。

阿拉娜在我身边坐下,明目张胆地拉着我的手。这种姿态在上流社会中是不可接受的,但由阿拉娜做来却非常有说服力。

"侦察员回来了。"索尔慢慢地来回踱着步说道,"奇怪的消息……河水泛滥了。"

我们沉默不语。上校自打生下来就没接触过农活儿,不知道他为什么突然对春汛产生了兴趣。

"河道彻底冲毁了,"索尔似乎对我们的迟钝感到不快,"桥已经被冲走。渡船也冲走了。和城里的通讯中断了……"

"按说还没到发洪水的时候。"在场的阿根惊讶地说。虽然我更希望他能待在入口的另一端。

第十六章

索尔耸了耸肩道:"据说一些山区的雪融化太多……任何事情都有可能发生,虽然,如果弄清楚……"

"阿根,"坦塔莉若有所思地注视着帆布天花板上的补丁说,"你能不能去让炊事员给我单独做一份饭,不加黄油?"

阿根一时没有反应过来。

"现在就去。"坦塔莉加重了语气,阿根脸红了。索尔沉默不语,犹豫着要不要确认这个命令,于是阿根壮着胆子说:"没有黄油就不好吃了。"他闷闷不乐地看着坦塔莉的眼睛。"而且我不能对炊事员指手画脚,毕竟他在做自己的工作。"

我从来没有想过,这魁梧的家伙竟然有这样含沙射影的本领。

坦塔莉温和地笑着说:"我喜欢不加黄油,阿根。把它作为我的个人请求。"

生着闷气的阿根变得有点迟钝,他疑惑地瞄了一眼索尔——在后者眼睛里读到了无声的首肯。他鞠了一躬出去了,关门帘的动作重了一些。

"他挡住了我们的路,"坦塔莉迅速说道,"乔尔诺已经恢复了他的力量……或者马上恢复。埃格特,我们上次的谈话……"

上校终于停止踱步。他在一块低矮的木头上坐下来,尖锐的膝盖几乎与眼睛平齐。"也就是说,一盘汤?然后主人会来,倒出汤,装上粥?"

我反射性地咽了下口水。好饿。

"恰恰相反,"阿拉娜一本正经地咕哝,"他把粥舀出来,装满汤。"

帐篷外面——远处——索尔的徒弟们欢快地吵嚷着。只有阿根的声音听起来闷闷不乐,略显烦躁;浓郁的食物气息透过帆布

Авантюрист
冒险者

飘进来，我的鼻孔不由自主地抽搐着。

"我这一生，"上校若有所思地喃喃自语，"只见过一个魔法师，卢阿扬主任……流浪者不算什么。"

"为什么呢？"阿拉娜郁闷地问道。

粥的味道混杂了些许苦涩。难道炊事员会把美味烧糊？！

唉，雷塔纳尔·雷科塔斯，从什么时候开始你把肉粥都当成了美味佳肴……

"因为流浪者不是魔法师，不是通常意义上的魔法师，"索尔用教训的口吻对阿拉娜说，"他的能力的本质……超出我们的理解。我不太清楚，但我觉得，你们那个乔诺塔克斯的本质……"

"没错。"坦塔莉迅速说道。

埃格特眉毛一扬："可是为什么呢？毕竟流浪者被第三力量标记过。那些外来者……而乔诺塔克斯……"

"当冬天还在门外时，仍会有一小股气流穿过缝隙向我们袭来……"坦塔莉沉声说道。

然后是一阵寂静——紧绷得像鼓上的皮。

"一小股，"索尔笑着说，"要是一切都……这么简单……那些外来者为什么还需要守门人呢？只要……向缝隙里吹气……向钥匙孔吹气……不是更容易。"

"然后等着口水进入秃头魔法师。"阿拉娜轻快地总结。

"噤声。"坦塔莉对她呵斥道。

阿拉娜皱起了眉头说："黄金不会生锈！那里，'门口'，根本没有人！"

"住口！"坦塔莉眼神一黯，"你把简单的事情搞混了！生锈的黄金只是……一个次要的标志，一个征兆！事实上，重要的只是护符上的锈迹……卢阿尔用它封印了界门。谁知道呢，也许封

第十六章

印早就锈蚀了?"

"流浪者应该能说得更清楚,"索尔嘶哑地说道,他惊讶地瞥了一眼坦塔莉,"这是我的问题——我对他知之甚少……"

"流浪者?!"阿拉娜和坦塔莉齐齐跳了起来。

"我们已经十年没有见面了,"索尔低喃,"我需要一个很好的理由……让他回到我的梦中。"

然后又是一阵寂静的停顿。坦塔莉的脸眼看着就失去了血色,阿拉娜半张着嘴坐在那儿,索尔弓着身子,他的眼睛透过落在脸上的白发闪烁着怪异的光芒。

"你为什么不说话,埃格特?"坦塔莉哑声问道。

索尔耸了耸肩说:"难道我是先知吗?"

帐篷里出现了一阵充满怨气的沉默。

"我们希望,埃格特。"坦塔莉起身来回走了两步,但帐篷里没有多少空间,"我们希望流浪者能帮助我们……"

"保护妈妈。"阿拉娜帮腔道。

"还有整个世界。"我苦涩地补充道。

"我不知道,"埃格特苦笑道,"我能不能保护这个世界。但我绝不会把妈妈交给任何人。虽然……"他顿了一下,又道:"如果……是真的……'它在等待,它在门口'……"

"它在门口。"我喃喃地说,记忆立刻把我带回了那个冰雪覆盖的寒冷小屋。乔诺塔克斯·奥罗穿着他那件奇葩的毛皮大衣,玩弄着、挥舞着他的斧头。"预言多少年了,却从未成真……"

成为众人瞩目的中心并不总是好事,特别是当所有人的目光几乎把你穿透的时候。

"什么?"索尔生硬地问。

"乔诺塔克斯说,预言必须成真,"我说,对自己的健忘感到惊讶,"预言必须成真。它能够整顿宇宙。"

我的听众们面面相觑。然后坦塔莉咽了下口水,怕冷地搓了搓手掌,凭借记忆磕磕巴巴地背诵道:"灾难降临……这里是绿色平原和绿色平原上的旅人。火,看着我的眼睛!苦难,你注定失败。泥土会如虱子一般紧紧粘在你的鞋底,吞你入腹……天空被撕扯得面目全非……呃……绿色平原上的旅人在哪里?树木……呃……把根系伸向曾经有太阳的破洞……看,水浓稠得像黑色的血……看,刀刃流下了泪水。一圈雾气如绞索一般套在死人的脖子上。我们之间的呼吸……"

"你都记得。"阿拉娜羡慕地说道。

"这是什么?"我颤抖着问道。

坦塔莉舔了舔嘴唇说:"这些……来自先知奥尔文的传记。来自卢阿扬院长的书……关于外来者到来的预言……基本上,这个文本最早出现在《先知遗世书》中,但没有副本留存下来,所以卢阿扬将其复原,很大程度上是根据拉尔特·列吉阿尔的话……"

"现在不是讲课的时候。"我尽可能冷淡地说着,实际上是想掩饰听到这些名字和头衔时的紧张颤抖,"我想,这说的是……外来者入侵之后世界会变成什么样?"

坦塔莉移开视线。"我不知道……托丽雅夫人说……卢阿扬主任说的……在某种程度上,这只是一个艺术文本……"

"艺术的?!"

坦塔莉又咽了下口水。她转向阿拉娜,似乎在寻求支持,疑惑地看着索尔。

"那么,流浪者会帮忙吗?"她像税吏一样威严地问道。

"他说不能帮忙,"索尔说着,转过身去,"是为了让我们别

第十六章

指望他……他本来就……"

新的停顿,比之前任何停顿都要长。

在这一刻,我的同伴们未必都在关注世界的命运。坦塔莉的希望破灭了,阿拉娜为母亲感到担忧,而埃格特·索尔则一筹莫展。这种状态一点都不像上校——因此对他来说特别痛苦……

一个奇怪的发现安慰了我。原来,我并不是唯一一个命不久矣的人。预言里那些阴森森的说法不想被遗忘,但也吓不到人。"天空被撕扯得面目全非"跟我有什么关系?我是一个过客,准确地说是一个"行将就木的人",我会冷漠地关上身后的门,在预言生效之前提早离开。

但事实证明,我多么期待一个横空出世的、强大的流浪者。一切将会变得多么简单——判决抛诸脑后,生命如花绽放,时间可以投入到任何事情中,哪怕是为拯救世界而战……

啊,我多么希望。

昔日宁静的河岸看起来像被洗劫一空的集市,或是富裕的游牧民族的营地。进城的商人,到处找工作的工匠,以及其他各种原因聚集到河对岸的流浪汉——都在等待、责骂、挠头寻找出路,吃光了周围的酒馆。

发狂的河流拖动着残骸。河水吞噬了土地,破坏了自己的河道。它像一个疯狂的掠夺者,抓住它不能使用的东西,一路拖着,一路破坏。马车四脚朝天地随波逐流,不知名物体的碎片漂浮着;树干在水中打着旋儿——树叶依然绿意盎然,树木还存活了一段时间,可能惊讶地目睹了被野蛮践踏的生命的狂野景象。只有疯子才会想要过河。对岸的人群熙熙攘攘,红白相间的卫兵制服在人群中闪现，满载货物的马车来回穿梭——城市正在努力加固沉降的河岸。

我们不敢靠近那条失控的河流，只能默默地看着黄色的浪花随着凹凸不平的河底上蹿下跳。

"小伙子们找到了一个占卜师，"阿根对我身后的人低声禀报，"当地一个预测天气的巫师。村民们悲痛得差点把他吊死，他发毒誓说没有任何预兆。但如果问他灾难从何而来，他就颤抖着说不出话……"

一头牛的尸体顺流而下。浮肿的一侧在泛黄的洪水中摇摆，僵硬的蹄子时隐时现，水浪把它沉重的胴体像球一般抛上抛下。

"之前有个人就是这样被冲走的，"一个看着像商贩的陌生男子哑声说道，"我不确定，但是，伙计们，我觉得那像是个女人……"

"去打水了。"有人阴沉地笑着说。人们不以为然地瞪了他一眼。

"见鬼，"一个沙哑的声音，貌似是个贵族，烦躁地问，"上校，渡口什么时候才能修好？渡船呢？摆渡工呢？！"

我转过身。

一张苍白的、不健康的脸。宽大的帽檐不允许阳光将他的脸颊染上哪怕是一丝丝的红晕……

他是不是因为贵族式的苍白而疯狂了？还是他觉得一成不变的丧服式的一袭黑衣让他特别神秘？

太神秘了……

我们的视线相遇。他认出了我。

哟！奇迹啊！苍白的面色没有发绀，而是发红，像灌满了甜菜汁一样……

第十六章

那个曾经在决斗中杀死雷吉·代尔,然后在法庭上对我作伪证的黑衣人——这位优秀的绅士感到困惑和害怕。他不知道会发生什么,不明白为什么我还活着,他的手心在冒汗,我的目光比正午的阳光更能灼伤他……

蔑视者拥有多么巨大的优势。

我冷漠地看着这位老熟人,就像看着钉在岸边的木头。它是无用的、黏稠的、腐烂的。

我甚至没有耸耸肩,而是转身就走,再也不想看到那个黑衣人……

要立刻把他抛在脑后。

我回到坦塔莉和阿拉娜旁边。看着汹涌的河水,她们也高兴不起来,两人的心情都很压抑。

"怎么样?"我妻子问。

我耸了耸肩。坦塔莉一言不发。今天早上,就在她眼前,一个年轻人试图从浅滩捡一个不知怎么冲到那里的麻袋,结果掉进水里淹死了。麻袋里装的是什么?不知道,可能只是腐烂的稻草。落水之后他踉踉跄跄,被不知哪里来的圆木砸中头部,然后就被水流冲走——面部朝下。

"我有一个不好的猜测,"我在一旁坐下,"我越来越觉得,乔尔诺先生允许我们行动,其实只是在供他消遣。你可以挣扎着到这里,但再往远处就不行……"

埃格特·索尔在离我们十步远的地方与阿根交谈。青年焦急地皱着眉头,打量着河面和对岸。洪水逼近了郊区——市民们,无论老少,都在拖拽和搬运石头。从远处可以清楚地看到他们的进展是多么缓慢,而河水是多么汹涌地直奔目标而去。

索尔点了点头——阿根直起身子,仿佛接受了一项命令,转身小跑着离开。他的背影看起来如此稳重,我一度感到惊讶——埃格特上校居然在最绝望的情况下为他的手下找到了事做……

索尔犹豫了一下,向我们走了过来。坦塔莉嘲讽地笑了:"怎么办?我们就这么如坐针毡?"

"我喜欢这样,"索尔面无表情地回应,"你必须承认,如果我们不能阻止乔诺塔克斯,他就不会浪费宝贵的精力来阻止我们……"

我惊讶地瞟了他一眼。我对自己的岳父知之甚少,唉,太少了……

"但我们现在肯—定—不—能。"坦塔莉咬牙切齿地说。

索尔点点头说:"我们可以去上游的地方,看看那里的水势。但我认为,无论我们去到哪里,河流都会以同样的方式迎接我们。别这么看着我,坦塔莉。总是有机会的。总是。"

上校说话带着惯常的自信,一只手随意地放在阿拉娜的后颈,另一只手放在坦塔莉的肩膀上。仿佛用自己相信一切都会很好的信念把她们二人笼罩在一个牢不可破的穹顶之下。我突然觉得自己是多余的。

完全多余。总体来说。

河水的咆哮淹没了人们激动的议论声,我不知不觉地走到了一片松树林的废墟前,松林一半被洪水冲走,一半被大火吞噬。我在一片苔藓上坐下来,脱了靴子,盘起双腿。

我是不是应该把靴子捐给别人?

这个念头不知从哪里冒出来,却再也挥之不去。靴子,上好的,全新的……要不,送出去?

第十六章

  我的木制日历在居无定所的漂泊中破损严重。边缘磨得发亮，漆面剥落，有些地方完全脱落了。但刺骨的风仍然吹拂着脸颊，大腹便便的云层仍然飘洒着雪花，而太阳仍然像圆圆的水母一样挥舞着触手。

  我几乎一无所有了。不知道我为什么要执着于去某个地方，并且为泛滥的洪水感到沮丧。大概一年前测量出来的为我计时的沙子已经在沙漏的下半部分堆积如山。剩下的一点儿屈指可数，要不了多久我就会问自己：我将如何死去？

  就像那个一心准备扑向妓女的英俊老头，却因为踩到自己的扣子滑倒，后脑勺撞上了铁钉？

  就像那个强盗，有人说他淹死在水坑里，还有人说他淹死在粪坑里？

  我用指甲撬起一块即将脱落的漆片，像个主人一样擦去了不小心沾在太阳丰满的脸颊上的污渍。我盯着这些数字，突然出了一身冷汗：我把日子算对了吗？也许我弄错了，剩下的不是五个晚上，而是只有四个？！

  这么多漫长的日子被一根别针划掉了。太阳转了一个大圈，我也绕了一圈；现在回到了起点，而我比一年前更不想死……

  世界的命运与此有什么关系？！是的，我现在孑然一身，我会努力对自己诚实，跟自己说实话；知道整个世界很快将会覆灭之后，我宁愿先一步死去。"一圈雾气如绞索一般套在死人的脖子上……"也许，活不到那会儿是我的幸运？！

  天啊，我真是个混蛋。幸亏没有人能够看透我的心思。

  靴子送不送人？如果送了，那么说明我相信世界会继续存在，太阳仍然会给人们带来温暖，春去秋来，某个流浪汉仍然得益于我的鞋子。

"雷塔纳尔……"阿拉娜的声音。

我浑身一抖,仿佛被抓了个正着,仿佛我的妻子能读懂我的心思。不,我不想被看到。我不想和任何人说话。

"雷塔纳尔,我们……你听我说。为什么给你这一年的期限?"

为什么给英俊老头一天,却给了强盗一个月的时间?法官不是刽子手。我们是自己的刽子手。

"如果……这是个测试呢?"

对耐力的考验。看你会不会发疯,会不会在期限到达之前悬梁自尽,从而使正义蒙羞。

"雷塔纳尔,"阿拉娜哑声说道,"我不想让你死。"

唉,这是一个寒冷的夏天……

"去吧,我马上就来。"我盯着河面说,"总不能在女士面前穿鞋。"

索尔的人不知从哪搞到一条船。坚固,涂有树脂,几乎是全新的,起初我跌跌撞撞,然后加快了步伐,然后狂奔起来。

埃格特笑了,于是笑着对他周围的手下们说了句什么,手下们的肩膀紧紧地挨着,不想让我进入这个温暖的集体。但如果我想,我可以穿墙而过。

"不会从上面冲到石头上。不,阿根,你继续负责,确保女士们……"他注意到了我,于是嘴角微微下垂,"雷科塔斯先生,如果您能让我和我的人单独说话,我将非常感激。"

"渡河的话,"我屏住呼吸说,"现在更合适的不是船,而是木筏。船会翻的。"

第十六章

他现在真的很生气,但还是控制住了自己:"请让我来决定什么更适合渡河……请走开。"

"亲爱的上校,"我说,因自己的大胆而激动起来,"几天后,我无论如何都会让您摆脱我的侵扰。您将为女儿选择一个让您满意的丈夫。而现在,在我活着的时候,请您认真对待我!"

索尔的手下们疑惑地看着长官。他们可能在等待一个命令,好抓住我的后脖领子把我扔到远处。但上校没有说话。

"我也是有价值的。"我放低了声调说道。

上校英俊的嘴角微抽,对我的话表示怀疑。

⚔

一路无话。

时间在流逝,不仅仅是我的时间。在一道湍急浑浊的洪水屏障之外,托丽雅·索尔夫人,那个我素未谋面的人,那个应该可以带领乔诺塔克斯·奥罗走向界门、走向卢阿尔、走向护符的人,正无精打采地看着外面的世界。世界的命运我完全不感兴趣,托丽雅的命运却让我不安,但纯粹是猜测;我的妻子阿拉娜和曾经的喜剧演员坦塔莉,是唯二能让我克服濒死的麻木的人。

我们乘船逆流而上。木筏会被水流带到城里,在此期间我们必须把它推到对岸,停泊在一个弯道上,否则我们会遇到大量散落在河道下游的岩石。

如果筏子太轻,它在第一个漩涡中就会翻倒。如果太重,我们就无法操控它。

出行之前已经有几场短暂但非常激烈的争执。我毫不怀疑埃格特有能力把两个女人都留在岸上,即使阿拉娜和坦塔莉会暴跳如雷。本来局面已经朝着这个方向发展,但坦塔莉说了一句话,不仅动摇了我的决心，也动摇了索尔的决心。

"你确定知道这道屏障阻拦的究竟是谁吗？你确定你过河之后就能打乱乔尔诺的计划吗？事关托丽雅和卢阿尔，难道你不觉得河水泛滥是为了阻拦她的女儿和他的妻子吗？"

"还有他的妹妹。"阿拉娜闷闷地说。

"如果你们淹死了，这会破坏谁的计划？"索尔吼道。

"我们淹死的概率是一样的！"阿拉娜自豪地宣布。

我的肋部突然一阵刺痛，很反常，很剧烈。一想到阿拉娜的尸身随波逐流，混浊的洪水像玩弄牛的尸体一样玩弄她……

"你俩留下。"我勉强说道。

"你一个人和乔尔诺斗。"坦塔莉疲惫地说。

埃格特突然上前抓住她的肩膀，很用力，甚至很粗鲁："你，魔法史的行家……通过设置障碍，他能控制它？他监视着我们，还是在搅动河水之后安静做自己的事？"

坦塔莉眨了眨眼。

"换句话说，一旦我们掉进河里，他就奈何不了我们了吗？"

可惜我这辈子几乎没有读过魔法书。

"我……不知道，"坦塔莉结巴了一下，"如果挡住我们是他的主要目的，他可能会监视着……但他现在有更重要的事情，我想……"

"坦塔莉应该和我们在一起。"我自己也有些惊讶。

索尔向我投来了严厉的目光。"为什么？"

"因为乔诺塔克斯不会淹死她，"当我的目光与坦塔莉相遇时，我几乎咬到舌头，但还是鼓足勇气说出了自己的想法，"我是说，他不会让她淹死……不会杀她。"

"为什么？！"

第十六章

她无比地想扇我一巴掌,但是忍住了。阿拉娜皱起了眉头,我可以看出她支持我,同时也同情坦塔莉,但终究为了对事情有益而保持沉默……

我不知道埃格特在那一刻是怎么想的。坦塔莉的理由或我的突然启示影响了他——埃格特凭良心做出了痛苦的决定,我很想支持他,于是向女士们保证,我们完全不会被淹死,我们准备过河……

接下来又爆发了一场激烈的争执,因为索尔先生并不打算带我去对岸。

坦塔莉感到很受伤,紧抿着嘴唇不说话。阿拉娜把父亲拉到一旁,我听到一些争论的只言片语:"你不了解他""对我来说已经足够了""没有他我不会走的""那你就留下吧""他比你的整个军团都有价值"……然后阿拉娜降低了声调,我一个字都听不出来。之后索尔皱着眉头走向河边,盯着浪花看了很久,回来看着我,他眼中的厌恶第一次变成了一点点兴味。

"您以前用过船桨吗……"

现在我们正沿着河岸逆流而上,时间在流逝,河水在流动。坦塔莉和阿拉娜拿着从周围的酒馆收集的一捆软木塞,阿根和男孩们在前面疾驰。上游有一个小型锯木厂,里面漂出一些碎木片。工厂主人不可能在如此汹涌的河流中流放木材……

索尔不是一个缺乏常识的人。如果有必要,即使是像他的骗子女婿这样的畜生,提出了合理建议,他也会采纳。

⚔

木筏立刻打起转来,没能从岸边推开。木筏原地旋转了一圈,对岸在眼前一闪而过,接着是大片的黄色水域,锯木厂附近灌木丛中的死狗，松树干周围脏兮兮的泡沫。

埃格特·索尔大声喊着——我听不清他的话，但他的声音很恼怒、很气愤。

河水撕裂了船桨。河流想从我手中拽走这根打磨好的木头，似乎这个微不足道的战利品还不足以让贪得无厌的河流心满意足。

阿拉娜和坦塔莉抓着嵌在木头上的桩子，在木筏中央呆住了。他们一开始想把她们绑住，但如果木筏翻了，把女人们也一起盖住怎么办？

两人的胸前都缠绕着密密麻麻的软木塞，如项链一般，附近所有旅馆老板的瓶塞都被洗劫一空——好歹还有微弱的一线希望，哪怕河水掳走我们的女士，终究不会淹没她们。

现在我们按照索尔的指令工作。我终于加入了他的行动。苍天啊，他已经五十多岁了，能不能……这样的努力……

然后我们被冲入航道，我赶紧收敛心神。

河流像一匹发狂的马一样载着我们不断加速，为我们寻找合适的漩涡，也可能是打定主意要带我们过城市而不入，把我们安然无恙地送给下游处守株待兔的石头。

坦塔莉和阿拉娜张了张嘴，但我没听到尖叫声。

岸边汇成了一道斑驳的水流，那是世界从我们身边飞驰而过。我们一动不动，只有木筏在颤抖，像饱受牛虻折磨的马一样抽搐着……

一只死山羊被冲到了木筏边缘。只有一瞬间，仿佛是讽刺，仿佛是嘲弄——看看，你们会怎么样……玻璃的眼睛，蓬乱的皮毛，犄角无力地威胁着逞凶的河流。又一波新的浪潮，黄色的、污浊的、黏稠的深渊……

第十六章

我想象了一下木筏下面正在发生什么。在原来的河道中感到局促的洪流为自己开辟了一条新的道路，石头在河底翻滚，被吞没的泥土重新翻上来，河水更加浑浊，更加浑黄。

我得看看埃格特。如果看不到他，我必须感觉到他。我们不是河流的掌上玩物；我们的船桨可以撕开它的腹部，让伤口立即长满新的浪花；我们会把我们的筏子划到岸边，哪怕是一分一毫地慢慢靠近……到岸边，到城里，去找托丽雅，去找乔诺塔克斯……

我要杀了你……乔尔诺。

桨从我手中被扯走。手套裂了，皮肤破了，再过一会儿骨头也会折断……

我希望我的脚底能够生根，我的双腿能够扎根于滑溜溜的木材，我想要站稳，站稳，站……

木筏在浪尖上腾空而后坠落的过程令人呼吸一滞。我们在空中转了一圈，实木的庞然大物边缘坠入水中，索尔原本站在那里与水浪搏斗。

不，我没有听到阿拉娜和坦塔莉的尖叫。也许她们在异口同声地尖叫。时间仿佛拉长了，木筏竖了起来，我突然凌驾于水面高高在上，高到我可以看到进城前在冲垮的堤坝上目瞪口呆的人群……

筏子卡顿了一下快要倾覆，但又倒了下来，撞在了河流如石头一般坚硬的粘土表面上，我的脸撞到了我的桨上，我的血融入黄色的河水。

埃格特习惯了说一不二。"如果我被冲走，不要分心，剩下的事交给你。如果你被冲走，我不会救你，女人们更重要……"

如果他被冲走了——他就留在那边，我们身后很远的地方，浅滩处轰隆作响，浪花飞向空中……

"抓紧了！"我对阿拉娜和坦塔莉喊道，但她们听不到我的话，我想现在什么也无法让她们松开她们的手。

我现在才发现，坦塔莉用膝盖撑着一只船桨。埃格特的船桨……

他已经老了——怎么能落进河里?!

我希望我的脚像苍蝇一样，我的靴底能粘在原木上……

水流把他的手从筏子的边缘扯开。索尔的手指一个接一个地滑落。我一只手抓住他的手腕，另一只手却找不到可以抓住的东西……

直到阿拉娜伸手抓住了我。

寂静。连轰隆隆的声音也听不到。两岸仍然在狂奔中合并，好像有人从左右两边旋转两个大鼓……我在某个剧院里看到过这样的事情……

剧院。有趣的老妇人，她……

索尔用手抓着木筏撑起身体。他的肘部先攀上木筏，然后是肩膀，然后……

我没有听到坦塔莉喊了些什么。然而，我确实理解了"脸部扭曲"的意思。脸被画在一块白布上，而这块布被沿着对角线拉伸——歪了……

我们被冲到了浅滩上。一个巨大的木墩静静地在那里等着。河流打算把埃格特做成带血的肉排，把我们炖成肉汤……

我知道他来不及在撞上木墩之前爬上来，于是用尽全力把他推到一边，推到木筏的边角处，也许索尔在这一刻会以为我想让溺水的木筏摆脱他的重量……

河流的反应速度显然逊色于我。木墩猛烈地撞上了木筏——

第十六章

感觉木筏的骨头都碎裂了,但实际上是木墩撞破了。我们的速度和重量足以将木墩推离浅滩,它重重坠入水中打着旋儿,抛光的一面闪闪发亮,就像一只水怪。木筏几乎凑成了手风琴,原木歪斜,险恶的陆地划伤了木筏底部,但并没有阻止我们开始新的航程。

我在冰冷的水中醒来。冲击力将我向前抛出;我没想到河水如此冰冷,如此令人窒息,浓稠、污浊、寒凉……

我一度以为河水想要把我溶解然后消化掉,像一个巨大的、满溢的胃。接下来的一切都发生在一瞬间——但对我来说它慢得难以想象,所以我清楚地记得每一个细节……

飞驰的木筏将我拖到它的肚子下面,像巨大的熨斗一样碾压着我。但我还是透过不透明的水面看到了漂浮在头顶的原木,透过木筏变形了的缝隙看到了天空……

然后我意识到接下来会发生什么。木筏会随波逐流,我希望索尔能挺住,清醒过来,让木筏靠岸。我们梦寐以求的河对岸已经近在咫尺,如果水流静止,我几分钟就能游过去……

太阳穿云而出,直射的光线冲破了我头顶的缝隙,如刀刃一般刺入浑浊的水中。我看到筏子的边缘在疾驰、靠近、离开,我的头顶重见天日——同时也昭告了即将到来的厄运……

一想到我能让法官老儿蒙羞,我竟意外地欣喜。

我似乎还是一度失去过意识。好像我被船桨像抹布一样钩住了,我看到而不是听到,埃格特·索尔抓着我的外套,惊慌地对我大喊。我不是麻袋,他拖不动我,除非我自己挣出水面……

两只船桨剩下一只,埃格特掌舵,我们三个人抓着越来越散架的原木。

然后一座小房子一闪而过,河水掳走了它,但还没有冲垮

Авантюрист
冒险者

它，有那么一瞬间，我透过被压弯的窗户看到墙上的窗帘碎片，别人被毁坏的生活的残迹……

我们现在必须到达岸边，否则会被扔到岩石上。

在压倒性的力量面前，我们如同无助的小狗，注定陷入漩涡。现在，我们瑟瑟发抖，彼此紧紧相拥，千方百计想要活下去。

我惊讶地盯着一个铁钩，它在第三次尝试时紧紧钩住了木筏的边缘。扭曲的河岸放慢了狂奔的速度，然后完全停止了。现在河水湍急，我们快要散架的木筏被绳索拽着上下起伏，当四个牙尖嘴利的钩子钩住木筏时，第一个抓住我们的钩子才断开了。

我们迫切向往的河岸现在就像蘑菇伞一样盘旋在我们头上。水冲垮了土墙，小石块和土块、草块从上面脱落。黑色的旋涡在岸下旋转，像瞳孔一样令人着迷。

四根绳索将我们从有坍塌危险的挡板下费力拉出。市民们辛辛苦苦地用石头筑起了一道堤坝。从四面八方涌来许多曾经穿着红白相间的制服的人，但现在他们的衣服变成了泥褐色。

我的意识中出现了短暂的空白。我醒来的时候，被河水冲刷的粘土挡板终究是脱落并滑入了水中，而我们那时已经爬上岸，泥泞的波浪冲到了我们身上。阿拉娜站立不稳，我扶着她。水无力地滑落，再也不能控制我们，我一时陶醉于自己顽强的生命力。

活着。我冲破了注定死亡的阴霾，现在我站在土堤上，浑身湿漉漉的，布满伤痕和血迹，肆无忌惮地活着，寒冷，肮脏……

我们周围的人正兴奋地谈论着什么，但我已经听不到他们的声音了。意识如棍子一般倒下。

沙漏底部的一堆沙子。圆形的木制日历，一圈一圈的日子被

第十六章

逐一划掉。还有三个漫长的白天,三个半夜晚……

我快死了。在我的伤痕愈合之前,阿拉娜将成为寡妇。

马匹被带到了我们这里。我看着坦塔莉匆匆忙忙地用不知哪里来的毛巾擦拭头发。阿拉娜一脸痛苦地拧干裙摆。河水仍在我们身后咆哮。不知是不是我的错觉,但黄色的河水不再如之前那般愤怒,似乎在我们渡河之后,生命对河水失去了意义……

人们都看着我的脸。很多人——勤劳的市民,拿着镐头和铁锹的卫兵,还有这个戴着蓬松假发的市长……

他们明天、后天、一周后都会活着。

我低下了头。如果有人读懂了我脸上怯懦无力的恨意,那就不好了。

第十七章

我不认识这座城市,不记得索尔上校带领我们的骑兵队穿过哪些街道。路人急忙躲开马蹄,我试图靠近阿拉娜,大家都知道她是个什么样的骑手……三天后这就与我无关了。但只要我活着,就不会让阿拉娜少一根头发。

所有的生物都是对死亡的挑战。我们建造房屋,生儿育女,知道一切终将结束。我和其他人没有什么不同。不管是三天后还是三十年后,但结果都是一样的,我希望我自己对死亡的挑战听起来尽可能的果敢。

我们在狭窄的街道中穿梭。护送我们的三个卫兵小心翼翼地落在后面——埃格特·索尔像在大路上一样纵马奔驰,坦塔莉紧随其后,甚至连阿拉娜也咬着嘴唇,牢牢地抓住马鞍。

你不会死的,隐形的守护者轻声说,守护着我的理智避免疯狂。你不可能死,不可能……

这话已经重复了一百次了。一个巨大的钟摆在我体内摆动:我从充满哲学色彩的绝望,到固执和愤怒,再到日渐动摇的自己能够永生的信念。左右摇摆,来来回回……

第十七章

马蹄踏上一座拱桥，依稀有些熟悉，经过几个街区后，一座房子出现在眼前。

两个身穿红白制服的卫兵驻守在索尔家的门廊上，他们的长矛交叉在入口前。我想说，这画面挺美的。怎么他们一直都这样站着吗？还是在听到索尔上校靠近时故作姿态？

不管怎么说，他们看到埃格特就应该敬礼，但他们没有动，甚至都没有转过头来。

"萨尔基！"索尔一边喊，一边跳下马鞍，"多夫！"

我帮助阿拉娜下了马。她重重地靠在我的胳膊上，我听到坦塔莉在自己的马耳边低喃："到家了……终于到家了……"

埃格特走上前。萨尔基和多夫，或者不管他们叫什么名字，把他们的长矛靠得更紧了。

"不可以。任何人都不允许。入口已关闭。"

从四面八方——对面的院子里，窗户里，邻近的门洞里——好奇的人们在小心地张望，悄悄地窥探。

必须说，索尔很快就回过神来。

"是我，"他冲那个高个子卫兵的脸吼道，"以戍卫队长的名义，命令你停止这个把戏，跟着我走！"

卫兵们突然笑了起来，一模一样，像兄弟一样。他们的笑容与快乐无关，我听到悄悄聚集在我们身后的人群倒吸了一口凉气。

"埃格特！"坦塔莉突然大喊一声，"退后！"

索尔向后退去。

卫兵们站着，就像瓷头娃娃，让人心里发毛。长矛相触，矛尖之间——人群中的杂音越来越大——不时闪现蓝色的小闪电。而且非常冷——它们看着就很冷。

索尔转身，抓住了手边第一个围观者的脖子，但几乎马上就放开了，可能发现了受害者是他自己的体面邻居。

"这里怎么了……见鬼的，这里发生了什么?!"

"他们是早上被派过来的，"邻居嘟囔着，紧张地整理着衣领，"挺正常的……小伙子们……一小时前我还和他们聊过河流的事，说河水发疯了。他们说托丽雅夫人……一切正常……一小时前还……他们要水喝——呃，我总是乐于帮助警卫先生们……我回家拿了杯子，回来时——他们呆若木鸡地站在那里……我拿着水去给他们——简直是……太可怕了……这是巫术，上校先生，简直……"

所有人都转向萨尔基和多夫。矛头之间噼里啪啦的闪电和傀儡一般的笑脸再好不过地证实了这位善良市民的猜测。

"巫术，"索尔的邻居舔了舔嘴唇，"我在第三天就注意到了……有个秃头的家伙在附近鬼鬼祟祟的，就像……你在做什么，混蛋?!"

这一声喊的是一个男孩，他激动地从人行道上捡起一块石头，向门廊前一动不动的卫兵扔过去。

男孩瞄得很准。石头"砰"的一声砸中头盔，被打中的卫兵却依然面不改色，一动不动，甚至没有移动目光，尽管石屑落在了他的制服上。

我突然想象着一支弩箭射向微笑的警卫。一支，又一支，人偶脸色不变，如磐石一般站在那里，即使浑身是血，甚至浑身中箭，两个矛尖之间的蓝色闪电将依然闪烁……

"萨尔基!"陪同我们的一个卫兵埋怨地喊道，"这可是索尔先生，放下长矛，听到了吗?"

埃格特与坦塔莉交换了一个意味深长的眼神，转向困惑的护

第十七章

卫队,下令道:"抓住他们。小心点。"

三把短剑无声无息地从剑鞘中滑落。不知所措的卫兵们走向傀儡般尽心竭力地守护着入口的战友。长矛看起来很有威慑力,但在城市街道上的步兵战斗中却毫无益处。

三把剑被丢在人行道上。其中一个进攻者倒下了,无法躲避矛尖上噼里啪啦的闪电。另外两个人立刻退了回来——在他们意识到发生什么之前,训练有素的反应力先一步救了他们。

"巫术……"人群惊恐地惊呼着。

索尔上前一步。坦塔莉惊呼一声,但上校并不打算再次发动攻击。他潜入矛杆之下,抓住地上那人的腰,一把将他从门廊上拉开;妇女们大哭起来。

"武器,"索尔阴沉地下令,"给我武器……"然后朝我的方向瞥了一眼,"还有他……雷科塔斯先生。"

⚔

我经常迫不得已要翻栅栏,甚至是更高的,有刺的;通常来说都是因为另一边有多情佳人等着我,而与她相会之路有一些小障碍,比如丈夫或者监护人。

索尔一家不需要躲避任何人。脑子正常的小偷都不敢擅闯埃格特上校的房子,更不用说可能的情人了。现在院子里连条狗都没有。索尔第一个翻进去,然后从我手里接过坦塔莉和阿拉娜。

"没想到我竟然要这样进自己的家……"

"生活总是出其不意……"

在我之前,这句富含哲理的话被无数不入流的哲学家挂在嘴边,如同纤维饼粘在牙齿上。

"等着我叫你们,"埃格特淡淡地对女士们说,"没有命令不要轻举妄动……"

坦塔莉含含糊糊地嘀咕了一句什么——大概是"习惯了发号施令"。

短剑没有在我手中,这武器用着不称手也不习惯。而且,我是要和谁打?

"久拉!"埃格特在推开前门时叫道,"克洛夫!嘿,谁在!"

我感觉到而不是看到他身后的动静。

"索尔!"

浓烟滚滚的大锅划破空气,飞向上校的脑袋,轰隆一声砸在地板上。埃格特甩开我跳了起来;我希望他那时已经学会了信任我,并且丝毫不相信我会背信弃义地攻击他。而下一秒,他根本来不及多想。

因为一个面色绯红的女仆从餐厅门口向他走来,举着一把屠刀。仿佛木偶剧团的主人决定找点乐子,在表演过程中直接更换了木偶,把食人魔的角色分配给了一个胸部丰满的美女。女孩笑得露出一口瓷白的牙齿。

"我要杀了你。乔尔诺!"

"久拉,退后,"索尔举起剑低声说,"退后!拜托,停下!"

久拉走着,娴熟地握着自己的刀,像一个老练的屠夫,整齐的围裙上沾着几片鱼鳞,左手攥着一个透明的葵花油瓶子,这场面让人觉得很荒唐。

我觉得房子里好像飘荡着烧鱼的味道?!

我身后的一扇门吱吱作响,似乎是通往客厅的。我猛地转过身;门口站着一个听差;我记得很清楚,我当时无法分辨他的眼睛是什么颜色。这个人也在笑,他手里拿着一把火钩子。

索尔和我甚至没有时间交换一下眼神。

第十七章

从一旁看，这充其量是一出滑稽剧。两个光荣的战士对阵一个漂亮女仆和一个胖胖的男仆。

久拉直奔上校。而那个拿着火钩子的仆人显然盯上了我。

我松了一口气。但埃格特将如何战斗——与一个女孩，与他自己的女仆?!

可事实证明，这场战斗无可避免。

久拉挥刀。她没有咆哮或唾沫四溅（按照一般的想法，被别人的意志附身的生物应该会这么做）。她不再笑了，随即是一记重击，准确无误。索尔用剑一挡，两枚刀刃的碰撞中爆发出噼里啪啦的火花，让人看了心凉。

面色绯红的女仆居然和杰出的上校实力相当。我可以感受到埃格特挣扎着挥开刀刃有多么痛苦。克洛夫拿着火钩子大步向我走来，仿佛突然间就成了死亡的化身。多么可笑啊：雷科塔斯的后裔，在人生最后一场战斗中用剑对决火钩子，骄傲地死在一个矮小的奴仆手中。

不，即使在如此荒谬的情况下，我也不会死。命运热心地眷顾着我，就像女主人为她最好的猪吹掉身上的灰尘一样——留到过节……

我还有三天的时间，该死的！

火钩子狠狠地砸下来，像是带着深仇大恨。这个矮个子男人身上仿佛聚集了这座城市所有仆人的力量——他可能可以转动石头，而不是……

我险险躲过又一次攻击。火钩子打在台阶上，打碎了大理石，溅出了同样冰冷的火花。

"让我暖和一下。"

索尔家还有其他的女仆吗？她又会用什么武器？比如说，老保姆在哪里？托丽雅夫人是否听到了斗殴的巨大动静，她会不会走到楼梯上看看发生了什么？啊对了，她从不离开房间……再说了，她还活着吗？还是说，已经带着乔诺塔克斯·奥罗去界门了——现在？！

我不禁怒气冲天，如果不是坦塔莉和阿拉娜在场，我肯定会把克洛夫砍死。要他的命。

她们应该听从埃格特的话，没叫她们就别进来。我不知道是谁带头不听话——坦塔莉还是阿拉娜？更不知道如果两人都乖乖地等在门外，这场诡异的打斗会怎么收场……

她们的任性至少救了一个人的命——克洛夫，一个敏捷得超乎常理、突然变得强大、拿着火钩子、颇有喜感的杀手。

我勉强抵挡了一击，又堪堪躲开了另一击，然后就打中了对手的头——当头一击。可怜的仆人晃了晃，但没有倒下。一想到他还要这个样子继续战斗，满脸是血，翻着白眼，我就心里发毛。想都没想，又补了他下巴一拳，他就像掀翻的木墩一样倒下了。我后知后觉地想，或许我可以更仁慈一些，毕竟坦塔莉和阿拉娜目睹了这一切。

埃格特？！

他节节后退，一边踉跄着后退，一边抵挡着久拉越来越凶猛的攻击。但久拉的身形移动快得惊人，她的刀至少有一次已经碰到了索尔——他肩膀上的外套像被斧头劈开了。或许他已经可以把她放倒十次了，但他不可能在不重伤她的情况下抓住她，而这正是陷阱的意义所在……

我推开阿拉娜，盲目地冲上去援助她父亲。我一生中从未如此粗暴地推过她，我想她甚至摔倒了。与此同时，坦塔莉试图撕开盖在门上的布帘，但门帘环牢牢地固定着——她撕不开。这位

第十七章

前喜剧演员可真机灵，我跑向门帘，猛地一跳，整个身体挂在门帘上。结实的布料不情愿地裂开了。一秒钟后，我和坦塔莉就拿着一块厚重的天鹅绒武装自己，里面的灰尘是对久拉的责备，因为即使主人不在，也必须仔细收拾房子。

深红色的天鹅绒盖住了久拉，直到她的脚跟，厚重的褶皱庄严而美丽。女仆久拉可能永远都不会拥有能与这件堪称神来之笔的华丽衣裙相媲美的衣服，尽管屠刀只需从里面轻轻一划就能一下子毁了它。

我不想打断久拉的胳膊。

女仆被一根带流苏的丝绳捆绑着，在大理石地板上无声地蠕动着，埃格特已经拉着阿拉娜上楼了，而我则推着坦塔莉，她手里不知为什么拿着一瓶食用油，这就更荒谬了，因为厨房里飘出一股平底锅烧鱼的刺鼻气味……

我突然意识到，乔尔诺达斯科罗不在屋里。不然在久拉做完饭之前，火就该熄灭了……

我不知道她是如何设法脱身的，如何伸手拿到那把被扔到角落里的刀。无论是带流苏的丝绳还是厚重的天鹅绒，都没能阻止这位走火入魔的女仆，整齐的围裙被拉到一边，光滑的发髻散落成一绺一绺，绯红的脸色从可爱变成了疯狂。

"久拉！"

在我和埃格特拿起武器之前，坦塔莉从我手中挣脱，把油瓶扔了下去。厚厚的玻璃摔得粉碎，释放出浓郁的香气，油顺着大理石楼梯滴答而下，久拉挥舞着手臂，试图保持平衡，但她的脚已经失去了与台阶的紧密联系，即使是乔尔诺达斯科罗也无法废除失去平衡的物体会坠落的规律。

久拉仰面跌倒，头撞在大理石上，再也没有站起来。索尔险险拉住要冲上去帮助女仆的阿拉娜。我们收敛心神,沿着走廊匆匆向前,走向托丽雅夫人的房间,那间我从未去过的禁室。

"请稍等……"

坦塔莉绊了一跤,我几乎来不及抓住她。阿拉娜撞上了索尔,他站得笔直。一句话丢在我们面前,横在我们的路上,就像一棵被强盗推倒的树横在一辆注定翻车的马车前一样。

"请稍等……各位。"

他站在走廊的尽头。从狭窄的窗户透进来的光线让我们看到了一个光头的人影。我可以发誓,刚才走廊里除了我们之外没有任何人。

"各位,向你们的毅力致敬。我确信会在这里看到你们,而你们没有让我久等。我很高兴。"

他向前走了一步,似乎是为了让我们看清他的脸。而我们——或许埃格特除外——都浑身一震。

他老了,真的老了,脸部皮肤上有淡黄色的褶皱,要不是那颗还在发光的秃头和略带疯狂的吊梢眼,我几乎认不出他。

"您现在高兴是否为时过早,魔法师先生?"埃格特咬紧牙关。

乔尔诺嘿嘿一笑,这笑容让我感到极不舒适。埃格特顿了一下,似乎他的喉咙突然干了。乔尔诺脸上带着可怕的笑容,再次迈步向前。直到现在我才注意到一扇包着布料的、有抛光把手的门。埃格特和乔尔诺现在站在这扇门的两边——不是太近,但距离相同。

托丽雅夫人的房间?

"各位……"乔尔诺似乎在斟酌措辞,"显然,你们无视警告,我早有预料……你们来了。就是现在。所有人一起……"

第十七章

刚才浓郁到极点的烧鱼味,现在渐渐消失了。好在随着乔尔诺的到来,起码火灾的危险消退了……

"向您致敬,埃格特·索尔先生,您被流浪者本人的诅咒和仁慈所标记。还有您,高贵的雷科塔斯,可惜时日无多。还有您,阿拉娜夫人,找到了自己的幸福,却立刻失去了它。还有你,"当他的目光与坦塔莉相遇时,他的声音发生了奇怪的变化。"还有你,因为你改变了我的命运。"

"胡说!"坦塔莉低声说。

"真的,"老人乔尔诺闭上了眼睛,"五年前我爱过你,但你选择了……固守你对过去的忠诚。你更喜欢我而不是继承者,守门人卢阿尔,五年前我想和你在一起,但你不这么想……自从我在你身后关上了门——从那天起,一条线把我们所有人都引向了另一扇门,这扇门就是界门……"

他伸手去摸抛光的把手——埃格特·索尔对此反应剧烈,乔尔诺笑着拿开了手。

好吧,我想,捏了捏我妻子绷紧的肩膀。至少现在事态渐渐明朗起来,从哪里……

"即便如此。"阿拉娜带着恨意哑声说道。

乔诺塔克斯·奥罗点了点头:"对……是的,小姑娘。我们大家都和你们在一起——这都不是偶然的……守门人应该是不幸的、被亏待的。但我不是守门人。"

"那你是谁?"阿拉娜蛮横地问。

乔尔诺沉默不语,他甚至没有笑,但脸上挂着一个意味深长的得意笑容。

"我们都是老相识了,"我强自镇定地说,"我们都有自己的小秘密……就像胸口的蛤蟆……但您认为,这个新的真相会改变

Авантюрист
冒险者

什么吗,魔法师先生?"

乔诺塔克斯抬起松弛苍老的眼睑,年轻的眼睛怒视着我。"雷塔纳尔……我没有告诉你全部的事实。在这个世界上,你的判决不可能取消,我能做的顶多就是拖延它,赢得一个星期,就像我对小偷所做的那样……但我没有对你撒谎。因为只有在我得到护符之后的世界里,法官和他的判决才没有立足之地。你明白吗?"

我明白。

正在发生的一切突然失去了色彩并渐渐远去。仿佛我的同伴们的脸被惊人的艺术手法画在画布上,而我现在正在后退,离画越来越远。

也就是说,从一开始……

我想要坐下来。退到一边去,让这些人自己搞清楚关系,这和我有什么关系,我已经发挥了自己的作用……

我的手被人握住。非常坚定,非常寒冷的手指。我的妻子。

"阿拉娜,"乔尔诺的声音又变了,"你想要多少年……你愿意将你守寡前剩下的三天换成多久?"

她哭了。

我笨拙地用手抚摸着她湿漉漉的脸颊,慢慢地回过神来。不,我还是画中的人物,没有人愿意让我整理……

"只要得到护符,"乔诺塔克斯轻柔地说,"我就能够控制别人的生命……你的丈夫,阿拉娜,高贵的雷塔纳尔·雷科塔斯……将过上长寿且幸福的生活。你懂吗?"

埃格特·索尔向女儿伸出手,似乎想要安慰她。他对上我的目光,往后退了一步。

"索尔先生,"乔尔诺的声音突然变得疲惫不堪,"有多少次,

第十七章

当您独自一人时,用拳头威胁老天?有多少次,您为您的家庭以及托丽雅夫人遭遇的不幸而诅咒命运?难道她,卢阿扬的女儿,活该疯掉吗?"

索尔的灰色眼睛变成了灰蓝色,仿佛片刻之后黑色的瞳孔之中便会有一道闪电劈下。

"一切都会回来的。"乔尔诺愈加温和地说道,"您会把她找回来……她会认出您。一切都会回来的,明白吗?"

索尔仍然目不转睛地瞪着他,仍然愤怒,但已经看不见了。在我们相识的短短时间里,我见过他遇见各种麻烦的样子,但一次也没有见过这样的神情,我不记得任何人有这样的神情……

"我没有撒谎。"乔诺塔克斯漫不经心地说,没有人想要质疑它。

因为这是事实。

"而你……"乔尔诺转向坦塔莉,似乎有片刻的尴尬,至少,那张苍老脸上的眼睛黯淡下来。"你看……"

突然一阵安静,很长很长的安静,坦塔莉的白耳朵逐渐变红。我看不到她的脸,但我能看到乔尔诺的脸,老态明显的嘴角向下弯曲。

"你……有……选择权。你可以放下过去誓言的负担……你将与他面对面。然后你自己决定,是他对你更重要还是……"

"住口。"

有那么一阵子,我们五个人都遵从了前喜剧演员坦塔莉的要求,沉默。房间里,紧闭的房门后,似乎有一把椅子在吱吱作响。

"你正在犯一个错误,魔法师,"埃格特平静地说,"疯子拉什也犯了同样的错误,他的继承者法吉拉也是……你费尽心机去

415

那儿也是徒劳,再也没有界门了,门口没有人了……"

"真的吗?"

老态龙钟的老头,六个月前还是我的同龄人。

现在他笑了,当然,如果他脸上的这种表情可以称为……

我们四个人都退了一步。

这表情从他的瞳孔中流露出来。不躲不藏,带着好奇,像主人一样。无尽的黑色荒漠,千百万只眼睛,如同支撑着宽大的天鹅绒帷幕的钉帽儿……

如果我们产生了错觉,那么所有人产生的都是同样的错觉。转瞬之间,我们面前还是那个佝偻的秃顶老头,但我们谁也说不出话来。

在那里,紧闭的门后,托丽雅夫人正在等待她的命运……不,不是等待。她什么都不想,什么都不怕,她为命运做好了准备,像个物件一样冷漠麻木……

我的听觉变得很敏锐。

我听到浑身鲜血的女仆久拉醒了过来,在楼梯下面挣扎着。

我听到某人桌上的纸张被风吹得沙沙作响……听到厨房里的炭火在冷却,噼里啪啦……

乔诺塔克斯悲伤地笑了笑,说:"雷塔纳尔……坦塔莉,阿拉娜和您,上校。一切都在按部就班地进行……现在你们要为这一步祝福我。等我进去了……一切都会好起来。是吗?"

他的目光逐一扫过我们的脸。即使是索尔上校也无法忍受——他垂下了眼睛。

"太荣幸了,"我尖声尖气地笑着说,"如此宏伟的目标……以及像我们这种微不足道的蝼蚁之辈的祝福?"

乔尔诺抬起他可怕面具的一角。"啊,雷塔纳尔,这不是比

第十七章

例问题。世界上没有什么是偶然的……你们不必说什么。只要相信我……"

"接下来呢?"阿拉娜轻声问道。

"接下来会比现在更好,"乔尔诺不带一丝笑意地说,"你们本来要阻止我……现在祝福我。默默地。"

阿拉娜的手从我的肩膀上滑落。一秒钟后,我看到她瞪圆了眼睛,黑色的瞳孔呼之欲出。

"雷塔纳尔……"

她在发抖。难怪——我也在发抖。现在整个世界似乎都在颤抖。

她怎么变了。多么善变——丑陋的少年,受惊的新娘,懂得爱情却又嘲弄一切的美丽女人……又重新变成了绝望的小女孩,那么像她的父亲……

"雷塔纳尔……他是对的!就让他的新世界到来吧……如果那里能找到你的一席之地。为了你和我……我不想让你死,我干吗需要这个古老而美丽的……它有什么价值?干吗要保护它呢,如果它有可能……是一个邪恶的、讨厌的、被所有人诅咒的世界,没有一个人在自己的一生中不诅咒它至少一次……我想……就让它变成新的,只要……让你活着! ……"

她双腿一软,跪倒在地——不知是在我面前,还是在乔诺塔克斯面前。

"阿拉娜!"坦塔莉抓住了她的肩膀。

阿拉娜疯狂地转向她的嫂子。"你呢?你多少次提到了卢阿尔?他能打开就好了!卢阿尔就能回来了,至少以某种方式……你呢,父亲?!"

埃格特沉默不语。

"雷塔纳尔!"阿拉娜抓住了我的手,"你有什么可失去的?如果妈妈活着,能重新和我们在一起……像从前一样……我们让一切恢复原样,雷塔纳尔,我们家毕竟不是疯人院,我们本来是一个真正的,美好的家庭……"

"不许这么说,"埃格特面无表情地说,"住口。"

"女孩说得对,"乔诺塔克斯看向一旁,"守门人们总是用仁慈为自己的软弱辩护。他们喜欢……准确地说,他们认为他们喜欢自己的世界。但是……您也不希望女儿成为寡妇,妻子成为疯子吧?"

索尔沉默不语。

"坦塔莉,"乔诺塔克斯把肩膀放得更低了,尽管这已经不可能了,"告诉他们。"

"什么?"前喜剧演员茫然地问。

"我们在树林里谈论的事情……告诉他们。"

坦塔莉的呼吸急促起来,很想说些什么,但什么都没说出来。

沉默。太久的沉默。

索尔移开视线。托丽雅对他来说是什么?世界,一去不复返的世界。世界对他来说是什么?

坦塔莉垂着眼睛。是的,她还能追随谁,谁能与她宝贵的卢阿尔相提并论……但一路走到底——不,停下来,回头,让这个人痛苦……

我想笑,结果笑得比哭还难看。

阿拉娜跪着,折磨着我的手,等待……

等什么?

等最后的沙粒落下。木制日历转到尽头。

第十七章

他们都一言不发。

"站起来。"我轻声说,但她立刻听从了。

可能我的声音中有某种能让人不由自主服从的力量。

"听我说,老婆。"我的声音逐渐不那么沙哑,"老婆"这个词说得很有说服力,很有分量。"当寡妇总好过当有丈夫的流亡者。"

她并没有立即理解。我抬起下巴——这是一个熟悉却几乎被遗忘的动作。雷科塔斯家族世袭的高傲姿态。

"如果你相信这个秃头的坏坏,做出背叛的行为,那我就和你断绝关系,阿拉娜。我会自己跳进井里,只为了不欠人性命,只为了不以别人的痛苦为代价来苟延残喘。"

哦,多么震耳欲聋的沉默。让人晕眩,让人震惊。

"自私鬼,"乔诺塔克斯笑着说,"却说得这么冠冕堂皇。"

阿拉娜的眼睛完全变黑了。一个衣衫不整、紧张不安、濒临崩溃的少年,一个歇斯底里的女孩……

"就这样,"我柔声说,"我说完了。"

一切都停顿了。坦塔莉和埃格特盯着地板沉默着……不,他们在看我。带着惊恐。

他们对我的决定感到惊恐吗?

或者是他们自己感到恐惧——毕竟就在刚才,就在这一秒钟,他们距离"默默祝福"只有一念之差……

阿拉娜发出了一声长长的呜咽。

"真遗憾,"乔诺塔克斯嘀咕道,"真遗憾,我们走吧。"

⚔

我不太记得接下来发生了什么。

索尔走上前，举起了他的剑。但丝绸包着的门自动打开了，门扇像攻城锤一样坚固，埃格特被撞得向我飞来——我险些没能阻止他摔倒。风吹过屋子，窗帘飞舞，门咣当作响，房间仿佛张大嘴巴贪婪地吸着空气，而我们只是被气流带走的小蚊子。

一时间让人想起了那条疯狂的、浑浊的河流。

然后那扇用丝绸包裹着的门在我身后砰然关闭，活像陷阱关闭的独特声音。

"托丽雅！"索尔上校绝望的声音。

柔软的地毯挡住了跌倒的脚步，但不久前被打伤的头却一阵剧痛，眼前一黑。有那么一阵子，我只能看到自己的手——和阿拉娜的，我无论如何不会放开她的手。

"愉快的谈话使我们的期待变得更加光明……"

陌生的声音。谁的？房间里除了托丽雅、乔诺塔克斯和无助的、无法阻止他的我们之外，不可能有任何人……

在离我的脸几步远的地方，一双沾满灰尘的旅行靴陷入地毯的绒毛中。

"……我们要继续上演哑剧吗？"

另一个声音。脾气暴躁，尖酸刻薄。它的主人坐在一张矮凳的扶手上，脑袋搁在宽大的波纹衣领上，像躺在盘子里一样。

我紧紧抱着阿拉娜坐了起来，单膝跪地，靠墙爬行。没有人注意到我们。

疯了吗？我要疯了？

"啊——"乔尔诺压抑地呼了一口气，靠着一张宽大的桌子站着。他看起来是房间里最年长的人，而在场的大多数人似乎都一百多岁了。他捂着胸口，喘着粗气，呼哧呼哧地。

"啊……当然了。我怎么能料到幽灵先生们会错过最后一幕

第十七章

"……我们这个小节目的最后一幕?节目的名字叫'笃笃—是谁?—开门'?"

"别怕。"我低声对阿拉娜说。

她在颤抖。

"很高兴见到你们诸位。还有您,"乔尔诺达斯科罗向穿着布满灰尘的靴子的人鞠了一躬,"您,伟大的魔法师拉尔特·列吉阿尔,战胜瘟疫的人,与外来者战斗的人……"

"华美的织花壁毯,"那人若有所思地看着墙壁说,"我有过这种档次的织品,顶多两三块儿……"

他的半边脸上布满层层伤疤,一只眼睛不能视物,但另一只眼睛很恶毒,就像一只潜伏在眼窝里的马蜂。这就是拉尔特·列吉阿尔?

"雷塔纳尔,我害怕。"阿拉娜悄声说。

"华美的织花壁毯,"大魔法师高兴地重复道,"你记得吗,马兰?"

一个高大的老人从窗外转过身来……好吧,我现在不会说他老了。一个不确定年龄的人——这样更准确。

乔尔诺达斯科罗腰弯得更低了。"还有您,流浪者先生,他就是鲁阿尔·伊力马兰涅恩,又名守门人,也是伟大的马兰……"

我瞪大了眼睛——盯着流浪者。

"这块壁毯,"又一个陌生、低沉、能让人平静下来的声音说道,"曾经属于我的老师奥尔文……"

"也欢迎您!"乔尔诺达斯科罗滑稽地鞠了一躬,几乎快弯到了地板上。"光荣的卢阿扬主任,又是一位战胜瘟疫的人,名噪一时的传记作者……"

我欠一欠身，环顾房间——有生以来第一次看到托丽雅夫人。

阿拉娜的母亲美得不可思议。岁月并没有破坏她那棱角分明的脸庞，她的脖子没有浮肿变形，散落的大块胎记无损于她的美貌，反而为之增色。托丽雅坐在椅子上睡着了——她的脸至少是放松的，低垂的睫毛如同两枚规则的月牙，嘴角有两道无法修复的深刻皱纹，是折磨、失落和疯狂的纪念。

然后我看到一只手掌停在托丽雅的肩膀上，我抬头看了看。

卢阿扬主任，托丽雅的父亲和阿拉娜的外祖父，站在椅背后面，布满皱纹的脸像面具一样难以琢磨。不知何故，只要他站在那里，就知道不需要为托丽雅夫人担心了。

乔尔诺紧张起来，上气不接下气地说："所有人都到了，所有人！不要转身离开，最亲爱的奥尔文，压轴的先知，因为我也在向您问好！"

奥尔文坐在角落里的梳妆台前。他难以置信地看着自己的倒影——黑发、优雅、紧张。他的手不时摸着苍白的脖子，仿佛在寻找一个并不存在的吊坠。

"你忘了跟我打招呼。"脑袋枕在宽大衣领上的人闷闷不乐地抱怨道。

"我很抱歉！"乔诺塔克斯鞠躬，脸上带着做作的悔意，"您好，大魔法师巴利塔扎尔·埃斯特，荣光不逊于在场的任何一位，甚至更荣耀……"

在对面的角落里，索尔上校艰难地动作着，挣扎着站了起来。我和他一样，一副疯狂的神情……

我突然意识到，房间里有一种不自然的寂静。院子里没有一丝声音，没有一缕风声，大门上没有敲门声。

第十七章

而每个人都在等待着什么。

乔尔诺达斯科罗一个趔趄,靠在桌子上,瞬间失去了所有的欢快感。

"你们是幽灵,"他低声说,"你们无法阻止我……甚至连你也没有,卢阿扬。你对托丽雅的控制力早已不复存在……"

"它从来都没有过,"院长反驳道,"自从托丽雅学会自己穿衣服和洗手后……"

"你们是幽灵,"乔诺塔克斯固执地重复道,"我对付得了活人,也不怕你们。"

"什么?你对付不了活人,"我听到自己愤怒的声音,"你已经输了,你……"

"让开!"乔诺塔克斯的双眼突然冒光,"让开,自寻死路的狗崽子。让开,列吉阿尔,还是你想连另一只眼睛也失去?!"

流浪者盲目地向前迈了一步。不知何故,对列吉阿尔失去眼睛的记忆比对和平的直接威胁更让他伤心。

"鲁阿尔,"独眼人轻轻地说,"站住。"

我没想到流浪者会服从,但他愣在了原地。然后拉尔特·列吉阿尔转向乔尔诺达斯科罗,说:"好吧……你。乔诺塔克斯,如果可以话。如果用人名称呼你是合适的……你试试看,试一试吧。"

于是他们都站了起来。

坐在镜子前的奥尔文站了起来,巴利塔扎尔·埃斯特站了起来,卢阿扬主任不情愿地把手从托丽雅夫人的肩膀上移开,退到窗前,流浪者双臂交叉站着的地方。

于是我咬紧牙关,也艰难地挺直了身体。我从地板上站起来,扶起阿拉娜,对面的索尔也挺直了身子,扶着像木片一样脆

123

弱的坦塔莉站了起来。

只有托丽雅夫人仍然坐着。一动不动的女人置身于身高不一的人群中央。

"试试看！"列吉阿尔说，声音中再没有一丝文雅风度，"你试试！嗯?!"

乔诺塔克斯转向托丽雅。

巴利塔扎尔·埃斯特抓住了冲到前面的埃格特。我被列吉阿尔抓着，他的手指如铁钳一般坚硬。

乔诺塔克斯·奥罗，可怕，衰老，无人能够阻挡……

我们能阻止他吗？

他走向托丽雅·索尔。

房间里的空气变得像蜂蜜一样浓稠。不加糖的蜂蜜。苦涩，难闻，难以忍受。

"别动。他会杀了你的。"列吉阿尔那张伤痕累累的脸近在咫尺。

就让……我不能让……

"托丽雅，"乔诺塔克斯的声音带着令人恶心的胜利的喜悦，"我们走。"

伸出的手……

然后我看到托丽雅·索尔的黑睫毛抬起来。

慢慢地。一点一点抬起。

而我马上就停止挣扎。

我从未见过托丽雅夫人，但这眼神不属于她的双眸。眼睛里透出别人的眼神是多么可怕的事……

"你?"她美丽的嘴唇费力地开启。但声音不是她的，不是她的声音。

第十七章

"你?!"这个问题在乔诺塔克斯口中重复了一遍。狂怒,困惑,凶狠,准备战斗。

"我在这里,"那人透过托丽雅的眼睛冷漠地说道,"你没必要来找我。我卸下了门闩,用护符锁住了门。出去。"

"我无处可去,"刚刚还是乔诺塔克斯的人低声说,"我要拿走护符,我别无选择。"

"更糟糕的是,"那个外人的声音说,"对你而言没有界门,世界上没有界门给你……我是最后的守门人。而我也是最后一个先知。不会再有其他人……"

乔尔诺咧嘴笑了。

列吉阿尔抓住我的后脖领子,把我的脸按进地毯。

一道闪光。我失明了。

我失去了视物的能力。世界像被扔进火里的兔子皮一样缩小了。我所能做的就是紧紧地抓着阿拉娜,而列吉阿尔的铁手把我的头压进绒毛里,越来越用力,我快要窒息了。

寒冷的房间。三面巨大的镜子发出白光。随即白光骤然失去了力量,开始闪烁,又再次爆发。就在这时,其中一面镜子炸裂了——它甚至没有裂开,而是像破布一样蔓延开来,撕裂的边缘扭曲成管状。门洞处站着一个人,一个昏暗的身影,手里拿着一把白色的长刀……而且胸口有燃烧的黄色火花。

这是谁在用断断续续的坦塔莉的声音向全世界喊话?

退后,巫师!敢再走一步,你的力量也救不了你!

站在门洞的人举起刀,其余两面镜子从里面炸开,化为无数刺痛的碎片。白光变成了黄色。丰富的、醉人的黄金。

没有窗户的墙都失去了白色,也不再不透光亮。我看到突然变黑的石头上出现了用力到变形的脸——不开界门的鲁阿尔·伊力马兰涅恩，与外来者战斗的拉尔特·列吉阿尔，牺牲了的奥尔文，消灭了瘟疫的卢阿扬院长，还有其他人，还有更多……

站在门洞的那个人大步向前走了一步。闪电划过他的刀刃。

"放开我！让我过去，混蛋！让我暖和一下！"

地板直立起来。白色的长刀呼呼旋转。现在空气就像干燥的沙子，冲进我的喉咙，让我喘不过气来。

黄色的环和红色的环在头顶扭曲着相互缠绕，发出爆裂声，震耳欲聋。一个旋涡突然展开，灰色的，疯狂地旋转，开始吸食镜子碎片、布屑、一切东西和人……陡峭的、被灰烬覆盖的山坡摇摇欲坠，我像沙坑里的蚂蚁一样挣扎着。这时，旋涡突然抽搐起来，从里面翻了出来，变成了一座山，一个圆锥体，门洞处的那个人用已经褪色的刀片切断了它顶端的黑色吸盘……

世界天平上的一只小蚊子——我，可以改变哪怕一丁点什么吗？

所有的人。守门人和守护者，自己决定世界的命运，不需要提示。有什么事情取决于我的小决定吗？

无论如何，我在自己面前是纯粹的。我知道，如果我是守门人……

但这个负担已经与我擦肩而过。我除了为自己可疑的出身感到骄傲外，什么都不是，只是一个没有思想的流浪汉。

世界天平上一只无足轻重的小蚊子

令人痛苦的光芒逐渐熄灭。列吉阿尔的手松开了，我强迫自己抬起头。

托丽雅夫人仍然坐在椅子上。她的眼皮慢慢垂下。坦塔莉跌跌撞撞地穿过房间，挣扎着走过去，跪倒在托丽雅面前，注视着她快要闭上的眼睛，唤道："卢阿尔？！"

第十七章

托丽雅的眼皮慢慢放下,一点一点地放下。

"卢阿尔,卢阿尔!……是我!是……"

索尔夫人放在扶手上的手,以一种不自然的、僵硬的动作抬起,仿佛提线木偶一般。

有那么一刻,它落在了前喜剧演员的头上。

"卢阿尔!!"

托丽雅的眼睛闭上了。手无力地滑落。

我把阿拉娜拉得离我更近,站直了身体。

那个叫巴利塔扎尔的人已经站在门口了。他的手指把玩着门把手上的抛光圆环。"我很抱歉,各位……打扰了你们的安宁……"然后带着邪恶的笑容离开了。

奥尔文紧随其后,他脸色苍白,急剧憔悴。他在门槛上转过身来:"拉尔特……马兰……时间……"

"来得及。"流浪者咬牙切齿地说。

卢阿扬主任轻轻地抚摸熟睡的女儿的头发,接着俯身看着坦塔莉,顺便拍了拍她的肩膀,说道:"所有我们说'从来没有'的事情……别这么说。至少,不要想。"他最后看了一眼托丽雅,对埃格特笑了笑,眼睛又看向阿拉娜,然后头也不回地大步走到门口。

"我们这样很冒险。"列吉阿尔咬着牙说。

"那我们能做什么?"流浪者耸了耸肩,"这里即使没有我们也有守护者……"

然后他们二人都盯着我。我踉跄后退,靠在墙上。

"你是雷塔纳尔,"列吉阿尔满意地说,我无法理解,"我很高兴地告诉你,你的祖先,达米尔,是最当之无愧的仆人……我是说,最当之无愧的人。而你……很遗憾,你惹上了官司。"

"我们都时不时地会惹上麻烦。"流浪者叹息着抗议。

二人都看向了埃格特,他呆呆地站在妻子的椅子旁,姿势都和之前的卢阿扬主任如出一辙。

"再见。"流浪者说。

"再见。"列吉阿尔笑道。

二人都离开了。

我环顾四周。房间里空空荡荡,只有埃格特双手搭在妻子肩上站着,只有坦塔莉蹲在托丽雅夫人腿边的地板上,只有阿拉娜紧紧地抓着我的手。

在哪里?!

乔诺塔克斯在哪里?!

阿拉娜手指着窗外尖叫了一声。

窗户蒙上了一层冬天的图案。从内部。在诡异交织的冰树枝中,抓着玻璃的巨大人手的轮廓清晰可见。

冰融化了。霜在我们眼前融化,化成浑浊的水珠滚落下来。扭曲的手指断了,失去了形状,消失了。

不知道为什么,我害怕踩到地毯上蔓延的水迹。

"冬天?"我身后传来惊讶的声音。我像被蜇了一样,猛地转过身。

托丽雅·索尔夫人仍然坐在椅子上。惊讶的目光若有所思地从我身上移到阿拉娜身上,又从阿拉娜看向坦塔莉,最后对上索尔的眼睛,有些惧怕而尴尬地笑了笑:"埃格特?你叫我?你看……"

尾　声

在黑色天空的映衬下，更黑的芦苇秆摇曳着。透过不安的围栏可以看见火光——有的在岸边燃烧，有的倒映在河中。河水依然浑浊，但一下子变浅了，它怕再溅起浪花；就像一个清醒过来的疯子，对自己的行为感到羞愧。

被冲刷过的河岸摇摇欲坠，光秃秃的；只有在这里，在拐弯处，没有被水流破坏的芦苇才勉强挺直身体。我躺在有弹性的河床上，上面有水冲来的垃圾——树枝、木片、小碎片；我清醒时绝不会在上面躺一秒钟，但今晚我醉了，醉到不省人事。

下游的大城市正在沉睡，只有索尔上校的家里——我知道——灯光直到黎明才会熄灭。他们在为女仆久拉和听差克洛夫清洗伤口，他们唤醒了因过度激动而再次晕倒的老保姆。托丽雅·索尔夫人困惑地盯着丈夫衰老的脸并惊奇地把自己的花白头发缠绕在手指上。憔悴的坦塔莉阴郁地在房间里徘徊。还有阿拉娜，我的妻子，左右为难，到底是去帮助嫂子，还是扑在失而复得的母亲胸前哭泣。

而我今晚不在那里。这样更好——我拥有这个夜晚，这些从淤泥中顽强升起的芦苇，还有岸上的灯光……

我好像时不时地看到一个瘦小的人一动不动地站在摇曳的芦苇中，近视的眼睛微微眯起，目光灼热。我想呼唤幽灵达米尔，但我忍住了，因为芦苇丛中其实并没有人。它是一件黑色的斗篷，被水偷走，冲到了一棵倒下的树的枝丫上。

反正我和达米尔很快就会见面。

我想相信这一点。我不求别的，只求死后能在家族城堡里游荡，叹息，吓唬忠心耿耿的伊特尔，并与近视眼的曾祖父默默交谈……

但还远远没到这一步。

湿漉漉的土地在某人的脚下呜咽。液态的芦苇墙让开道，我只能看到一个人影，不，这不是近视眼的幽灵，这是一个女人……阿拉娜花了多少时间和精力才找到我？！

我茫然地笑着，抬头看向星空。我很幸福，所有幸福的人都是傻瓜……

今天于我而言就是永恒。我面前是漫长、快乐、令人陶醉的生活。

整整二十四小时。

我可以做很多事情。